本成果受天水师范学院中国语言文学省级重点学科建设经费资助。

晚明诗人心态与诗歌研究

马小明 著

中国社会科学出版社

图书在版编目（CIP）数据

晚明诗人心态与诗歌研究/马小明著 . —北京：中国社会科学出版社，
2023. 10
　ISBN 978 – 7 – 5227 – 2278 – 8

　Ⅰ. ①晚…　Ⅱ. ①马…　Ⅲ. ①古典诗歌—诗歌研究—中国—明代
Ⅳ. ①I207. 227. 48

　中国国家版本馆 CIP 数据核字（2023）第 133795 号

出 版 人	赵剑英
责任编辑	王小溪
责任校对	李　莉
责任印制	戴　宽

出　　版	中国社会科学出版社
社　　址	北京鼓楼西大街甲 158 号
邮　　编	100720
网　　址	http://www.csspw.cn
发 行 部	010 – 84083685
门 市 部	010 – 84029450
经　　销	新华书店及其他书店

印　　刷	北京君升印刷有限公司
装　　订	廊坊市广阳区广增装订厂
版　　次	2023 年 10 月第 1 版
印　　次	2023 年 10 月第 1 次印刷

开　　本	710 × 1000　1/16
印　　张	21.5
插　　页	2
字　　数	322 千字
定　　价	119. 00 元

前　　言

　　晚明是一个政治腐败、社会风气奢靡而各种思潮交织争鸣的特殊时代，这是一个志士蜂拥、人才辈出的时代，却又是一个权奸恣肆、宦官横行的时代。一方面，鼎革易代之腐败奢靡犹如在血雨腥风的万仞之巅挥霍的最后晚餐，仁人志士在崛起与沉沦的彷徨中忍受着歌哭无端的心灵煎熬。在思想界，明初确立的程朱理学仍然是朝廷规定的统治思想，是广大士子由科举走向仕途的敲门砖。另一方面，各种新思潮如雨后春笋般发展壮大，西方基督哲学涌入，实学思潮萌兴，佛学也在文人心中重新焕发生机，这一切成为众多失意文人的心灵栖息地；程朱理学内部宗派林立，阳明心学与程朱理学几呈分庭抗礼之势。各种新思潮在相互抵牾与渗透中不断分化重组，造就了晚明思潮复杂多变而又相互关联的新局面。

　　晚明瞬息万变的时局与风起云涌的思潮时刻触动着诗人们敏感的神经。深入探究晚明诗人心态的彷徨与痛苦，有助于更好地把握晚明诗人在"复古"与"主情"、模拟与创新的诗歌之路上的徘徊与探索。本书欲从诗人心态的角度探究晚明诗歌的发展轨迹，不求把握某一诗人或某个诗派的诗人心态，而是要研究此一时期主流的、整体性的诗人心态对诗歌走向的影响。面对晚明腐败的时局与前后"七子"的复古诗风，一部分受新思潮影响的诗人开始登上晚明诗坛，他们心怀强烈的出仕愿望和积极的参政理想，然而残酷的现实却往往使他们心灰意冷、无所适从，这种出仕与致仕的彷徨便形成了诗人们亦仕亦隐的"吏隐"心态，以公安派为首的"主情"诗风就是这种诗人心态的体现。随着皇权逐渐旁落，宦官勾结权奸对志士文臣的大肆屠戮使晚明时局步步恶化，诗人们从纵情恣肆的个性张扬中绝望地走向对内心隐秘世界的探究，主张"师心"又兼"师古"的竟陵派风靡天启诗坛。与悲天悯人、慨叹命运的竟陵派不同，纵然面对遍地开花的农民起义与频频袭扰的关外铁骑，另一部分诗人仍存实学救国之决心，他们以东林、复社为核心组，奔走呼号，力图挽救岌岌可危的明王朝，与此相应的苍劲悲壮的现实主义爱国诗风登上了明末诗坛。此外，随着时代的发展变化与社会对女性禁锢的松动，一些自我意识觉醒的才女登上了晚明诗坛，她们以闺阁女性、青楼女性及"女山人"三大才女群体为主，抒写着乱世女子的喜怒哀伤。

本书由六部分组成。绪论部分界定了"晚明"这一时间概念，探讨影响诗人心态的诸种因素，介绍嘉隆诗坛的发展概况，并论析本论题的研究现状与研究意义。第一章探析晚明诗人"吏隐"心态的形成，并讨论在此心态的影响下，晚明主流诗风如何由"复古"走向"性灵"，具体以徐渭、屠隆、"三袁"及江盈科为研究个案。第二章介绍明末影响最大却又饱受批判的竟陵派，从诗人心态的形成、《诗归》的成书与影响及主要诗人的创作情况等方面进行研究，评析了其对七子派与公安派反思的价值及对明末现实主义诗风的影响。第三章探究明末现实主义爱国诗风，以虞山诗派、娄东诗派、山左"齐风"及云间派为主要研究内容。第四章论述晚明自我意识觉醒下的女性诗歌创作情况，以闺阁女性、青楼女性及"女山人"三大才女群体为主要研究对象，总结晚明女性诗歌发展的新动向，选取汾湖叶氏才女为闺阁女性诗人群体的研究个案，另又述论晚明著名女诗人的诗歌创作情况，以为概览。余论部分总结性地概述了本书的研究情况，对研究过程中未涉及的部分与发现的问题进行了分析说明。走笔苍茫，以待贤者。

目　　录

绪论　晚明诗人心态与诗歌研究综述

　　无论从何种角度讲，晚明总是一个能引起后人兴趣的时代，也是众多研究者的目光所向。然而，明诗，尤其是晚明诗歌却一直受到后人的批判，清代甚至有人斥责"明无诗"，这种思维观念的蔓延在一定程度上改变了后人对明诗的认识和研究的态度，以致明诗这一"庞然大物"竟未引起后人足够的重视。事实上，明诗创作数量与诗人群体的庞大都是前朝未有的，一味否定明诗的做法显然有失公允。明代诗歌是我国古代诗歌发展史上不可或缺的一个重要历史阶段，研究明诗不仅有助于从整体上学习我国古代诗歌艺术，更有助于把握明代诗人心态的变化轨迹。笔者以晚明这一时段的诗人与诗歌创作情况为研究对象，欲以诗人心态与诗歌创作之间的相互关系为切入点，探究晚明诗人心态对诗歌发展走向的影响，并反思隐藏在诗歌创作中的诗人心态。

一　"晚明"的时间界定

　　研究晚明诗人心态与诗歌，首先要较为科学地界定"晚明"这一时间概念。然而，对"晚明"这一时间段的界定，史学界、文学界及思想界各有不同，学人们莫衷一是、众说纷纭，对"晚明"的起讫时间各执己见。关于晚明的开始时间，学界主要有"嘉隆说"与"万历说"两种。晚明的结束时间也大体有两种，一说明朝亡于1644年，以李自成攻入北京、崇祯皇帝自缢为标志；另一说则以1644年之后的南明小朝廷彻底灭亡为准绳，即"晚明"包括学界常说的"南明"。

持"嘉隆说"者主要是以晚明思想的发展为侧重点，他们以为明朝学术思想的根本性转折发生在嘉靖、隆庆年间，因为嘉隆以前程朱理学在思想界占据主导地位，而之后则以王学的发展壮大为主要内容，嘉隆是这一巨大变化的关键时期，因此，持"嘉隆说"者认为"晚明"应该始于嘉隆时期。如著名学者孟森在《明清史讲义》中指出：

> 明之衰，衰于正、嘉以后，至万历朝则加甚焉。明亡之征兆，至万历而定。万历在位四十八年，历时最久，又可分为三期：前十年为冲幼之期。有张居正当国，足守嘉隆之旧，而又或胜之。盖居正总揽大柄，帝之私欲未能发露，故其干济可观，便倚亦可厌，而若穆宗之嗜欲害政则尚无有，纯乎阁臣为政，与高拱之在穆宗朝大略相等。至居正卒后，帝亲操大柄，泄愤于居正之专，其后专用软熟之人为相。而怠于临政，勇于敛财，不郊不庙不朝者三十年，与外廷隔绝，惟倚阉人四处聚敛，矿使税使，毒遍天下。庸人柄政，百官多旷其职；边患日亟，初无以为意者。是为醉梦之期。至四十六年，清太祖公然起兵，入占辽、沈，明始感觉，而征兵征饷，骚动天下，民穷财尽，铤而走险，内外交乘，明事不可为矣。是为决裂之期。[①]

此外，如吴晗的《晚明仕宦阶级的生活》、刘志琴的《晚明史论——重新认识末世衰变》等也持此说。另一些学者则从明朝政治与经济发展的角度出发，认为明朝走向衰败覆亡于万历后期的怠政。他们大体认为万历前期的张居正改革，不仅延续了明朝中期的强盛，甚至出现了嘉隆以来少有的中兴局面，而明王朝的衰败始于张居正死后的朝政混乱。如陈田在《明诗纪事》中断言："万历中叶以后，朝政不纲，上下隔绝，矿税横征，缙绅树党，亡国之象，己兆于斯。"[②] 美籍学者黄仁宇甚至将万历十五年作为明朝盛衰的转折，他在《万历十五年》中，

---

① 孟森：《明清史讲义》，中华书局 1981 年版，第 246 页。
② （清）陈田：《明诗纪事》，上海古籍出版社 1993 年版，第 2360 页。

断言这一年是"历史上一部失败的总记录"①。著有《晚明史》的樊树
志也持此说。

"晚明"这一时间概念，不同研究者根据自己研究对象的不同划定
的时间界限也不同。就研究诗人心态与诗歌发展而言，我们很难以准确
的时间来界定晚明诗歌始于何年、终于何月，因为诗歌艺术的发展不以
具体的历史时间为始终。为研究方便，笔者根据晚明诗歌自身的发展特
点，参考明朝历史与思潮的发展轨迹，确定本书所研究的"晚明"主
要是指以万历至崇祯亡国七十余年为时间界定，以这一时期诗人心态与
诗歌创作情况为研究对象。当然，为了更清楚地探究这一时期诗歌发展
的来龙去脉，有必要对嘉隆以及南明时期的诗歌发展情况有所涉猎，以
便更好地厘清晚明诗歌发展的线索。

二　影响诗人心态的诸种因素

毫无疑问，一个时期的诗人心态总是影响着此时期诗歌的创作情
况，研究诗人心态有助于更深层次地把握诗歌发展走向。但是诗人心态
是发展多变的，同一时期不同诗人的心态千变万化，即便是同一诗人不
同时期的创作心态也有着天壤之别。研究诗人心态与诗歌之关系，并不
是要对同一时期不同诗人或者同一诗人不同时期的诗歌创作心态做逐一
研究，而是要从宏观上审视某一时期总体性的、主流的诗人心态对诗歌
发展的影响。要研究这一问题，首先要研究某种诗人心态的形成原因，
探究影响诗人心态的诸多因素。概而言之，晚明的政治、经济、思潮等
是影响晚明诗人心态的主要原因。探析晚明诗人心态的变化轨迹，有助
于更好地了解晚明诗歌如何从"复古"走向"性灵"，由"性灵"走向
"师心"与"师古"相兼，再走向苍劲悲壮的现实主义诗风，这一晚明
主流诗风的发展脉络。也可以从"晚明"这一历史上少有的特殊时代，
解读晚明盛极一时的女性诗歌艺术。

---

① [美] 黄仁宇:《万历十五年》，生活·读书·新知三联书店 1997 年版，第 138 页。

（一）晚明政治

明代是一个独具品格的时代，一方面统治者和宋代一样推崇文治，促进了明代文化的繁荣；另一方面却又极力扼杀屠戮文人，制造了一系列血腥的文化惨剧。统治者的这种行为，既造就了一个人才辈出的文坛繁荣时代，又导致了一个满载文人心酸悲苦、歌哭无泪的时代。

开国皇帝明太祖朱元璋是史上少有的地地道道的农民皇帝，一方面他重用文人，稳固江山；另一方面，他废除传统的宰相制度，高度集中皇权，钳制文人思想。朱元璋为矫正元末文人贪污放纵之习气，实行严刑酷法整顿史治。文人与其不合者，鲜有善终。当时著名文人刘基、高启、张羽、杨基等或被迫害致死，或孤苦流离、不得善终，以致明初曾一度出现文士匮乏的现象，这与朱元璋的严刑峻法、大肆屠戮不无关系。解缙曾向明太祖上疏言："国初至今，将二十载，无几时不变之法，无一日无过之人。"① 明成祖朱棣发动的"靖难之役"则导致大批文人被屠杀、流放、戍边，仅方孝孺被诛灭十族一案便足令天下士人寒心。明中叶于谦之死再一次加深了士人心灵的恐慌与绝望。此后有明一代虽不乏抗旨敢言之士，但明初统治者的血腥屠戮已为整个明代诗人定下了惶恐惴栗、明哲保身的心理基调。高压政治给明王朝带来了相对稳定的统治，却也造就了令人窒息的明代文坛。思想上，程朱理学一直是科举考试的主要内容，科举是诗人梦寐以求的人生理想，是手段也是终极目的，却在很大程度上禁锢着诗人的思想。这些导致了明代政坛顺从皇帝的温和派始终占据上风，身居高位的士人中规中矩，不敢抒发真情实感，以致李梦阳深深感叹："真诗乃在民间！"②

晚明诗人心态的变化萌芽于正德时期，正是这位个性突出、特行独立的明武宗正德皇帝，点燃了明朝思想与艺术发展变化的导火线，也引发了明朝文人人生追求与价值观的微妙变化。正德皇帝的不守祖训、恣

---

① （清）张廷玉等：《明史》卷147《解缙传》，中华书局1974年版，第2735页。

② （明）李梦阳：《诗集自序》，载黄宗羲编《明文海》卷262，中华书局1987年版，第2736页。

意横行，却在一定程度上促进了文人思想的相对解禁与文坛的繁荣。此后，按照兄终弟及的祖训而登上历史舞台的嘉靖皇帝朱厚熜首先引发了"大礼议"事件。所谓"大礼议"即讨论朱厚熜以何种身份继承大统，并讨论给朱厚熜的亲生父母以怎样的名分，这样一个看似简单的问题却引发了皇权与文臣之间的殊死搏斗。斗争最终以皇权的胜利而告终，嘉靖三年参加抗议的大臣遭到各种严厉惩处。皇权对臣权的彻底胜利无疑遏制了正德时期萌动的新思潮的进一步发展。此后，嘉靖朝几位首辅，如张璁、夏言、严嵩大多向皇权俯首低眉。其间，虽有夏言抗旨敢言，然权力始终牢牢掌握在嘉靖皇帝手中，夏言血溅法场的个人悲剧仿佛拉开了嘉靖一朝士风疲软的序幕。继之的明穆宗朱载垕相对宽和，士风略有抬头之势。然而短短的"隆庆新政"之后，万历初期张居正当国，为适应改革需要，要求思想高度统一，打压各种与政府改革不一致的"异端"思想，一些才华横溢的士人朝不保夕，在出仕与入仕之间徘徊，思想历经痛苦、迷惘。此后几任首辅如张四维、申时行、许国、叶向高等或阿谀奉承、依附奸宦，或党同伐异、排除异己。激烈的党争使大明王朝走向衰亡的不归路。

晚明政治黑暗腐败、朝纲混乱、党争激烈、险象环生。各地农民起义和暴动纷至沓来，东北清朝军事集团屯兵关外，虎视眈眈。面对内忧外患，明王朝统治集团却束手无策，只顾着在内部的相互倾轧中捞取名利，这进一步加剧了正直士人们的精神压抑与人生困惑，他们或清醒救世，或傲世张扬，或绝望消沉，或放纵沉沦，共同谱写了一曲曲晚明士人的末世哀歌！

（二）经济原因

明中叶后，城市商品经济迅速发展，晚明更是盛极一时。然而，商品经济的发展一方面使大量财富集中到极少数人手中，助长了穷奢极欲的腐化享乐之风；另一方面则导致大量普通民众食不果腹、卖儿鬻女，为了生存，他们不得不铤而走险，各地农民起义暗流涌动。晚明士人们走向奢靡之风的速度是惊人的，据何良俊回忆，其年幼时"见人家请客，只是果五色、肴五品而已"；后来已是"肴品计有百余样，鸽子、斑鸠之类皆有"；再后来宴客则是"用银水火炉金滴嗉，是日客有二十余人，每客皆金台盘一副。是双螭虎大金杯，每副约有十五六两。留宿斋中，次早用梅花银沙罗洗面，其帏帐衾绸皆用锦绮。……闻其家亦有金香炉"。① 奢靡之程度令人惊叹。张瀚在《松窗梦语》中亦云：

> 自昔吴俗习奢华、乐奇异，人情皆观赴焉。吴制服而华，以为非是弗文也；吴制器而美，以为非是弗珍也。四方重吴服，而吴益工于服；四方贵吴器，而吴益工于器。是吴俗之侈者愈侈，而四方之观赴于吴者，又安能挽而之俭也。②

这种奢靡之风迅速蔓延，导致社会财富分配不均、两极分化日益加剧。然而，这种两极分化现象并未得到改善，反而愈演愈烈。据顾炎武的《天下郡国利病书》载：

> 迨至嘉靖末、隆庆间，则尤异矣。末富居多，本富益少。富者愈富，贫者愈贫。起者独雄，落者辟易。资爱有厉，产自无恒。贸易纷纭，诛求刻核，奸豪变乱，巨猾侵牟。
>
> 迄今三十余年，则復异矣。富人百人而一，贫者十人而九。贫者既不能敌富者，少反可以制多。金令司天，钱神卓地，贪婪罔极，骨肉相残。受享于身，不堪暴殄。③

晚明商品经济的迅速发展引起了社会风尚的急剧变化，却为一些仕途坎坷的士人们提供了放纵自适的温床。当一部分诗人科举受挫或者仕途不畅、个人理想无法实现时，便很容易堕入声色犬马之中，而这也进一步加速了晚明的奢靡腐化之风，使本就浮躁的社会习气更加恶化，直

---

① （明）何良俊：《四友斋丛说》卷34，中华书局1959年版，第316页。
② （明）张瀚：《松窗梦语》，中华书局2007年版，第79页。
③ （明）顾炎武：《天下郡国利病书》第9册《凤宁徽》，艺文印书馆1956年版，第76页。

至无药可救。他们习尚繁华、纵情自适、张扬自我，逐渐形成了负性使气、嗜名好利，以展现自我为中心的士人习气，公安派追求"真我"、强调"性灵"的诗歌主张正是这种诗人心态的典型体现。

（三）思想方面

晚明政治经济的发展变化也引起了思想界的巨大震动，各种思潮风起云涌，大有"百家争鸣"之势。一方面，明初确立的程朱理学仍然是官方的统治思想，也是科举考试的主要内容，更是文人们走向仕途必备的敲门砖；另一方面，各种新思潮开始发展壮大，西方基督哲学涌入，实学思潮开始兴起；程朱理学内部也开始出现新的分化组合，心学异军突起，大有与程朱理学分庭抗礼之势，然而却如昙花一现，阳明后学们各执己说、宗派林立。各种新思潮在相互抵触与相互吸收中不断重组，造就了复杂多变而又相互关联的晚明思想的繁荣。

思想界的复杂多变必然引起诗人心态的变化。阳明"心学"主张遵从本心，追求个性自由，反对繁文缛节，这促进了诗坛由"复古"向"主情"演化。以高拱、张居正为代表的阁臣注重"实学"，讲求道德教化，追求社会实效；佛学也在文人心中重新焕发生机，成为众多文人面对困境时的心灵栖息地；西方的基督哲学也在踏入中土后，与本土思想不断地渗透融合；李贽的"童心说"异军突起，文人们著书立说、结社作诗，讲学之风盛行。这一切造就了晚明文人复杂的思想心态，也形成了晚明诗坛派别林立、多元并存的诗歌风尚。随着晚明时局的急剧恶化，北京攻禅事件与李贽的死难使晚明的狂放士风迅速趋于消沉，社会危机的紧迫进一步加剧了诗人们内心的迷惘与苦闷。诗人们在心理上厌倦政治，由往日的诗酒风流自命逐渐走向对国家与个人命运的绝望，诗歌开始由"独抒性灵"走向探索幽微的个人心理，以钟惺、谭元春为代表的"竟陵派"登上诗坛，他们幽深孤峭的诗风大抵是这种诗人心态"内化"的外在反映。另一些有志文人开始不满"心学"带来的空疏学风，以为空谈误国，大力批判"平时静坐谈心性，临危一死报君王"的无为心态，主张改革时弊，实学救国，以东林、应社、复社、几社为中坚的一批诗人登上诗坛。至此，晚明诗歌在经历了思想和精神的剧痛后，最终完成了向清诗的过渡。此外，在男性掌握社会话语权的中国古代，妇女的人格独立与自我意识几乎无从谈起。然而，当历史走向晚明，随着商品经济的迅速发展与城市文化的繁荣，以及社会对女性禁锢的松动，再加上一些开明文人对女性才情的宣扬，晚明江南一些地方的妇女自我意识开始萌动，勇于追求自我价值的女性开始大量涌现。一些世家大族的女性甚至形成了诗人团体，如汾湖叶氏、嘉兴黄氏、吴门两大家等；另外，一些青楼女子的诗歌创作也风靡一时，蔚为壮观。有的知识女性则游离于二者之间，她们与当时的世家大族、社会名流、青楼女子多有往来，以自己的才华获取社会的认可，又或者成为一些官宦之家的女私塾，这种自谋职业以自给的生活方式在古代是相当先进的。她们的思想行为并未受到当时社会舆论的谴责，反而受到相当程度的赞许。竟陵派诗人谭元春则直呼其为"女山人"，甚至撰诗文以赞之。

晚明是一个百家争鸣的时代，各种思潮犹如雨后春笋般自由生长、尽情绽放。因为在那个朝政混乱、思想迷惘的时代，似乎谁都有可能通过著书立说或行为诡奇而自立门户，一举成为名满天下的风云人物。各种思想派别既各执己见、互相批驳、水火不容，又相互学习、彼此依赖、分化融合，不断推陈出新，造就了晚明思想的繁荣。对于晚明精彩纷呈的各种新思潮，嵇文甫在《晚明思想史论》中指出：

> 晚明时代，是一个动荡时代，是一个斑驳陆离的过渡时代。照耀着这时代的，不是一轮赫然当空的太阳，而是许多道光彩纷披的明霞。你尽可以说它"杂"，却决不能说它"庸"；尽可以说它"嚣张"，却决不能说它"死板"；尽可以说它是"乱世之音"，决不能说它是"衰世之音"。它把一个旧时代送终，却又使一个新时代开始。它在超现实主义的云雾中，透露出现实主义的曙光。①

---

① 嵇文甫：《晚明思想史论》，河南大学出版社 2008 年版，第 1 页。

各种思潮分化组合的速度是惊人的，一种思潮往往今朝还是众星捧月，转瞬便是明日黄花，令人眼花缭乱、应接不暇。传统信仰的迷失与新思潮的不断涌现，胶着在晚明这样一个压抑而又狂躁的时代，恪守传统信仰与追逐时尚思潮造成了这一时代矛盾复杂的诗人心态，衍生出晚明一线为主而又风格多元的诗坛格局。对晚明这一特殊的历史时代，严迪昌先生感叹：

　　这本是一个歌哭无端的时代，需要有此一格来反拨褒衣博带，甚至是肥皮厚肉式的诗歌腔调。即使谈不上敢哭敢笑，而仅仅是多出寒苦幽峭之吟，毕竟直而不伪，没有描头画足之陋习。处于月黑风高、凄霖苦雨之时，瘦硬苦涩之音无论如何要比甜软啴缓之声更接近历史的真实。①（《清诗史》绪论之三《黑暗的王朝与迷乱的诗坛——晚明诗史述论》）

（四）中外文化交流

随着晚明思想的开放与商品经济的迅速发展，西方基督思想和先进的科学技术也不断流入中土，中西文化交流频繁，西学开始作为一种新思潮传播开来。一些先进的中国人开始反省自身传统文化的不足，转而提倡西方文明。徐光启曾高呼："欲求超胜，必须会通；会通之前，必须翻译。"② 这是晚明一部分先进士人的超前共识，也是他们要求中西文化结合的共同心声。西学的流行为晚明的诗人心态注入了新的活力。

利玛窦在华身着僧衣，历经十三年，终于在江南贵胄瞿太素的帮助下，进驻南昌，建立了广州以外第一个耶稣会所，并以此为据点，努力传播西方文明。而一些先进的中国人，也以兼收并蓄的心态，对这种新事物产生了浓厚的兴趣，促进了西学的传播。利玛窦的著作《天学实义》，实为"天学"一名在中土流行之始。1605 年，李之藻重刻《天学

---

① 严迪昌：《清诗史》，浙江古籍出版社 2002 年版，第 40 页。
② （明）徐光启：《徐光启集》，王重民辑校，上海古籍出版社 1984 年版，第 374 页。

实义》（杭州本为《天学初函》），后屡有重刻。该书收录艾儒略所著《西学凡》一卷，书前有杭州四位名宦所作之序。其中杨廷筠之序高度评价了艾儒略携七千部西书入华的壮举，称其可与玄奘取经相媲美。翰林院庶吉士黄景昉的《国史唯疑》称这些西书为"特精辟"的"天学格致学"。可见，当时一部分士大夫对西学的赏识和肯定。一批批传教士和晚明士人的不懈努力，"理学"与"天学"的调和会通，思想界出现了儒化的"天学"和西化的"理学"的说法。诚如陈寅恪先生所说：

> 一时代之学术，必有其新材料与新问题。取用此材料，以研求问题，则为此时代学术之新潮流。治学之士，得预于此潮流者，谓之预流（借用佛教初果之名）。其未得预者，谓之未入流。此古今学术之通义，非彼闭门造车之徒，所能同喻者也。①（《敦煌劫余录序》）

陈寅恪先生所谓"时代学术之新潮流"，就当时而言，应该指西方传入的西学与中国传统文化的交流融合。当时一些名士或感兴趣于西学的新奇，或因传教士"意专行教，不求禄利"之决心而感动，或欲借"天学"之名摆脱自身危难之处境，或吸收西学以求得心灵的慰藉。士人们对待西学的心态虽千差万别，但共同促进了西学在中国的传播，形成了"一时好异者咸尚之"②而从者如流的时代潮流。徐光启与利玛窦合译欧几里得的《几何原本》，著名文人李之藻、杨廷筠、冯应京等均参与其中。利玛窦高度赞扬冯应京，称其为"在有声望的朝廷显贵中，因信仰基督教而出名"的"风采飞扬的中国士大夫"。③徐光启与熊三拔合译《泰西水法》，徐光启在序文中称："其教必可以补儒易佛"，而其"格物穷理之学，凡世间世外、万事万物之理，叩之无不河悬响答，

---

① 陈寅恪：《金明馆丛稿二编》，上海古籍出版社 1980 年版，第 236 页。

② （清）张廷玉等：《明史》，中华书局 1974 年版，第 8461 页。

③ ［意］利玛窦：《利玛窦日记选录》，载《明史资料选刊》第 2 辑，江苏人民出版社 1982 年版，第 173 页。

丝分理解"，"必然而不可易也"。① 据陈垣统计，《天学初函》所收诸书，"为作序者二十余人，皆士大夫表表一时者"；"此外名士攻教者亦复不少，如虞淳熙著《利夷欺天罔世》、林启陆著《诛夷论略》、邹维琏著《辟邪管见录》、王朝式著《罪言》、钟始声著《天学初征》及《再征》，许大受著《圣朝佐辟》、李生光著《儒教辩证》等，指不胜屈"②。学习西学逐渐成为部分文人学士的时尚，汤因比说他们形成了一个"少数创造者组成的小社会"，是晚明新学术思潮的萌芽。

随着晚明政风每况愈下，明朝学术之风出现了所谓"科举盛而儒术微"③"《大全》出而经说亡"④ 的局面，儒学逐渐丧失经学的支撑，渐趋于派别林立、宗旨历然地相互攻讦。阳明后学终而流于空疏，"三教归一"之说风行，文人们标新立异以为新奇。士人们这种思想的苦闷迷茫与搜奇罗怪的心态，为西学的传入与流行提供了机会，加速了西学的风行。一些士人以与利玛窦等传教士交游为荣。利玛窦则敏锐地意识到晚明士人们倡导的"三教归一"实则是要"三教"归无，他抓住士人们思想的紊乱与精神的空虚而大力鼓吹西学，他效仿徐光启所言的"易佛补儒"之法作为在华传教的策略，易"西学"以补"儒学"，走适应中国的"西学东进"之路，形成了中国古代真正意义上"中西会通"的潮流，有意无意地开启了一条"欲求超胜，必须会通"的近代化新思路，是"近代"科学思想在古代中国生根发芽的新起点。

明末中西文化交流，促进了一批硕果丰厚的西学著作的译介与传播。徐光启译介了《泰西水法》《简平仪说》《几何原本》等一批主要涉及自然科学的著作。他还亲自撰写了《圣母像赞》《规诚箴赞》《真福八端箴赞》等有关天主教的文字。李之藻译介西学之功不在徐光启之下，他翻译了《浑盖通宪图说》《同文算指》《名理探》等重要著作，编纂介绍西学的综合性著作《天学初函》。此外，李之藻为其父举行了

---

① （明）徐光启：《徐光启集》，王重民辑校，上海古籍出版社 1984 年版，第 66 页。
② 陈垣：《陈垣学术论文集》，中华书局 1980 年版，第 87—88 页。
③ （清）张廷玉等：《明史·儒林传序》，中华书局 1974 年版，第 722 页。
④ （明）顾炎武：《日知录》，（台北）文史哲出版社 1979 年版，第 526 页。

西式葬礼，这在古代士人群体中是最不可思议的壮举。杨廷筠也编著有《代疑编》《代疑续编》《圣水纪言》《天释明辨》等。徐、杨、李三人均为明朝有一定影响力的高官文臣，被并称为"天主教三大柱石"，他们为中西文化交流做出了巨大贡献。艾儒略在他们的帮助下撰写的《职方外纪》，是中国第一部世界地理学著作，曾任内阁首辅的叶向高为其作序，可见此书影响力之大。费赖之的《入华耶稣会士列传》曾载此事云：

> 儒略既至，彼乃介绍之于福州高官学者，誉其学识教理皆优，加之阁老叶向高为之吹拂，儒略不久遂传教城中，第一次与士大夫辩论后，受洗者二十五人，中有秀才数人。①

晚明为西学的传入提供了良好的时代土壤，在阳明心学影响下士人们形成的那种兼收并蓄的开放精神，为西学的传入提供了一定的思想准备。法国著名学者谢和耐说："中国当时的政治形势和文化演变为他们提供了一种出乎意料的帮助。"② 侯外庐说："所谓泰西文明便普遍地成了士大夫中间时髦的学问。"③ 对晚明思想迷惘的中国士人而言，西学无疑以全新的面貌激发了士人们新的探索心态，为明末苦闷彷徨的士人们注入了新的活力。但即便如此，中国士人根深蒂固的中学为本、西学为末的思想，使西学很难在当时的中国形成更大的影响，也不可能彻底改变恪守祖训的中国士子，这次中西文化交流也随着频仍的明末战乱而夭折了。何俊说："接纳了天主教，毋宁说是接纳了另一种形式的儒学。"④

---

① ［法］费赖之：《入华耶稣会士列传》，商务印书馆1938年版，第154页。

② ［法］谢和耐：《中国与基督教——中西文化的首次撞击》，上海古籍出版社2003年版，第283页。

③ 侯外庐：《中国思想通史》，人民出版社1956年版，第28页。

④ 何俊：《西学与晚明思想的裂变》，上海人民出版社1998年版，第118页。

三 心学的兴起与正靖诗坛

不追溯明初不足以探源明代诗人心态，然明朝立国以来对文人的血腥屠戮，造成了明初至明中叶思想界长期的相对稳定。这种政治高压下的思想稳定直到正德、嘉靖时期才有所改观，这一时期是晚明诗人心态发展变化的萌芽。笔者主要研究晚明，故思想与诗人心态相对稳定的明初与明中叶不做详谈。既然晚明诗人心态发展变化肇始于正、嘉时期，故欲谈晚明诗人心态与诗歌，不得不先从正德、嘉靖年间说起。

（一）正德、嘉靖时期的明代社会

明孝宗弘治以来，皇帝与士人的关系相对融洽，面对文人的进言，性格温和的明孝宗往往"上嘉纳之"，正如孟森先生说："至廷杖诏狱等残酷事，终弘治之世无闻。"① 君臣关系相对融洽与相对宽松的政治环境，当然激起了诗人们的参政热情，也使明初诗人们紧绷的思想神经有所放松。然而，继任的正德皇帝不理朝政、重用宦官，皇权一度旁落阉人之手，造成皇帝、宦官与士人之间关系紧张。明武宗崇尚自由，精力充沛，无视朝廷礼法制度，造成了明初以来朝政的严重混乱，好兵、好逸乐的武宗皇帝有太多荒唐之举。他对敢于上疏言事的大臣，或置之不理，或远戍边关，而身为首辅的李东阳为政谦和、顺从武宗。李东阳的媚软多受时人指责，甚至有人怒斥其为为虎作伥的帮凶，甚至连他的学生罗奎峰都因看不惯李东阳的软弱，沉痛地写信与其断绝师生关系。作为内阁首辅的李东阳不得不周旋于明武宗与宦官刘瑾之间，他的隐忍恭顺使不少文人免受伤害，减轻了政治危机，当然也助长了宦官集团肆意横行之风。

正德年间，士人们自弘治以来形成的强烈的政治热情与责任心还在延续。与李东阳的温和恭顺不同，继之的内阁首辅杨廷和性格强硬，敢于违抗皇帝权威，而这位性格顽劣而倔强的皇帝又绝不肯向文官集团低

---

① 孟森：《明清史讲义》，中华书局1981年版，第172页。

头，这就造成了皇权与士人群体之间的激烈争斗。这种皇权与臣权的激烈对抗在正德年间频频上演，持续了整整十六年。斗争是激烈的，而代价是惨重的。冲突的结果是大量士人惨遭贬谪、廷杖、牢狱，甚至屠戮，士人们在弘治年间形成的政治亢奋逐渐被消磨殆尽，传统儒家治国平天下的人生理想沦为空谈，无法治愈的心灵创伤，促使难以消解的苦闷、狂躁、幽冷、凄迷的诗人心态与诗歌创作风格的形成，是晚明诗人"吏隐"心态的萌芽。

正德皇帝的贪玩淫乐、纲纪松弛却也刺激了一部分士人的正义感，而这种情绪则被继之的嘉靖帝消磨殆尽。正德帝无子嗣，按照"兄终弟及"的传统，由其堂弟兴献王朱佑杬之子朱厚熜入继大统，于是便发生了历史上著名的"大礼议"事件。"大礼议"事件的本质是皇权与臣权之间的斗争。嘉靖三年正月，朱厚熜索性听任首辅杨廷和辞官，文官集团虽然还在一定程度上掌握着话语权，但已处于被动地位。杨廷和虽然去职，但其遗留的文官集团的强势政治作风犹存，以张璁为代表的帝派文人试图改孝宗皇帝为"皇伯考"，这引起了文官集团的极大不满。以杨廷和之子翰林院修撰杨慎、编修王元正、给事中张翀等为代表的文人号召群臣据理力争，引发了包括阁部九卿及诸曹、翰林、台谏在内的各级官员 230 余人，跪伏左顺门集体请愿，自辰至午长跪不起。结果请愿的为首 8 人系诏狱，其余四品以上夺俸，180 人实施廷杖，18 人被杖死，杨慎、王元正俱遭谪戍。《明史·张璁传》载：

> 及廷臣伏阙哭争，尽系诏狱予杖。死杖下者十余人，贬窜相继。由是璁等势大张。其年九月卒用其议定尊称。帝益眷倚璁、萼，璁、萼益恃宠仇廷臣，举朝士大夫咸切齿此数人矣。[①]

这就是历史上著名的"左顺门事件"，是皇权对文臣的暴力展示。此后，几位态度强硬的阁臣蒋冕、毛纪、石珤等相继去职，内阁人事更

---

① （清）张廷玉等：《明史》卷 84，中华书局 1974 年版，第 5176 页。

换频繁，这种状况一直持续到夏言与严嵩时代。《明史·毛纪传》载：

> 廷和、冕相继去国，纪为首辅，复执如初。帝欲去本生之称，纪与石珤合疏争之。帝召见平台，委曲谕意，纪终不从。朝臣伏阙哭争者，俱逮系，纪具疏乞原。帝怒，传旨责纪要结朋奸，背君报私。纪乃上言曰："曩蒙圣谕，国家政事商榷可否，然后施行。此诚内阁职业也，臣愚不能仰副明命。迩者大礼之议，平台召对，司礼传谕，不知其几似乎商榷矣。而皆断自圣心，不蒙允纳，何可否之有。至于笞罚廷臣，动至数百，乃祖宗来所未有者，亦皆出自中旨，臣等不得与闻。宣召徒勤，捍格如故。慰留虽切，诘责随加。臣虽有体国之心，不能自尽……乞赐骸骨归乡里，以全终始。"①

大学士石珤，议礼时，"帝欲援以自助，而据珤礼争，持论坚确，失帝意，璁、萼辈亦不悦"②，后与费宏一起放归。自此之后，虽有上疏进言者，但"迄嘉靖季，密勿大臣无进逆耳之言者矣"③。

"大礼议"事件前后长达 20 年左右，是明初之后皇权对文人集团又一次血腥的暴力清洗。结果是皇权高度集中，政坛上士风软熟的温和派占据上风，士大夫集团的权力中枢内阁成为皇权高度集中下的附庸，内阁也逐渐失去了文官集团的信任。首辅对皇帝俯首帖耳导致了内阁与士大夫分裂对立，文人集团与皇权之间的争夺逐渐转化为文人内部的党争，致使多任首辅或被屠戮，或遭贬谪，夏言、严嵩、高拱、张居正等鲜有善终，这使本就胆战心惊的晚明士人们更加寒心。曾经弹劾高拱的胡应嘉得知高拱重新被启用，"惊悸而卒，或云其胆已破裂矣"④，可见晚明士人心态在政治压力下的严重扭曲。政治是影响古代士人心态的风向标。然而，任何事物总是辩证的，正德、嘉靖时期的政坛风云却恰恰

---

① （清）张廷玉等：《明史》卷78，中华书局1974年版，第5046—5047页。
② （清）张廷玉等：《明史》卷190《石珤传》，中华书局1974年版，第5049页。
③ （清）张廷玉等：《明史》卷190《石珤传》，中华书局1974年版，第5049页。
④ （明）沈德符：《万历野获编》卷8《内阁·两给事攻时相》，中华书局1959年版，第218页。

是催生阳明心学的时代土壤。阳明心学就是在这样的时代破土而出，艰难发展的。

（二）阳明心学的兴起

明中叶以来，纷繁复杂的社会现象使文人们对传统的程朱理学产生了怀疑，陈献章、湛若水等思想家不断地改变着理学的发展方向，为阳明心学的崛起进行着漫长的思想准备，只待时机成熟，便可破土而出，这一历史性的任务最终落在了王阳明身上。欲谈晚明诗人心态与晚明诗歌，不能不提及王阳明这位对晚明诗人心态产生深远影响的思想家。

王阳明（1472—1529），名守仁，字伯安，世称阳明先生，浙江余姚人。伟大的思想家、教育家、政治家、军事家，阳明学派的创始人。王阳明的弟子钱德洪的《刻文录叙说》认为"其学三变，教亦三变"[①]。黄宗羲在《明儒学案》中亦云：

> 先生之学，始泛滥于词章；继而遍读考亭之书，循序格物，顾物理、吾心终判为二，无所得入。于是出入佛、老者之久。及至居夷处困，动心忍性，因念圣人处此，更有何道？忽悟格物致知之旨，圣人之道，吾性自足，不假外求。其学凡三变而始得其门。……居越以后，所操益熟，所得益化，时时知是知非，时时无是无非，开口即得本心，更无须假借凑泊，如赤日当空而万象毕照。是学成之后又有此三变也。[②]

明中叶纷繁复杂的社会现象使王阳明对传统的程朱理学产生了怀疑，在本体论上，王阳明主张"心即理"，他把"格物致知"推进到"致良知"。王阳明说："心即理也。此心无私欲之蔽，即是天理，不须外面添一分。"[③] 心、命、性、理是同一的，而心是理的本源；理虽万

---

① （明）王守仁：《王阳明全集》，吴光等编校，上海古籍出版社1992年版，第1574页。
② （明）黄宗羲：《明儒学案》，中华书局1985年版，第181页。
③ （明）王守仁：《王阳明全集》，吴光等编校，上海古籍出版社1992年版，第23页。

殊，而心惟一本。在如何通过变幻万千的"理"认识事物的本源上，他主张以心体悟，即"致良知"。他说：

> 人孰无是良知乎？独有不能致之耳。自圣人至于愚人，自一人之心，以达于四海之远，自千古之前以至于万代之后，无有不同。是良知也者，是天下之大本也。① （《书朱守乾卷》）

在他看来，良知是与生俱来、人所固有的。良知即天理；良知即人的主宰；良知即至善；良知即自觉。在实践上，王阳明主张"知行合一"。知中有行，行中有知，互相包容，相与一体。要人们把知和行统一起来，并积极倡导力行。

阳明之后，王门后学们各执己说、宗派林立，人人以为得其真传，王学内部各派别之间争论激烈。其中影响较大的主要有浙中王门、江右王门、南中王门、泰州学派等，学者辈出，影响深远。由于王学对晚明思想界影响巨大，故此处列其主要学派，以为管窥。

浙中王门。浙中王门主要指盛行于浙江余姚、山阴、会稽等地区的王门后学，其成员以社会上层知识分子为主，代表人物是钱德洪和王畿。该学派以"良知"说为治学之根本。

泰州学派。泰州学派的创始人为王艮，主要活动于泰州地区。发扬阳明心学思想，反对人性束缚，注重口传心授，主张百姓日用即道、即良知，其成员以下层百姓为主。其中著名者如李贽、赵贞吉、罗汝芳、何心隐等辈，是晚明思想解放潮流的先锋，影响甚大。

江右王门。这一学派主要指江西地区的王门后学，由于江西是王阳明生前的主要活动地区，因而江西地区修习王学人数最多，是继承和发扬阳明心学的中坚力量。他们主张心是天地万物之主，主要代表人物有邹守益、欧阳德、聂豹等。黄宗羲曾这样评价江右王学。

> 姚江之学，惟江右为得其传，东廓、念菴、两峰、双江其选

---

① （明）王守仁：《王阳明全集》，吴光等编校，上海古籍出版社1992年版，第279页。

也。再传为塘南、思默，皆能推原阳明未尽之旨。是时越中流弊错出，挟师说以杜学者之口，而江右独能破之，阳明之道赖以不坠。盖阳明一生精神，俱在江右，亦其感应之理宜也。①

王守仁晚年与弟子钱德洪、王畿讨论时，将自己一生的学说总结为四句箴言，后世文人称其为"四句教"。

> 无善无恶心之体，有善有恶意之动，知善知恶是良知，为善去恶是格物。②

之后，王学的主要学术思想不断分化组合，形成了"本体派"与"工夫派"两大发展主线。本体派以王畿、王艮、罗汝芳为代表；工夫派以邹守益、欧阳德、钱德洪等人为主要成员。此后，由于王学自身的局限与晚明时局的迅速恶化，风靡一时的王学渐趋衰落。至于王学对晚明诗坛的影响，下文有详论，兹不赘述。

(三) 正德、嘉靖诗坛

明诗是我国古代诗歌史上一个不可逾越的发展阶段，后人谈及明诗往往毁之者多、誉之者少。明初至明中叶，从台阁体、茶陵派到前后七子，复古是明代诗坛长期形成的主流诗风。明人自身并非不知这种复古模拟之风的危害，他们之所以一味地强调复古有其深刻的心理原因。明王朝是在颠覆元政权的基础上建立的，蒙元一统给汉族士人们造成了难以愈合的心理创伤，这种被征服的压抑似乎需要强烈的大汉族主义来弥补。于是，明王朝的建立便使士人们形成了驱除鞑虏之心态，"汉官威仪"的全面复古便在明初盛行，这种以复古为旗帜的极度自尊也可以看作士人们重塑自信的心理显现。明白这种心态，便不难理解明人为何比以往任何朝代都更强调复古了。从明初形式雅致、

---

① （明）黄宗羲：《黄宗羲全集》，吴光等编校，浙江古籍出版社 2005 年版，第 377 页。
② 侯外庐：《宋明理学史》下，人民出版社 1987 年版，第 232 页。

内容空洞的"台阁体"到"茶陵派"，再到以前后七子为代表的复古运动，甚至明末的竟陵派，都无法彻底摆脱复古主义的影响，"复古"几乎是贯穿整个明代诗坛的诗人心态，难怪清人沈德潜感叹："明诗其复古也！"①

在侧重复古的同时，明诗的另一发展线索是由性理诗向性灵诗过渡，而这一过渡亦萌芽于正德、嘉靖时期。性理诗是指受理学影响，以议论说理为主要内容的诗歌创作，曾一度流行于明初诗坛。随着明代中晚期以陈献章与王阳明为代表的心学思想的崛起，性灵诗开始登上诗坛。性灵诗注重诗人自我个性的展现，注重才气与灵感，反对模拟因袭，注重诗人真情实感的性灵诗取代了枯燥乏味的性理诗，造就了晚明诗坛流派迭起、精彩纷呈的局面。

从"台阁体"到"茶陵派"，再到前后七子的复古主义，以及后来的"主情"主义。可以清晰地看出，明诗创作群体由朝廷的权力核心台阁向中下层士人的转移。而到晚明，从前后七子向公安竟陵的过渡，不仅体现了诗歌重心由朝廷向民间的下移，更体现了诗歌创作潮流由重群体到重个体，由群体追求格调拟古到追求个人才情的转变。

此外，诗文之辨也是明代文人强调的重点。在《沧州诗集序》中，李东阳首先从体式上区分了散文与诗歌，并将诗歌定位在"畅达情思，感发志气"上。李东阳论诗以声律为核心，要求诗歌应该声律谐畅、典雅工整，他认为这种形式美是诗歌有别于散文的特有之美。以前七子为首的复古派将明代诗歌推向高潮，他们不仅主张"文必秦汉，诗必盛唐"，而且要求诗歌要有真情实感，锲而不舍地探索"真诗"的发展道路。之所以强调"诗必盛唐"是为了排斥宋诗的说理议论，并认为说理与议论是散文应有的职责，诗歌应该重情，诗文有别。但前七子很难调和复古与主情之间的矛盾，也未能走出形式上复古的泥淖，然前七子创作后期开始强调充沛的气势与鲜明的个性，这是明诗由群体性的形式

---

① （清）沈德潜：《沈德潜诗文集》，潘务正、李言校点，人民文学出版社 2011 年版，第 1303 页。

模拟到抒写个人感情的重大转变。而后七子则继承了以格调论诗的传统，在诗歌形式上更注重诗歌本身的审美特征，将诗歌与散文区分对待。王世贞的《艺苑卮言》更注重诗人真情实感的流露，认为诗歌"因情以发气，因气以成声，因声而绘词，因词而定韵，此诗之源也"①，将诗歌的本质与发生直接定位为情感，将诗人的个性才情提高到与诗歌声律、形式同等重要的位置。对于诗人才思与诗歌声律之间的关系，王世贞认为：

> 才生思，思生调，调生格。思即才之用，调即思之境，格即调之界。②

而在具体创作中，强调将格调与才情统一的同时，更注重个人才情的展现，故其诗作将"才情"放在第一位，全无典故，不讲章法，不讲格调高古，挥洒自如，自嘲幽默之风已开三袁之端倪。此后，公安、竟陵登上晚明诗坛，但前后七子的复古之风并未消失，直至明末陈子龙、夏完淳、张煌言、顾炎武、吴伟业等诗人为明代诗歌画上一个惨淡的句号。

明代诗歌的艰难历程远非以上所能概述，因本书重在论述晚明诗人心态与诗歌，故对万历之前明代诗歌的发展情况略加钩沉，以便厘清明代诗歌发展的主要脉络，以作为晚明诗人心态与诗歌的研究先导。

四 研究现状

（一）关于晚明诗人心态的研究

诗人作为古代文化的掌握者，他们敏感的神经往往是一个时代的反映，同时，他们的思想心态也影响着他们所处的时代。晚明是我国古代

---

① （明）王世贞：《艺苑卮言》，载丁福保辑《历代诗话续编》，中华书局1983年版，第956页。

② （明）王世贞：《艺苑卮言》，载丁福保辑《历代诗话续编》，中华书局1983年版，第964页。

一段特殊的历史时期，也是士人异常活跃的时代。虽然目前学界专门研究诗人心态的著作并不多见，但晚明士风的研究一直是学界的热点，这无疑有助于诗人心态的研究。这方面的主要著作有容肇祖的《明代思想史》①、嵇文甫的《晚明思想史论》②、谢国桢的《明末清初的学风》③、夏咸淳的《晚明士风与文学》④、周明初的《晚明士人心态及文学个案》⑤、马积高的《宋明理学与文学》⑥、侯外庐的《宋明理学史》⑦、左东岭的《李贽与晚明文学思想》⑧《王学与中晚明士人心态》⑨《明代心学与诗学》⑩、何宗美的《文人结社与明代文学的演进》⑪。主要学术论文有吴兆路的《公安派与阳明后学》⑫、邹自振的《陆王心学对晚明文学的影响》⑬、左东岭的《李贽文学思想与心学关系及其影响研究综述》《二十世纪以来心学与明代文学思想关系研究述评》《20 世纪以来心学与明代戏曲小说关系研究综述》⑭、何宗美的《明代文人结社综论》《元末明初文人结社与文学》《明代文人结社现象批判之辨析》《文人结社启示我们：需要重读明代文学》⑮，等等。

---

① 容肇祖：《明代思想史》，（台北）台湾开明书店 1941 年版。
② 嵇文甫：《晚明思想史论》，东方出版社 1996 年版。
③ 谢国桢：《明末清初的学风》，上海书店出版社 2006 年版。
④ 夏咸淳：《晚明士风与文学》，中国社会科学出版社 1994 年版。
⑤ 周明初：《晚明士人心态及文学个案》，东方出版社 1997 年版。
⑥ 马积高：《宋明理学与文学》，湖南师范大学出版社 1989 年版。
⑦ 侯外庐：《宋明理学史》，人民出版社 1997 年版。
⑧ 左东岭：《李贽与晚明文学思想》，天津人民出版社 1997 年版。
⑨ 左东岭：《王学与中晚明士人心态》，人民文学出版社 2000 年版。
⑩ 左东岭：《明代心学与诗学》，学苑出版社 2002 年版。
⑪ 何宗美：《文人结社与明代文学的演进》，人民出版社 2011 年版。
⑫ 吴兆路：《公安派与阳明后学》，《浙江学刊》1995 年第 2 期。
⑬ 邹自振：《陆王心学对晚明文学的影响》，《福州大学学报》（社会科学版）1998 年第 4 期。
⑭ 左东岭：《李贽文学思想与心学关系及其影响研究综述》，《首都师范大学学报》（社会科学版）2002 年第 6 期；左东岭：《二十世纪以来心学与明代文学思想关系研究述评》，《文学评论》2003 年第 3 期；左东岭：《20 世纪以来心学与明代戏曲小说关系研究综述》，《首都师范大学学报》（社会科学版）2004 年第 5 期。
⑮ 何宗美：《明代文人结社综论》，《中国文学研究》2002 年第 2 期；何宗美：《元末明初文人结社与文学》，《国学研究》第 26 卷，北京大学出版社 2007 年版；何宗美：《明代文人结社现象批判之辨析》，《文艺研究》2010 年第 5 期；何宗美：《文人结社启示我们：需要重读明代文学》，《社会科学报》2010 年第 8 期。

综上来看，20 世纪以来，学者们对晚明士风与思想的研究成就斐然，有助于我们更全面地了解晚明知识者的思想，更好地把握晚明诗人心态，也为本书从诗人心态的角度研究晚明诗歌，提供了良好的学术保障。

（二）关于晚明诗歌的研究

对于晚明诗人和诗歌创作的研究，清人已开其端倪。清初著名文人黄宗羲、顾炎武、王夫之、钱谦益、朱彝尊等，大多从总结明王朝覆灭的政治角度，对明诗，尤其是晚明诗歌进行了严厉地批判，清中叶则继续清初的观念，对明诗几乎以"肃清"的态度对待。即使是《四库全书总目提要》也基本因袭钱谦益、朱彝尊的旧说。这种对明诗的偏见一直延续到清末才略有改变，陈田的《明诗纪事》始有新论，但并未引发对明诗的研究风潮。

20 世纪二三十年代，周作人、林语堂、刘大杰、钱锺书、郭绍虞等众多著名学者，开始将目光投向晚明文学的研究，他们重新评估晚明文学的价值，校勘一些晚明文人的别集和总集，形成了良好的晚明文学研究风潮，但这些研究主要聚焦于对晚明散文的研究，而有关明诗的研究虽然引起了一些学者的注意，却仍然停留在对个别诗人、诗集的校注上，并未引起学界足够的重视，故对晚明诗歌的系统研究未取得较大进展。

中华人民共和国成立之初的几十年，由于诸多原因，晚明诗歌研究基本上处于停滞状态。直到 20 世纪八九十年代以后，大陆地区才掀起了对明诗的研究热潮，构建评判晚明诗歌的理论体系，重新审视晚明诗歌创作在古代诗歌史上的意义与价值。该时期不仅对晚明诗歌流派与诗人诗集进行具体深入的研究，而且开始结合晚明的时代特征，从诗歌史的角度，以全新的眼光审视晚明诗歌。这一领域的研究逐渐取得了突破性的进展，一些涉及晚明诗歌研究的重要成果层出不穷。这方面的主要著作有马美信的《晚明文学新探》①、陈良运的《中

① 马美信：《晚明文学新探》，（台北）台湾圣环图书有限公司 1994 年版。

国诗学批评史》①、萧华容的《中国诗学思想史》②、周明初的《晚明士人心态及文学个案》③、陈文新的《明代诗学》④、胡晓明的《中国诗学之精神》⑤、严迪昌的《清诗史》⑥、李圣华的《晚明诗歌研究》⑦，等等。其中周明初的《晚明士人心态及文学个案》一书，在对晚明士人的基本心态进行群体心态探讨的同时，又对具有典型晚明风格的四位士人（徐渭、李贽、汤显祖、袁宏道）心态做了个案分析，该书是从文人心态角度分析文学创作的典范。李圣华的《晚明诗歌研究》一书深入细致地分析了晚明诗人的社会构成、地域性诗人群体的分布，以及各流派的创作风格与整体性诗风的相互关系，作者在占有大量资料的基础上，对晚明诗歌进行了全面、细致、深入的研究，是目前学界研究晚明诗歌不可或缺的专著。

深入了解晚明士风与诗风，探究晚明诗人心态的彷徨与精神的苦痛，可以看到晚明诗人在"复古"与"主情"、模拟与创新的诗歌之路上的徘徊与探索。晚明诗歌整体上经历了一个模拟复古、遵法声律—独抒性灵、放纵个性—幽深孤峭、探索心灵—慷慨悲歌、关注世情的变化流程。以"后七子"为代表的诗歌流派主张诗必盛唐、真诗在民间；继之公安派的"独抒性灵，不拘格套"；竟陵派为补救"七子"与"公安"之弊，主张诗歌走"师心"与"师古"兼具的道路，然而面对紧锣密鼓的时代危机，竟陵诗风最终走向幽冷孤峭的自哀自怜；东林、复社文人不愿一味地沉溺于顾影自怜式的命运悲叹，面对明王朝岌岌可危的残酷现实，他们竖起实学救国的大旗，以一腔热血谱写反映国计民生的爱国诗章，自此苍劲雄浑的现实主义诗风登上晚明诗坛，以强有力的时代呐喊为明诗作结。此外，晚明女诗人以家族闺秀与青楼才女为主要

① 陈良运：《中国诗学批评史》，江西人民出版社1995年版。
② 萧华容：《中国诗学思想史》，华东师范大学出版社1996年版。
③ 周明初：《晚明士人心态及文学个案》，东方出版社1997年版。
④ 陈文新：《明代诗学》，湖南人民出版社2000年版。
⑤ 胡晓明：《中国诗学之精神》，江西人民出版社2001年版。
⑥ 严迪昌：《清诗史》，浙江古籍出版社2002年版。
⑦ 李圣华：《晚明诗歌研究》，人民文学出版社2002年版。

创作群体，她们以女性特有的敏感和才华向世人展示了乱世女性的苦难人生，其创作人数之盛、作品之繁多均为女性诗歌史上前所未有。

综上所述，关于晚明诗人心态与诗歌的研究，前人和今人做了富有意义的探索，为本书的撰写打下了一定的基础。前人的研究大多着眼于对整个明诗的研究与把握，或者是对明代文学思想方面的研究，或者是对某个诗歌流派的研究，其中对某个诗歌流派的研究较多。但从晚明诗人心态的角度出发，对晚明诗歌走向进行全面把握、深入研究的成果为数不多。而笔者欲通过对晚明各种思潮的梳理，力图从整体上把握在各种思潮影响下的诗人心态，从而深入探究诗人心态对诗歌走向的影响，总结晚明诗歌的发展规律，为明末清初诗歌的研究架起一座桥梁。

第一章　由复古走向性灵——吏隐心态下的晚明诗歌

　　嘉靖之后的隆庆皇帝朱载坖仁慈宽厚，嘉靖朝形成的皇权与臣权之间的斗争有所缓和，而缓和的时局也使各种思想有所抬头。然而内忧外患的时局并未从根本上消除，夏言、严嵩等几任辅臣的惨剧依然在士人们心头萦绕，大臣内部的党争依然激烈。万历初年首辅张居正为进行改革而推进的强权政治，要求思想高度统一，对一切不适应改革实施的"异端"思想采取了清除措施，隆庆以来有所舒缓的诗人们又绷紧了敏感的神经。张居正雷厉风行的改革无疑有利于延续支离破碎的大明王朝，甚至在各领域出现了中兴局面。然而遗憾的是张居正病逝后，明王朝的当权者没有将改革延续下去，而是在激烈的权力斗争中对改革派进行了血腥清算。万历十二年，张居正遭遇了当权者残酷的抄家，这位伟大的政治家、改革家，国家机器的有力控制者，最终连其家人都成了权力斗争的牺牲品。张居正专权后留下的权力空白，在其死后引起了各种政治势力的殊死搏杀，这包括皇帝与内阁之间、阁臣之间、内阁与其他大臣之间的权力争斗。各种势力之间展开的斗智斗勇虽然在表面上形成了某种权力均衡，但这种无休止斗争形成的权力均衡，客观上导致了万历皇帝厌恶政事与不理朝政的恶果，皇权旁落又引起宦官与后宫势力的抬头。至此，宦官掌权、后宫乱政与文臣党争成为明王朝最终走向覆亡的慢性毒药。

　　任何事物都有两面性，万历皇帝不理朝政造成的政治混乱与激烈党争，却正好刺激了张居正十年专权下的疲软士风，晚明各种思潮如开闸泄洪一般奔涌而出。讲论心学不再受到限制，王学空前流行。阳明心学的传播与转变一定程度上抚慰了诗人们受伤的心灵；泰州学派的崛起，李贽思想的传播，催生了一批批与以往任何时代都不同的狂狷者。但是晚明几任首辅血淋淋的结局，以及政绩卓著的张居正死后的悲惨境遇却始终萦绕在诗人们的心头，成为诗人们挥之不去的梦魇。因此，一方面，传统儒士的政治理想依然占据着他们的心灵，这使他们有着积极的参政理想；另一方面，残酷腐败的现实往往使他们心灰意冷、无所适从。可怜的晚明诗人们在那个可悲的时代，在出仕与致仕间犹豫徘徊、备受煎熬。他们既不愿割舍兼济天下的政治理想，又不得不抱着明哲保身的处世心态。复杂的诗人心态导致晚明诗坛论诗诸说纷纭，例如徐渭的"本色论"、李贽的"童心说"、汤显祖的"主情说"、屠隆的"适性说"、袁宏道的"性灵说"、江盈科的"元神活泼说"、陶望龄的"偏至独造说"等。本章主要探讨"吏隐"心态下的诗歌创作。

第一节　亦仕亦隐心态的形成原因

明代科举采用八股取士，以程朱理学为考试内容，读书人皓首穷经取得一第，做官报效朝廷是其人生的终极目标。但晚明江河日下的时局却让他们始终处在手足无措的尴尬局面。出仕，政治抱负难以实现而自身面临迫害，从而形成了畏祸心理；不出仕，又不甘于默默无闻，于是出现了亦仕亦隐的心态，这种心态的形成在晚明有其复杂的原因，而政治混乱则是其首要原因。

一　万历政局

张居正结纳司礼监掌印太监冯保，经过激烈的政治斗争，首辅大学士高拱罢官而去，张居正终于坐到了内阁首辅的高位。与以往首辅不同的是，由于万历皇帝年幼，张居正依附太后，内结冯保，达到了宫府一体、监阁同心、大权独揽的目的，出现了明中叶以来少有的集权政治。《明史·张居正传》载："慈圣徙乾清宫，抚视帝，内任保，而大柄悉以委居正。"[1]

万历五年，张居正的父亲病故，张居正援例应辞职，回乡丁忧，守制二十七个月，而这对于醉心功名权力的张居正来说是不能接受的。在他的授意下，大臣们上疏希望夺情，神宗皇帝亦下诏慰留张居正，语气坚决。于是，引发了恪守传统礼法的部分大臣的强烈反对与弹劾。结果，翰林院编修吴中行廷杖六十，发原籍为民，永不叙用；翰林院检讨赵用贤廷杖六十，发原籍为民，永不叙用；刑部员外郎艾穆廷杖八十，发极边充军，遇赦不宥；刑部主事沈思孝廷杖八十，发极边充军，遇赦不宥；刑部办事进士邹元标廷杖八十，发极边卫所充军；南京浙江道御史朱鸿谟夺职为民；户部员外郎王用汲削籍。其中邹元标言辞尤为激烈，《明史·邹元标传》记载如下。

> 张居正夺情，元标抗疏切谏。且曰："陛下以居正有利社稷耶？居正才虽可为，学术则偏；志虽欲为，自用太甚。……臣观居正疏言'世有非常之人，然后办非常之事'，若以奔丧为常事而不屑为者，不知人惟尽此五常之道，然后谓之人。今有人于此，亲生而不顾，亲死而不奔，犹自号于世曰我非常人也，世不以为丧心，则以为禽彘，可谓之非常人哉？"疏就，怀之入朝，适廷杖吴中行等。元标俟杖毕，取疏授中官，绐曰："此乞假疏也。"及入，居正大怒，亦廷杖八十，谪戍都匀卫。卫在万山中，夷獠与居，元标处之怡然。益究心理学，学以大进。巡按御史承居正指，将害元标。行次镇远，一夕，御史暴死。[2]

邹元标目睹廷杖之惨烈，惩处之严厉，明知上疏之后果却依然选择上疏，展示了部分士大夫捍卫自己信念的决心与勇气，但他们惨烈的结

---

① （清）张廷玉等：《明史》卷213，中华书局1974年版，第418页。

② （清）张廷玉等：《明史》卷243，中华书局1974年版，第6302页。

局却使隆庆以来略有宽松的士人心态惴惴不安。夺情事件以张居正的胜利而告终，却大大折损了士人们的参政热情。张居正死后家族受祸惨烈，其生前和身后形成了强烈的反差，成为后世为政者的张本，再次令欲有所作为的晚明士子们胆战心惊。《明史·顾宪成传》有云：

> 凡救三才者，争辛亥京察者，卫国本者，发韩敬科场弊者，请行勘熊廷弼者，抗论张差梃击者，最后争移宫、红丸者，忤魏忠贤者，率指目为东林，抨击无虚日。借魏忠贤制毒焰，一网尽去之，杀戮禁锢，善类为一空。崇祯立，始渐收用，而朋党势已成，小人卒大炽，祸中于国，迄明亡而后已。①

令人啼笑皆非的晚明三大案，是各种政治势力权力斗争的荒诞体现。时局的混乱使欲有作为的诗人手足无措，逐渐形成"朝政弛，则士大夫腾空言而少实用"②的世风。一些诗人对朝政心灰意冷，在浅唱低吟中绝意仕进，诗人们科举功名的观念也渐趋淡薄，有的甚至绝意科考，诗人们在出仕与致仕的迷惘中饱受肉体和精神的创伤。王问"强仕归田四十年，杜门扫轨"③，李舜臣"闲居二十年，屡荐不起"④，周复俊"里居杜门扫轨，凝尘晏然"⑤。

总之，张居正之后，万历朝的政治腐败不堪，各党派之间你死我活的斗争导致朝廷行政能力的瘫痪，皇帝不理朝政与内阁更换频繁也造成了明王朝权力中枢混乱，而这再一次给宦官与后宫把持朝政以可乘之机，历史上著名的宦官魏忠贤开始清洗大臣中的有识之士，这一切使得本已垂危的明王朝迅速走上不可挽回的覆亡之路。这种政治的腐败与对士人的残酷迫害，是造成诗人们"亦仕亦隐"心态的首要原因。以"三袁"为代表的公安派便于此时悄然兴起，是张居正专制之后的一次

---

① （清）张廷玉等：《明史》，中华书局 1974 年版，第 6033 页。
② （清）张廷玉等：《明史》，中华书局 1974 年版，第 6294 页。
③ （清）钱谦益：《列朝诗集小传》，上海古籍出版社 1983 年版，第 399 页。
④ （清）钱谦益：《列朝诗集小传》，上海古籍出版社 1983 年版，第 382 页。
⑤ （清）钱谦益：《列朝诗集小传》，上海古籍出版社 1983 年版，第 401 页。

火山喷发式的思想解放。而此后，终明之世，文人们的思想迷乱与他们所处的时局一样很难统一，却也造就了晚明诗坛百花齐放的多元格局。

二 奢靡享乐之风

随着晚明商品经济的发展与享乐之风的流行，靠皓首穷经谋得一第以光耀门楣的士子们的心态也发生了巨大变化。一方面，心怀报国之志科举中第的文人们面对腐朽的晚明政治，却并没如愿以偿地平步青云，而是不断遭受坎坷仕途的痛苦折磨，他们的心灵在出世与入世的徘徊绝望中，逐渐选择以物质享乐来弥补精神的空虚；另一方面，一些科举路上屡考屡败却又不甘心而屡败屡考的士子们，心态遭到灯枯油尽式的煎熬。面对沉重的生计压力，晚明愈演愈烈的奢靡之风刺激着他们的物质欲望，他们结社集会、刻诗立名，通过物质欲望的满足来弥补科举失利带来的精神空虚。这样一来，仕途坎坷与科举落榜的中下层文人构成了一个追求奢靡的物质消费群体，与畸形的封建商品经济一起合成了一个光怪陆离的享乐世界。

晚明士大夫的经济追求与虚荣消费达到了惊人的程度，摆场面、讲阔气成为一时的社会风尚，俭以养德的传统古训荡然无存。据何良俊回忆："一日偶出去，见一举人轿边从约二十余人，皆穿青布衣，甚是赫奕。余惟带村仆三四人，岂敢与之争道，只得避在路旁，以俟其过。"[1]一个身居乙科的举人尚且如此招摇过市，其他士大夫可想而知。晚明吴江奢靡之风盛行，据复社领袖张溥回忆："复社初起，四方造访者，舟楫相蔽而下，客既登堂，供具从者，或在舟中作食，烟火四五里相接，如此十余年无倦色。"[2]另据叶梦珠的《阅世编》载：

> 肆筵设席，吴下向来丰盛。缙绅之家，或宴官长，一席之间，水陆珍馐，多至数十品。即士庶及中人之家，新亲严席，有多至二

---

[1]（明）何良俊：《四友斋丛说》，中华书局1959年版，第321页。
[2] 蒋逸雪：《张溥年谱》，商务印书馆1946年版，第25—26页。

三十品者。若十余品则是寻常之会矣。然品必用木漆果山如浮屠样，蔬用小瓷碟添案，小品用攒盒，俱以木漆架高，取其适观而已。即食前方丈，盘中之餐，为物有限。崇祯初，始废果山碟架，用高装水果，严席则列五色，以饭盂盛之。相知之会则一大瓯而间数色，蔬用大铙碗，制渐大矣。①

而事实上，这种奢靡之风往往超越了一般家庭的承受能力。如苏州文士张大复虽家贫，却好交友，其夜宴宾客则"蔬炙杂进，丝肉竞奋，参横月落"②，不顾家无晨米之炊。有的士人甚至宁愿借贷也不减奢靡之风。从阳人陈坊家境不佳，却"顾好客，客益盛。时时置酒石舫，召妓佐客觞。流连日夕，皆鬻产称贷为之"③。总之，当时的风气是"人情以放荡为快，世风以侈靡相高，虽逾制犯禁，不知忌也"④。明人王锜在《寓圃杂记》中亦云：

> 吴中素号繁华……正统、天顺间，余尝入城，咸谓稍复其旧，然犹未盛也。迨成化间，余恒三、四年一入，则见其迥若异境，以至于今，愈益繁盛，闾檐辐辏，万瓦甃鳞，城隅濠股，亭馆布列，略无隙地。舆马从盖，壶觞罍盒，交驰于通衢。水巷中，光彩耀目，游山之舫，载妓之舟，鱼贯于绿波朱阁之间，丝竹讴舞与市声相杂。凡上供锦绮、文具、花果、珍羞奇异之物，岁有所增，若刻丝累漆之属，自浙宋以来，其艺久废，今皆精妙，人性益巧而物产益多。⑤

随着奢靡享乐之风的流行，传统人与人之间"其交也以道，其接也

---

① （明）叶梦珠：《阅世编》，上海古籍出版社 1981 年版，第 194 页。
② （清）钱谦益：《牧斋初学集》，载《近代中国史料丛刊三编》，（台北）文海出版社 1986 年版，第 1358 页。
③ 姜泣群：《虞初广志》卷 13《陈朗生传》，上海书店 1986 年版。
④ 姜泣群：《虞初广志》卷 13《陈朗生传》，上海书店 1986 年版。
⑤ （明）王锜：《寓圃杂记》，中华书局 1984 年版，第 42 页。

以礼"的儒雅风范渐趋消失，取而代之的是以金钱为纽带的人际交往。这种追求金钱与崇尚享乐的社会潮流不仅存在于市井底层，而且渗透到了一些深受儒学教育的朝廷官员之中。晚明朝鲜人崔溥回忆："人皆以商贾为业，虽达官之家，或亲袖称锤，分析锱铢之利。"① 叶盛记载了当时的一首西湖民谣。

> 十里湖光十里笆，编笆都是富豪家。待他十载功名尽，只见湖光不见笆。②

晚明士人对金钱与享乐的追求，也使他们对"商"为"四民之末"的传统观念有所改变，一度出现"士商结合"的局面。商人倾慕士人的风范，在拥有物质财富的基础上附庸风雅；士人赞扬商人的才智，甚至有的士子干脆弃儒从商。士商彼此契合、相互赏识，正如归有光在《詹仰之墓志铭》中所感慨的那样：

> 为贾与为学者，异趋也。今为学者，其好则贾而已矣；而为贾者，独为学者之好，岂不异哉！初，仰之从予友吴秀甫游，秀甫死数年矣。仰之且死之岁，亟来见予，予与之谈秀甫之为人，恍然如生，相与为泪下。然其意欲有所求者而不言也。③

李梦阳在《明故王文显墓志铭》中引用著名晋商王现的话说：

> 文显尝训诸子曰：夫商与士，异术而同心。故善商者，处财货之场，而修高洁之行，是故虽利而不污；善士者，引先王之经，而绝货利之径，是故必名而有成。故利以义制，名以清修，各守其业，天之鉴也。如此，则子孙必昌，身安而家肥矣。④

---

① ［朝鲜］崔溥：《漂海录》，葛振家点注，社会科学文献出版社1992年版，第195页。
② （明）叶盛：《水东日记》，中华书局1980年版，第147页。
③ （明）归有光：《震川先生集》，上海古籍出版社1981年版，第476页。
④ （明）李梦阳：《空同先生集》卷44，上海古籍出版社1987年版，第420页。

　　士人们除羡慕赞美商人的财富外，奢靡之风给一些生计困难的士子造成的巨大生存压力，迫使他们无法从心灵上摆脱这种物质享乐的诱惑，最终走向与"四民之末"的商人合作，乃至"古者四民异业，至于后世而士与农、商常相混"①。就连明代大儒吴与弼亦尝感叹："思债负难还，生理蹇涩，未免起计较之心。"② 可见中上层文人尚且如此重商，一般士子亦可想而知了。

　　关于晚明商品经济对诗人心态的冲击，以上仅为简要论述。事实上，晚明奢靡之风兴盛于官民各阶层，渗透到服饰、宴饮、青楼、旅游等各社会领域，而许多超奢侈消费只能造成大量宝贵社会资源的浪费。事实上，几个都市的奢靡与农村的大面积赤贫在晚明是并存的。这种畸形的商品经济与奢靡之风只集中存在于某几个商业城市，被这几个富庶城市掩盖的是全国其他地方的大面积赤贫。频繁的自然灾害与贪官污吏的盘剥，往往引起全国大面积的饥荒，老百姓扶老携幼、流离失所。而当权者却对民生疾苦置若罔闻，似乎还有意无意地不断搜刮着民脂民膏，以此支撑着几个城市的腐化奢靡。这是晚明末世特有的畸形社会现象，一些城市富丽堂皇、歌舞升平，而全国大面积饥民暴动、民不聊生。一些官员与富商腰缠万贯，而大明王朝却国库亏空、军费难支！

　　商品经济的发展与享乐之风的流行，诱使晚明一大批仕途坎坷的文人走向堕落的物质享受。因为晚明腐败的政治使他们看不到"治国、平天下"的儒者理想，甚至连做一个清正廉明、独善其身的小官，也往往不得不谨慎地周旋于盘根错节的官场。晚明官场血腥的党争使他们防不胜防，一些士人莫名其妙地成为党争的牺牲品。这使他们在坎坷的仕途上胸怀恐惧，却又不愿割舍"货与帝王家"的人生理想和为官带来的物质利益。商业的繁荣与奢靡之风的盛行，正好给予了他们物质享受与感官刺激，也成全了他们纸醉金迷、张扬自我的诗意人生。总之，晚

---

　　① （明）归有光：《震川先生文集》卷13《白庵程八十寿序》，上海古籍出版社1981年版，第319页。

　　② （明）黄宗羲：《明儒学案》卷1《吴康斋先生语》，中华书局1985年版，第22页。

明经济的发展为诗人们亦仕亦隐的"吏隐"心态提供了物质基础。

三 "狂禅"运动

晚明异常腐败的政治与党争造成了士人心灵的恐慌，经济的发展与奢靡之风的盛行又促使他们走向张扬个性、恣意纵情的物质享乐。而阳明心学及各种风起云涌的新思潮为他们亦仕亦隐心态的形成，提供了思想上的依据。关于阳明心学的兴起与主要内容前文已讲，以下主要论述其他思潮在诗人"吏隐"心态形成中的作用。当然，阳明心学与各种思潮的分化组合，仍然是影响晚明诗人心态的主要思想因素，这种影响一直延续到明末实学思潮与现实主义诗风的兴起。

宋代兴起的程朱理学随着时代的发展，受南宋、元、明频繁战乱与易代鼎革的影响，一些饱经风霜的理学学者们，逐渐吸收佛禅思想中的出世思维，以慰藉饱受创伤的士人心灵，理学在自身的发展中接纳并改造着禅宗。仅从思想发展的角度来说，阳明心学及其他一些晚明思潮，正是理学接纳其他思想、不断进行自我改造的产物。黄宗羲就认为泰州学派近禅，其《泰州学案序》云：

> 阳明先生之学，有泰州、龙溪而风行天下，亦因泰州、龙溪而渐失其传。泰州、龙溪时时不满其师说，益启瞿昙之秘而归之师，盖跻阳明而为禅矣。[1]

在晚明那样一个诗人心灵遭受压抑创伤却又举步维艰的时代，佛教与心态迷惘的诗人们形成了一种心灵的暗合，文人与高僧交游来往、谈禅说理成为世风所向，佛教的复兴也成为晚明社会发展的必然趋势。禅宗离经慢教的精神与阳明心学一起促进了文学上"性灵说""尚情论"的产生。陈垣在《明季滇黔佛教考》中谈及当时士人对佛禅的崇尚之风，云："万历而后，禅风寝盛，士大夫无不谈禅，僧亦无不欲与士大

---

① （明）黄宗羲：《明儒学案》，中华书局 1985 年版，第 703 页。

夫接纳。"① 晚明思潮中的"狂禅派"便是此时一批士人心态的展现，他们身着奇装异服，或高谈阔论，或放诞任性，仿佛不狂狷无以为名士。著名史学家嵇文甫说：

> 当万历以后，有一种似儒非儒似禅非禅的"狂禅"运动风靡一时。这个运动以李卓吾为中心，上溯至泰州派的颜何一系，而其流波及于明末的一班文人。他们的特色是"狂"，旁人骂他们"狂"，而他们也以"狂"自居。②

王阳明所谓的狂者，大体有五种。一是"志存古人"，不与世俗同流，追求真正的忠信廉洁，而非沽名钓誉；二是通过对"一切俗缘皆非性体"的深刻体悟，不沉溺富贵名利之场，而能豁达自然；三是能超脱俗染，不为当下的处境所限，故能"无入而不自得"；四是"有凤凰翔于千仞之意"，却无为善去恶之事功，故而"阔略事情，而行常不掩"；五是一副"轻灭世故，阔略伦物"的姿态，却未入于圣人之道，而以狂者自居。王阳明以狂者自许，并非沽名钓誉、哗众取宠，而是对自己学说的自信，他认为自己已道出了"圣门正法眼藏"③。

与"狂禅"思潮有关的高僧大德，名家辈出，而其中以紫柏大师最为有名。他结合心学潮流与佛家思想，对当时流行的"性情""性灵""心性"之说有着自己独到的见解，他在《法语·义进笔录》中曾言：

> 又有"心统性情"之说。世皆知有此说，知其义者寡矣。夫情波也，心流也，性源也。外流无波，舍流则源亦难寻。然此说不明，在于审情与心，心与性忽之故也。应物而无累者，谓之心；应物而有累者，谓之情；性则应物不应物，常虚而灵者是也。由是观之，情即心也，以其应物有累，但可名情，不可名心；心即情也，

① 陈垣：《明季滇黔佛教考》，河北教育出版社 2000 年版，第 334 页。
② 嵇文甫：《晚明思想史论》，东方出版社 1996 年版，第 50 页。
③ （明）王守仁：《王阳明全集》卷 35《王阳明年谱三》，吴光等编校，上海古籍出版社 1992 年版，第 1287—1288 页。

以其应物无累，但可名心，不可名情。然外性无应与不应，累与不累耳。若然者，情亦性也，心亦性也，性亦心也，性亦情也，有三名而无三实。此乃假言语而形容之，至其真处，大非言语可以形容仿佛也。故曰：参须实参，悟须实悟。①

在其《法语·墨香庵常言》中又云：

> 夫万物皆心也。以未悟本心，故物能障我；如悟本心，我能转物矣。是以圣人促万劫为一瞬，延一刻为千古。散一物为万物，如片月在天，影临万水也；卷万物为一物，如影散百川，一月所摄也。此非神力为之，吾性分如是耳。②

紫柏大师之言显然是阳明心学与禅宗合流的反映，是晚明"狂禅"之风在佛学界的代表，"狂禅"之风是构成晚明亦仕亦隐诗人心态的重要因素。

然而，阳明心学及其佛学思潮对"心性""性情"的体悟，并非彻底抛弃传统儒学，相反是建立在对传统儒学改造的基础之上。他们在思想上仍然强调儒家诗教，他与翰林舒芬的一段对话就表达了这种主张。钱德洪的《王阳明年谱二》载：

> 进贤舒芬以翰林谪官市舶，自恃博学，见先生问律吕。先生不答，且问元声。对曰："元声制度颇详，特未置密室经试耳。"先生曰："元声岂得之管灰黍石间哉？心得养则气自和，元气所由出也。《书》云'诗言志'，志即是乐之本；'歌永言'，歌即是制律之本。永言和声，俱本于歌。歌本于心，故心也者，中和之极也。"芬遂跃然拜弟子。③

---

① 曹越主编：《紫柏老人集》，北京图书馆出版社 2005 年版，第 217—218 页。
② 曹越主编：《紫柏老人集》，北京图书馆出版社 2005 年版，第 232—233 页。
③ （明）王守仁：《王阳明全集》，吴光等编校，上海古籍出版社 1992 年版，第 278 页。

　　王阳明除认同诗主教化外，也认可诗歌直抒胸臆、娱情养性的创作倾向，而这种倾向的发展便是晚明诗歌的"主情"说与"性灵"说。王阳明认为诗歌应"宣畅和平，涵永德性，移风易俗"①，可以"盖不必尽合于先贤，聊写其胸臆之见，而因以娱情养性焉耳"②。阳明后学中的王畿就是这一思想的代表，他认为诗歌应抒发诗人的真实"心性"，而较少强调诗歌的教化功能。

　　晚明心学与禅学及其他思潮的涌现，是晚明这一特殊时代所致，也是诗人们在不断地迷失自我与寻找自我的迷茫中，苦苦挣扎却又无可奈何的心态展现。无论狂放恣肆，还是怡然自适，都是一种时代的情绪。晚明著名藏书家宋懋登曾在《与张大》中这样概括其生平，他说："我二十年前，好名贪得，庚寅（万历十八年）以后，备尝艰险，始信奢俭苦乐，总是一妄，然犹以进取自励，至甲午（二十二年）胃病犯噎，乃慨然束经，病中追思往念，悉已成空，遂并一切诸好，亦复澹然。"③在《与樊一》中又云："少苦羁绁，得志但愿蓄马万头，都缺衔辔。"④贪名好利、放诞任性的狂放行为是他年轻时的心态，这种狂放也正是万历二十年前后士人心态的整体趋向。在《与王先生》一文中，他这样描述自己晚年的心态，他说："舍名舍得，兴来吟咏诵读，笔削记述；兴去则散步涉世，饮酒高卧；要以期志之所适，虽流离颠沛，付之偶然而已。"⑤在《与家二兄》中又云："吾妻经，妾史，奴稗，而客二氏者二年矣，然侍我于枕席者文赋，外宅儿也。"⑥吟咏性情、饮酒自适的高士形象是他积书逃禅、诗酒为乐心态的展现，也是万历后期纵情恣意、张扬个性的诗文风格渐趋衰退之后，诗人心态逐渐由外化转向内悟的源端，由"吏隐"的徘徊走向探索诗人内在心灵的完整记录。

---

　　①　（明）王守仁：《传习录》，张怀承注译，岳麓书社2004年版，第29页。
　　②　（明）王守仁：《王阳明全集》卷35《王阳明年谱二》，吴光等编校，上海古籍出版社1992年版，第876页。
　　③　（明）宋懋登：《九籥集》，中国社会科学出版社1984年版，第239页。
　　④　（明）宋懋登：《九籥集》，中国社会科学出版社1984年版，第262页。
　　⑤　（明）宋懋登：《九籥集》，中国社会科学出版社1984年版，第239页。
　　⑥　（明）宋懋登：《九籥集》，中国社会科学出版社1984年版，第246页。

晚明是一个"病树前头万木春"的历史时期，亦仕亦隐心态是那个时代士人们进退无方、歌哭无端的时代展现。一方面他们渴求力挽狂澜、建功立业、名垂青史；而另一方面却又不得不面对腐败不堪的政局，在血雨腥风的党争与鼎革易代的狂潮中，眼看着明王朝宗庙社稷濒于覆亡而无计可施。他们在自我宣扬的狂傲不羁中忍受着心灵的煎熬，却又要在死后遭受清初学者的严厉批判，背负历史的骂名。著名学者王思任在《屠田叔笑词序》一文中，精彩地描述了那个哭笑不得的时代。

　　海上憨先生者老矣，历尽寒暑，勘破玄黄。举人间世一切虾蟆、傀儡、马牛、魑魅抢攘忙迫之态，用醉眼一缝，尽行囊括。日居月储，堆堆积积，不觉胸中五岳坟起，欲叹则气短，欲骂则恶声有限，欲哭则为其近于妇人，于是破涕为笑。极笑之变，各赋一词，而以之囊天下之苦事，上穷碧落，下索黄泉，旁通八极，出佛圣至优施，从唇吻至肠胃，三雅四俗，两真一假，回回演戏，缘龙打狗，张公吃酒，夹糟带清。顿令虾蟆肚瘪，傀儡线断，马牛筋解，魑魅影逃。而憨老胸次，亦复云去天空，但有欢喜种子，不知更有苦矣。①

所谓"吏隐"心态无非是晚明那个时代，一些正直人士面对朝廷腐败、官场昏暗，欲要有所作为却又无所适从的心灵写照。他们把自身的精神困惑、喜怒哀乐与情怀抱负，一并倾注在那种叛逆狂放的行为中，以袁宏道为代表的公安派及其边缘诗风就是这种心态在诗歌上的展现。

第二节　光芒夜半惊鬼神——徐渭

徐渭深受心学思潮的影响，是明代诗歌由前后七子复古主义向公安

① 刘传新主编：《古代小品文鉴赏辞典》，山东文艺出版社1991年版，第683页。

派转变的关键人物。他是一个旷世奇才，历尽磨难，却没有哀痛低沉。他尝言："吾书第一，诗二，文三，画四。"他一生八试不售，科场蹉跎，曾入胡宗宪幕府为幕僚，在东南沿海抗击倭寇的战争中展示了其军事才华，深受胡宗宪赏识，也与当时文坛名流多有交往唱和，是"越中十子"之一。他一生沉沦，落拓不堪。然而研究晚明不论是诗词书画，还是戏曲文章，抑或是军事战争，徐渭都是一个不可忽略而又独具一格的传奇人物。关于徐渭之诗，《四库全书总目提要》评其诗曰：

> 今其书画流传者，逸气纵横，片楮尺缣，人以为宝。其诗欲出入李白、李贺之间，而才高识僻，流为魔趣。选言失雅，纤佻居多。譬之急管幺弦，凄清幽渺，足以感荡心灵，而揆以中声，终为别调。观袁宏道之激赏，知其臭味所近矣。①

袁宏道的《与吴敦之》则力赞徐渭之诗为"明诗第一"②，从诗作来看，徐渭的诗风雄浑浩大、感荡心灵，充斥着一股突兀倔强的不可磨灭之气，是晚明诗歌主情诗风的探路者。

一　徐渭交游考

作为一名明朝中晚期极具代表性的诗人，徐渭也深受心学思潮的影响。这方面，徐渭首先深受阳明后学王畿的直接影响。据徐渭自述，王畿是徐渭的远房表兄，而且徐渭曾师事王畿。徐渭早年的诗歌思想深受其影响，两人诗歌唱和甚多，徐渭的《答龙溪师书》是其与王畿二人论诗之专文。徐渭亦诗表达自己对王畿的尊崇之心，其诗云：

> 海水必自黄河来，桃树还有桃花开，试看万物各依种，安得蕙草生蒿莱。龙溪吾师继溪子，点也之狂师所喜，自家溪畔有波澜，

---

① 季羡林主编：《四库家藏·集部·典籍概览》二，山东画报出版社2004年版，第765页。

② （明）袁宏道：《袁宏道集笺校》，钱伯城笺校，上海古籍出版社1981年版，第505页。

不用远寻濂洛水。年年春涨溪拍天，醉我溪头载酒船，一从误落旋涡内，别却溪船三两年。①（《继溪篇》）

这首长诗除写景抒情之外，充满对王畿的赞美，"自家溪畔有波澜"是对王畿心学思想的赞誉，"不用远寻濂洛水"一语双关，以为尊师王畿之学可与程朱理学相比肩。而"点也之狂师所喜"则表明自己的狂狷洒脱得到了王畿的认同，继而说明对王畿的赞扬与向往。"别却溪船三两年"则大有惜别之情与相见恨晚之意。可见，王畿对徐渭狂狷思想的形成产生了深远的影响。

另一位对徐渭思想影响甚深的是阳明的嫡传弟子季本。徐渭二十八岁起师事季本，徐渭在《畸谱》中，曾这样描述他当时师事季本的心情，他说："廿七八岁，始师事季（本）先生，稍觉有进。前此过空二十年，悔无极矣。"② 大有相见恨晚之意。《徐渭集》中有大量书写季本的文字，如《奉师季先生书》三札、《先师季彭山先生小传》、《季先生入祠祭文》等；另有记录交游的诗歌数篇，季本死后，徐渭作有多篇回忆悼念之诗，如《季长沙公哀词二首》。其文章《师长沙公行状》则以五千余言记载了季本一生的主要事迹，是《徐渭集》中篇幅最长的传记文字。可见，季本对徐渭的影响是深刻的，在与他的交往中，徐渭对"兴"这一传统诗学观念做了新的解释，他说：

《诗》之兴体起句，绝无意味，自古乐府亦已然。乐府盖取民俗之谣，正与古国风一类。今之南北东西虽殊方，而妇女儿童、耕夫舟子、塞曲征吟、市歌巷引，若所谓竹枝词，无不皆然。此真天机自动，触物发声，以启其下段欲写之情。③（《奉师季先生书》）

这是继唐顺之以"天机自然"诠释"兴"这一审美观念之后，进

---

① （明）徐渭：《徐渭集》，中华书局1983年版，第130页。
② （明）徐渭：《徐渭集》，中华书局1983年版，第1332页。
③ （明）徐渭：《徐渭集》，中华书局1983年版，第458页。

一步提出"天机自动"说，认为"触物发声"是"兴"的根源，提出诗人"兴"的发生是出于"欲写之情"，这种主张是晚明诗歌"主情"诗风的先声。

徐渭虽身为幕僚，一介布衣，但因胡宗宪的赏识与自己的才名，而与当时文坛名流交往甚众，如与唐顺之、茅坤、罗洪先、邹守益、欧阳德、聂豹、程文德、万表、薛应旂等，都有着较为密切的联系。其中与唐宋派的代表人物唐顺之交往深厚，诗歌创作的相互影响也较大。在徐渭晚年自著的《畸谱》所列的"师类"五人中，便有"武进唐公顺之"条。而唐顺之对徐渭的影响不仅在诗文酬唱，两人更有着相似的御海抗倭理想。徐渭的《壬子武进唐先生过会稽，论文舟中，复偕诸公送至柯亭而别，赋此》序曰：

> 时荆川公有用世意，故来观海于明，射于越圃，而万总兵鹿园、谢御史猗斋、徐郎中龙川诸公与之偕西也。彭山、龙溪两老师为之地主。荆川公为两师言，自宗师薛公所见渭文，因招渭，渭过从之始也。①

从序文可以看出，此次聚会除王畿、季本外，还有万表、谢瑜、徐学诗等，几人均为王门后学，这是徐渭初次结识唐顺之，是二人交往的缘起。唐顺之时任兵部郎中，经常到浙江与胡宗宪商讨海防抗倭军情，与身为胡宗宪幕僚的徐渭往来甚密，徐渭也深得唐顺之的赏识。陶望龄的《徐文长传》载：

> 时都御使武进唐公顺之，以古文负重名。胡（宗宪）公尝袖出渭所代，谬之曰："公谓予文若何？"唐公惊曰："此文殆辈吾！"后又出他人文，唐公曰："向固谓非公作，然其人谁耶？愿一见之。"公乃呼渭偕饮，唐公深奖叹，与结欢而去。②

---

① （明）徐渭：《徐渭集》，中华书局1983年版，第66页。
② （明）徐渭：《徐渭集》，中华书局1983年版，第1339页。

此段记述胡宗宪幕府日常生活的文字，文中唐顺之惊叹"此文殆辈吾"到"愿一见之"，再到"唐公深奖叹，与结欢而去"，可见，唐顺之对徐渭才华的赏识。唐宋派另一重要人物茅坤曾住在胡宗宪幕府，亦与徐渭交往甚密。陶望龄曾在《徐文长传》中记载二人之间的一件趣事。

> 归安茅副使坤时游于军府，素重唐公。尝大酒会，文士毕集，胡公又隐渭文语曰："能识是为谁笔乎？"茅公读未半，遽曰："此非吾荆川必不能。"胡公笑谓渭："茅公雅意师荆川，今北面于子矣。"茅公惭愠面赤，勉卒读，谬曰："惜后不逮耳。"其为名辈所赏服如此。①

唐顺之与茅坤同为唐宋派的领军人物，二人交往深厚，诗歌文风亦了然于胸。从茅坤"此非吾荆川必不能"句可见，徐渭与唐顺之有着相似的诗文之风，亦可见徐渭的文学思想由唐宋派向后起公安派的过渡。

此外，徐渭还与张元忭、玉芝禅师、钱楩、萧鸣凤、陈鹤、杨柯、朱节、沈炼等文士名流多有交往，不再详述。

二　徐渭的诗歌主张

清代黄宗羲曾作《青藤歌》云："岂知文章有定价，未及百年见真伪。光芒夜半惊鬼神，即无中郎岂肯坠？"②当明代诗坛前后七子复古主义逐渐衰落，文坛沉寂，诗歌走不出复古主义的泥潭之时，徐渭举起"主情"诗风的大旗，开公安派之先声。袁宏道说："先生诗文崛起，一扫近代芜秽之习，百世而下，自有定论，胡为不遇哉？"③关于徐渭的诗歌创作主张，他认为诗主性情，"诗本乎情"。其《肖甫诗序》云：

---

① （明）徐渭：《徐渭集》，中华书局1983年版，第1339页。
② 季羡林主编：《四库家藏·黄梨洲诗集》，山东画报出版社2004年版，第51页。
③ （明）袁宏道：《袁宏道集笺校》，钱伯城笺校，上海古籍出版社1981年版，第715页。

　　夫设情以为之者，其趋在于干诗之名，干诗之名，其势必至于袭诗之格而剿其华词，审如是，则诗之实亡矣，是之谓有诗人而无诗。有穷理者起而救之，以为词有限而理无穷，格之华词有限而理之生议无穷也，于是其所为诗悉出乎理而主乎议。而性畅者其词亮，性郁者其词沉，理深而议高者人难知，理通而议平者人易知。夫是两诗家者均之为俳，然谓彼之有限而此之无穷，则无穷者信乎在此而不在彼也。①

　　"诗本乎情"，徐渭认为诗歌所讲之"情"是诗人本性情的自然流露，并批判了当时诗坛"本无是情，设情以为之"与"为诗悉出乎理而主乎议"的创作风潮，认为为文而造情的虚伪做作的假性情是不可取的，而重理、重议论的诗歌创作则有损诗歌审美特性，以为有限的诗篇很难表述无穷的道理，表达诗人真性情才是诗歌创作的主要审美特性。

　　徐渭的诗歌见解，可谓一针见血地指出了当时诗坛所存在的弊端，即本无是情却为创作诗歌而造情，格调与辞藻剿袭前人，模拟因袭，指出前后七子复古之弊病；另外，他认为诗歌讲理重议论，以空泛的说教掩盖诗歌情感的贫乏，则必然会使诗歌流入枯燥乏味的理论说教。在《叶子肃诗序》中，徐渭巧妙地运用比喻，深刻地批判了当时诗坛模拟因袭之风的荒谬。他说：

　　　　人有学为鸟言者，其音则鸟也，而性则人也。鸟有学为人言者，其音则人也，而性则鸟也。此可以定人与鸟之衡哉？今之为诗者，何以异于是。不出于己之所自得，而徒窃于人之所尝言，曰某篇是某体，某篇则否；某句似某人，某句则否。此虽极工逼肖，而已不免于鸟之为人言矣。②

　　在《论中》一文，批判之言辞更为犀利激烈，他认为：

----

① （明）徐渭：《徐渭集》，中华书局1983年版，第534页。
② （明）徐渭：《徐渭集》，中华书局1983年版，第519页。

今操此者，不务此之兴，而急彼之不兴，此何异夺裘葛以取温凉，而取温凉于兽皮也、木叶也，日为其为古也，惑亦甚矣。……举一焉，今之为词而叙吏者，古衔如彼，则今衔必彼也。而叙地者，古名如彼，今名必彼也。其他靡不然。而乃忘其彼之古者，即我之今也，慕古而反其所以真为古者，则惑之甚也。虽然，之言也，殆为词而取兴于人心者设也，如词而徒取兴于人口者也，取兴于人耳者也，取兴于人目者也，而直求温凉于兽与木也，而以为古者，则亦莫敝于今矣。何者？悉袭也，悉剿也，悉潦也，一其奴而百其役也，其最下者，又悉朦也，悉刖也，悉自雷也。①

他深刻地意识到文学是不断发展变化的，古代的民歌童谣放到现代来唱，还是会显得晦涩难懂，而后人欲以今文解之，则更显烦琐不堪。所以他主张不拘泥于时代，不受时代拟古思潮的影响，才能做出文章的"本味"来。"本味"主要指诗歌所流露的真性情，这是徐渭最重要的文学思想。其《选古今南北剧序》云：

人生堕地，便为情使。聚沙作戏，拈叶止啼，情此昉也。迨终身涉境触事，夷拂悲愉，发为诗文骚赋，璀璨伟丽，令人读之喜而颐解，愤而皆裂，哀而鼻酸，恍若与其人即席挥尘，嬉笑悼唁於数千百载之上者，无他，摹情弥真则动人弥易，传世亦弥远，而南北剧为甚。②

"情"是人的自然本性的真实流露，没有任何虚伪矫饰，也不同于儒家"止乎礼义"的有社会秩序性的"情"，徐渭所讲的是完全发自诗人内心的毫无克制的真性情，情不真则不能动人，亦不能传世。

综合徐渭所处的时代及其人生经历，徐渭在诗歌创作上，高举真性情的大旗，反对复古模拟，冲决了前后七子复古主义一统诗坛的藩篱，

---

① （明）徐渭：《徐渭集》，中华书局 1983 年版，第 491 页。
② （明）徐渭：《徐渭集》，中华书局 1983 年版，第 1296 页。

开晚明"公安派"性灵文学诗歌创作思想的先河，为晚明诗歌的发展注入了新的活力，是明代诗歌由复古走向性灵这一巨大转折的关键人物之一。

三　徐渭的诗歌创作

关于徐渭的诗歌创作，袁宏道说其笔下的物象意境："山奔海立、沙起云行、风鸣树偃、幽谷大都、人物鱼鸟，一切可惊可愕之状，一一皆达之于诗。"① 《明史》亦云："徐渭、汤显祖、袁宏道、钟惺之属，亦各争鸣一时，于是宗李、何、王、李者稍衰。"② 这是对徐渭较为公允的评价。由于其所处的时代及心学的影响，再加上徐渭本人多才多艺却又多灾多难，这造成了徐渭内心的愤怒压抑，也造成其性格上的狂放不羁，袁宏道说他"信心而行，恣意谭谑，了无忌惮"③。诗如其人，徐渭的诗歌往往是其狂狷人格的体现。如长诗七古《醉中赠张子先》。

> ……回思此景十年事，君才高帽笼新髻，只今裹装走吴市，买玉博金作生计。博物惟称古张华，况君与之同姓字，剡笺蜀素吴兴笔，夏鼎商彝汲冢籍。紫贝明珠大一围，玉琴宝剑长三尺，市门错落散若簜，游客往来观似篑。……方蝉子，调差别，中年学道立深雪，如鱼饮水知寒热。自知喜心长见猎，半儒半释还半侠，索予题诗酒豪发，与剑同藏龙吼匣。④

此诗大有太白风神，如水银泻地，万斛泉涌，一气呵成，神思飞逸，浮想联翩，淋漓尽致地刻画了人生不得志的悲凉与内心的压抑，似乎只有一醉才能解脱。既然为时所弃，干脆做一个"半儒半释半侠"的人又何妨！

---

① （明）袁宏道：《袁宏道集笺校》，钱伯城笺校，上海古籍出版社 1979 年版，第 716 页。
② （清）张廷玉等：《明史·文苑传序论》，中华书局 1974 年版，第 7307 页。
③ （明）袁宏道：《徐文长传》，（明）徐渭：《徐渭集》，中华书局 1983 年版，第 1342 页。
④ （明）徐渭：《徐渭集》，中华书局 1983 年版，第 123 页。

徐渭的诗作中有大量的边塞诗，其诗作笔力强劲，力透纸背，意境往往雄浑浩荡、奇伟倔强，大有横扫六合、纵绝千古之势。如《上谷歌》九首。

少年曾负请缨雄，转眼青袍万事空。今日独余霜鬓在，一肩舆坐度居庸。（其一）

居庸卵石一何多，大者如象小如鹅。千堆万叠无他事，东掷西抛只蹴蹯。（其二）

支金削壁抱重关，并入江南洞壑看。既去高天遏飞鸟，更供诗料到吟鞍。（其三）①

此组诗作于万历四年六月，诗人由京赴宣化府，途径居庸关时所作，诗人被边塞雄伟壮丽的风光所折服，满怀深情地写下这组歌颂边塞风光的组诗，其间也不乏诗人壮志难酬、岁月蹉跎、人老志衰的感叹。

徐渭生活的时代，东南沿海海盗频繁、倭寇十分猖獗，以汪直、徐海、陈东、萧显等为首的倭寇，动辄万余人登岸掳掠，有时甚至几十人就能够穿越重兵防守的城池，如入无人之境，烧杀抢掠，无恶不作。而地方官员往往守城自保，无视老百姓死活。有感于此，徐渭愤慨地写下了组诗《海上曲》。

暇日弃筹策，卒卒相束手。四疆险何艰，但阻孤城守。旷野独非民，弃之如弃草。城市有一夫，谁不如木偶？长立晡晚间，尽日不得溲。朝餐雪没胫，夜卧风吹肘。彼亦何人斯，炙肉方进酒。（《海上曲》其三）

肉食者诚鄙，鄙夫亦何多？百人守一辙，贱子嗟奈何。积骸枯野草，征发倾陵阿，涓涓不可塞，谁为回其波？朽株不量力，窃负宁顾他，胡为彼工师，数顾商丘柯。②（《海上曲》其五）

---

① （明）徐渭：《徐渭集》，中华书局1983年版，第359页。
② （明）徐渭：《徐渭集》，中华书局1983年版，第60页。

　　朝政的失策与地方官员的无能导致倭寇十分猖獗，官兵不敢对倭寇有所行动。倭寇来犯，市民被征调来守城，连上厕所都要受到呵责，冰寒难熬，苦不堪言。而官员们却吃着烤肉，喝着美酒，无视尸骨遍野、民不聊生的惨状。诗人的一腔愤慨与高适的"战士军前半死生，美人帐下犹歌舞"有异曲同工之妙！

　　《徐渭集》中，一些描摹山水、感叹命运、抒写个人情怀的诗作也独具特色。寄情山水是古代文人的闲情逸趣，徐渭也写过一些山水之诗，如《日暮进帆富春山》："日暮帆重征，江阔眇无度。峰翠逐岸来，树干参天去。"① 气象雄浑，无数来往的征帆，纵有黄昏游子的莫名惆怅亦不失诗人对大好河山的赞美，难怪张孝裕要说他："春意多而秋意少，常显露一片生机。"② 他的长诗《画易粟不得》写道："……名笔非不珍，苦饥亦难支，一身犹可谋，八口将何为？……顾予谅斯言，盛衰诚有时，取酒聊自慰，兼以驱愁悲。展画向素壁，玩之以忘饥。"③ 爱妻病夭，祖屋被夺，诗人在沉痛中面对极端的困窘，独立撑家。为解决温饱，诗人不得不出售两幅心爱的名画来换取生活用品，这对徐渭而言是极其痛心又十分尴尬的事。另如：

　　　　鼎肉闻台使，生鱼属校人。味珍宜染指，意到即沾唇。黄霸知乌攫，张汤掘鼠询。自怜如几上，念此益酸辛。④（《几上篇》）
　　　　十年不得见，一日云就泥，我与鼠争食，尽日长苦饥。⑤（《寄莫叔明》）

　　胡宗宪因党祸被逮，诗人也因杀妻入狱，狱中九番自杀，屡有丧命之险。世事难料，命运多舛，在几近绝望中苦苦挣扎，其间辛酸悲苦自是常人难以想象的。出狱后的徐渭，童生资格被取消，科举无望，传统

①　（明）徐渭：《徐渭集》，中华书局1983年版，第63页。
②　张孝裕：《徐渭研究汇》，（台北）学海出版社1978年版，第162页。
③　（明）徐渭：《徐渭集》，中华书局1983年版，第73页。
④　（明）徐渭：《徐渭集》，中华书局1983年版，第753页。
⑤　（明）徐渭：《徐渭集》，中华书局1983年版，第77页。

士人所具有的理想价值均已落空，贫病交加的诗人不得不在为生计奔波中苟延残喘。《葡萄》五首可以看作其晚年生活的写照。

　　　　半生落魄已成翁，独立书斋啸晚风。笔底明珠无处卖，闲抛闲掷野藤中。（《葡萄》其一）
　　　　璞中美玉石般看，画里明珠煞欲穿，世事模糊多少在，付之一笑向青天。（《葡萄》其四）①

　　一位才华横溢、文章曾受皇帝朱批的老翁，几经人生坎坷，却不得不面对贫病交加、孤独凄苦的寂寞晚年。诗人在孤独失落中长啸人生的不公，抛掷着用心泼染的一枚枚明珠般的葡萄，在不为世人理解的狂放怪诞中，嘲笑蔑视着那个哭笑不得的时代。

　　徐渭的诗作中，最独具特色的应该是描写当时妇女生活的诗作，与其他文人软酥柔媚的风格不同，徐渭描写的大多是受压迫、受残害的弱势女子，诗人往往脱离封建礼教的藩篱，满怀同情地怜悯她们的不幸与痛苦，是反对"节妇烈女"的代言人。如《周氏女二首》《宛转词》《严氏女》《周愍妇》《赋得为他人作嫁衣裳》《宫人入道》《读某愍妇集二首》等。其中以《周氏女》其一最为典型。

　　　　周氏女，嫁徐郎，欢未几，天不双。采发者姑批颊翁，不嫁不已软则肱。五日一饭，三日不一粥，阿母遣弟，私姊粱肉。衻不及展椀先覆，肉不下咽，颊且饱拳，如此苦辛妇则甜。翁千户爵，罚当作，往闽幕，徐娘虽老，孳尾如昨。提孙以往归总角，十五未有十二末。妇走迎姑，程里过百，希姑欢喜，姑怒倍嚄。儿宁不识母？姑教使然，此儿乳媪，儿久母捐。泪未及落，两掌应弦，孰令女迎，为此媚娟？如囚空房，历岁靡年，弟不敢往，母不敢怜，他人敢怒而不敢言。影则不双，魂一夕九迁。噫嘘嘻，妇所遭，孝可

_____

① （明）徐渭：《徐渭集》，中华书局 1983 年版，第 401 页。

旱海贞两髦，姑则牝晨儿夕枭。雉经于梁彩弥昭，谁能饱此塌蛴螬。①

诗人以乐府的形式，真实地记录了一名可怜女子的悲惨命运，公公婆婆把丈夫的早逝归罪于她，她不仅要守寡忍受丧夫之痛，还要遭受公婆非人的残酷虐待。诗人通过一首诗的完整记录，对女子无辜遭辱的悲剧命运给予极大的同情，而对欺凌她的公婆进行愤怒的谴责与严厉的批判。后来，该女子被迫害致死，徐渭又作了《周愍妇》一诗：

愍逝闺人集，孤标作者篇，九泉沉宝瑟，一国响哀纮。婚媾翻成寇，艾麦故及茎，伤心西伯操，臣妾古来然。②

徐渭在诗序中愤怒地斥责："姑嫜致之死，故第云。"在封建社会，女子地位低下，而穷人家的女子更是命运悲惨，以至于晚明出现了一些社会底层的女子，因无力置办嫁妆而终老一生，这一特殊的社会现象，在徐渭的诗歌中也有所体现。如《赋得为他人作嫁衣裳》：

贫女悠悠嫁不成，为人刺绣事聊生，娇闺袖生公相薄，倚市婚腮笑亦评。柳叶双描京兆对，莲花半导华山行，蹉跎两事头为白，脉脉停针此际情。③

贫家女子无力置办嫁妆，只能靠刺绣，替有钱人家的小姐做嫁衣来维持生计。他们不辞辛劳地缝制着一件件精美的嫁衣，却没有一件是属于自己的，她们将内心的辛酸与痛苦织入那一针针的刺绣中，刺完了青春，锈光了人生，直到白发苍苍仍孑然一身地辛苦劳作着。在诗歌辛辣的讽刺中，饱含诗人对底层女子的同情和对那个时代的痛恨。

封建社会讲究"贞节牌坊"，明代尤甚，这又是葬送女子鲜活生命

---

① （明）徐渭：《徐渭集·徐文长三集》，中华书局 2003 年版，第 51 页。
② （明）徐渭：《徐渭集·徐文长三集》，中华书局 2003 年版，第 212 页。
③ （明）徐渭：《徐渭集·徐文长三集》，中华书局 2003 年版，第 251 页。

的人间地狱。徐渭深味其间苦楚，他写道："尔辈借将扶世教，妾心原不愿忠臣。"① 节妇显然是畸形社会的产物，而非妇女发自内心的本愿，若不是社会压迫，怎么会有如此多的"贞妇烈女"！徐渭的《节妇篇》，便是对这一社会现象的深刻批判。

> 缟衣綦履誉乡邻，六十年来老此身。庭畔霜枝徒有夜，镜中云鬓久无春。每因顾影啼成雨，翻为旌门切作掔。百岁双飞元所志，不求国难表忠臣。②

徐渭的第一任妻子潘氏，美丽贤淑，很能体贴诗人之心，却不幸早亡，她给了徐渭一生最难忘的幸福。《徐渭集》中有一组怀念潘氏的七绝组诗，声情并茂，如泣如诉，感人肺腑，诗人对妻子的怀念不亚于苏东坡"十年生死两茫茫"的沉痛。其诗云：

> 十年前与一相逢，光景犹疑在梦中。记得当时官舍里，熏风已过荔枝红。（其一）
> 华堂日晏绮罗开，伐鼓吹箫一两回。帐底画眉犹未了，寺丞亲着绛纱来。（其二）
> 筵前半醉起逡巡，窄袖长袍妥着身。若使吹箫人尚在，今宵应解说伊人。（其三）
> 掩映双鬟绣扇新，当时相见各青春。傍人细语亲听得，道是神仙会里人。（其五）
> 翠幌流尘着地垂，重论旧事不胜悲。可怜惟有妆台镜，曾照朱颜与画眉。（其六）
> 箧里残花色尚明，分明世事隔前生。坐来不觉西窗暗，飞尽寒梅雪未晴。（其七）③

---

① （明）徐渭：《徐渭集》，中华书局 2003 年版，第 279 页。
② （明）徐渭：《徐渭集·徐文长佚稿》，中华书局 2003 年版，第 769 页。
③ （明）徐渭：《徐渭集·徐文长三集》，中华书局 2003 年版，第 341—342 页。

潘氏与徐渭情感甚笃，伉俪和谐，其不幸夭亡给徐渭留下了一生的伤痛。细味其中深沉的温柔，很难想象徐渭这样一个狂傲不羁的人，内心是如此的孤独脆弱。徐渭因其与自己有颇多相似之处，特给爱妻取名潘似，字介君，他把名字刻在爱妻的墓碑上以为爱情婚姻的见证。

总之，徐渭以其先进的思想、敏锐的才华，感受到了时代脉搏的发展变化。他较早地以布衣身份竖起了诗坛反"复古"的大旗，开晚明诗歌"主情"诗风的先声。他以自己的诗歌思想与创作实践，为在"复古"主义道路上彷徨不前的明代诗歌打开了新的出路，其筚路蓝缕、披荆斩棘的诗歌成就是明诗发生转折的一大关键。袁宏道的《冯侍郎座主》赞云："宏于近代得一诗人曰徐渭，其诗尽翻窠臼，自出手眼有长吉之奇，而畅其语；夺工部之骨，而脱其肤；挟子瞻之辨，而逸其气。无论七子，即何李当在下风。"① 此评当为徐渭诗歌风格的总论，信夫斯言！

第三节　三尺婴孺诵由拳——屠隆

屠隆（1542—1605），字长卿、纬真，号赤水，鄞县（今浙江宁波）人。万历五年进士，曾任颍上知县，转为青浦令，后任吏部主事、郎中。为官清正，关心民瘼。万历十二年（1584）蒙受诬陷，削籍罢官。其为人纵酒好客，好结交名士，寻仙访道，说空谈玄。后卖文为生，郁郁而卒。与胡应麟、魏允中、李维祯、吴旦合称为"末五子"。著有《由拳集》二十三卷、《白瑜集》二十卷、《栖真馆集》三十卷、《鸿苞集》四十八卷、《清言》《续清言》等二十余种，诗文成就卓著。袁宏道曾评价屠隆："游客中可语者，屠长卿一人，轩轩霞举；略无些子酸俗气，余碌碌耳。"②

---

① （明）袁宏道：《袁宏道集笺校》，钱伯城笺校，上海古籍出版社1979年版，第769页。
② （明）袁宏道：《袁宏道集笺校》，钱伯城笺校，上海古籍出版社1981年版，第240页。

一　屠隆的诗歌主张

关于屠隆诗歌思想的发展轨迹，李燃青、郑闰在《屠隆与文学解放思潮》一文中的概括是非常恰当的，文中言："屠隆文艺思想发展的轨迹是：（一）学诗于沈明臣，和鸣于王世贞，（二）《玉茗堂集》出，心折于汤显祖，（三）愿为性灵派前茅武驱，知交于袁宏道。"① 此论指出了屠隆诗歌思想发展中的三个关键人物，即由王世贞到汤显祖，再到袁宏道。可见，屠隆为诗初学以复古为始，心折于汤显祖才是屠隆创作主张发生转折的关键。至于袁宏道，并非袁宏道影响了屠隆，而恰恰相反，屠隆的个性与诗歌主张影响了袁宏道，是将主情诗风推向主流诗坛的重要人物。

屠隆主要活动在晚明，早年因才气而闻名，是王世贞寄予厚望的"末五子"之一，深受王世贞的赏识，但他最终却成为一名从复古走向性灵的斗士。虽然受到王世贞的影响，但他更醉心于当时文坛悄然崛起的新思潮。从年龄上说，他比徐渭小二十一岁，比汤显祖大八岁，比袁宏道大二十三岁，是由徐渭主张的"性情"走向三袁"性灵"的一面旗帜，正是他拉开晚明诗坛"性灵"说的序幕。《明史》载：

> 屠隆者，字长卿，明臣同邑人也。生有异才，尝学诗于明臣，落笔数千言立就。族人大山、里人张时彻方为贵官，共相延誉，名大噪。举万历五年进士，除颍上知县，调繁青浦。时招名士饮酒赋诗，游九峰、三泖，以仙令自许，然于吏事不废，士民皆爱戴之。迁礼部主事。②

可见，屠隆初为官时，正直清廉，勤于政务，深受民众爱戴，这与屠隆后来的性格判若两人。屠隆步入文坛时，李攀龙已经去世，王世贞

---

① 李燃青、郑闰：《屠隆与文学解放思潮》，《宁波师范学院学报》1992 年第 2 期，第 1 页。

② （清）张廷玉等：《明史·屠隆传》，中华书局 1974 年版，第 7388 页。

独操文柄，他盛赞屠隆可以"捧盟盘而让牛耳"①，意思是能够在他之后主盟文坛。然而，屠隆却更乐意接受徐渭、沈明臣等所倡导的新思潮，一开始便与复古派貌合神离。万历二十一年，屠隆与新科进士汤显祖相见甚欢，屠隆深为汤显祖的才华所折服，表示"宁为天地间畸人，不愿为天地间俗士"②，二人引为知己。这引起了屠隆思想的重大转变，由对复古主义的犹豫徘徊走向彻底放弃复古，开始倡导重视真情抒发的性灵文学。屠隆在《玉茗堂集序》中说："义仍乃不可一世，历下、琅琊而下，多所睥睨。余颇不谓然。乃近者义仍《玉茗堂集》出，余一见心折。世果无若人，无若诗，多所睥睨，非过也。义仍才高学博，气猛思沉。……天纲顿物，大冶铸金。左右纵横，无不如意。"③

屠隆对字模句仿的复古诗风深恶痛绝，他说："今人学子长，尺尺寸寸，求之字模句仿，惟恐弗肖。循墙而走，局踏不得展步。"④ 显然，他认为力求逼真的模拟袭古无异于自我束缚，诗人的天性得不到发挥。他批判亦步亦趋的形式模拟必然使诗歌缺乏真情实感，他说："学左氏之步者，字模句仿，非不俨焉，徐之形色虽具，神气都绝。何者？古人有其事而言之，今人无其事而亦言之，故辞虽肖，而情非真也。又毫颖之藻绘虽工，而学之熔铸或寡也。优孟之诮，可无惧乎？"⑤ 他认为古之人因事而发，故能以真情感人。世易时移，今人既无古人之事，而一味地模仿古人，也不过是一味堆砌辞藻，优孟衣冠罢了，其结果难免"形色虽具，神气都绝"。他进一步指出："唐不拟六朝，六朝不拟魏晋，魏晋不拟周汉，子不拟史，左不拟骚，而卓然为后世宗，则各极其致也。"⑥ 古代诗文之所以能流传千古，皆因其不模拟因袭、有自己独特的个性，他的主张颇具"一时代有一时代之文学"的诗文观念。

① （明）王世贞：《弇州山人续稿》卷200，文渊阁四库本。
② （明）何三畏：《云间志略·青浦令赤水屠侯传》，《江北历代文门望族资料选编》，宁波出版社2018年版，第267页。
③ （明）汤显祖：《汤显祖全集》，徐朔方笺校，北京古籍出版社1999年版，第1684页。
④ （明）屠隆：《由拳集》，齐鲁书社1997年版，第522页。
⑤ （明）屠隆：《白榆集》，齐鲁书社1997年版，第135页。
⑥ （明）屠隆：《白榆集》，齐鲁书社1997年版，第135页。

屠隆反对拟古，但这与其尊古并不冲突，他要求诗人从古人诗文中汲取营养，主张尊古而不拟古。他说："不谷束发蚤慧，读书十行，俱下为诗文，模古人则古人，写胸臆则胸臆，掇之而已，神无所不诣，法无所不禀。"① 尊古而不能字模句仿，而是要"写胸臆则胸臆"。

他认为诗主性情，抒写真"性情"是诗歌的基本特征。他在《与友人论诗文》中提出："诗者非他人声韵而成，诗以吟咏写性情者也。"② 他认为追本溯源，即使是《诗经》也是以抒写"性情"才被后世奉为经典的，而唐诗之所以为世人称道，也是由于唐诗源于真"性情"，他说：

> 夫诗由性情生者也。诗自三百篇而降，作者多矣，乃世人往往好称唐人，何也？则其所托兴者深也；非独其所托兴者深也，谓其犹有风人之遗也；非独谓其犹有风人之遗也，则其生乎性情者也。③（《唐诗品汇选释断序》）

屠隆虽未和李贽有直接往来，但其思想明显受李贽"童心说"的影响。在他的诗文书信中数次提到了"童心""赤子之心"。他说：

> 仆行年四十而犹有童心□志，行不立，德业无闻也。然谓非厚足下，不可长门之怨、团扇之歌，怨生于情，令仆遇途人，当不若是。又意气易动，殊为浅大，悲喜咸真，不失赤子矣。不肖流落风尘三十余年，涉世多矣，中间更历人情变态，不可谓不深。摇精泪神，凿此混沌，即令滑稽圆转，何所不化，而自信赤子之心终未沦丧。④（《与孙以德二首》）

这段议论的言辞中，不难发现屠隆始终强调"童心"，强调"不失赤

① （明）屠隆：《白榆集》，齐鲁书社 1997 年版，第 315 页。
② 陈伯海：《历代唐诗论评选》，河北大学出版社 2003 年版，第 678 页。
③ 蔡景康：《明代文论选》，人民文学出版社 1993 年版，第 263 页。
④ （明）屠隆：《由拳集》，齐鲁书社 1997 年版，第 598 页。

子之心"，强调不管人情世态如何变更，"而自信赤子之心终未沦丧"。

屠隆在徐渭诗歌力主"性情"的基础上，力主诗歌应该具有"性灵"的特征，他直接提出了诗主"性灵"，这更接近了以三袁为代表的公安派。在论诗时，他多次直接使用"性灵"一词。在《论诗文》中，他说："诗道之所为贵者，在体物肖形，传神写意，妙入玄中，理超象外，镜花水月，流霞回风……已以摘赏篇什，选波斯宝，析栴檀香，各极才品，各写性灵，意致虽殊，妙境则一。"① 他主张诗歌要"取适性灵"，要顺适诗人自然无碍的真性情，强调"诗取适性灵而止"。诗的性质在于通过抒写诗人的真情，而达到自在自得的至"适"境界。他所说的"性灵"是强调诗歌"自具本然之体"的面目，纯真之本体，他晚年陷入禅修，"性灵"二字便更趋向于佛家禅趣了，这与公安派袁宏道的后期思想也极为相似。他在为其族人屠大山所作的《屠司马诗集序》中，更详细地论述了"适"的含义，他说：

> 家司马天才豪逸，凌轹当代。……及秉钺于楚，奉诏修玄岳，谒玉虚师，相探金箱宝笈下，而遇异人青羊桥上，恍焉有悟。则又冥心至道栖神。清虚不欲以鳌悦之。文自取销精耗气也。故其为诗贵跌宕而黜纤细，尚雄浑而薄雕镂，务兴趣而略声律。……罢则终日危坐，兴至矢口偶成一诗，取适而已，了不求工，而天机流畅，顾有非呕心枯形者所能到。呕心枯形者，务以死求其惊人，而索之味短。公了不求工，矢口取适，而往往神来则存乎养也。②（《屠司马诗集序》）

关于诗文之辨，屠隆也认为诗文有别，诗有诗的特点，文有文的妙处，应该区别对待，让诗成为诗，批评了宋人以议论为诗的创作风格。他认为诗是抒情的，说理议论是文章的特质。由此，他认为宋人之诗背

---

① 王筱云、韦凤娟：《中国古典文学名著分类集成》文论卷 2，百花文艺出版社 1994 年版，第 604 页。

② 李壮鹰：《中华古文论释林》明代卷下，北京大学出版社 2011 年版，第 137 页。

离了诗歌"主吟咏，抒性情"的特点。他认为：

> 宋人之诗，尤愚之所未解。古诗多在兴趣，微辞隐义，有足感人。而宋人多好以诗议论，夫以诗议论，即奚不为文而为诗哉？《诗》三百篇多出于忠臣孝子之什，及间阎匹夫匹妇童子之歌谣，大意主吟咏，抒性情，以风也，固非传综诠次以为篇章者也，是诗之教也。唐人诗虽非三百篇之音，其为主吟咏，抒性情，则均焉而已。宋人又好用故实，组织成诗，夫三百篇亦何故实之有？用故实组织成诗，即奚不为文而为诗哉？[①]（《文论》）

屠隆把攻讦的矛头直指宋诗，批评宋诗好说理、"好用故实"、炫耀知识，从根本上违背了诗歌的抒情特质。既然宋人喜用典故，何不结撰成文？宋诗无疑造成了诗歌抒情性的严重缺失，漠视了诗歌抒情的特质及艺术感染力，诗文不分必然使诗歌性质发生蜕变。这一点他赞成李东阳反复强调的诗文异体之说，李东阳在《匏翁家藏集序》中说："诗与文同谓之言，亦各有体，而不相乱。"[②] 他强调诗文有别的本质在于诗主性灵。

二　屠隆的诗歌创作

诗如其人，屠隆狂放恣肆、不受约束的洒脱性格，使他对"事了拂衣去，深藏身与名"的侠风义士充满了向往。因而，屠隆以酣畅淋漓的笔墨挥写众多的侠客形象。其诗如下。

> 余少富才藻，恂恂雅儒生。长乃好奇节，任侠里中行。放意出六合，万物皆蚊虻。慷慨赴急难，一身置所营。泰山重然诺，蝉翼千金轻。秉心慕季布，希此梁楚声。[③]（《三司马诗·家司马》）

---

① 王筱云、韦凤娟：《中国古典文学名著分类集成》文论卷2，百花文艺出版社1994年版，第596页。

② （明）李东阳：《李东阳集》卷3，周寅宾点校，岳麓书社1985年版，第58页。

③ （明）屠隆：《由拳集》，齐鲁书社1997年版，第425页。

白马簇朱缨，霜刀耀日明。大兄为郭解，小弟是荆卿。力缚南山虎，手斩东海鲸。三杯生意气，目决秋云崩。弹棋复击剑，都市万夫倾。捐金灭踪迹，杀人留姓名。取酒垆头醉，鸣鞭塞上行。笑夺都护帜，戏研伏波营。五侯尽尔汝，何况于老兵。黄沙埋白骨，侠气尚纵衡（横）。①（《结客少年场》）

古来重侠客，意气陵秋涛。浩荡六郡子，交结五陵豪。骏马蹑飞电，清霜明宝刀。白日醉都市，挝鼓击云璈。捶碎胡姬肆，杀人如艾蒿。一言重然诺，千金轻鸿毛。侠骨重泉下，山累气犹高。朴遬嗟小儒，终然缚天弢。局踏横一经，兀兀徒为劳。②（《杂感六首》其二）

荆卿薄舞阳，匕首挟秋霜。杀气冲寒日，悲风下大荒。绣柱犹堪绕，金屏不可防。燕魂饮恨没，秦草逐年芳。③（《荆轲歌》）

白日虽杲杲，不移乔木阴。黄金虽如山，不改烈士心。④（《杂诗二十首·高渐离击筑》）

余本英雄吞大荒，偶尔作吏似河阳。不肯低眉向人语，一官那便失飞扬。⑤（《放歌行赠徐孟孺》）

屠隆诗歌中大量的咏侠诗，是其内心对轰轰烈烈、狂放不羁的游侠生活向往的写照。这归因于他成长于商人家庭，从小受儒家思想的束缚较少，而这种挥洒性情也导致他在官场上不愿受党争的羁绊。他因不愿接受阁臣王锡爵的笼络而受诬陷，被诬告与宋西侯纵淫而罢官削职。回到家乡也受到当时白门、吴中一带所谓礼法之士的口诛笔伐。这使他心情沮丧，处境艰难，为此汤显祖还专门写信劝慰，"读足下手笔，所未能忘怀，是山人口语一事。天下固有此人，初莫胗其鸥也，取之雏鷇之中，生其羽毛，立其魂魄，乍能飞跳，便作愁胡。但我辈

①（明）屠隆：《由拳集》，齐鲁书社 1997 年版，第 425 页。
②（明）屠隆：《由拳集》，齐鲁书社 1997 年版，第 419 页。
③（明）屠隆：《由拳集》，齐鲁书社 1997 年版，第 415 页。
④（明）屠隆：《由拳集》，齐鲁书社 1997 年版，第 502 页。
⑤（明）屠隆：《由拳集》，齐鲁书社 1997 年版，第 454 页。

终当醉以桑椹，噤其饥啸耳。宁人负我，无我负人。江海萧条，大是群鸥之致"①。

怀念古之贤士大夫，屠隆认为最理想的人生境界就是干出一番轰轰烈烈的大事业，然后功成隐退，与辛稼轩"了却君王天下事，赢得生前身后名"的壮志不谋而合。为此，他写诗赞扬张良、鲁仲连、范蠡等古代贤士大夫，表达自己对这种理想人生的向往。

吾慕张子房，弃侯升清都。吾慕鸱夷子，功成浮五湖。②（《咏史六首》其六节录）

吾羡范大夫，功成方霸越，自载西施出五湖；吾羡张季鹰，生前一杯酒，不用区区身后名。口不挂是非，心不挂荣辱。阶前春至生青苔，堂上更长剪红烛。行路难，君知否？日月经天东复西，人生得意须回首。③（《行路难四首》其三）

屠隆不光赞美古代侠客与志士，也以饱满热情的笔墨酣畅淋漓地赞扬当代豪杰。《李临淮惟寅》："李侯抗高志，湛实浮英华。玄风扇六合，清标映孤霞。佩服如儒生，名章烂天葩。折节贤豪人，侠烈鲁朱家。信陵称好士，魏其诋足夸。置酒错瑶席，众宾咸清嘉。奏技呈角觝，征歌掩渝巴。故欢不可再，长令游子嗟。"④赞扬折节好士、有侠义风范的李惟寅。《张明府孺谷》："公子天下士，负气兀凌竞。结交多大侠，四海嚄云蒸。千金散贫士，斗酒会良朋。然诺闻梁楚，高义附信陵。"⑤赞扬张孺谷结交侠士、仗义疏财、重诺守信的精神。屠隆的诗歌除赞美豪侠义士之外，还有不少边塞诗。虽然他从未涉足边塞，但其边塞诗依然写得有声有色，如《塞下曲十首》其五："风急雕弓劲，匈奴今正骄。雾昏荒垒断，草白万里遥。秋高边气肃，野旷行人销。壮士

---

① （明）汤显祖：《汤显祖全集》，徐朔方笺校，北京古籍出版社 1999 年版，第 1279 页。
② （明）屠隆：《由拳集》，齐鲁书社 1997 年版，第 428 页。
③ （明）屠隆：《由拳集》，齐鲁书社 1997 年版，第 416 页。
④ （明）屠隆：《由拳集》，齐鲁书社 1997 年版，第 435 页。
⑤ （明）屠隆：《由拳集》，齐鲁书社 1997 年版，第 435 页。

无惨颜，长当为雄枭。"①

屠隆早年生活在社会底层，目睹社会不公，五年地方官的经历使他了解民情，熟知民间疾苦。屠隆有一些诗篇即反映了这些社会现象，其讽时刺世的现实主义诗风是诗人胸怀苍生、悲天悯人的内心写照。其诗如下。

> 春日踏空原，伤心不可宣。野棠生蔓草，沟水漫荒田。父老无耕犊，王孙有钓船。笋鱼吾自饱，竹里断炊烟。②（《行县饭田间暂憩徐太常庄居四首》其二）
>
> 绿野收千顷，黄云偏四垂。老人歌拾穗，童子学烹葵。落日照茅屋，牛羊眠短篱。江南多富人，仓囷何累累。苦乐不可问，伤哉贫家儿。经年事耕种，辛苦当为谁。富家长夜宴，贫家无晨炊。言念食者饱，无忘耕者饥。③（《观获》）

前一首写春日来了，诗人县内巡行，父老乡亲买不起耕牛，而"王孙有钓船"。老百姓面临断炊之危，而王孙公子却鱼肉游赏。诗人在不露声色中，用白描的手法将社会的不公和盘托出、对比分明，其心中愤怒之情不言而喻。第二首《观获》写理应是丰收的喜悦，奈何贫苦的老百姓只能老人拾穗、童子烹葵，一年的辛苦劳作结果是"贫家无晨炊"，而富有之家却是仓囷累累、终夜长宴，贫富差距之大令人咋舌。另如：

> 五月不雨，天道其颇。大夫不仁，下民则瘭。余其枯哉，无稿我田禾。余大夫不仁，其无以我民。有龙祁祁，饮于河滈。玄云自东，灵雨浃旬。馈彼南亩，妇子载欣。匪大夫繄维我民。④（《五月不雨》）

---

①　（明）屠隆：《由拳集》，齐鲁书社1997年版，第422—423页。
②　（明）屠隆：《由拳集》，齐鲁书社1997年版，第474页。
③　（明）屠隆：《由拳集》，齐鲁书社1997年版，第420页。
④　（明）屠隆：《由拳集》，齐鲁书社1997年版，第401页。

去年苦积潦，漫衍稽三吴。阳侯行巨野，鱼鳌舞长衢。陇亩不复辩，井径荒为墟。野人乘枯槎，老妇啼空庐。……水深没至胫，草履行泥涂。今春复阴雨，田家困沮洳。龟下产水藻，田中出河鱼。饥伤纷满眼，涕泪盈江湖。壶餐非志仁，翳桑多饥夫。心诚耻纳沟，智诅周向隅。五斗难为颜，百室良足吁。皇天无乃甚，小臣徒区区。① （《仲春田家作》）

风雨折茅屋，蝗虫食稻苗。侬饥侬不恨，何以办徭租。② （《江南谣十九首》其十二）

行人感今昔，父老说逃亡。无乃征徭重，兼因饥馑伤。只言财赋地，宁惜沮洳乡。去岁风飘屋，频年水没床。荷锄力田亩，负锸治河防。病妇衣多结，衰翁鬓有霜。家贫仍畏吏，租去已无粮。③ （《孟冬行部经旧县作》）

水涝旱灾，官吏如蝗，王侯富族依旧奢侈铺张、花天酒地。食不果腹、晨无炊烟的老百姓还不得不面对官府压榨、胥吏盘剥，天灾人祸造成老百姓流离失所、漂泊异乡，官逼民反之兆已迫在眉睫，大明王朝在富庶强大的表象掩盖下已腐烂不堪。此外，特别值得一提的是在古人观念中，商人居四民之末，是不值一提的。而屠隆独具慧眼地看到了在这个特殊国度里一些中下层商人的悲惨生活，并寄予了诗人深深的同情，与小说《三言二拍》的某种悯商思想不谋而合。如《商人歌》：

黄河虽大，不流昆仑。日月虽明，不照覆盆。从古有之，今我何言。登台风正悲，阅世心多苦。竹帛以来未足数，我歌商人真可怜，一吟一涕空潸然。夫妻远戍三千里，罪大仍输百万钱。远戍犹自可，百万出何所？天寒岁暮一还家，家中五日无烟火。欲将饥寒哭向妻，妻亦饥寒不能啼。十二儿女发覆额，单衣欲裂霜凄凄。日

① （明）屠隆：《由拳集》，齐鲁书社1997年版，第430页。
② （明）屠隆：《白榆集》，齐鲁书社1997年版，第106页。
③ （明）屠隆：《白榆集》，齐鲁书社1997年版，第73页。

落颓垣竹扉冷，月高夜吊狐狸影。仰天大哭走出门，白杨萧萧填枯
井。我吟商人歌，泪下如江河。行路还停紫骝马，满堂尽废金
叵罗。①

商人不光要常年奔波，忍受别妻离子、风餐露宿之苦，还要冒着巨
大的风险，缴纳巨额的赋税，忍受官府的欺压盘剥。一年辛苦行商，结
果还是女儿"单衣欲裂霜凄凄"，商人只能无奈地仰天大哭，不得不面
对"日落颓垣竹扉冷，月高夜吊狐狸影"。面对商人困苦凄惨的生活，
诗人不禁"泪下如江河"。

屠隆的诗歌中亦有一些描写女子生活情感的诗歌，清新自然，富有
浓厚的生活气息，是古代闺情诗的佳作。

昨日别君杨柳浓，今朝怅望樱桃红。青骢去何在？只在平芜
外。春风自暖妾自寒，邻女相过掩泪看。日长草绿娇黄蝶，宛转啼
鹃隔花叶，不能飞去唤郎归，何用朝朝啼向妾。②（《闺情二首》
其一）

另如《竹枝词三十首》：

提篮采桑后园西，女郎相留斗草嬉。日暮蚕饥婆性急，闲情莫
遣小姑知。（其十九）
乐莫笑来愁莫颦，为人莫作小妻身。颦时生怕郎君怪，笑时又
怕大娘嗔。（其二十一）
莲子花开湖水红，东风日暮转西风。妾心一似莲子苦，郎心一
似藕丝空。③（其九）

或抒发女子对远方爱人的思念，或描摹小妾左右为难的心态，或写

① （明）屠隆：《由拳集》，齐鲁书社 1997 年版，第 456 页。
② （明）屠隆：《由拳集》，齐鲁书社 1997 年版，第 441 页。
③ （明）屠隆：《白瑜集》，齐鲁书社 1997 年版，第 119 页。

痴心女子负心汉，富有民歌风味，可谓旧题写新诗的典范。

屠隆是为晚明公安派拉开序幕的著名诗人。虽然，在晚明与其同时论及"性灵"的诗人不止一家，但他却是其中最具代表性、最有影响力的一员。虽然屠隆晚年受禅学影响思想变化很大，但他毕竟以其不羁的才华、狂放的个性影响了晚明诗坛，为冲决复古主义牢笼做出了巨大贡献。其友人叔南在《陈立甫司理兰亭诗序》中说："楚三尺婴孺咸能诵由拳诗。"① 诗坛领袖王世贞在《弇州山人续稿》中称颂其"屠隆天下才"，其诗"宏丽奔放，真才子也"。② 陈田的《明诗纪事》说他"才气纵横"，"尝集词人四座，戏为叶虞叔咏松斋，李之文咏芙蓉池，各限数百字，言笑中须臾厄酒二诗并成。又与客对弈，口诵诗文，我诵彼书，书不逮诵"。③ 由此可知，屠隆诗才之大，所言非虚。

第四节　公安三袁的心态与诗歌创作

公安派基本上是一个活跃于万历时期的诗歌流派。万历初年，由于张居正改革，诗人们一方面看到了政治希望，另一方面却不得不面对思想高压、言论堵塞。而张居正改革之前，士人们形成的言论自由之风并非彻底消失，而是在暂时的政治压制中悄然潜行。张居正死后，万历皇帝纠合部分大臣对其进行了政治清洗，而政治禁锢的松动引起了思想界的猛烈喷发。然而，这种积聚已久的发泄并未解除诗人们思想上的困惑，恰恰相反，倾泻思想压抑之后的诗人们陷入了更严重的思想恐慌。文人集团内部言官与内阁激烈对抗，内阁更换频繁，党争愈演愈烈，成为明王朝走向灭亡的一大顽疾。此外，清议蔚起，朝野文人之间水火不容。这种争斗引起万历皇帝对政治的厌倦，皇权旁落，宦官与后宫势力抬头。诗人们陷入了更深层的人生悲哀。万历皇帝不理朝政，荒淫无

---

① （明）屠隆：《栖真馆集》，上海古籍出版社 2002 年版，第 448 页。
② 吴文治：《明诗话全编》，江苏古籍出版社 1997 年版，第 4509 页。
③ （清）陈田：《明诗纪事》，上海古籍出版社 1993 年版，第 1959—1960 页。

度，疯狂敛财。孟森的《明清史讲义》说："行政之事可无，敛财之事
无奇不有。"国库储备挥霍一空，转而压榨农民与工商业者，造成经济
萧条、民生凋敝。而那些贪官酷吏则趁机搜刮民脂民膏，鱼肉人民，其
臭名昭著者如税官之流，袁中道说：

> 水陆诛盈，搜肉见骨。下至鸡豚疏果之属，皆遭攘夺。富民以
> 资雄者，税官即奏记奉，某邑某富民塚墓地生金可采，当如旨掘
> 伐。富民惧，倾家人资赂税官……诸税官缘引日益多，民坊酒食，
> 皆不敢征钱。浆酒霍肉，占歌舞妓，或强淫民子女，甚有污儒生
> 妻，而捽儒生几死者。民皆怨恨思乱。① (《赵大司马传略》)

张居正的悲惨结局无疑引起了晚明内阁大臣们的心理恐慌，大臣之
间盘根错节的权力斗争形成了无法治愈的党争恶疾，而言官们如雪片般
纷纷扬扬的弹劾奏章更加剧了明王朝的灭亡，皇帝也厌倦了你争我夺的
口水战而堕入后宫，对政事不闻不问，渐渐导致了宦官势力的抬头，大
明王朝就在错综复杂的内部斗争中逐渐落下帷幕。面对这样一个无可奈
何的时代，一部分士人处则不甘、出则无路，既不能上报朝廷、下安黎
庶，又不甘隐居山林、碌碌无为。他们或聚而讲学、清议时政，在狂放
不羁中恣意挥霍生命，其表面无所顾忌的自适行为其实是内心深层痛苦
与压抑的发泄，恨之切源于其爱之深。以三袁为首的公安派就是在这样
的时代背景下登上了历史舞台，从万历到天启几十年时间，犹如昙花一
现，异常华美却匆匆消亡。

何宗美先生的《公安派结社的兴衰演变及其影响》一文说："公安
派结社始于万历八年，讫于天启初，前后持续 40 余年，共达 37 例之
多，即使其中有个别相重的现象，除其重者也将超过 30 例。"② 文章详
细考订了公安派的结社情况。贾宗普的《公安派成员考》③ 初步考订公

---

① (明)袁中道：《珂雪斋集》，钱伯城点校，上海古籍出版社 1989 年版，第 731 页。

② 何宗美：《公安派结社的兴衰演变及其影响》，《西南大学学报》(人文社会科学版)
2006 年第 4 期。

③ 贾宗普：《公安派成员考》，《廊坊师范学院学报》2006 年第 4 期，第 5 页。

安派有 45 人，其实际成员应当不止这个数字，刘大杰认为徐渭殁后二十年，公安袁氏三兄弟崛起，反拟古主义的力量逐渐扩大，形成了一个新的文学运动，这就是公安派。①

一　公安派行藏始末

公安袁氏实有兄弟五人，除文学史上常说的"三袁"外，尚有两位庶出的兄弟。由于父亲早逝，作为长子的袁宗道便担当起了父亲的角色，成为其他兄弟幼时的依靠与偶像。"公安三袁"多受其舅家龚氏的影响，龚氏家族不仅人才辈出，科场扬名，甚至不乏官运亨通者，龚氏对"三袁"的成长影响深远。袁宗道扬名科场、官场显贵，更兼诗文俱佳，无疑是公安派的标志性人物，钱谦益云："公安一派，实自伯修发之。"② 朱彝尊亦云："言作俑者，孰谓非伯修也耶？……首以'白苏'名斋，既导其源，中郎、小修继之益扬其波，由是公安派盛行。"③

袁宗道以其思想和社会地位影响了初期的公安派，在他周围聚集了一批志趣相投的诗文之士，其顿悟见性之说也启迪了袁宏道、袁中道、黄辉、陶望龄等人。据现有关于袁宗道的记载来看，袁宗道属于早慧之人。"先生生而慧甚，十岁能诗，十二列乡校。"④ 可见，袁宗道是个神童式的人物。至于袁宗道为何倾向阳明心学而走上反复古的道路，从袁中道为其所作传记中的一件趣事来看，仿佛冥冥之中自有天定。其传文云：

> 癸未，大人强之赴试，行至黄河而返。还至荆门，舍于逆派，夜半梦有神人语之曰："公速起！"如是者三，先生醒，复寐。神人又语之曰："公何不起？吾老人为公特来，何得不见念也？"微以杖敲其足，足隐隐痛，拥被大呼而出。甫出屋崩，床碎为尘。人

---

① 刘大杰：《中国文学发展史》下，上海古籍出版社 1982 年版，第 918 页。
② （清）钱谦益：《列朝诗集小传》，上海古籍出版社 1983 年版，第 566 页。
③ （清）朱彝尊：《静志居诗话》，人民文学出版社 1990 年版，第 465 页。
④ （明）袁中道：《珂雪斋集》，钱伯城点校，上海古籍出版社 1989 年版，第 708 页。

> 以此识先生非常人。然先生亦翻然若有所悟，曰："吾其以几死之身，修不死之道也！"①（袁中道《石浦先生传》）

这件似出有意无意之间的趣事，却深深影响了袁宗道的心理，因文中言"甫出屋崩，床碎为尘"，以致袁宗道抱定了"以几死之身，修不死之道"的决心。

> 益喜读先秦两汉之书。是时，济南琅琊之集盛行，先生一阅悉能熟诵，甫一操觚，即肖其语，然已疑诗文之道，不尽于是矣。弱冠已有集，自谓此生以文章名世也。②（袁中道《石浦先生传》）

公安派形成之初的主要形式是文人结社，结社便成了维系公安派存在和发展的主要形式，这样就形成了有着共同理想或志趣的文人团体。随着其成员人数的增多和影响力的不断扩大，其在京师的讲学与结社活动引起了统治者的警觉。最终导致了万历二十九年势头猛烈的攻禅事件，直接扼杀了公安派的继续发展，又一次给思想渐趋开放的文人们当头棒喝。年逾七十的李贽被捕，不堪屈辱而自杀，达观禅师惨死狱中，公安派文人集团在京师的活动烟消云散。据陶望龄后来的《辛丑入都寄君奭弟书》回忆："此间诸人日以攻禅逐僧为风力名行，吾辈虽不挂名弹章，实在逐中矣。一二同志皆相约携手而去。"③ 很显然此次攻禅事件不是针对李贽或达观个别论学者。陶望龄在此文中悲痛地说："当事者处之太重，似非专为一人。卓老之不宜居通州，犹吾辈不宜居官也。有逐我者，旦夕即行，无之，亦尚图抽身之策。"④ 显然京师攻禅事件是必然的，而李贽只是偶然的直接受害者。公安派清议时政之风早已被一些人"深见忌疾"，这是导致李贽遇难的深层原因。他们聚集当时的文人名士，标举"异学"，绝非空谈性理，而是关注时政，有着浓烈的

---

① （明）袁中道：《珂雪斋集》，钱伯城点校，上海古籍出版社1989年版，第708页。
② （明）袁宗道：《白苏斋类集》，钱伯城点校，上海古籍出版社1989年版，第1页。
③ （明）陶望龄：《歇庵集》，上海古籍出版社2013年版，第436页。
④ （明）陶望龄：《歇庵集》，上海古籍出版社2013年版，第436页。

"清议"味道。万历二十七年，公安派诸君子集显灵宫，袁宏道有诗记录了他们当时集会的"清议"盛况。其诗云：

> 野花遮眼酒沾涕，塞耳愁听新朝事。邸报束作一筐灰，朝衣典与栽花市。新诗日日千余言，诗中无一忧民字。旁人道我真聩聩，口不能答指山翠。自从老杜得诗名，忧君爱国成儿戏！言既无庸默不可，阮家那得不沉醉？眼底浓浓一杯春，恸于洛阳年少泪。①（《显灵宫集诸公以城市山林为韵》其二）

毫无疑问，这种以狂狷姿态抨击时政的行为与东林诸君子之讲学别无二致，由"异学"思想而"清议"时政，引起了为政者的恐慌和不满，遂酿成祸端，直接导致了公安派的衰落。

万历三十年（1602）之后，公安派的主要成员相继离世，虽有袁中道一息尚存，但已无力挽救公安派走向衰落的颓势。公安派主要成员大多壮年夭折，竟无一人寿过花甲，以致袁祈年有诗哭诉云：

> 我是先生死友子，东华犹葛如何死。又哭先生又自悲，挽诗才成醒来止。国朝迩来诸文人，大半不敢数年齿。如陶如江四年余，何曾一人到六纪。市尽鬻少年书，老去著述无一纸。野草不枯兰蕙枯，白杨有风应不起。②（《楚狂之歌四首》其三）

此后，陶望龄呼吁走"韬晦"之路，远离狂狷之风，他在《与周海门先生》中坦言："弟意著书立言，凡以砭世，不宜惊以奇特，令人龃龉而突入三帝。"③甚至袁宏道临终也一改往日狂狷之风，主张学者应"韬光敛迹"。这显然是李贽之死引起的畏祸自保心理的显现，这种心态导致了公安派人员的大量消减。袁中道悲叹："庚子以后，伯修去

---

① （明）袁宏道：《袁宏道集笺校》卷16，钱伯城笺校，上海古籍出版社1981年版，第651页。
② （明）袁中道：《珂雪斋近集》下，上海书店1989年版，第169页。
③ （明）陶望龄：《歇庵集》，上海古籍出版社2013年版，第406页。

世，友人相继或逝或隐，去年复失中郎。寒雁一影，飘零天末，此中萧飒，岂可言喻。"① 公安派主要成员的纷纷离世，使茕茕子立的袁中道终究独木难支，既不能吸引新成员加入，又无法以一己之力扭转乾坤，公安派走向衰落的颓势已不可挽回，迅速地退出了历史舞台。

二 公安派的诗歌主张

公安派诗歌思想的形成深受阳明学派的影响，他们崇奉王阳明，视王龙溪与罗汝芳为阳明心学的真传，以"二溪"为精神导师，并以此为傲。袁中道曾云："自谓于龙溪、近溪之脉，可以滴血相证。即不敢谓廓清涤荡之功便同前辈，而觉此一路，至平至淡，至简至易。"② 又赞叹云：

> 日在斋中，猢狲子奔腾之甚，一日忽然斩断，快不可言。偶阅阳明、龙、近二溪诸说话，一一如从自己肺腑流出，方知一向见不新切，所以时起时倒。顿悟本体一切情念，自然如莲花不着水，驰求不歇而自歇，真庆幸不可言也。自笑一二十年间，虽知有此道，毕竟于此见在一念，不能承当，所以全不受用。③（袁中道《寄中郎》）

袁中道认为阳明及"二溪"之说均发自肺腑，其顿悟本体之说似乎为公安派指明了精神方向，并与"独抒性灵，不拘格套"之说形成了心灵的某种契合。另据黄卓越先生对公安派思想的追根溯源，他认为袁氏兄弟的主要思想源自心学的李贽与焦竑，而袁宏道甚至被视为李贽思想的传人。黄卓越先生说："第一代即王阳明本人，第二代领袖为王畿、王艮，第三代为徐樾、王襞、王栋、颜钧、赵贞吉等，第四代为罗汝芳、耿定向、何心隐等，第五代为杨起元、周汝登、李贽、焦竑、管

---

① （明）袁中道：《珂雪斋集》，钱伯城点校，上海古籍出版社1989年版，第889页。
② （明）袁中道：《珂雪斋集》，钱伯城点校，上海古籍出版社1989年版，第986页。
③ （明）袁中道：《珂雪斋集》，钱伯城点校，上海古籍出版社1989年版，第988页。

志道等。"① 在其书中，黄卓越先生认为晚明"唐宋派"发起了第一次向复古派的冲击，以徐渭、汤显祖为代表的文人向复古派发起了第二次冲击。而无论是哪一次冲击，均与心学领袖或佛教高僧有着密切的关系。

虽然公安三袁影响最大的是袁宏道，但首先主张反对复古模拟之风的则是袁宗道。在《答陶石篑》一文中，他借贾人之口非常幽默地指出诗歌一味复古、不求新变是没有出路的，其文曰：

> 中郎极不满近时诸公诗，亦自有见。三四年前，《太函新刻》至燕肆几成滞货，弟尝检一部付贾人换书，贾人笑曰："不辞领去，奈无买主何？"可见模拟文字，正如书画赝本，决难行世，正不待中郎之喃喃也。②

又在《大人书》中云："二哥（指中郎）……新刻大有意，但举世皆为格套所拘，而一人极力摆脱，能免末俗之讥乎？"③ 与袁宗道保守谨慎的处世态度不同，袁宏道放诞任性，他进一步发展了"性灵"文学思想，进而使"性灵"这个词语逐渐成为公安派的标签。如果说《论文》标志着袁宗道反复古思想的成熟的话，那么《叙小修诗》则是袁宏道正式竖起"独抒性灵"大旗的标志，因其文中提出了"独抒性灵，不拘格套，非从自己胸臆流出，不肯下笔"④ 的诗文观点。袁宏道感叹：

> 诗道之秽，未有如今日者。其高者为格套所缚，如杀翮之鸟，欲飞不得；而其卑者，剿窃影响，若老妪之傅粉；其能独抒己见，信心而言，寄口于腕者，余所见盖无几也。⑤

---

① 黄卓越：《佛教与晚明文学思潮》，东方出版社 1997 年版，第 7 页。
② （明）袁宗道：《白苏斋类集》，钱伯城标点，上海古籍出版社 1989 年版，第 233 页。
③ （明）袁宗道：《白苏斋类集》，钱伯城标点，上海古籍出版社 1989 年版，第 216 页。
④ （明）袁宏道：《袁宏道集笺校》，钱伯城笺校，上海古籍出版社 1981 年版，第 187 页。
⑤ （明）袁宏道：《袁宏道集笺校》，钱伯城笺校，上海古籍出版社 1981 年版，第 699 页。

袁宏道认为，诗人之间应该相互尊重彼此不同的个性与诗风，而不该文人相轻、彼此诽谤，文人相轻是阻碍文学发展的陋习。他曾在《识张幼于箴铭后》一文中，通过一系列历史人物形象地表达不同的人有不同的生活方式，有不同的思维模式，每个人都是独一无二、不可复制的"这一个"。这显示了公安派对作为个体的"人"的尊重，对人的个性与不同创造力的尊崇。其文云：

> 余观古今士君子，如相如窃卓，方朔俳优，中郎醉龙，阮籍母丧酒肉不绝口，若此类者，皆世之所谓放达人也。又如御前数马，省中秘树，不冠入厕，自以为罪，若此类者，皆世之所谓慎密人也。两种若冰炭不相入，吾辈宜何居？袁子曰："两者不相肖也，亦不相笑也，各任其性耳。性之所安，殆不可强，率性而行，是谓真人。"① （《识张幼于箴铭后》）

公安派是反对复古的，三袁中尤以袁宏道最为猛烈。袁宏道在读了友人丘长孺的诗歌后，认定一代有一代之作家，一代又有一代之文体，模拟因袭就意味着倒退。他认为：

> 今之君子，乃欲概天下而唐之，又且以不唐病宋。夫既以不唐宋病矣，何不以不《选》病唐，不汉、魏病《选》，不《三百篇》病汉，不结绳鸟迹病《三百篇》耶？果尔，反不如一张白纸，诗灯一派，扫土而尽矣。夫诗之气，一代减一代，故古也厚今也薄。诗之奇之妙之工之无所不极，一代盛一代，故古有不尽之情，今无不写之景。然则古何必高，今何必卑哉！不知此者，决不可观丘郎诗，丘郎亦不须与观之。② （《与丘长孺书》）

继起的袁中道也继承了其兄的诗歌主张，他强烈地反对形式上格调

---

① （明）袁宏道：《袁宏道集笺校》，钱伯城笺校，上海古籍出版社1981年版，第193页。
② （明）袁宏道：《袁宏道集笺校》，钱伯城笺校，上海古籍出版社1981年版，第284页。

复古、模拟剽窃，提倡诗歌创作应力求诗人真性情，不拘格套，打破一切束缚诗人个性的条条框框。其《解脱集序》云：

> 夫文章之道，本无今昔，但精光不磨，自可垂后。唐、宋于今，代有宗匠。降及弘、嘉之间，有缙绅先生倡言复古，用以救近代固陋繁芜之习，未为不可。而剿袭格套，遂成弊端。后有朝官，递为标榜，不求意味，惟仿字句，执议甚狭，立论多矜。后生寡识，互相效尤。如人身怀重宝，有借观者，代之以块。黄茅白苇，遂遍天下。①

虽然袁中道强烈反对复古，但他却能认识到古人古诗的长处，他能客观地评价时人与古人作品之优劣，这无疑是对公安派"率性而为""任意而发"之弊的纠正。他说："今者虽有制作，率尔成章，如兔起鹘落，决河放溜，发挥有余、淘炼无功，此其不及古人者三也。"② 他强调学习古人之精神，而非拘泥于字模句仿的因袭，即"能转古人，不为古转"，否则，一味地形式模仿形成不了自己的创作风格，这种主张与其后的竟陵派极为相似，是袁中道诗歌主张发生转折的体现。他说："为诗者处穷而必变之地，宁各出手眼，各为机局，以达其意所欲言，终不肯离同剿袭，拾他人残唾，死前人语下。"③

袁宗道探究明代诗坛的发展，深刻反思形式上的复古带来的弊端，进而提出了"文贵立本"的创作主张，认为"运才之本"在于诗人自己的宏远博识，"立本"就是要求诗歌要有诗人自己的思想内容，这种诗学思维是晚明实学思潮的萌动。其《士先器识而后文艺》一文有云：

> 夫士戒乎有意耀其才也，有运才之本存焉。……本不立者何也？其器诚狭，其识卑也。故君子者，口不言文艺，而先植其本。……

---

① （明）袁中道：《珂雪斋集》，钱伯城点校，上海古籍出版社1989年版，第452页。
② （明）袁中道：《珂雪斋集》，钱伯城点校，上海古籍出版社1989年版，第19页。
③ （明）袁中道：《珂雪斋集》，钱伯城点校，上海古籍出版社1989年版，第497页。

其器若万斛之舟，无所不载也；若乔岳之屹立，莫撼莫震也；若大海之吐纳百川，弗涸弗盈也。……信乎器识文艺，表里相须，而器识猬薄者，即文艺并失之矣。虽然，器识先矣，而识尤要焉。盖识不宏远者，其器必且浮浅；而包罗一世之襟度，因赖有昭晰六合之识见也。①

文章强调了"器识"的重要性，即先要有一种思想作为文艺创作的立足之本，才能形成诗人宏远博识的气度，是诗人"运才"创作的前提。在其著名的《论文·下》一文中，更详细地阐述了这种观点，他说：

有一派学问，则酿出一种意见。有一种意见，则创出一般言语。无意见则虚浮，虚浮则雷同矣。故大喜者必绝倒，大哀者必号痛，大怒者必叫吼动地，发上指冠。惟戏场中人，心中本无可喜事，而欲强笑；亦无可哀事，而欲强哭。其势不得不假借模拟耳。今之文士，浮浮泛泛，原不曾的然做一项学问，叩其胸中，亦茫然不曾具一丝意见，徒见古人有立言不朽之说，又见前辈有能诗能文之名，亦欲搦管伸纸，入此行市，连篇累牍，图人称扬。②

他批评了当时文人连篇累牍以求声誉的浮躁行为。认为有一派学问便有一派意见，有一派意见便能创出一派语言，强调诗文的语言风格出自作者心中的学问，其观点虽有失偏颇，但亦不无道理。袁宗道认为诗人拟古复古的根本原因在于"无识"，这与之后强调"学问"的现实主义诗风有其相似之处。他说：

沧溟强赖古人无理，而凤洲则不许今人有理，何说乎？此一时遁辞，聊以解一二识者模拟之嘲，而不知其流毒后学，使人狂醉，

---

① （明）袁宗道：《白苏斋类集》，钱伯城标点，上海古籍出版社 1989 年版，第 91 页。
② （明）袁宗道：《白苏斋类集》，钱伯城标点，上海古籍出版社 1989 年版，第 285 页。

至于今不可解喻也。然其病源则不在模拟，而在无识。① （袁宗道
《论文·下》）

此外，对诗歌"真"的追求是公安派反复古的另一审美观念，要求诗人做"真人"，诗歌发"真声"，力求"独抒性灵"是公安派求"真"的具体体现。袁宏道曾以此劝导步入诗坛的袁中道，希望他不宗法汉魏，不学步盛唐，而能够任性表达自己喜怒哀乐的"情欲"。袁宏道的《叙小修诗》云：

> 今间阎妇人孺子所唱《擘破玉》、《打草竿》之类，犹是无闻无识真人所作，故多真声，不效颦于汉、魏，不学步于盛唐，任性而发，尚能通于人之喜怒哀乐嗜好情欲，是可喜也。②

在《与冯琢庵师》一文中，袁宏道一步重申"宁今宁俗"，也不要从人脚跟。他说：

> 宏实不才，无能供役作者。独谬谓古人诗文，各出己见，决不肯从人脚跟转，以故宁今宁俗，不肯拾人一字。③

为达到"真人""真声""真性情"的理想人生与诗歌追求，袁宏道内心充满了对仕途往来的厌倦，以致他在出仕与致仕的矛盾中身心俱疲。他在给友人的信中说：

> 聚首村中，一樽一杓，便足自快，身非木石，安能长日折腰俯首，去所好而从所恶？语语实际，一字非迂，若复不信，请看来春吴县堂上，尚有袁知县脚迹否？④（《致兰泽、云泽叔书》）

---

① （明）袁宗道：《白苏斋类集》，钱伯城标点，上海古籍出版社1989年版，第285页。
② （明）袁宏道：《袁宏道集笺校》，钱伯城笺校，上海古籍出版社1981年版，第188页。
③ （明）袁中道：《珂雪斋集》，钱伯城点校，上海古籍出版社1989年版，第781—782页。
④ （明）袁宏道：《袁宏道集笺校》，钱伯城笺校，上海古籍出版社1981年版，第211页。

抒写"性灵"是需要真情的，袁中道是"性灵"诗文主张的坚决执行者，在其诗文创作中，往往饱含浓烈的深情，如其悼念长兄袁宗道之《告伯修文》曰：

> 万历庚子十一月初一日，弟中道谨修治斋茗，抚膺大叫，告于亡兄伯修先生之灵曰：伯修，伯修！兄如何便长逝也！自失母之后，兄弟姊妹四人，伶仃孤苦。我时年最小，视兄如父也。里舍书房中，三人相聚讲业，夜窗风雨，未常一日不共也。门户凋零，幸而兄致身青云，数十年以内，家门昌炽，无一发一毛非兄赐也。蕞尔之邑，不知有所谓圣学禅学，自兄从事于官，有志于生死之道，而后我兄弟始仰青天而见白日矣。①

人死不能复生，然往事历历在目，这令以父事兄的袁中道不禁悲慨万千，长兄昔日的谆谆教诲萦绕心间，然而物是人非，细想来真可谓："哭死悲存，剜心之愁万种；踏霜割雪，断肠之路三千。"②

公安派是一个思想开放的派别，除主张"求真"外，亦主张"求变"，主张诗文应该"守其必不可变者，而变其可变者"。他们敏锐地意识到"求变"才是一个诗文流派的发展出路，强调文章应该随着时代的发展而不断变化。袁中道的《花雪赋引》云：

> 天下无百年不变之文章，有作始，自有末流，有末流，还有作始。其变也，皆若有气行乎其间。创为变者，与受变者，皆不及知。是故性情之发，无所不吐，其势必互异而趋俚。趋于俚，又将变矣，作者始不得不以法律救性情之穷，法律之持，无所不束，其势必互同而趋浮。趋于浮，又将变矣。作者始不得不以性情救法律之穷。夫昔之繁芜，有持法律者救之；今之剽窃，又将有主性情者

---

① （明）袁中道：《珂雪斋集》，钱伯城点校，上海古籍出版社1989年版，第787页。
② （明）袁中道：《珂雪斋集》，钱伯城点校，上海古籍出版社1989年版，第787页。

救之矣。此必变之势也。①

袁宏道的《与江进之》亦曾云：

> 世道既变，文亦因之，今之不必摹古者也，亦势也……何也？人事物态，有时而更，乡语方言，有时而易，事今日之事，则亦文今日之文而已矣。②（《与江进之》）

他认为诗歌没必要模仿前代，既然时代是发展变化的，那么诗歌创作也要随着时代的变化而变化，否则，只有死路一条，这在当时是非常先进的诗歌思想。他们也不像当时其他诗人一样一味地批评宋诗，而认为宋诗亦有可取之处。他们赞同苏东坡"发纤秾于简古，寄至味于淡泊"的美学思想，并由此引发自己的诗歌创作思路，袁中道的《餐霞集小序》曾云："至平常，至绚烂；至绚烂，至平常，天下之至文，无以加焉。"③于是，公安一派于诗歌便产生了求淡雅的审美趋向，认为"淡雅"是比"秾丽"更高的审美追求。其《程晋侯诗序》更是详述了公安派这一审美追求。其文云：

> 诗之为道，绘素两者耳，三代而上，素即是绘；三代而后，绘素相参，盖至六朝，而绘极矣，颜延之十八为绘，十二为素，谢灵运十六为绘，十四为素，夫真能即素成绘者，其惟陶靖节乎？非素也，绘之极也。宋多以陋为素，而非素也。元多以浮为绘，而非绘也。国朝乘屡代之素，而李何绘之，至于今而绘亦极矣。甫下笔，即沾沾弄姿作态，惟恐其才显而学不博也。古之人任其意之所欲言，而才与学自听其驱使。今之人反以才学为经，而实意纬之，故

---

① （明）袁中道：《珂雪斋集》，钱伯城点校，上海古籍出版社1989年版，第459页。
② （明）袁宏道：《袁宏道集笺校》，钱伯城笺校，上海古籍出版社1981年版，第515—516页。
③ （明）袁中道：《珂雪斋集》，钱伯城点校，上海古籍出版社1989年版，第468页。

以绘掩素，而绘亦且素。然而无色，腻靡而无足观，予重有慨焉。①（《程晋侯诗序》）

袁中道对宋诗的认可与对淡雅的追求，不仅仅停留在文字表面，而是要求深入诗歌创作中，甚至要求诗人培养清雅淡泊的个性，这与"静以修身，俭以养德"的儒者精神是相通的。

总之，"求真"是公安派诗歌主张的根本，这就要求诗人在诗文创作中"独抒性灵"，而"不拘格套"则是要打破一切束缚诗人抒发真性情的形式藩篱。在那样一个复杂多变的时代，公安派要求诗文创作撇开门户之见，是其兼收并蓄"求变"的精神显现。

三　蔑视科举与汲汲功名的矛盾

公安派的很多成员不止一次地表示了对科举功名的蔑视，对自由洒脱生活的向往，但在他们不厌其烦地表达轻视科举功名的表象下，正是那一颗颗难以掩盖的热衷功名之心，这要从袁氏改姓谈起。

公安袁氏其实非公安本地人，据《袁氏族谱》载："公安之有袁氏也，出于江陵丰城之元氏。"对于中国人而言，改姓是一件了不得的大事，由"元"到"袁"的姓氏改变颇具传奇色彩。据《康熙公安县志·袁宗道传》载："公本姓袁，讳宗道……年十二，应童子试，督学金公一见奇之，曰：'子当大魁天下，但姓同胜国号，恐不利首榜，吾为子更之。'遂易'元'为'袁'。"②康熙朝去明不远，袁宗道应童子试为明隆庆五年（1571），三袁之父袁士瑜尚在世，他一生才名卓著却困顿科场，显然是赞同改姓的。而袁氏子孙对此次改姓并不以为耻，因为此后袁氏家门科名大显。袁士瑜十五岁应童子试，名列榜首，一举成名，此后几乎将一生的精力都放在了科举之途，可天不遂人愿，任其"头悬梁，锥刺股"也未得一第，但袁士瑜的经历与心态却影响了其子

---

① （明）袁中道：《珂雪斋集》，钱伯城点校，上海古籍出版社 1989 年版，第 470 页。
② 孟祥荣：《公安三袁家世研究》，《湖北职业技术学院学报》2003 年第 4 期。

三袁。一方面，他一生"生命不息，考试不止"的屡败屡战的精神，塑造了袁氏锲而不舍的科举精神；另一方面，科举的失意导致其在佛学与诗酒洒脱中寻求心理慰藉，也是三袁涉足心学与诗酒风流的先导，但无论如何重视科举功名都成为此后公安袁氏的家门风尚。

袁宏道曾宣称自己轻视科举，并出现了多次致仕又出仕的闹剧，其实这正是其对仕途功名无法释怀的内心表现。三袁中，心灵受科举功名创伤最大的无疑是袁中道，袁中道在《心律》中自述：

> 追思我自婴世网以来，止除睡着不作梦时，或忘却功名了也。求胜求伸，以必得为主。作文时，深思苦索，常至呕血，每至科场将近，扃户下帷，摒弃身命，及入场一次，劳辱万状，如剧驿马，了无停时，岁岁相逐，乐虚苦实。屈指算之，自戊子以至庚戌，凡九科矣。自十九入场，今年亦四十一岁矣。以作文过苦，兼之借酒色以自排遣，已得痼疾，逢时便发。头发已半白，鬓已渐白，须亦有几茎白者，老丑渐出，衰相已见，其何得果何如也？设使以此精神求道，则道眼已明；以此精神求仙，则内丹已就；以此精神著书，则垂世不朽之业已成，而所苦丘山，所得尚未毫厘，今犹然未知税驾。①

可见科举功名在其心中扎根之深，科场的屡败屡战使其心灵创伤巨大。在给友人的信中，他不禁悲叹："弟已如孤雁天末，哀云喋雨。且老矣病矣，一生心血，半为举子业耗尽，已得痼疾如百战老将，满身箭瘢刀痕，遇风雨辄益其痛。"② 诗人俨然一位因科举而耗尽心血的百战老儒，满腹往事不堪回首。热切功名而屡试不中的现实使其产生了严重的逆反心理，轻蔑功名富贵实是爱之深的表现。可以说，晚明诗人身上一些狂放恣肆、怪异荒诞的行为正是他们热衷功名而不得的另一种极端显现。他们或堕入狂禅，或纵情酒色，而这正是其宣泄功名未得之内心

---

① （明）袁中道：《珂雪斋集》，钱伯城点校，上海古籍出版社1989年版，第961页。
② （明）袁中道：《珂雪斋集》，钱伯城点校，上海古籍出版社1989年版，第1053页。

苦闷的一种途径。袁中道的《珂雪斋集》中有大量科场失意有心归隐之作，仅举几例，以为大观。

　　黄鸡唱罢惨无欢，万事劳人转觉难。君自爱看《高士传》，予今欲溺腐儒冠。朝耕西岭云千亩，夜钓南湖月一滩。身似闲鸥心似水，才离火宅便轻安。①（《龚维用舅谢诸生归隐赠》）

　　江城绵邈大江边，江上大道直如弦。芹泥时点朱藤杖，游丝忽挂珊瑚鞭。日荒野旷溪蛙闹，溪畔闲花共迎笑。已见绿草侵黄埃，还从古冢寻新道。古冢鳞鳞纷无数，白日昭昭君安去。朱颜皓腕不复生，石麟玉马埋何处。今年还新新还故，寒风一片白杨树。莎长孟公堤，藤遮安远寺。依稀山内白莲庵，恍惚碑中青叶髻。颓垣断壁傍苍藓，肃肃古貌我当拜。屋尘暗淡埋玉函，铃风萧瑟摇幡带。禅堂诗社亦何有，古钟千岁绝龙纽。况复人生非金石，能保形质不衰朽。我自未老喜谈禅，尘缘已灰惟余酒。一生止用曲作家，万事空然柳生肘。终日谈禅终日醉，聊以酒食为佛会。出生入死总不闻，富贵于我如浮云。②（《寒食郭外踏青，便憩二圣禅林》）

　　总之，无以排遣的心理之痛，使袁中道时而醉生梦死，自暴自弃；时而事无所求，厌倦科场功名，唯祈生命长久。因此，李贽说他"风颠放浪，都是装成"，这种放浪形骸、及时行乐的心态也在其诗歌中有所反映。如其诗：

　　纵使千年能几何，虚名虚利空奔波。不登雨花台，不知行乐好。生不行乐求富贵，试看雨花台上草。③（《同丘长孺登雨花台》）
　　金阊九月露为霜，太湖澄碧涵波光。萧瑟山中木叶脱，飘零塘

①（明）袁中道：《珂雪斋集》，钱伯城点校，上海古籍出版社1989年版，第8页。
②（明）袁中道：《珂雪斋集》，钱伯城点校，上海古籍出版社1989年版，第10页。
③（明）袁中道：《珂雪斋集》，钱伯城点校，上海古籍出版社1989年版，第31页。

上藕花香。有客遥夜悲行路，络纬鸣壁虫吟户。……五白六赤游侠场，初七下九行乐日。宾从刻烛诗千篇，男女杂坐酒一石。兴来得意恣游遨，飘风吹作天涯客。影落三江与五湖，游戏宛洛醉京都。走马弯弓出九边，登山涉水过三吴。春花秋月尽可渡，最是宅边桃叶渡。……闲来乞食歌妓院，竿木随身挂水田。沉湎放肆绝可笑，乡里小儿皆可诮。君不见擎天金鸱啖老龙，榆枋小鸟难同调。① （《放歌赠人》）

予意非为侠，胸中不可平。且须凭独往，那复问横行。愁来无后日，泪尽是前程。不堪到岁暮，寒鸟叫江城。② （《有感》其一）

醉死便埋我，江山足万年。飞云环众岭，如月亘长川。大冶归西日，繁麟入夜天。金陵千亿户，俯看一区烟。③ （《携酒登清凉台》）

半生寥落暗悲伤，百病相侵守一床。事业于今那敢问，只祈年寿胜周郎。④ （《过赤壁》其二）

袁宏道非常理解其弟的科举之痛。但面对晚明的政局，即使取得功名进入仕途又能如何，当他们很难实现自己的人生理想，还不得不面对官场繁难与党争纠葛之时，便对自由闲适的隐居生活心向往之。但真正隐居林泉时，却又很难彻底放弃为官之理想。于是，晚明有太多的诗人矛盾地徘徊在仕与隐之间，袁宏道多次辞官又出仕的闹剧便是这种心态的体现。

袁宏道也有大量诗歌表明自己对待出仕的态度，如他在待选时，似乎认为有人与其争夺位置，即作《秋夜感怀》表明自己的立场，诗曰："莫以千人和，遂轻白雪歌。支离常调失，突兀此生过。薄俗论交尽，秋风阅世多。鹓雏终万仞，吓我待如何。"⑤ 以庄子与惠施的故事表达

---

① （明）袁中道：《珂雪斋集》，钱伯城点校，上海古籍出版社 1989 年版，第 61 页。
② （明）袁中道：《珂雪斋集》，钱伯城点校，上海古籍出版社 1989 年版，第 9 页
③ （明）袁中道：《珂雪斋集》，钱伯城点校，上海古籍出版社 1989 年版，第 61 页。
④ （明）袁中道：《珂雪斋集》，钱伯城点校，上海古籍出版社 1989 年版，第 25 页。
⑤ （明）袁宏道：《袁宏道集笺校》，钱伯城笺校，上海古籍出版社 1981 年版，第 100 页。

自己对官职的态度。另如他做吴县县令时所作的《戏题斋壁》云：

> 一作刀笔吏，通身埋故纸。鞭笞惨容颜，簿领枯心髓。奔走疲
> 马牛，跪拜羞奴婢。复衣炎日中，赤面霜风里。心若捕鼠猫，身似
> 近膻蚁。举眼尽无欢，垂头私自鄙。南山一顷豆，可以没馀齿。千
> 锺曲与糟，百城经若史。结庐瓯窭峰，系艇车台水。至理本无非，
> 从心即为是。岂不爱热官，思之烂熟尔。①

诗人以游戏之笔表达自己对为官的不屑，但其实他为官是相当认真
的，或许正是因此才会为官所累，也才会屡次辞官，他在给舅舅龚惟长
的信中说：

> 甥自领吴令来，如披千重铁甲，不知县官之束缚人，何以如
> 此。不离烦恼而证解脱，此乃古先生诳语。甥宦味真觉无十分之
> 一，人生几日耳，而以没来由之苦，易吾无穷之乐哉？计欲来岁乞
> 休，割断藕丝，作世间大自在人，无论知县不作，即教官亦不愿作
> 矣。实境实情，尊人前何敢套语相诳。直是烦苦无聊，觉乌纱可厌
> 恶之甚，不得不从此一途耳。不知尊何以救我？②（《龚惟长先生》）

把做官视为如"千重铁甲"的束缚，认为是"没由来之苦"，而欲
"割断藕丝，作世间大自在人"。袁宏道在诗歌《荒园独步》中写道：

> 寒食春犹烂，东风草自芊。花燃无焰火，柳吐不机绵。宦博人
> 间累，贫遭妻子怜。一官如病旅，直得几缗钱。③

在他看来，做官不仅不能实现自己的人生理想，带来光宗耀祖的荣

---

① （明）袁宏道：《袁宏道集笺校》，钱伯城笺校，上海古籍出版社 1981 年版，第 116 页。
② （明）袁宏道：《袁宏道集笺校》，钱伯城笺校，上海古籍出版社 1981 年版，第 222 页。
③ （明）袁宏道：《袁宏道集笺校》，钱伯城笺校，上海古籍出版社 1981 年版，第 121—
122 页。

华富贵，反而使自己深陷其中，疲于奔命，左右为难，造成心灵上无以排遣的重负。他痛苦地说："数年闲散甚，惹一场忙在后。如此人置如此地，作如此事，奈之何？嗟夫，电光泡影，后岁知几何时？而奔走尘土，无复生人半刻之乐，名虽作官，实当官耳。"① 这样极度厌恶官场的心态表述俯拾皆是。再如：

> 弟作令备极丑态，不可名状。大约遇上官则奴，候过客则妓，治钱谷则仓老人，谕百姓则保山婆。一日之间，百暖百寒，乍阴乍阳，人间恶趣，令一身尝尽矣。苦哉，毒哉！②（《与丘长孺书》）
>
> 吴令甚苦我：苦瘦，苦忙，苦膝欲穿，腰欲断，项欲落。嗟乎！中郎一行作令，文雅都尽，人苦令耶，抑令苦人耶？③（《杨安福》）
>
> 作吴令，无复人理，几不知有昏朝寒暑矣。何也？钱谷多如牛毛，人情茫如风影，过客积如蚊虫，官长尊如阎老。以故七尺之躯，疲于奔命；十围之腰，绵于弱柳。每照须眉，辄尔自嫌。故园松菊，若复隔世。④（《沈博士》）
>
> 若其心志，饿其体肤、劳其筋骨，百苦备尝，而至二台八座者也。必有苦备尝，而后台座可望。是在官一日，一日活地狱也。人亦何为而乐地狱东哉。⑤（《罗隐南》）

做官不仅毫无乐趣，空虚无奈，甚至深感身心俱损、人格受辱。袁宏道辞去吴令，除自身的心理和身体原因外，还与官场的矛盾险恶有关，直接原因则是天池山之讼。袁宏道说：

---

① （明）袁宏道：《袁宏道集笺校》，钱伯城笺校，上海古籍出版社 1981 年版，第 205 页。
② （明）袁宏道：《袁宏道集笺校》，钱伯城笺校，上海古籍出版社 1981 年版，第 208 页。
③ （明）袁宏道：《袁宏道集笺校》，钱伯城笺校，上海古籍出版社 1981 年版，第 213 页。
④ （明）袁宏道：《袁宏道集笺校》，钱伯城笺校，上海古籍出版社 1981 年版，第 219—220 页。
⑤ （明）袁宏道：《袁宏道集笺校》，钱伯城笺校，上海古籍出版社 1981 年版，第 227 页。

> 故人有苦必有乐，有极苦必有极乐。知苦之必有乐，故不求乐；知乐之生于苦，故不畏苦。故知苦乐之说者，可以常贫，可以常贱，可以常不死矣。①（《王以明》）

袁宏道深感晚明官场争斗的复杂，稍有不慎便横祸飞来，认真为官或遭陷害，他痛苦地说："惟有一段没证见的是非，无形影的风波，青岑可浪，碧海可尘，往往令人趋避不及，逃遁无地。"② 这起诉讼案原委不清，牵扯甚多，历时几年，这使袁宏道在心理上彻底厌倦了官场，而转入杨朱哲学中寻找心理慰藉，讲究珍生，提倡纵欲。他说："亲之不得，疏之不得，名之不得，毁之不得，尚无有福，何有见于祸？处人间世之诀，微矣微矣。"③ 袁宏道所说的无我，则指在现实生活中应虚与委蛇，尽量不表达自己的意见，以躲避祸端，实有功利之考虑。

对于"三袁"，吴调公先生言："宗道含苞；宏道初绽；中道时则放而复收。"④ 即此也。

第五节　公安副将江盈科

江盈科向来被视为公安派之副将，著作颇丰，然一直未引起学界较大重视，且作品散佚较多。即便如此，黄仁生教授搜集、整理的《江盈科集》中诗歌仍达千余首，不仅数量较大，而且各体兼备，内容丰富。章培恒在为此书所作序言中强调："公安派在明代文坛上之正式形成，是从袁宏道在苏州做官时开始的；而与袁宏道一起打开局面的，则是江盈科。"⑤ 可见，公安"三袁"虽然享誉文坛，但真正推举提携、将袁宏道推上明末文坛的则是江盈科，将其称为"公安副将"当不为过，

---

① （明）袁宏道：《袁宏道集笺校》，钱伯城笺校，上海古籍出版社1981年版，第240页。
② （明）袁宏道：《袁宏道集笺校》，钱伯城笺校，上海古籍出版社1981年版，第242页。
③ （明）袁宏道：《袁宏道集笺校》，钱伯城笺校，上海古籍出版社1981年版，第806页。
④ 吴调公：《论公安派三袁美学观之异同》，《文学评论》1986年第1期。
⑤ （明）江盈科：《江盈科集》，黄仁生辑校，岳麓书社2008年版，第925页。

本节主要论述江盈科对晚明诗坛的贡献。

一　"闲曹吏隐觉非凡"

与一些文人的显赫家世相比，江盈科并非出身名门，抑或科举之家，而是出生在湖南桃源的一户普通农家。他幼时聪慧，少习儒业，深知下层百姓之苦，胸怀匡世兴国的强烈愿望。万历二十年（1592）三月，江盈科高中进士，一朝功名在手，便迫切希望为报君恩而匡世济民。其登第时曾感言：

> 彩云笼玉宇，瑞色蔼金銮。薪檬罗周士，威仪盛汉官。榜凭黄盖覆，人傍紫宸看。感激诚何极，酬恩有寸丹。[1]（《登第候榜》）

而正当江盈科踌躇满志、沉浸在新科进士的喜悦中时，同年八月被任命为长洲（今江苏吴县）知县，从此开始了坎坷艰险的官宦生涯。在晚明，以进士出身而任知县是很不幸的，其亲戚友人也会为其唏嘘哀叹。沈德符的《万历野获编》有云：

> 人中进士，上者期翰林，次期给事，次期御史，又次期主事，得之则忻。其视州县令，若鹓鸾之视腐鼠，一或得之，魂耗魄丧，对妻子失色，甚至昏夜乞哀以求免。[2]

可见，以进士出身的江盈科被任命为长洲知县，无疑如冷水浇背，陡然生凉。长洲难于治理，超乎其想象，时人言"长洲令者，立而饭，走而尿，如是而已矣，不知其他"[3]，并非虚言。长洲富庶，承担着沉重的赋税，却民风奸猾，"长洲称东南最岩邑无两，里长七百有奇，国税四十八万，两台一监司驻节城中；又东南都会，贵人车骑络绎不断；

---

① （明）江盈科：《江盈科集》，黄仁生辑校，岳麓书社 2008 年版，第 25 页。
② （明）沈德符：《万历野获编》，中华书局 1980 年版，第 579 页。
③ （明）江盈科：《江盈科集》，黄仁生辑校，岳麓书社 2008 年版，第 396 页。

而其民如鬼如蜮，习于讼讦；吏胥长于舞文，蚩尤之雾在股掌间"①。达官显宦，滑酷胥吏，刁奸商贾，蛮横游民，致使这里既富庶繁华，又浊气熏天，政府税重却又难于收税。江盈科不得不面对"瘠民既不能输，顽民又不肯输，士夫家僮又有所凭藉而不欲输"②。被任命为长洲知县，江盈科虽心怀怨气，但他在长洲任上仍然恪守职责、兢兢业业。他清查官僚富室虚报瞒报的避税行为，减免赤贫老百姓的税租。其结果虽然赢得老百姓一片赞誉，却必然得罪富室达官。三年任满，江氏最终却落得"以岁课不登见夺竹"的惩罚，不得升迁，继续留任的下场。江氏遂生"欲解绶东归，高卧桃花流水间，啸歌徜徉，以终余年"③ 的归隐之念。但毕竟此时出仕之心未暝，而报国之心犹存。于是在留任期间，他更加勤于政事，不敢有丝毫懈怠，"汲汲皇皇，如扑焚拯溺"④，以至于形容憔悴、身心疲惫，"精髓内枯，形骸外削"⑤。在江盈科多年苦心孤诣的经营下，难于治理的长洲大治，而江盈科的从政之贤也声名鹊起。无锡名士邹迪光不禁赞叹：

> 闻有贤府君者，朗如鉴，平如衡，清如玉壶，泽如春台，信如四序，剖解如郢斤，乳翼群萌如父若母，遂良屏安堵，鸱张匿迹，悬蒲成谣，鸣琴作诵。中丞而下，大府以上，荐札纷驰，交满公车，从数十年来所未有。⑥（《报江进之》）

长洲任满，江盈科因为政绩卓著而获得升迁的机会，然而这次升迁却成为一出令人哭笑不得的闹剧。在设宴庆祝闻报升迁吏部主事的道贺声中，获悉改官大理寺正这一闲职的结果，这一戏剧性的转折，引起道贺者前后截然相反的态度，人心势利，世态炎凉，使江盈科有意仕进的

---

① （明）江盈科：《江盈科集》，黄仁生辑校，岳麓书社 2008 年版，第 389 页。
② （明）江盈科：《江盈科集》，黄仁生辑校，岳麓书社 2008 年版，第 195 页。
③ （明）江盈科：《江盈科集》，黄仁生辑校，岳麓书社 2008 年版，第 395 页。
④ （明）江盈科：《江盈科集》，黄仁生辑校，岳麓书社 2008 年版，第 235 页。
⑤ （明）江盈科：《江盈科集》，黄仁生辑校，岳麓书社 2008 年版，第 310 页。
⑥ （明）江盈科：《江盈科集》，黄仁生辑校，岳麓书社 2008 年版，第 72 页。

心灵再次遭受突如其来的打击。他曾作诗自嘲云:

> 看破名场是戏场,悲来喜去为谁忙?六年苦海长洲令,五日浮
> 沤吏部郎。为蚓为龙谁小大?乍夷乍跖任苍黄。无心更与时贤竞,
> 散发聊便卧上皇。①(《闻报改官》)

他虽以超然的心态坦荡赴任,作《自述》以明心迹,但这已使他萌生强烈的归隐心态。他想要解绶归田,但又苦于无以养家糊口,不得不"强自排遣,托于吏隐"②,"藉五斗供堂上人饘粥"③。此后,昔日踌躇满志的江盈科已不复存在,他以玩世不恭的心态嘲弄着"吏隐"的人生,而内心的痛苦挣扎只有借诗酒以排遣,仕与隐的矛盾心理折磨着江盈科。虽然心存归隐之念,但其做大理寺正时,仍然置个人仕途与安危于不顾,不畏权贵、公正执法。他坦言:"第一念澡雪,常如明神鉴临左右,四知之金,不敢使得近也;一夫之冤,不敢不为吁呼而求伸也。其他若是我非我,毁我誉我,都置不问。"④ 一种儒者无畏无惧的坦荡胸怀跃然纸上,其心灵在亦仕亦隐中备受煎熬,不得解脱。后曾任户部员外郎,万历三十三年(1605),五十二岁的江盈科卒于四川提学副使任上。江盈科廉洁奉公,一生清贫,以致卒后葬资也让其子为难,袁中道在《江进之传》中感慨道:"自为令时,多所负,其子禹疏以赙金稍稍完之,尚十不二三。甚矣,贫吏之苦也!"⑤

江盈科已经在吏隐中找到了足以悠游闲乐的自由天地,甚至感到"闲曹吏隐觉非凡",因深解其中乐趣,并以此劝勉友人。他说:"大隐不妨朝市里,还期曼倩在承明。"⑥ 又云:"迂散闲旷、幽忧抑郁之夫,

---

① (明)江盈科:《江盈科集》,黄仁生辑校,岳麓书社 2008 年版,第 113 页。
② (明)江盈科:《江盈科集》,黄仁生辑校,岳麓书社 2008 年版,第 411 页。
③ (明)江盈科:《江盈科集》,黄仁生辑校,岳麓书社 2008 年版,第 395 页。
④ (明)江盈科:《江盈科集》,黄仁生辑校,岳麓书社 2008 年版,第 402 页。
⑤ (明)江盈科:《江盈科集》,黄仁生辑校,岳麓书社 2008 年版,第 900 页。
⑥ (明)江盈科:《江盈科集》,黄仁生辑校,岳麓书社 2008 年版,第 153 页。

取而读焉，亦自不觉其眉之伸、颐之解，发狂大叫而不能自已。"① 欲叹欲骂欲哭而不能，只好悬崖撒手，破涕为笑！王朝末世，无聊、无耻、无赖之人进行着淋漓尽致的表演，这使胸怀儒家治世理想的江盈科经常手足无措，进退两难。

此外，晚明政治的腐败、都市的繁华与商业文明的高度发展，使江盈科与其他诗人一样产生了贪恋红尘的享乐主义心态。由于物质财富不断增加，奢靡享乐的新型价值观成为一时风尚。其部分诗作表达了他对都市奢靡生活的渴慕。

> 弹丸扬子国，绕郭大江横。商众过农父，盐高出女城。岸栖千斛舳，市杂五方氓。逐末儿童惯，凄凉夜读声。②（《真州》）

> 烧痕晓入东风绿，九陌朝来繁绮缛。十家五户排锦棚，步障流苏梦结束。翩翩宝马簇云来，的的朱旗耀日开。百官金紫辉如雾，十部笙歌沸若雷。③（《迎春歌》）

> 半敛双蛾半掩唇，牵红曳翠逐芳辰。为云总属阳台女，出世都疑洛浦神。舞袖香飘罗绮雾，歌声暗绕屋梁尘。尊前无限风流趣，别作姑苏一段春。④（《迎春诸妓》）

华灯通明，莺歌燕舞，商户如林，车马相拥，这种尽情挥洒的都市生活背后是江盈科对娱乐刺激的认可与贪恋，是其享乐主义心态的显现。这不禁使他产生对人生苦乐观的矛盾思考，甚至引起了他人生价值观的改变。

我们不能责备诗人思想的堕落，甚至应该怜惜这样有才、有抱负的儒士，在那样一个腐败不堪的时代，纸醉金迷式地消磨着自己的人生理想。昏暗的时局是造成诗人们徘徊在仕与隐之间的罪魁祸首，他们在无

---

① （明）江盈科：《江盈科集》，黄仁生辑校，岳麓书社 2008 年版，第 438 页。
② （明）江盈科：《江盈科集》，黄仁生辑校，岳麓书社 2008 年版，第 59 页。
③ （明）江盈科：《江盈科集》，黄仁生辑校，岳麓书社 2008 年版，第 59 页。
④ （明）江盈科：《江盈科集》，黄仁生辑校，岳麓书社 2008 年版，第 87 页。

可奈何的挣扎中，心灵得不到片刻安宁，江盈科亦不例外。美国学者艾文·豪曾这样解释这种亦仕亦隐的心态，他说："对于历代知识分子来说，超然和介入的冲突一直是一个令人烦恼的问题，有时甚至成了痛苦根源。这一冲突的性质决定了它任何时候都不可能得到完全解决。"① 深陷时代旋涡的江盈科更是饱受此苦。

二　江盈科的诗歌主张

与公安派其他成员一样，江盈科反对"诗必盛唐"的复古主义，主张诗歌应该抒写"性灵"。能抒发诗人真性情的诗歌，"不期新而新"；而出自模拟复古者，想要"脱旧而转得旧"，以为出自性灵之诗才算是"真诗"。他说：

> 诗何必唐，何必初与盛？要以出自性灵者为真诗尔。夫性灵窍于心，寓于境。境所偶触，心能摄之；心所欲吐，腕能运之。……流自性灵者，不期新而新；出自模拟者，力求脱旧而转得旧。由斯以观，诗期于自性灵出尔，又何必唐，何必初与盛之为沾沾哉？② （《敝箧集引》）

反对"复古主义"一味地模拟因袭，总是与主张革新分不开的。而诗歌力求革新的具体做法是"用今""求真""求趣"。"用今"是江盈科首倡的诗歌观念，其义大体与"三袁"所倡导的"求变"相似，要求"居今之世，作今之诗"，江氏更进一步强调即便是已往之事，若能与诗人心灵相互发明，意到笔随，亦能"极诗之妙"，他说：

> 诗言志。志者，心之所之，即性情之谓也，而其发挥描写，不能不资于事物。盖比兴多取诸物，赋则多取诸事。诗人所取事物，

---

① ［美］艾文·豪：《知识分子的定义和作用》，费涓洪译，《现代外国哲学社会科学文摘》1985 年第 9 期。

② （明）江盈科：《江盈科集》，黄仁生辑校，岳麓书社 2008 年版，第 275—276 页。

或远而古昔，近而目前，皆足资用。其用物也，如良医用药……其用事也，如善书之人，睹惊蛇而悟笔意，观舞剑而得草法，不专倚临帖摹本也。本朝论诗，若李崆峒、李于鳞，世谓其有复古之力。然二公者，固有复古之力，亦有泥古之病。彼谓文非秦汉不读，诗非汉魏六朝盛唐不看，故事凡出汉以下者，皆不宜引用。噫，何其所见之隘而过于泥古也耶？夫诗人所引之物，皆在目前，各因其时，不相假借……目到意随，意到笔随，自不暇舍见在者而他求耳。至于引用故事，则凡已往之事，与我意思互相发明者，皆可引用，不分今古，不论久近。盖天下之事，今日见在则谓之新，明日看今日即谓之故……居今之世，作今之诗……其实字眼之古不古，雅不雅，系用之善不善，非系于汉不汉也……故吾以为善作诗者，自汉魏盛唐之外，必遍究中晚，然后可以穷诗之变；必尽目前所见之物与事，皆能收入篇章，然后可以极诗之妙……只因"盛唐"二字，把见前诗兴、见前诗料一笔勾罢。如此而望诗格之新，岂非却步求前之见也欤？①（《雪涛诗评·用今》）

江盈科以"用今"之观念评判诗歌创作，是直接针对当时诗坛前后七子复古主张而提出来的。强调"用今"则必然"用新"，而"用新"则势必"求奇"，他非常赞赏那些能抒发诗人独特个性的新奇之作。在"奇""正"之辨中，他以唐代诗人为例，认为杜甫之诗"正而能奇"；李白作诗"以奇为奇"；而他极力鼓吹李贺诗作之奇，以为由唐至明，一人而已。他说：

余观古工诗之士，其较有三：有正，有奇，有奇之奇。唐杜工部诗宏博精炼，如石季伦筋客，俎馔肴核，不离世品，而麟脯凤炙，间出天下所未尝之味，此夫正而能奇者也。李青莲使事不必如杜之核，用书不必如杜之富，而超绝妙绝，飘飘欲仙，冷然如列子

---

① （明）江盈科：《江盈科集》，黄仁生辑校，岳麓书社 2008 年版，第 698—699 页。

御风而行，此夫以奇为奇者也。至于长吉，事不必宇宙有，语不必世人解，信口矢音，突兀怪特，如海天蜃市，琼楼玉宇，人物飞走之状，若有若无，若灭若没，此夫不名为正，不名为奇，直奇之奇者乎！盖有唐三百年一人而已。①（《解脱集引》）

他认为即便是复古派所倡导的唐诗，流传至明十有八九是那些抒写真情实感的作品，那些曾经名扬科场的应制之作往往经不起时间的洗礼，消失在历史的长河中，究其原因是那些抒写真性情之作，能够"穷心之变"，自见其奇。他说：

尝观唐人取士以诗，今其传者，应制之诗，十不一二，而其触物写景、抚事岂怀之作，十居八九，则亦以其穷心之变，而自见其奇。故一段精光闪烁炳朗，如宝在地，其气上耀，虽欲终泯，不可得已。②（《璧讳编序》）

江盈科"用今"的创作观念是离不开"求真"这一审美根本的，他认为论诗应该问诗之真，而不是当时流行的"唐不唐"，如果不是"真诗"，即便其诗作取自盛唐，也不过是"窃盗掏摸"，徒留后人取笑罢了。他说：

或问："诗必汉魏盛唐，自严沧浪已持此论，今之三尺童子能言之。子乃谓研穷中晚，方尽诗家之变，何也？"余曰：善论诗者，问其诗之真不真，不问其诗之唐不唐，盛不盛。盖能为真诗，则不求唐，不求盛，而盛唐自不能外。苟非真诗，纵摘取盛唐字句，嵌砌点缀，亦只是诗人中一个窃盗掏摸汉子。……故余谓作诗，先求真，不先求唐，盖谓此而汉魏可推已。③（《雪涛诗评·求真》）

---

① （明）江盈科：《江盈科集》，黄仁生辑校，岳麓书社2008年版，第278页。
② （明）江盈科：《江盈科集》，黄仁生辑校，岳麓书社2008年版，第183—284页。
③ （明）江盈科：《江盈科集》，黄仁生辑校，岳麓书社2008年版，第699—700页。

　　江盈科认为"诗本性情",而"真诗"乃是诗人"真性情"的显现。他以诗品论人品,以人品论诗品。如果诗人以"不贫言贫",以"不饮一盏"而言"三百杯",则非真性情,当然谈不上"真诗"。"真诗"源自诗人的"真性情","真诗"方能有诗"趣"。并标榜"似人之文,终非至文"①。他说:

　　诗本性情,若系真诗,则一读其诗,而其人性情,入眼便见。大都其诗潇洒者,其人必闿快;其诗庄重者,其人必敦厚;其诗飘逸者,其人必风流;其诗流丽者,其人必疏爽;其诗枯瘠者,其人必寒涩;其诗丰腴者,其人必华赡;其诗凄怨者,其人必拂郁;其诗悲壮者,其人必磊落;其诗不羁者,其人必豪宕;其诗峻洁者,其人必清修;其诗森整者,其人必谨严。譬如桃梅李杏,望其华,便知其树。惟剿袭掇拾者,麋蒙虎皮,莫可方物。假如未老言老,不贫言贫,无病言病,此是杜子美家窃盗也。不饮一盏,而言一日三百杯,不舍一文,而言一挥数万钱,此是李太白家掏摸也。②(《雪涛诗评·诗品》)

　　夫为诗者,若系真诗,虽不尽佳,亦必有趣。若出于假,非必不佳,即佳亦自无趣。③(《雪涛诗评·贵真》)

　　若先生之似靖节,殊不在调,直以趣似。以趣似者,如湘灵之于帝妃,洛神之于甄后,形骸不具,而神情则固然浑然无二矣。苟不味其趣,取先生之诗,与靖节字模句比,以求其所谓似而不可得,此何异相马者不察天机,而拘拘焉求诸牝牡骊黄之内者哉?④(《陆符卿诗集引》)

　　尝记一人送文字求正于王阳明。评曰:某篇似左,某篇似班,某篇似韩、柳。其人大喜。或以问阳明,阳明曰:"我许其似,正

---

① (明)江盈科:《江盈科集》,黄仁生辑校,岳麓书社2008年版,第705页。
② (明)江盈科:《江盈科集》,黄仁生辑校,岳麓书社2008年版,第704—705页。
③ (明)江盈科:《江盈科集》,黄仁生辑校,岳麓书社2008年版,第705页。
④ (明)江盈科:《江盈科集》,黄仁生辑校,岳麓书社2008年版,第290页。

谓其不自做文，而求似人也。譬如童子垂髫，整衣向客，严肃自是可敬。若使童子戴假面，挂假须，伛偻咳嗽，俨然老人，人但笑之而已，又何敬焉?"①（《雪涛诗评·贵真》）

江盈科在《雪涛诗评》中强调用新求真、重趣重奇的同时，进一步提出了"元神活泼"说，他以"水无心"而能"随触各足"为喻，形容"元神活泼"之妙，以白、苏两大诗人为元神活泼的代表，他甚至认为"人之元神无不活泼"，但往往因为"尘俗之虑"与"义理之见"而"牿之也"。他说：

> 元神活泼，则抒为文章，激为气节，泄为名理，竖为勋猷，无之非是。要以无意出之，无心造之，譬诸水焉，升为云，降为雨，流为川，止为渊，总一活泼之妙，随触各足，而水无心。彼白、苏两君子，所谓元神活泼者也。……
>
> 夫人之元神无不活泼，有弗然者，或牿之也。牿有二端：尘俗之虑，入焉而牿；义理之见，入焉而牿。二者清浊不同，其能为牿，则若臧谷之于亡羊，均也。②（《白苏斋册子引》）

对于诗人如何才能达到如"水无心"的"元神活泼"境界，江盈科主张"修心"，这显然受当时流行的佛老思想的影响，他主张诗人修心应该"静观无始，洞见故吾，湛然虚明，一无所著。何物尘俗？何物义理？都归无有。犹之眼睛一片，直是空洞，沙砾金屑，两无所留。故芥粒须弥，无微无巨，当其在前，无不立见"③。这样一来，他所主张的"元神活泼"之说虽走出儒家思想的羁绊，却堕入佛老虚无主义的泥潭，其静观虚明、任用自适的阐释与佛老思想并无二致。

最后，江盈科继承和发展了前人的诗文有别之说，认为诗与文是两

---

① （明）江盈科：《江盈科集》，黄仁生辑校，岳麓书社 2008 年版，第 705 页。

② （明）江盈科：《江盈科集》，黄仁生辑校，岳麓书社 2008 年版，第 291—292 页。

③ （明）江盈科：《江盈科集》，黄仁生辑校，岳麓书社 2008 年版，第 292 页。

种不同的文学体裁，认为诗有诗体、文有文法，应该将诗文创作与批评区别对待。他说：

> 诗有诗体，文有文体，两不相入。……我朝如何、李以后，一时词人自谓诗能复古，然诵其篇章，往往取古人之文字句藻丽者，衬贴铺饰，直是以文为诗，非诗也。夫诗，则宁质，宁朴，宁挨景目前，畅协众耳众目，而奈何以文为诗，乃反自谓复古耶？余谓为诗者，专用诗料；为文者，专用文料。[1]（《雪涛诗评·诗文才别》）

> 从古以来，诗有诗人，文有文人。譬如斫琴者不能制笛，刻玉者不能镂金，专擅则独诣，双鹜则两废。有唐一代诗人，如李，如杜，皆不能为文章。李即为文数篇，然皆俳偶之词，不脱诗料。求其兼诣并至，自杜樊川、柳柳州之外，殆不多见。韩昌黎文起八代，而诗笔未免质木，所乏俊声秀色，终难脍炙人口。[2]（《雪涛诗评·诗文才别》）

总之，作为公安派的主要成员之一，江盈科极力推崇袁宏道的诗歌主张。他极力反对模拟因袭的复古诗风，主张"用今""求新""求真"，用自己的诗歌主张支持公安派的"独抒性灵，不拘格套"，力求抒写诗人的真"性情"。顺应晚明时代潮流，他也认为诗文有别，反对宋诗，主张将议论说理交给散文，让诗歌成为抒情文学的主要样式，这也是他主张诗歌力求真"性情"的体现。

三　江盈科的诗歌创作

江盈科少年得志，他满怀安世济民的决心，然而晚明混乱不堪的时局，使他在仕途上屡屡受挫，诗歌成为他一吐内心不快的发泄方式。仕途的艰险使他怀揣归隐之心，而又难以舍弃"货与帝王家"的人生理想，再加上难以为家的现实，迫使这位手无缚鸡之力的书生，不得不混

---

[1] （明）江盈科：《江盈科集》，黄仁生辑校，岳麓书社2008年版，第704页。
[2] （明）江盈科：《江盈科集》，黄仁生辑校，岳麓书社2008年版，第703页。

迹官场，不愿或不能舍弃那来之不易的科举功名。这一切逐渐使他形成了亦仕亦隐的"吏隐"心态。反映在诗歌上，追求"真我"的隐者心态便形成了闲适诗；而内心时时冲动的报国之志，便形成了他忧国忧民的爱国诗；而当他欲隐不能、报国无门之时，他只能向古之贤者寄托情志，也就形成了江氏诗歌中的咏史怀古之作。总体来说，江氏诗作分为以上三类，以下分类论述。

（一）闲适诗

江盈科厌弃官场的"嚣繁冗琐"，以为束缚"真我"。在"吏隐"心态的作用下，命运多舛的人生与险恶难测的仕宦生活，使他身在朝廷，心慕田园。恬静自然的闲适诗在江氏诗作中篇幅颇多，略举如下。

嗟予丘壑骨，麋鹿与俱得。误出婴世网，奔走无休歇。霜露苦侵人，鲦然感华发，欲赋归来词，北山岂予绝?①（《晚出姑苏门》）

诛茅北山下，结屋桃溪口。艺蔬三四畦，种秫百余亩。②（《寿李碧山逸人》）

寒声起树杪，四顾天如垂。远岫吐云叶，乱风交雨丝。饥鸦索食急，倦马赴关迟。句曲可能达？仆夫云未知。③（《句曲雨》）

香豆沾朱喙，飞花点绿衣。樊笼何太苦，翻恨羽毛奇。④（《鹦镇》）

邸舍寂无事，悠然惬道情。密云深暝色，疏雨入秋声。林带轻烟湿，亭舍爽气清。坐来忘岁序，凉透葛衣轻。⑤（《邸中夏雨》）

一座图书一炷香，垂帘风景似潇湘。燕京春半草还短，楚客心闲髯渐长。门绝俗流惟道侣，官无家累有余粮。年来跪债偿应足，

①　（明）江盈科：《江盈科集》，黄仁生辑校，岳麓书社 2008 年版，第 8 页。
②　（明）江盈科：《江盈科集》，黄仁生辑校，岳麓书社 2008 年版，第 7 页。
③　（明）江盈科：《江盈科集》，黄仁生辑校，岳麓书社 2008 年版，第 31 页。
④　（明）江盈科：《江盈科集》，黄仁生辑校，岳麓书社 2008 年版，第 50 页。
⑤　（明）江盈科：《江盈科集》，黄仁生辑校，岳麓书社 2008 年版，第 16 页。

膝肉增多一寸强。①（《闲中自嘲》）

　　江盈科的山水田园诗大多反映诗人对安逸恬静的隐居生活的向往，以及对争名逐利、喧嚣险恶的官场生活的厌恶。诗人追求隐士们超凡绝俗的高洁品格，淡泊名利、与世无争的生活态度，也是其吏隐心态的展现。江盈科"吏隐"心态的形成，除自身的命运遭遇外，也源自公安派对诗人白居易的尊崇。他模仿白居易，以叙事性长诗嘲弄自己的人生遭遇，用白描手法将所叙之事娓娓道来，不动声色的表述更是对炎凉世态的无声批判，"淡而有味"的审美追求是"求真"的具体表现，其长诗《自述》为此类风格的代表作。其诗云：

　　　人情譬如马，吃亏乃知福。肩重上峻坂，鞭镏相刺促。解辕少休憩，欣欻得所欲。强如处天闲，衣绣食稻菽。昔余宰长洲，百事纷缚束。征比急如火，文案高于屋。丹墀类蜂房，候者递践逐。上官与贵人，往过来复续。东走又西驰，自视如奔鹿。过时不得餐，子夜不得宿。如此六寒暑，万苦皆谙熟。瘦骨似枯柴，揽镜面无肉。一朝转铨曹，贺者趾相属。俄而改廷尉，吊者如欲哭。予心殊不然，吊贺两皆俗。劳薪自我分，脱劳胜加禄。即今处闲曹，五日一视牍。客至不束带，饭香始栉沐。快活似仙人，何计官冷燠？譬之烧砖者，挥汗入陶复。苟得出窑门，五体凉郁郁。宁思登水阁，汲泉坐而浴。官级亦甚崇，转升转碌碌。假使做尚书，日夜想腰玉。古言人心高，钻天奈顶秃；井若能出酒，无糟犹怨讟。善哉老氏书，知足常是足。②（《自述》）

　　诗作以"吃亏乃知福"统领全篇，开宗明义，接着又叙述自己的人生理想与长洲任职之辛劳。任职长洲期间，诗人饱受俗务束缚，文案高垒，赋税难征，又不得不周旋于达官贵人之间，莫说自由自在地抒发

────────────

① （明）江盈科：《江盈科集》，黄仁生辑校，岳麓书社 2008 年版，第 256 页。
② （明）江盈科：《江盈科集》，黄仁生辑校，岳麓书社 2008 年版，第 10 页。

真性情，简直是"万苦皆谙熟"。然后述写长洲任满改迁之时，刚才还是"贺者趾相属"，瞬间便成"吊者如欲哭"，因改官闹剧而引发道贺者前后不同的态度，抒发了诗人看破世态炎凉、不为红尘俗世所累的宠辱不惊的心态。最后又表明自己要不为名缰利锁所束缚，做"知足常是足"的大自在人，与首句遥相呼应。另如：

> 嗟余解铜章，托寓僻且幽。当门悬网罗，野雀群啁啾。日晏推枕起，聊复读庄周。① (《郭原性谒余旅邸出示佳制赋赠》)

如果说公安领袖袁宏道历经坎坷堕入佛禅思想的话，那么，江盈科则更偏于追求清静无为的老庄哲学。其写景田园诗，以抒写闲适意趣为主，或忙于"耳冷却因中酒热，心闲端为著书忙"，② 或乐于"喜出樊笼闲似鹤，怕闻束带苦如蛇。"③ 是诗人远离尘俗、厌恶官场的心态体现。

(二) 忧国忧民的爱国诗

如果说自由自在的闲适心态是江盈科对仕途失望的写照的话，那么忧国忧民的儒者心态则是江氏始终如一的理想显现。因为不管江氏对混乱的时局如何不满，他在自己的职位上不畏权贵、为国为民的情怀一以贯之，其忧国忧民诗便是这种安世济民心态的体现。这类诗作充满了诗人对时局的担忧与对百姓苦难的同情。

江盈科的大量诗歌常饱含对下层百姓不幸遭遇的深深同情，以及自己无力解除苦难的焦虑与无奈，表现了诗人悲天悯人的儒者情怀。晚明赋税兵饷之重与频繁的自然灾害使广大老百姓不堪重负，诗人感同身受，忧心如焚。老百姓往往流离失所、卖妻鬻子，这时刻牵动着诗人敏感的神经，便形成了忧国忧民的爱国诗。其诗如下。

---

① (明) 江盈科：《江盈科集》，黄仁生辑校，岳麓书社2008年版，第9页。
② (明) 江盈科：《江盈科集》，黄仁生辑校，岳麓书社2008年版，第245页。
③ (明) 江盈科：《江盈科集》，黄仁生辑校，岳麓书社2008年版，第204页。

雨阳期太舛，襄郢岁频虚。地坼龟文老，池枯鹭影疏。汲深泉当醴，籴贵米成珠。时事堪双泪，谁题郑侠书？① （《荆襄悯旱》）

一雨淹旬月，河流处处通。危林栖鹳鹤，大陆走蛟龙。荷轻三农泣，停炊万灶空。江天望渔艇，蓑笠倚孤蓬。② （《江南苦雨》）

民贫到骨愁乌合，吏事关心欲白头。才薄不堪羁拙宦，拟从三径问西畴。③ （《娄江寺感赋》）

田裂烂龟甲，川枯破龙胆。银河夜夜明，望断老农眼。④ （《旱》）

乡人传口耗，听说倍伤情。巴峡连烽火，黔中断路程。父兄皆挽饷，郡县尽屯兵。抢攘今如此，何时见太平？

楚地原硗确，秋粮苦积逋。馈糇供战士，加税到农夫。官府鞭棰急，闾阎骨髓枯。谁人启边衅，流祸几时苏？

到处闻催饷，沿江哭夺船。滩高虞石磕，水急苦绳牵。寡妇日投卯，丁男春误田。何须困兵革，已是骨头穿。

寄言乡父老，努力事趋将。但遣播酋破，莫虞荆楚伤。百年休息久，一旦转输当。只恐揭竿起，田园入战场。⑤ （《乡信》四首）

昏聩的朝政致使民怨沸腾，水旱之灾更加剧了老百姓的苦难，各地民变纷起、哀鸿遍野，这些爱国诗充满了诗人对统治者的不满和对国家前途的忧虑。基于对百姓的同情和关切，江盈科愤怒地批判统治者无耻剥削的暴行，他说："曲房垂头泪如线，青楼娘子君不见，一曲笙歌一匹绢，借问可曾识蚕面。"⑥ 寓言《蜂丈人》则对昏庸的统治者巧妙地发出了"水能载舟，亦能覆舟"的警告，通过分析君民关系，他甚至把批判的笔锋直指王朝的最高统治者皇帝，他责问："君

---

① （明）江盈科：《江盈科集》，黄仁生辑校，岳麓书社 2008 年版，第 37 页。
② （明）江盈科：《江盈科集》，黄仁生辑校，岳麓书社 2008 年版，第 25 页。
③ （明）江盈科：《江盈科集》，黄仁生辑校，岳麓书社 2008 年版，第 82 页。
④ （明）江盈科：《江盈科集》，黄仁生辑校，岳麓书社 2008 年版，第 50 页。
⑤ （明）江盈科：《江盈科集》，黄仁生辑校，岳麓书社 2008 年版，第 43—44 页。
⑥ （明）江盈科：《江盈科集》，黄仁生辑校，岳麓书社 2008 年版，第 64 页。

人者，不务休养，竭泽取之，民安得不贫死？民死而国家无其民，税安从出？"①

　　明神宗贪财而刻薄，"其内外官缺实为惜俸给"② 而已，他派遣宦官到各地充当矿盐税使，宦官所到之处搜刮一空，侵扰百姓，中饱私囊。他们除自身作恶外，还吸收一些市井恶少扩充势力，拷打官吏，无恶不作。户部尚书赵世卿上疏言："古者国家无事则预桑土之谋，有事则议金汤之策。安有凿四海之山，榷三家之市，操弓扶矢，戕及良民。毁室逾垣，祸延鸡犬，经十数年而不休者！是为国体计，不可不罢者三。"③ 税重民贫，更兼官宦盘剥，而朝廷的催租文书又如雪片般飞至，诗人无奈地叹道："吴地征输随处困，东方机杼万家残"（《之长洲道中抒怀》）④、"买钱输租官不嗔，尺寸何曾勾上身？"（《蚕妇吟》）⑤、"米贵欺流殍，田焦泣老农"（《河南苦旱》）⑥。自然灾害屡屡发生，繁重的赋税兵饷，给已不堪重负的百姓带来了莫大的灾难，他写诗为无辜受伤牺牲的百姓鸣不平，大胆地揭露和斥责统治者穷兵黩武的罪行。如"綦江城子三日破，四五万人同日死""宫中黄金高如斗，道旁死人如死狗"⑦ 等。一幅幅惨不忍睹的画面是诗人对统治集团的愤怒批判，是晚明社会现实的真实写照，也是诗人对那个人死不如狗的时代的强烈控诉。

　　与公安派其他成员相比较，江盈科不仅仅沉迷于个人感情的抒发，而且更注重社会现实的描摹。他始终流露着悲天悯人、安世济民的儒者思想，面对民不聊生的社会现实，他的现实主义诗作比唐朝的杜甫、白居易更加尖锐直接，其愤怒之情近乎咒骂。这种现实主义风格，上接屠长卿，下起复社文人集团的实学诗风，是明代现实主义诗风的体现。我

---

①　（明）江盈科：《江盈科集》，黄仁生辑校，岳麓书社 2008 年版，第 464 页。
②　孟森：《明清史讲义》，中华书局 1981 年版，第 263 页。
③　（清）夏燮：《明通鉴》，王日根等校点，岳麓书社 1999 年版，第 2046 页。
④　（明）江盈科：《江盈科集》，黄仁生辑校，岳麓书社 2008 年版，第 131 页。
⑤　（明）江盈科：《江盈科集》，黄仁生辑校，岳麓书社 2008 年版，第 106 页。
⑥　（明）江盈科：《江盈科集》，黄仁生辑校，岳麓书社 2008 年版，第 63 页。
⑦　（明）江盈科：《江盈科集》，黄仁生辑校，岳麓书社 2008 年版，第 115 页。

们可以看出，反映社会生活的现实主义传统在古诗的发展过程中从未消失，只是在某个发展阶段略微消沉罢了，因为即便是主张"独抒性灵"的公安副将江盈科，诗歌里也流淌着现实主义的血液。

（三）咏史怀古及其他

目睹晚明腐败不堪、民不聊生的社会现实，诗人满怀愤怒却又无可奈何，他只有咏怀古人，借古人酒杯以浇自己的块垒。江盈科诗作中有一些咏史怀古的诗篇，往往蕴含着诗人对历史与现实的反思，以古之贤相名将为吟咏对象。如诗作《张浚》为南宋名将曲端申冤，诗云："禹圣难将盖鲧凶，曲端冤与岳飞同。谁人为建将军庙，更把顽金铸魏公。"① 刚愎自用、嫉贤妒能的张浚杀害名将曲端，其冤屈几同于岳飞。借古喻今，对照历史，英雄之死不禁引起读者对晚明腐败现实的深刻思考。朱彝尊评曰："露胆张目，洵诗家之南董也。"② 面对无可奈何的社会现实，江盈科往往以其特有的戏谑调侃的笔锋给予辛辣的讽刺，仿佛凡事到极无奈何处，何妨以歌代啸，以笑言哭。另如：

> 今古谁人不过秦？长城难入过中论。十年立就千年计，个是开天恶圣人。③（《秦始皇》）
> 才子佳人凑作双，都缘一曲凤求凰。相如不嫁谁堪嫁？始信文君眼力强。④（《卓文君》）
> 抉眼东门事可伤，忠魂千古怨吴王。鸱夷不逐江流去，纵有西施国不亡。⑤（《吴相国祠》）

与晚明重视女性文学创作的时代浪潮相适应，江盈科也以细腻的笔触创作了一些闺情诗。诗歌委婉动人、清新自然，具有一定的艺术魅

---

① （明）江盈科：《江盈科集》，黄仁生辑校，岳麓书社 2008 年版，第 165 页。
② （清）朱彝尊：《静志居诗话》，人民文学出版社 1990 年版，第 480 页。
③ （明）江盈科：《江盈科集》，黄仁生辑校，岳麓书社 2008 年版，第 162 页。
④ （明）江盈科：《江盈科集》，黄仁生辑校，岳麓书社 2008 年版，第 164 页。
⑤ （明）江盈科：《江盈科集》，黄仁生辑校，岳麓书社 2008 年版，第 171 页。

力。略举几首，以为大观。

> 晓祝金钱卜起居，客边消息近何如？楚天无数南来雁，不寄幽燕一字书。①（《闺思》）

> 伏枕萦羁思，那堪此地违？鹤怜予共瘦，人与雁俱归。别泪尊前尽，孤帆梦中飞。故园千里外，惆怅渌萝矶。②（《卧病送人还楚》）

> 妾家住傍琼花观，丽色倾城金不换。生齿刚才二八年，妆楼日拥诸姬伴。使君乘槎江上来，风流故自解怜才。题诗不用裁红叶，枉玉偏能碎绿苔。入门一晤发浩叹，金凤钗头青玉案。相遗永矢结同心，妾亦许身甘井礨。……天上从来嗟别离，人间那更含凄楚？篝灯一读《小星》章，顿觉眉舒齿频香。命实不同休叹薄，衾裯夜夜莫相忘。③（《广陵怨》）

当然，身处那样一个狂狷迷乱的时代，江盈科也受公安派追求俚趣的影响，诗作中也有一些趣味低下、为好奇而好奇的诗作，但毕竟只是少数诗作，无碍其诗作的总体成就，大可略去不谈。袁宏道评云："进之诗可爱可惊之语甚多，中有近于俚语者，无损也。稍为汰之，精光出矣。"④ 总之，在公安派袁宏道名微寡合之时，江盈科以其声誉和数量可观的诗歌创作，为晚明诗歌由复古走向性灵做出了巨大贡献。其诗歌理论与诗歌创作并非只为公安派添砖加瓦那么简单，因为主张"性灵"文学的并非只有公安派，公安派三袁只是将"性灵"文学的创作推向高潮，况且其散文创作远大于其诗歌对后世的影响。而江盈科以其"元神活泼"说的诗歌主张，及其颇有影响力的诗歌创作，不仅丰富了"性灵"主义文学的思想内涵，而且在整个古代诗歌史上也留下了华丽的一笔。

---

① （明）江盈科：《江盈科集》，黄仁生辑校，岳麓书社 2008 年版，第 168 页。
② （明）江盈科：《江盈科集》，黄仁生辑校，岳麓书社 2008 年版，第 18 页。
③ （明）江盈科：《江盈科集》，黄仁生辑校，岳麓书社 2008 年版，第 53 页。
④ （明）江盈科：《江盈科集》，黄仁生辑校，岳麓书社 2008 年版，第 900 页。

第二章 "师心"与"师古"——竟陵派的末世哀音

明万历后期，以钟惺、谭元春为首的竟陵派逐渐崛起，幽清孤峭的诗文风气盛行三十余年，几乎主导了整个明末诗坛的诗歌创作。随着袁宏道的去世，张扬个性的诗歌创作也跌入低谷，诗人们也从肆意纵情的迷乱中清醒过来，开始理性地思考自己所处的社会时局。万历后期至天启、崇祯的政治更加腐朽，边患问题得不到解决，赋税不断加重，农民起义此起彼伏；朝廷内部官员们党派林立、各为其谋。言官与内阁互不相让，宦官与大臣殊死搏斗，文臣内部党争激烈。各种权力之间的火拼直接导致朝廷人事更换频繁，政局不稳。诗人们找不到传统文人治国救民的理想之路，一些中下层文人更是朝不保夕、战战兢兢，往往莫名其妙地被卷入血腥的党争中。公安派近乎俚俗的"性灵说"，与其说是反复古的需要，不如说是一次"独抒性灵"的情感宣泄！此后，诗人们痛觉自己心中的理想政治希望渺茫，个人价值仍然不能实现，而且不得不面对更加血腥、永无休止的剧烈党争，不得不面对病入膏肓、无药可救的明末时局。面对这样的社会现实，诗人们要么躲入小楼成一统，不能兼善天下，只好独善其身；要么奋起抗争，试图挽救日薄西山的大明王朝。前者不敢或不愿面对王朝将倾的社会现实，只好在浅唱低吟中消磨自己的人生，生于末世，夫复何言？从某种角度讲，竟陵派正是这种末世文人绝望心态的深度显现。后者发展成为救亡图存的爱国诗人群，以满腔热血谱写了一曲曲爱国篇章。

然而，诗终归是诗，要归于其自身的艺术发展，一部分诗人仍然不断探索新的诗歌发展出路。竟陵既要纠正七子拟古之失，又要革除公安俚俗之弊。因此，他们寻求"古人之真精神"，既主张"师古"，在古人的诗篇中寻找心灵的慰藉；又强调"师心"，以探究诗人个体心灵的幽微感受为趣。他们更加倾心于选评前人诗歌来宣扬自己的诗歌主张，钟、谭选编的《诗归》一书，影响深远，是明代具有代表性的诗歌选集。竟陵派适应了时代发展的需求，他们一登上诗坛，便如一声春雷引起巨大的轰动，其影响大大超过了流于俚俗之公安派，而风靡天下！钱锺书说："后世论明诗，每以公安、竟陵与前后七子为鼎立骖靳，余浏览明清之交诗家，则竟陵派与七子体两大争雄，公安无足比数。"① 马美信说："在明末，竟陵派取代公安派，标志着晚明解放思潮的衰退和文学上复古主义的卷土重来。"② 周群说："但公安派主要从'狂禅'中得离经慢教的精神，竟陵派则据此而形成了荒寒孤峭的风格，公安派之失在于浅露，竟陵派之失主要在于通过苦寂之境的描写表现了落寞的情绪。"③ 本章主要探究竟陵派诗人心态的形成、诗歌创作情况及对明末诗坛的影响。

第一节 竟陵派诗人心态的形成

一种诗歌流派的形成，有着复杂而又明晰的诗人心态。说复杂是因为不同诗派之间有着不同的诗人心态，而同一诗派的诗人之间，由于诗人气质、个性、境遇、学养等不同，其诗风又千差万别。当然，即使是同一诗人，在不同时期、不同心态下，诗风也有所不同。然而，抽丝剥茧，我们仍然能够在复杂的社会现象下，探究竟陵派诗人心态形成的蛛丝马迹。竟陵派领袖钟、谭诗歌创作风格的变化可谓典

① 钱锺书：《谈艺录》，生活·读书·新知三联书店 2008 年版，第 251 页。
② 马美信：《论公安派与竟陵派的分歧》，《复旦学报》（社会科学版）1985 年第 5 期。
③ 周群：《儒释道与晚明文学思潮》，上海书店出版社 2000 年版，第 335 页。

型一例。正如郭绍虞所说："所以钟、谭诗原只诗中一格而已，假使没的人附和，不成为风气，则天地间有此一种诗，孤芳自赏，原也未为不可。"①

一　竟陵派兴起的原因

与公安派所处的万历时期有所不同，竟陵派主要活跃于万历末至崇祯年间。如果说公安派诗人在理想无法实现之时尚有兴趣张扬个性的话，那么竟陵派面临的时代危机则使他们的内心近乎绝望。明末是一个边患频繁、民变四起、宦官专权、党争激烈的时代。李应升的《抚时直发狂愚触事略商补、救以备圣明采择疏》曾将此时的国家危机概括为："盖天下有三患：一曰夷狄，吭背之患；二曰盗贼，肘腋之患；三曰小人，腹心之患。"② 这种说法道出了明末统治者面临的时代危机。

神宗因为耽于酒色而导致疾病缠身，对朝政力不从心，将近三十年不理政务。不仅如此，因立储而引发的国本之争更是蔓延整个万历后期，导致政局不稳，党争日益激烈，重用宦官，民不聊生。《明史》说神宗：

> 神宗冲龄践阼，江陵秉政，综核名实，国势几于富强。继乃因循牵制，晏处深宫，纲纪废弛，君臣否隔。于是，小人好权利者驰骛追逐，与名节之士为仇雠，门户纷然角立，驯至愬、憝。邪党滋蔓，在廷正类无深识远虑以折其机牙，而不胜忿激，交相攻讦。以致人主蓄疑，贤奸杂用，溃败决裂，不可振救。故论者谓明之亡，实亡于神宗，岂不谅欤！③

① 郭绍虞：《竟陵诗论》，载吴承学、李光摩编《晚明文学思潮研究》，湖北教育出版社2002年版，第166页。
② 潘喆等编：《清入关前史料选编》第2辑，中国人民大学出版社1989年版，第319页。
③ （清）张廷玉等：《明史》，中华书局1984年版，第294—295页。

继之的明光宗即位仅一个月，便因"红丸案"而命归西天。明熹宗朱由校专心木匠，皇权旁落，宦官魏忠贤大权独揽，大肆屠戮以东林党为代表的进步人士，其血腥残忍更是骇人听闻。谭元春的《吊忠录序》云："中丞杨公大洪以击魏珰二十四罪，逮系诏狱，榜笞刺剟，一身无余而死。当是时也，天下之人腹悲胆寒而不敢言。"① 之后的崇祯皇帝虽欲有所作为，但由于长久以来形成的党争仍然腐蚀着明末政坛，而皇帝与大臣之间互相猜忌，缺乏最基本的君臣信任，致使内阁更换频繁，朝令夕改，加之农民起义与清军入关等其他方面的原因，大明王朝最终气息奄奄、寿终正寝了。

在那样一个王朝倾覆的时代，文人们饱受创伤的心灵得不到应有的安宁，被压制的情绪得不到释放。他们不再用诗文歌功颂德，不再用朗朗乾坤作为自己表现的对象。以竟陵派为代表的一些诗人开始走向自我心灵的探索，这也成为后世文人诟病的原因。晚明特定时代的学术之风被清人视为"空疏"，甚至一些学者将明王朝覆亡的原因归咎于诗人们空谈误国。对此，嵇文甫先生指出了晚明学风与乾嘉学派之间的异同，他说：

> 大概明朝中叶以后，学者渐渐厌弃烂熟的宋人格套，争出手眼，自标新异。于是乎一方面表现为心学运动，另一方面表现为古学运动。心学与古学看似相反，但其打破当时传统格套，如陆象山所谓"扫俗学之凡陋"，其精神则一。王阳明已经要讲古本大学了，王学左派的焦弱侯竟以古学著名了。自杨慎以下那班古学家，并不像乾嘉诸老那样朴实头下功夫，而都是才殊纵横，带些浪漫色彩的。他们都是大刀阔斧，而不是细针密线。② （《晚明思想史论》）

嵇文甫先生之说道出了晚明学风的鲜明特点。今天看来，一个时代

---

① （明）谭元春：《谭元春集》，陈杏珍标校，上海古籍出版社1998年版，第607页。
② （清）嵇文甫：《晚明思想史论》，东方出版社1996年版，第156页。

有一个时代之学术。晚明学风遭到清代学人的严厉批判，但殊不知晚明士人不具备、来不及或者不屑于像清代乾嘉学者那样在朴学上下功夫，明人自有明人的学术思想，自有明人的学术特点，这与他们所处的时代息息相关。晚明的腐朽离乱毕竟不同于乾嘉时代的富庶稳定，清人又何必厚此薄彼、贬斥明人。

安分守己，勤俭节约，甚至窖藏食贫，是古人长期形成的修身治家传统，但这些统统被迅速繁荣的晚明商品经济打破。顾公燮的《消夏闲记摘抄》云："有千万人之奢华，即有千万人之生理。若欲变千万人之奢华而返于淳，必将使千万人之生理几于绝。此天地间损益流通不可转移之局也。"① 葡萄牙人克路士记述了当时商人为谋取暴利的奸猾行为："（他们）为了增加份量，他们先给牲口吃喝。他们也灌水给鸡增加重量，鸡食则掺砂粒及别的东西。"② 这也深刻地反映了商品经济的发展不仅给人民带来了物质的改变，而且不断更新着人们的道德观与价值观。而晚明士人在思想上似乎并未准备好迎接瞬息万变的晚明时局，那突如其来的商业风暴使他们措手不及，迫使他们在慌乱迷惘与局促不安中做出各种改变，而这种在被迫的情况下才做出的改变，也总是比那个变幻莫测的时代慢一点。诗人们往往慌不择路，又迫不及待地迅速改变。公安派如此，竟陵派亦然。惶恐的个性张扬与绝望的保守内敛，是那个时代诗人们张皇失措的心态体现。

商品经济的发展使人们对传统观念产生迷茫，也使得上自皇帝，下至庶民，都不同程度地进行着盲目的敛财行为，不切实际地追求奢靡享乐之风。而敛财奢侈之风又腐蚀着士人们的心灵与晚明政治，使这个庞大的帝国在烂透了的情况下走向衰亡。在金钱的腐蚀下，传统道德逐渐沦丧。面对强大的政治压力与腐烂的社会现实，中国读书人的最终结果往往是走向宗教，以佛、老的出世思想聊以慰藉充满创伤

---

① 谢国桢：《明代社会经济史料选编》，福建人民出版社 1980 年版，第 85 页。
② ［葡萄牙］克路士：《中国志》，何高济译，中国工人出版社 2000 年版，第 157 页。

的灵魂。

严酷血腥的社会现实使诗人们的精神备受折磨，诗人们欲有所为却不得不抱残守缺、明哲保身，竟陵派诗风正是这种心灵苦闷的时代显现。这种心态其实不限于中下层淡泊科举仕途的才子名流，甚至渗入掌握国家机器的一些朝廷大员中。官至刑部侍郎的吕坤，即自号"抱独居士"，是其提倡守拙独静、避世林泉的心态体现。可见，晚明诗人无论是否官运通达，心理上或多或少都有致仕归隐、渴慕林泉的一面。而竟陵派之所以风靡文坛三十余年，究其原因，是其诗歌主张迎合了这种士人心态。

二 "复古"与"性灵"的反思

在晚明主流诗坛，七子派的拟古因袭之风被公安派的肆意纵情取代之后，复古主义逐渐转入低潮。然而，公安派却未能及时从古典诗词中汲取营养，而是在一味地放任自流中走向颓废，他们最终把诗歌引入俚俗的死胡同，找不到新的发展方向。随着时代的发展变化，诗歌要求冲决这种止步不前的徘徊，要求有新的方向。竟陵派正是适应诗歌自身发展的要求，继公安派而登上了明末诗坛。对此，袁中道所述，可为管窥，他说：

> 友人钟伯敬意与予合。其为诗，清崎邃逸，每推中郎，人多窃訾之。自伯敬之好尚出，而推中郎者愈众。湘中周伯孔，意又与伯敬及予合。……余三人誓相与宗中郎之所长，而去其所短。意诗道其张于楚乎。① (《花雪赋引》)

可见，竟陵派领袖钟惺初时与公安派袁中道关系密切，并有意发扬变革袁宏道的诗歌主张，本意为"宗中郎之所长，而去其所短"。但后来钟惺的诗学主张发生了转变，开始理性地分析七子与公安之弊，并欲

---

① （明）袁中道：《珂雪斋集》，钱伯城点校，上海古籍出版社1989年版，第459—460页。

在此基础上形成自己的诗学主张。钟惺云：

> 夫于鳞前无为于鳞者，则人宜步趋之；后于鳞者，人人于鳞也，世岂复有于鳞哉！势有穷而必变，物有孤而为奇，石公恶世之群为于鳞者，使于鳞之精神光焰不复见于世，李氏功臣，孰有如石公者？[①]（《问山亭诗序》）

> 大凡诗文，因袭有因袭之流弊，矫枉有矫枉之流弊，前之共趋，即今之偏废；今之独响，即后之同声。此中机捩，密移暗度，贤者不免，明者不知。[②]（《与王稚恭兄弟》）

钟惺正是意识到了"因袭有因袭之流弊，矫枉有矫枉之流弊"，看到了七子与公安的不足，他认为"势有穷而必变"，故欲"物有孤而为奇"。竟陵派的诗歌主张，首先是针对公安派末流之弊提出来的。钱锺书说：

> 中郎甚推汤若士，余见陈伯玑《诗慰》选若士子季云诗一卷，赫然竟陵体也，附录傅占衡序果言其"酷嗜钟谭"。中郎又亟称王百谷，《诗慰》选百谷子亦房诗一卷，至有"非友夏莫辨"之目。盖竟陵"言出"，取公安而代之，"推中郎者"益寡而非"益众"。[③]（《谈艺录》）

钟、谭认为公安派的功绩仅在于"恶世之群为于鳞者"，而公安派"独抒性灵，不拘格套"则有失偏颇，即便在当时个性十足的诗歌创作，流传至后世亦不过是"后之同声"罢了。他对当时的"复古"与"矫枉"忧心忡忡，以为七子形式上的复古固不可学，公安末流一味放纵性情则危害更大。于是，钟惺冷静客观地要求"师古"与"师心"

---

① （明）钟惺：《隐秀轩集》，李先耕、崔重庆标校，上海古籍出版社1992年版，第254页。
② （明）钟惺：《隐秀轩集》，李先耕、崔重庆标校，上海古籍出版社1992年版，第463页。
③ 钱锺书：《谈艺录》，生活·读书·新知三联书店2008年版，第251页。

并重，"师古"是要学古人之真精神，而非古诗的格律声调；"师心"是要求诗歌抒发作者内心的真情实感。一句话，诗歌创作要达到抒写诗人性灵与古人之精神完美结合，而有关国计民生的现实问题似乎不在此派关注的范畴之内。钟惺说："眼见今日牛鬼蛇神、打油、钉铰，遍满世界，何待异日，慧力人于此尤当紧着眼。"① 又云："学袁、江二公与学济南诸君子何异？恐学袁、江二公，其弊反有甚于学济南诸君子也。"② 面对复古与性灵、七子与公安，钟惺对于诗歌的态度是客观而冷静的，他的诗歌主张至少是那个时代主流诗坛的呼声，并引起了诗人们的广泛共鸣。

三　钟、谭的个人命运与性格形成

竟陵派诗人心态的形成，不光是时代与诗歌发展的原因，而且与他们自身的性格与命运是分不开的。这一点，钟、谭二人有着诸多相似之处。

钟惺于万历三十八年中进士，仕途坎坷多艰，屡屡改迁，后擢为福建提学金事。受党争牵连，在绝望中走向佛学，以此来消磨自己的人生。后丁父忧，归家，于天启五年六月黯然离世。钟惺著述等身，诗文集有《隐秀轩集》《翠娱阁评选钟伯敬先生合集》《钟伯敬先生遗稿》等，编选《东坡文选》《西汉文归》《周文归》《合刻五家言》等，与谭元春合编《诗归》。此外，钟惺于经史子集多有涉猎，并有著作传世。谭元春生于湖北竟陵一个世代耕读之家。天启七年，举于乡。但此后，屡试不售，一生饱受科举之苦。谭元春于参加崇祯丁丑的会试途中，无疾而终，年五十二。谭元春的诗歌创作颇丰，曾自作《诸宫草》《湖霜草》《客心草》《游首集》等诗集，张泽收其诗作合编为《谭友夏合集》。他与钟惺为忘年交，合编《诗归》。

钟、谭二人的诗歌创作与诗风之所以极为接近，是因为二人有着极

---

① 蔡景康：《明代文论选》，人民文学出版社1993年版，第363页。
② 蔡景康：《明代文论选》，人民文学出版社1993年版，第363页。

多相似之处。钟惺自幼过继给伯父，教育严厉。谭元春之父亦甚为严格，可惜在其九岁时去世，而谭元春身为长子，不得不过早地挑起了家庭重担。二人出身均非豪门望族，以耕读为业，均寄希望于科举光耀门楣。二人均曾困于科场，屡试不第。钟惺后虽进士及第，但仕途却受人排挤，甚至无缘无故地卷入党争，郁郁而终。谭元春十八岁为诸生，之后 33 年四赴公车，八试不售，客死考试途中。二人均无子嗣。钟惺曾生育子女十一人，却无一人长大成人，其中最长者十六岁夭亡，这给本来就仕途坎坷的钟惺以巨大的精神打击，写下多首血泪斑斑的挽诗。谭元春则与钟惺子女早夭有着相似的心灵痛楚。谭元春在《迎浦儿词引》中曾自云："尝置妾，三年不子，即遣之。所遣妾，辄生子他处，始知身不宜男，不当归过妇人。"① 这在"不孝有三、无后为大"的封建社会，该是怎样一种精神痛苦。

钟惺的父亲钟一贯，"性敏而朴，寡言笑"②。对钟惺的教育甚为严厉。他四岁时过继给伯父为嗣子。生父、嗣父都对体弱多病但又天资聪颖的钟惺寄予厚望，既疼爱有加，又对其严加管教。受其父辈影响，钟惺长大后，性格极像其父。谭元春的《退谷先生墓志铭》云："性深靖如一泓定水，披其帷，如含冰霜，不与世俗人交接。"③ 陈继儒在未与钟惺订交前，曾在《潘无隐诗序》中言："始闻客云，钟子，冷人也，不可近。"④《明史》亦云："为人严冷，不喜接俗客。"⑤ 钟惺"幽深孤峭"的诗风便与其性格有关。万历三十八年九月，公安派领军人物袁宏道去世，公安派江河日下的颓势已不可挽回。也正是这一年，钟惺参加会试夺取功名，开始深刻反思晚明诗坛，并试图另辟蹊径，自成一家。竟陵取代公安，这似乎是冥冥之中注定了的。钟惺小宏道六岁，小中道四岁，却比中道登第早了八年，在文坛上产生影响的时间晚于

---

① （明）谭元春：《谭元春集》，陈杏珍标校，上海古籍出版社 1998 年版，第 123—124 页。
② （明）钟惺：《隐秀轩集》，李先耕、崔重庆标校，上海古籍出版社 1992 年版，第 376 页。
③ （明）谭元春：《谭元春集》，陈杏珍标校，上海古籍出版社 1998 年版，第 681 页。
④ （明）钟惺：《隐秀轩集》，李先耕、崔重庆标校，上海古籍出版社 1992 年版，第 265 页。
⑤ （清）张廷玉等：《明史》卷 288，中华书局 1974 年版，第 7399 页。

宏道，与中道较接近。其同年钱谦益说："擢第之后，思别出手眼，另立幽深孤峭之宗，以驱驾古人之上。"① 我们不能肯定地说竟陵派崛起于万历三十八年，但这一年注定是晚明诗歌由公安到竟陵发生转折的一年。

谭元春的父亲，字德父，号念湘。谭元春在《先府君志铭》里曾言：

> 先人九岁孤，十八岁为诸生，性佻达，与诸少年为衣马声伎之乐。……当先人衣马声伎时，用财如土；然性实爽，不以谢诸少年游，故即锱铢为富人。无则卖良田给旦暮用，有则复置田，无则又卖之。客至则留，留必倾樽；作客即自留，倾其樽，坦衷率性，直肠快口，映带一坐，越礼惊众。
>
> 先人讳某，字德父，以早孤，念先大父不获与甘大母同养，故又号念湘。……年四十七而即逝，逝八年而始葬，痛哉！②

谭父性格中的随性直率、自然豁达，不受礼教的拘束，显然受当时流行思潮的影响。但可惜英年早逝，未对谭元春形成更大的影响。深深影响谭元春童年的是其母亲魏氏及其舅家，谭元春一生事母至孝。谭元春在《先母墓志铭》说："先母生平异甚，生平喜诸子读书，而不以荣进责望，每逢下第之岁，辄置酒劳苦诸子曰：'此自有定分，吾亦不须汝曹有此也'。"③ 由此观之，谭母身上不光有着传统妇女的勤劳朴实，其豁达乐观的性格则有晚明新女性的影子。谭母思想的开明，使饱受科举之苦的谭元春，依然能乐享山水林泉之雅趣。这也使得谭元春与钟惺的性格同中有异，也是其后来加入复社的重要性格因素。

如果说钟惺比谭元春多了身陷党争之苦恼的话，那么科举则是谭元

---

① （清）钱谦益：《列朝诗集小传》，上海古籍出版社1983年版，第570页。
② （明）谭元春：《谭元春集》，陈杏珍标校，上海古籍出版社1998年版，第696页。
③ （明）谭元春：《谭元春集》，陈杏珍标校，上海古籍出版社1998年版，第699页。

春一生的另一大痛处。两人相比，一个身陷党争，一个困顿科场，在心理上也算是苦难相当。谭氏兄弟六人，五个弟弟皆科举中第，唯有身为长兄的他死在科举途中。面对兄弟一个个渐次高中，天赋异禀的谭元春所受之煎熬难以想象。其师李明睿云：

> （谭元春）少攻诗，能五言，选体盛唐皆弗好，以心颖灵光挺出其奇。与钟伯敬惺善，惺不轻许可，独推服元春。
>
> 性孝友，伤其先人早逝，母日老，虽善游，时归定省。有诗寄弟曰："忆母身上衣，加减是其时"，兄弟五人，皆娴笔墨，互为师友。母兄弟妹，食必同席，薄暮取酒，相对谈学业世事。① （《钟谭合传》）

谭元春才华横溢、聪慧过人，而且他自己又勤奋刻苦，很小就学习古诗文。谭元春的应试文章曾备受赞赏，却始终未能中第，具体原因是其文"瑰琦过度"。谭元春曾自言：

> 予年十六学为诗，初无师承，亦不知声病，但家有《文选》本，利其无四声，韵可出入，窃取而拟之，殆遍其法，止如其诗题与其长短之数、起止之节，而易其辞亦自以为拟古也。越三年始有教之为近体者。是时，亦粗知诗意。有问予拟《古诗十九首》及韦孟以下诸诗者，则面发赤。② （《操缦草序》）

从上文字可知，谭元春早慧，年少作诗即能独出心裁。性孝悌，孝敬母亲，团结弟妹，日以诗酒为乐。然而，故作洒脱的表象掩盖不了他热衷科举的内心，最终在漫漫科举长路上断送了自己的生命，成为科举时代的牺牲品。虽然科举没能给他施展抱负的机会，但诗歌却使他名留千古，这也算是对其铩羽科场的些许慰藉吧！谭氏曾有诗云：

---

① （明）谭元春：《谭元春集》，陈杏珍标校，上海古籍出版社1998年版，第958—959页。
② （明）谭元春：《谭元春集》，陈杏珍标校，上海古籍出版社1998年版，第624—625页。

性习文人欲自除，君仍学此是何如？幽香一注休潜祷，恐惹他生爱读书。① (《西庵赠伯芽校书》)

总之，竟陵派取代公安派登上历史舞台，并迅速风靡晚明诗坛，是有其复杂的历史原因和自身原因的。竟陵派在晚明诗坛的影响超过了公安派是诗歌发展的必然结果，但更重要的是他们的诗歌主张，引起了那个时代多数诗人的内心共鸣。在明末日益腐朽的政治体制下，钟、谭的诗歌主张适应了他们所处的历史时代，是那个时代广大诗人们末世绝望心态的真实写照。诗歌主情还是主理是那个时代文人们争论的焦点，钟、谭既主张抒发真"性情"，又反对毫无节制地肆意纵情；既主张学习古诗，从古人诗歌中汲取精神营养，又反对形式上的模拟因袭。在那个时代，钟、谭的诗歌主张是先进的，是具有代表性的。另外，从诗歌"主情"还是"主理"的角度讲，他们的主张摒弃了公安派一味纵情的思想，反映了"主情"与"主理"的融合，也暗示了在国难当头之际，宋诗主理的现实主义诗风抬头。

第二节 《诗归》的成书与影响

钱锺书的《谈艺录》云：

竟陵、公安，共事争锋，议论之异同，识见之高下，乃如列眉指掌。凡袁所赏浮滑肤浅之什，谭皆摈弃；袁见搬弄禅语，辄叹为超妙，谭则不为口头禅所谩，病其类偈子。盖三袁议论隽快，而矜气粗心，故规模不弘，条贯不具，难成气候，钟谭操选柄，示范树鹄。因末见本，据事说法，不疲津梁。惊四筵而复适独坐，遂能开宗立教矣。②

---

① （明）谭元春：《谭元春集》，陈杏珍标校，上海古籍出版社 1998 年版，第 316 页。
② 钱锺书：《谈艺录》，生活·读书·新知三联书店 2008 年版，第 260 页。

此段论述敏锐地指出了公安与竟陵之间的异同。在钟、谭选诗过程中，他们将公安派以为禅趣高妙、议论隽快的诗歌一概摈弃，认为只不过是"口头禅""类偈子"。公安派重在诗文创作，而竟陵派则偏于对诗歌理论的宣扬。竟陵派倡导自己诗歌主张的主要手段就是选评古人诗歌，《诗归》正是他们呕心沥血的选诗成果。

一　《诗归》选编缘起与目的

钟、谭评选《诗归》的初衷是由当时的诗坛形式决定的。诗人们在七子与公安的困惑中陷入迷惘，躁动一时的公安派在革除七子复古之弊后，找不到新的诗歌创作之路，诗人之心又陷入了无所归依的空虚。诗人们需要新的诗歌思想指导诗歌创作，从而走出困境，《诗归》便适时而生。《诗归序》云：

> 选古人诗，而命曰《诗归》，非谓古人之诗，以吾所选为归，庶几见吾所选者，以古人为归也。引古人之精神，以接后人之心目，使其心目有所止焉，如是而已矣。昭明选古诗，人遂以其所选者为古诗，因而名古人曰"选体"，唐人之古诗曰"唐选"。呜呼！非惟古诗亡，几并古诗之名而亡之矣。何者？人归之也。选者之权力，能使人归，又能使古诗之名与实俱徇之，吾岂敢易言选哉？……见己所评古人语，如看他人语。仓卒中，古今人我，心目为之一易，而茫无所止者，其何故也？正吾与古人之精神，远近前后于此中，而若使人不得不有所止者也。①（钟惺《诗归序》）
>
> 夫真有性灵之言，常浮出纸上，决不与众言伍，而自出眼光之人，专其力，一其思，以达于古人，觉古人亦有炯炯双眸，从纸上还瞩人，想亦非苟然而已。……呜呼！此所以不信不悟，而有才者至欲以纤与险厌之，则亦若人之过也。夫滞热木陋，古人以此数者收浑沌之气，今人以此数者丧精神之原，古人不废此数者，为藏神

---

① （明）钟惺：《隐秀轩集》，李先耕、崔重庆标校，上海古籍出版社1992年版，第235页。

奇藏灵幻之区，今人专借此数者，为仇神奇仇灵幻之物，而甚至以代所得名之一人，与一时所同名之数人，及人所得名之篇，与篇所得名之句，皆坚守庄调而不敢言之，不过曰，古今人自有笃论。①（谭元春《诗归序》）

钟、谭给自己的诗歌选集取名"诗归"，言外之意是要使诗歌的审美与创作风格以自己的评选为标准，以他们所选诗歌的审美风格为"归"旨，并以此为诗歌创作实践的蓝本。具体来说，钟、谭所讲的"诗归"之义，就是要"引古人之精神以接后人之心目"，让诗歌创作达到"古今人我"浑然一体之境界。而要达到这一境界则要求诗人"专其力，一其思，以达于古人"，这形象地说明了二人选诗时的专注程度，以至于似乎感觉到"觉古人亦有炯炯双眸，从纸上还瞩人"。

可见，钟、谭选编《诗归》的初衷，并非是为了通过标新立异而沽名钓誉，而是要以古今人之精神相通来感染读者。对于他们呕心沥血所选编的《诗归》，二人还是颇为得意的。谭元春在《诗归序》中自信地预言："若今日始新出于纸而从此诵之将千万口；即不能保其诵之盈千万口，而亦必古人之精神，至今日而当一出，古人之诗之神所自为审定安置，而选者不知也。"② 谭元春自信地认为他们所编选的《诗归》必将广为流传，即使不能脍炙人口、典籍案头，而"古人之精神"也会因为他们的编选再现诗坛。

二 《诗归》的编定与评选标准

选诗是古代诗人宣扬自己诗歌主张的主要手段，明人尤甚。谭元春的《古文澜编序》云："故知选书者非后人选古人书，而后人自著书之道也。"③ 谭氏所说道出了古人选书的目的并非选书，而是表达编者思想的另一种"自著书之道"。明代诗歌选本层出不穷，成为一时之风

---

① （明）谭元春：《谭元春集》，陈杏珍标校，上海古籍出版社 1998 年版，第 593 页。
② （明）谭元春：《谭元春集》，陈杏珍标校，上海古籍出版社 1998 年版，第 595 页。
③ （明）谭元春：《谭元春集》，陈杏珍标校，上海古籍出版社 1998 年版，第 601 页。

潮。其中重要选本如高棅的《唐诗品汇》，陆时雍的《诗镜》，李攀龙的《唐诗选》《古今诗删》，钟、谭的《诗归》，曹学佺的《石仓十二代诗选》等。而影响最大的要数钟、谭选编的《诗归》。《诗归》约成书于万历四十三年，包括《古诗归》十五卷、《唐诗归》三十六卷，收录姓氏可考的诗人524位，收录诗歌约2860首，不包括无名氏之作与乐府古词，是具有代表性的一代诗选。《诗归》是由钟惺和谭元春共同编订的重要的诗歌选本，是钟、谭诗歌主张的集中体现。

关于《诗归》的编订与成书，钟、谭均有详细记载。

　　每念致身既迟，而作官已五载，以闲冷为固然，习成偷堕，每用读书做诗文为习苦销闲之具。别后凡有所作，历境转关，似觉渐离粗浅一道。家居复与谭生元春深览古人，得其精神，选定古今诗曰《诗归》。稍有评注，发覆指迷。盖举古人精神日在人口耳之下，而千百年未见于世者，一标出之，亦快事也！① （钟惺《与蔡敬夫》）

　　凡得公诗无不和者，此番独为能。自西陵游后，断手于此矣。两三月中，乘谭郎共处，与精定诗归一事，计三易稿，最后则惺手抄之。手抄一卷，募人抄副本一卷。副本以俟公使至而归之公。② （钟惺《与蔡敬夫》）

　　甲寅之岁，予与钟子选定诗归，精论古人之学，似有入焉者。而适以其时往西陵，遇境触物，所思所笔，遂若又进一格。③ （谭元春《自题西陵草》）

由此可见，钟、谭二人精定《诗归》，呕心沥血，数易其稿。钟惺又亲自手抄，再"募人抄副本"送蔡敬夫评阅商榷。《诗归》是钟、谭"笑哭由我"的个性展现，这种个性精神与李贽、"三袁"是相通的，

① （明）钟惺：《隐秀轩集》，李先耕、崔重庆标校，上海古籍出版社1992年版，第468页。
② （明）钟惺：《隐秀轩集》，李先耕、崔重庆标校，上海古籍出版社1992年版，第470页。
③ （明）谭元春：《谭元春集》，陈杏珍标校，上海古籍出版社1998年版，第806页。

也是他们对古人之精神的时代评判，是钟、谭费尽心血并寄予厚望的诗歌选集。钟惺的《与谭元春》云："弟傲居金陵，心自怀归。盖平生精力，十九尽于《诗归》一书，欲身亲校刻，且博求约取之中、晚之间，成一家言，死且不朽。"① 谭元春的《诗归序》亦云："惟春与钟子克虑厥始，惟春克勤厥中，惟钟子克成厥终。"② 钟惺之友曹学佺评《诗归》云："予友钟伯敬之《诗归》，予又病其学李卓吾。卓吾之评史则可，伯敬以之评诗则不可。"③

《诗归》的选评方式与标准，谭元春在《退谷先生墓志铭》中云："万历甲寅、乙卯间，取古人诗，与元春商定，分朱蓝笔，各以意弃取，锄莠除砾，笑哭由我，虽古人之不顾，世所传《诗归》是也。"④ 钟惺亦云："至手抄时，灯烛笔墨之下，虽古人未免听命，鬼泣于幽，谭郎或不能以其私为古人请命也。"⑤ 言语间尽是李贽狂傲不羁、特立独行的影子。可见钟、谭选诗的旨意便是要像李贽一样独抒己意。谭元春的《诗归序》有言："凡素所得名之人，与素所得名之诗，或有不能违心而例收者，亦必其人之精神，止可至今日，而不能不落吾手眼。"⑥ 在《复陈镜清》的信中，钟惺说："不孝平生好搜剔幽隐诗文，上自公卿，下及氓隶，凡其一言之卓然可得而无名于世者，必欲使天下后世知之而后已。然此亦私心过计。夫珠玉蕴藏，精神见乎山川；商、周彝鼎，虽在家墓之中，千百年后必出见于世。彼仰屋著书，而千秋万岁不为之传者，其精神无足传也。真可传者，神鬼天龙为之拥护，而水火兵劫不能遮拦，奚藉同时之人欢喜赞叹之力也！"⑦

《诗归》凝聚了钟、谭的大量心血，体现了他们"以灵致厚"的美学追求，《诗归》也不负厚望，其刊行引起诗坛的巨大轰动，远远超出

---

① （明）钟惺：《隐秀轩集》，李先耕、崔重庆标校，上海古籍出版社 1992 年版，第 472 页。
② （明）谭元春：《谭元春集》，陈杏珍标校，上海古籍出版社 1998 年版，第 596 页。
③ （明）曹学佺：《石仓十二代诗选·唐诗选序》，明崇祯刻本。
④ （明）谭元春：《谭元春集》，陈杏珍标校，上海古籍出版社 1998 年版，第 680 页。
⑤ （明）钟惺：《隐秀轩集》，李先耕、崔重庆标校，上海古籍出版社 1992 年版，第 468 页。
⑥ （明）谭元春：《谭元春集》，陈杏珍标校，上海古籍出版社 1998 年版，第 593 页。
⑦ （明）钟惺：《隐秀轩集》，李先耕、崔重庆标校，上海古籍出版社 1992 年版，第 488 页。

了钟、谭二人的最初预期。邹漪流的《钟学宪传》云："公书既行于世，诸评断小语，接布流海内，窃附者或为伪托以传。当《诗归》初盛播，士以不谈竟陵为俗，王、李之帜几为尽拔。"[1] 连不遗余力地批驳钟、谭的钱谦益，也不得不承认钟谭"所选《古今诗归》盛行于世，承学之士，家置一编，奉之如尼丘之删定"[2]。朱彝尊说："《诗归》出而一时纸贵。"[3] 可以说，《诗归》付梓刊行之后产生的巨大影响，恐怕就连钟、谭二人亦是始料未及的。

三　《诗归》的影响

《诗归》的风行，使得"钟谭体""竟陵体"诗作如雨后春笋般大量涌现，这标志着竟陵派已成为明末诗坛的主流。然而，一个诗歌流派在其发展过程中难免良莠不齐、鱼龙混杂，我们在肯定竟陵派为明末诗坛带来生气与活力的同时，也应该看到竟陵体的风靡所带来的一些不良影响，这也成为后世文人诟病的依据。沈春泽的《隐秀轩集》序云：

> 后进多有学为钟先生语者，大江以南更甚。然而得其形貌，遗其神情。以寂廖言精炼，以寡约言清远，以俚浅言冲淡，以生涩言新裁；篇章字句之间，每多重复，稍下一二语，辄以号于人曰："吾诗空灵已极。余以为空则有之，灵则未也。"使嘉、隆之作者，幸而裙襦获全，含珠无恙；而使今日之作者，不幸而刻画眉目，摩肖冠带，波流风靡，此倡彼和，有识者微反唇于开先创始者焉，则何不取《隐秀轩集》而读之也？[4]

可见，自竟陵派风靡之时起，其流弊也接踵而至，这也是钟、谭选编《诗归》之初始料未及的。在那个诗歌患有"流行病"的时代，钟、

---

① （明）计六奇：《明季北略》，中华书局 1984 年版，第 223 页。
② （清）钱谦益：《列朝诗集小传》，上海古籍出版社 1983 年版，第 570 页。
③ （清）朱彝尊：《静居志诗话》，人民文学出版社 1990 年版，第 502 页。
④ （明）钟惺：《隐秀轩集》，李先耕、崔重庆标校，上海古籍出版社 1992 年版，第 601 页。

谭在清代迅速成为众矢之的，甚至被视为亡国的征兆，批评指责之声不可谓不严厉。如：

> 自宏道矫王、李之弊，倡以清真，惺复矫其弊，变而为幽深孤峭。与同里谭元春评选唐人之诗为《唐诗归》，又评选隋以前诗为《古诗归》。钟、谭之名满天下，谓之竟陵体。然两人学不甚富，其识解多僻，大为通人所讥。① （《明史》）

> 大旨以纤诡幽渺为宗，点逗一二新隽字句，矜为元妙。又力排选诗惜群之说，于连篇之诗随意割裂，古来诗法于是尽亡。至于古诗字句，多随意窜改，顾炎武《日知录》曰：近日盛行《诗归》一书，尤为妄诞。② （《四库全书总目》）

众多批判之声中，以钟惺生前好友钱谦益尤为猛烈。钱谦益说："古学一变而为俗，俗学再变而为缪。"③ 这一论断是他对"后七子"、公安派、竟陵派三者的概括。在钱氏看来，公安派以其"俗"变革七子之"古"，而竟陵派又以其"缪"纠正公安派之"俗"。钱氏对钟惺之评，显然是在其所处的特殊时期别有用心罢了。晚明，追求"偏""冷""小"等幽冷孤峭风格的，实在不止竟陵一家。

钟惺长钱谦益八岁，二人是同科进士，而且从其交往来看，二人关系密切，颇有惺惺相惜之意。从现有记载来看，至少在钟惺有生之年，钱谦益对其礼遇有加。而在钟惺去世之后，钱谦益却不顾多年友情，对其大肆批驳，让人颇为不解。清熊士鹏曾记录二人之关系，云：

> 钱虞山，才人也；尝与吾邑钟退谷先生善。每闻退谷舟车到江南，先逾月望江干，俟退谷至，始携手去。及退谷没，而虞山乃大肆排诋，则何心也？④ （《书钟退谷先生诗集后》）

---

① （清）张廷玉等：《明史》，中华书局1974年版，第7399页。
② （清）永瑢等：《四库全书总目》，中华书局1965年版，第1795页。
③ （清）钱谦益：《钱牧斋全集》，钱仲联标校，上海古籍出版社2003年版，第1702页。
④ （清）熊士鹏：《鹄山小隐文集》卷8，清道光刊本。

　　按照此文所载，钟、钱二人关系亲密，而钱氏对钟惺尤为恭敬。这从其听闻钟惺将至江南，"逾月望江"，直到钟惺到来，才携手而去可见一斑。钟惺亦有诗作表达二人同病相怜、志趣相投的友谊。对钱氏不顾舟车劳顿，迎接自己的真诚态度，钟惺诗作中亦有记载。其诗云：

> 　　不敢要君至，既来弥解颜。友朋相见意，行迹亦何关？两度来迎候，孤舟费往还。可知心过望，正以事多艰。学道身初健，忧时神颇孱。浮沉十载内，毁誉众人间。试看予流寓，何殊子入山？机缘如互凑，述作有余闲。①（《喜钱受之就晤娄江先待予吴门不值》）

　　此诗约作于万历四十七年，钟惺授水部，"流寓"江南。时钟惺政坛失意，钱谦益隐居山野，二人颇有"同是天涯沦落人"的感慨。钟惺有感于钱氏"两度迎候""孤舟往还"，作诗以深表谢意，诗作亦可见赋闲在家的钱氏对钟惺毕恭毕敬。"忧时"可见钟惺十分关心国事。然而诗人一腔热血却报国无门，反而在激烈的党争中，屡屡犯险，数遭贬谪，可谓奸臣当道，志士无门，空余"浮沉十载"的悲叹！而"毁誉"则暗指钟惺好友夏嘉遇上疏参论方从哲、赵兴邦一事，这场风波使得与东林党对立的三党之势衰落，而钟惺也被视为三党人士而遭到牵连，不得不"流寓"江南。从"试看予流寓，何殊子入山？"一联来看，政坛失意的钟惺把"入山"韬晦的钱谦益视为知己良朋。然而，随着钟惺的去世，钱氏却将这位已故友人视为酒间谈资，甚至嘲弄其诗歌不及青楼女子。其诗曰：

> 　　不服丈夫胜妇人，昭容一语是天真。王微杨宛为词客，肯与钟谭作后尘。②（《姚叔祥过明发堂共论近代词人戏作绝句十六首》其十一）

---

　　①　（明）钟惺：《隐秀轩集》，李先耕、崔重庆标校，上海古籍出版社1992年版，第198页。
　　②　（清）钱谦益：《钱牧斋全集》，钱仲联标校，上海古籍出版社2003年版，第606页。

钱谦益以调侃的口吻贬斥钟、谭,已故的昔日良朋竟成了钱氏酒席间取悦女子的笑料,钱、钟曾经的知己之情已然烟消云散、荡然无存了,钱氏之为人于此可见一斑。

若以上诗作姑且为"戏作"的话,那么,钱谦益在《列朝诗集小传》中批判钟、谭之言,又该作何解?钱氏曾严肃地批判:"友夏别立蹊径,特为雕刻。要其才情不奇,故失之纤;学问不厚,故失之陋;性灵不贵,故失之鬼;风雅不遒,故失之鄙;一言以蔽之,总之,不读书之病也。"① 这一说法恐怕不只是简单的文人相轻,而是故意曲解诋毁,说钟、谭不读书、"学问不厚"是立不住脚的。因为钟、谭自幼苦读诗书,而且于经史子集多有涉猎。谭氏曾言:

予家世学《易》。先人蚤岁为诸生,怯其难,徙而治《尚书》,因课予兄弟《尚书》。惟弟服膺一人,中道徙去,去学《诗》三百六篇,盖三四年间事耳,而弟之文已几令四子艺让,工且富矣。弟谓我曰:吾乐之甚。吾终日行篱间而吟讽,吾终夜步窗外以追寻,盖是中有深趣矣。

予视其文良然,但私谓《六经》无不美之文,无不朴之美。匡衡说《诗》可解人颐,而史称其说《诗》深美。深美云者,温柔敦厚,俱赴其中,弟所谓是中有深趣者也。《汉书》又言:"儿宽有俊材,以《尚书》学见武帝。武帝曰:'吾始以《尚书》为朴学弗好,及闻宽说始好之。'乃从宽问一篇。"今上神圣,远过汉帝,必时时问《尚书》。弟虽诸生,当抱异地想,勿自以为朴学弗好也,当使其深美如汝诗。且《诗》三百六篇,固予所最好。杜子美云:"诗是吾家物",何言徙哉?② (《黄叶轩诗艺序》)

据此可知,谭元春兄弟自小研习《尚书》。在谭元春眼里,六经之文有朴学之美,谭氏颇有研究。因此,劝其弟多读经书。这种学术

---

① (清)钱谦益:《列朝诗集小传》,上海古籍出版社1983年版,第574页。
② (明)谭元春:《谭元春集》,陈杏珍标校,上海古籍出版社1998年版,第639页。

思想与复社重经史、主雅正之说相互呼应，声息相通。可见，钱氏"不读书之病"的说法纯属子虚乌有。熊士鹏言："虞山之排诋退谷也，其意不过谓退谷之体制面貌与己不似耳。"① 诗文观点不同恐怕只是钱氏贬抑钟、谭的表面原因，绝非主要因素。南明永历名臣金堡在《列朝诗集序》中说："诗者，讼之聚也。虞山之论，以北地为兵气，以竟陵为鬼趣，诗道变而国运衰，其狱词甚厉。夫国运随乎政本，王、李、钟、谭非当轴者，既不受狱，狱无所归……则虞山之意，果不在诗也。或谓虞山不能坚党人之壁垒，而为诗人建旗鼓，若欲争胜负于声律者。人固不易知，书亦岂易读耶！"② 阅此，金堡明确指出钱氏以诗道论国运之说法是居心叵测、别有用心的，其深意已不再是单纯的论诗了。

但不论文人如何指斥，《诗归》毕竟体现了竟陵派的诗歌审美思想，更适应了晚明的时代与诗歌发展的要求，迎合了当时大部分文人的审美趣味，被许多明末诗人奉为经典，甚至将其与《诗经》相提并论。正如王友石的《诗归》重订序言云：

> 钟、谭之《诗归》，诗而经矣。论诗必论情与事，及其时代，风会高下，纸上悲嬉，颜面若接。昔人称子长之为史，铁笔钩索，百字百折，钟、谭直以一字敌百，驾龙门而上。钟、谭之《诗归》，诗而史矣。——列代以来，诗歌踵美，要必祖《三百》之遗为可传，诗顾不重哉！今圣人在御，万事厘举，思采风以广化弦，则钟、谭之《诗归》，国之文献也。吾愿读诗者以钟、谭为归，而钟、谭者，以经史为归。天下后世，知钟、谭两先生日、月并明于天，岱、嵩并峙于地，岂仅仅风雅事也？③

---

① （清）熊士鹏：《鹄山小隐文集》卷8，清道光刊本。
② （明）金堡：《遍行堂集》卷8，北京出版社2005年版，第210页。
③ （明）钟惺、谭元春：《诗归》，张国光、张业茂、曾大兴点校，湖北人民出版社1985年版，第2页。

第三节　钟、谭的诗歌主张

《诗归》的刊行为钟、谭赢得了颇高的诗坛声誉，人们开始把符合《诗归》审美取向的诗风，称为"钟谭体"，而"竟陵派"之说也随之风靡天下。《明史》云："自宏道矫李、王诗之弊，倡以清真。惺复矫其弊，变而为幽深孤峭，与同里谭元春评选唐人之诗为《唐诗归》，又评选隋以前诗为《古诗归》，钟、谭之名满天下，谓之竟陵体。"① 一方面他们追求"高古"，另一方面，又不失"性灵"。前文已讲竟陵派因有感于公安派后期的"俚俗"之弊，而在古诗中寻求高雅之风。但他们又反对前后七子的模拟因袭，努力追求"志"与"趣""理"与"情"的融合。钟、谭的诗歌主张与其所处的时代一样，有其复杂性，不能简单地一概而论。

一　讲求"真诗"

晚明诗人对"真诗"的探索不遗余力，与七子、公安对"真诗"的诠释大相径庭，因此，对"真诗"的探索依然是竟陵派首要的任务。简单地说，竟陵派所讲之精神有二，即古人之"真精神"与诗人之"真性情"。在钟、谭笔下，精神和性灵是融为一体的同义语。钟氏讲：

> 惺与同邑谭子元春忧之。内省诸心，不敢先有所谓学古不学古者，而第求古人真诗所在。真诗者，精神所为也。察其幽情单绪，孤行静寄于喧杂之中，而乃以其虚怀定力，独往冥游于寥廓之外。如访者之几于一逢。② （《诗归序》）

---

① （清）张廷玉等：《明史》，中华书局 1974 年版，第 7399 页。
② （明）钟惺：《隐秀轩集》，李先耕、崔重庆标校，上海古籍出版社 1992 年版，第 235 页。

此处"真诗"可以看作古人之精神，而要达到"第求古人真诗所在"的诗歌创作目的，就要做到"虚怀定力，独往冥游于寥廓之外"。谭元春亦云：

> 夫作诗者一情独往，万象俱开，口忽然吟，手忽然书，即手口原听我胸中之所流，手口不能测，即胸中原听我手口之所止，胸中不可强。① (《汪子戊己诗序》)

谭氏强调诗人情思顿开，文思泉涌，下笔纵横挥洒，一泻千里，就是强调"胸中之所流"的真性情的自然流露。钟、谭所言，有两层意思。一说古人有古人之"性灵"，而这种古人之"性灵"隐含在具有真性情的古诗中，后人作诗欲"厚"，就要探求这种隐含的真精神，使自家性灵与古人之真精神相通。

综合钟、谭二人的诗学观点，钟、谭所说的"真诗"可以概括为以自己的真性情来探求古人诗歌中的真性情、真精神，再以古人之真精神来引导自己的诗歌创作，从而达到古今人我相通之境界。显然，竟陵派所讲的"真诗""真性情"与公安派"独抒性灵，不拘格套"的创作原则是有所区别的。

钟、谭的诗文中，对于"真诗""精神"的强调随处可见。谭元春在《诗归序》云："法不前定，以笔所至为法；趣不强括，以诣所安为趣；词不准古，以情所迫为词；才不由天，以念所冥为才。"② 这也就是说，通过学习领悟古人诗歌之真精神，达到情感相通之后，在具体的诗歌创作过程中，又要以作者真情流露为准绳，不虚伪、不矫饰。谭元春的《秋寻草自序》又云："予尝言，宋玉有悲，是以悲秋。后人未尝有悲而悲之，不信胸中而信纸上，予悲夫悲秋者也。"③ 谭元春评李顾《寄镜湖朱处士》中的"芳草日堪把，白云心所亲。何时可为乐，梦里

① （明）谭元春：《谭元春集》，陈杏珍标校，上海古籍出版社 1998 年版，第 622 页。
② （明）谭元春：《谭元春集》，陈杏珍标校，上海古籍出版社 1998 年版，第 593 页。
③ （明）谭元春：《谭元春集》，陈杏珍标校，上海古籍出版社 1998 年版，第 806 页。

东山人"云:"极蕴藉,不知者以为淡。"① 说明谭元春并不注重辞藻的华丽,而赞同用平淡的语言抒写真情。

另外,钟、谭对艳情诗、民歌也很感兴趣,认为这两类诗是诗人真情之所在。《诗归》所录情诗约百首,以民间情诗居多,并给予了较高评价。竟陵派认为民歌民谣也是人民真情的体现,是劳动人民的真实心声。如谭元春评卓文君的《白头吟》云:"有此妙口妙笔,真长卿快偶也,不奔何待?"② 认为卓文君为爱情私奔的行为是其真性情所致,其私奔之勇气自非一般妇人能比,亦非一般的愚妇、妒妇所能理解。另如:

> 此君艳诗好手,以快情急响为妙,而少含蓄。若含蓄则不能妙,选者无处着手矣。③(钟惺评唐·曹邺)
> 亦是艳情,词气端烈,无隋炀帝、陈后主之习。④(谭元春评曹睿《种瓜篇》)
> 情寓纤冷。⑤(谭元春评李商隐《房中曲》)

总之,钟、谭选诗论诗皆以追求"真诗"为根本,而追求真诗是指"真性情"与"真精神"的融合。然而,在诗歌创作实践中,用心体悟古人之精神与抒发诗人的真性情是很难融合的,即便是这一理论的提出者钟、谭本人亦难以达到,导致在体悟古人之精神与糅合诗人之心性的创作实践中,将诗歌创作引向"幽深孤峭"的心灵探索。因此,被后人批为"晚唐体"的末世哀音不乏此因。

二 "师心"与"师古"

与公安派较为彻底地反复古不同,竟陵派意识到,只注重抒写个人情

---

① (明)钟惺、谭元春:《诗归》,张国光等点校,湖北人民出版社1985年版,第282页。
② (明)钟惺、谭元春:《诗归》,张国光等点校,湖北人民出版社1985年版,第60页。
③ (明)钟惺、谭元春:《诗归》,张国光等点校,湖北人民出版社1985年版,第663页。
④ (明)钟惺、谭元春:《诗归》,张国光等点校,湖北人民出版社1985年版,第6页。
⑤ (明)钟惺、谭元春:《诗归》,张国光等点校,湖北人民出版社1985年版,第131页。

感的公安派，除了走向俚俗是没有出路的，因而他们注重从古诗中汲取营养，但这并非是要再一次掀起诗歌"复古"的浪潮。相反，虽与"七子派"有相似之处，竟陵派"师古"是对汉魏古诗与唐诗的一并推崇，并把学习古诗的眼光延伸至汉魏六朝，但这与七子所倡导的诗必盛唐有所不同。"七子派"的复古重在强调声律与格调，而竟陵派重在古人之精神。一种是形式的模拟，一种是精神的会同，二者相比，高下立见。可以说从根本上冲垮复古主义的并非公安派，而是竟陵派，正是他们从复古主义内部揭穿了七子派形式上的模拟因袭，并在此基础上，提倡古人之真精神，主张诗歌应该具有"朴"与"厚"的精神内涵。"师心"是主张诗歌应追求幽深的心灵探索，而不是一味流于肤浅地肆意纵情，这也是竟陵派所讲"性情"与公安派之"性灵"的区别，也是他们后来能与复社文人集团结合的原因。钟惺与谭元春清醒地认识到七子与公安的局限，提出要以"师心"为主体，把"师心"与"师古"合而为一。钟惺说："凡以诗文者，内自信于心，而上求信于古人，在我而已。"① 谭元春说："不发信心者非人。"② "非人"乃不够格的作者之谓。他强调一个真正的作者，应该遵从内心的欲望，表达心中真实而强烈的情感，诗人真性情应当求诸"心"。另外，竟陵派还朦胧地意识到诗文的发展应该"应时而变"，钟惺的《诗归序》云：

> 诗文气运不能不代趋而下，而作诗者之意、兴、虑，无不代求其高。高者，取异于途经耳。夫途径者，不能不异者也，然其变有穷也。精神者，不能不同者也，然其变无穷也。③

至于"师古"，钟惺也承认自己曾经拟古之酷肖，尝谓自己之少作，"大要取古人近似者，时一肖之，为人所称许，辄自以为诗文而

---

① （明）钟惺：《隐秀轩集》，李先耕、崔重庆标校，上海古籍出版社 1992 年版，第 3 页。
② （明）谭元春：《谭元春集》，陈杏珍标校，上海古籍出版社 1998 年版，第 796 页。
③ （明）钟惺：《隐秀轩集》，李先耕、崔重庆标校，上海古籍出版社 1992 年版，第 236 页。

已"①。谭元春自幼更是模体以定习，一部《文选》，拟之殆遍。这表明钟、谭早期诗歌的复古主义创作倾向，以至李维桢的《谭友夏诗序》曰："友夏诗无一不出于古，而读之若古人所未道。"② 又云："其诗不为今人为古人，不为古人役，而使古人若为受役也。"③ 此说虽不乏溢美之词，却也道出了谭元春的诗歌取径。谭元春亦云："吾在仪曹时，居闲寡务，与王敬美、孙月峰诸公，切劘为古学，颇知古人之意。"④ 则其习古之勤勉，可见一斑。正因如此，他们才能走出七子之迷雾，走出自己的尚古精神，为后来提出的"师古"观念打下了良好的学识基础。正当他们年少习古之时，袁宏道竖起了"独抒性灵，不拘格套"的旗帜，力求"务矫今代蹈袭之风"⑤。据现有资料来看，在万历二十八年前后，公安派渐次达到前期鼎盛之时，二十七岁的钟惺以诸生入郡都试，与魏象先等论明诗，已有涉及公安之论，开始步入晚明诗坛。

可见，在钟、谭打下深厚的古诗文基础之后，便遇到公安派这样一股强劲而新鲜的变革之风，这促使他们反复思考诗文创作的一些根本性问题，并逐渐孕育出他们自己的诗文创作思想。

谭元春说要"达于古人"，但他欣赏的是古人的性灵之言。七子派论性情，但其总体倾向是以格立情，他们复古重在古诗的格调法式，而竟陵派对七子所追求的格调法式之说并不赞同。钟惺在《唐诗归》卷十六评唐人张渭的诗时，慨叹："因思'气格'二字，蔽却多少人心眼，阻却多少人才情！"⑥ 显然钟惺认为七子所强调的"气格"之说蒙蔽心目、扼杀才情。谭元春说："潜思遐览，深入超出，缀古今之命脉，开人我之眼界"⑦，诗歌要求变于精神。"师心"与"师古"的结合，就是要求诗歌的真实性与艺术性、独创性与继承性完美融合。朱之臣

① （明）钟惺：《隐秀轩集》，李先耕、崔重庆标校，上海古籍出版社 1992 年版，第 259 页。
② （明）谭元春：《谭元春集》，陈杏珍标校，上海古籍出版社 1998 年版，第 941 页。
③ （明）谭元春：《谭元春集》，陈杏珍标校，上海古籍出版社 1998 年版，第 941 页。
④ （明）谭元春：《谭元春集》，陈杏珍标校，上海古籍出版社 1998 年版，第 604—605 页。
⑤ （明）袁宏道：《袁宏道集笺校》，钱伯城笺校，上海古籍出版社 1981 年版，第 710 页。
⑥ 吴文治：《明诗话全编》，江苏古籍出版社 1997 年版，第 7347 页。
⑦ （明）谭元春：《谭元春集》，陈杏珍标校，上海古籍出版社 1998 年版，第 680 页。

说："友夏至惟远情，其为诗，清微静笃，一以传古人之深意，而生之以变，读之正如春光摇曳，忽徙人之魂气以赴之，而莫能问其消息之所在，盖非常哀乐矣。"① 作为谭元春好友的朱之臣道出了谭氏的创作取向，更准确地概括出谭元春"师古"而能"通变""师心"又能"孤行"的诗歌特质。

三 "灵"与"厚"

如果说"师心"与"师古"相结合是竟陵派追求"真诗"的创作手段的话，那么，"灵"与"厚"则是钟、谭所期冀的诗歌境界，即要求诗歌既要有充实的思想内容，又不失作者的才气灵性。虽然竟陵派以毕生精力追求这种审美境界，但"厚"与"灵"，"师古"与"师心"终究无法天衣无缝地完美结合。清人贺贻孙在《诗筏》中说道："钟谭《诗归》，大旨不出厚字。"② "厚"是指作品内容充实、思想丰满、有感而发、言之有理。对于"灵"与"厚"二者关系之界定，钟惺说：

> 向捧读回示，辱谕以惺所评《诗归》，反复于厚之一字，而下笔多有未厚者，此洞见深中之言，然而有说：
>
> 夫所谓反复于厚之一字者，心知诗中实有此境也。其下笔未能如此者，则所谓知而未蹈，期而未至，望而未之见也。何以言之？诗至于厚而无余事矣。然从古未有无灵心而能为诗，厚出于灵，而灵者不即能厚。弟尝谓古人诗有两派难入手处：有如元气大化，声臭已绝，此以平而厚者也，《古诗十九首》，苏、李是也。有如高岩浚壑，岸壁无阶，此以险而厚者也，汉《郊祀》《铙歌》、魏武帝乐府是也。非不灵也，厚之极，灵不足以言之也。然必保此灵心，方可读书养气，以求其厚。若夫以顽不灵为厚，又岂吾孩之所谓厚哉！

---

① （明）谭元春：《谭元春集》，陈杏珍标校，上海古籍出版社 1998 年版，第 942 页。
② 郭绍虞：《清诗话续编》，富寿荪校点，上海古籍出版社 1983 年版，第 141 页。

曹能始谓弟与谭友夏诗，清新而未免于痕；又言《诗归》一书，和盘托出，未免有好尽之累。夫所谓有痕与好尽，正不厚之说也。弟心服其言。然和盘托出，正一片婆心婆舌，为此顽冥不灵之人设。至于痕则未可强融，须由清新入厚以救之，岂有舍其清新而即自谓无痕者哉？何时得相聚？一细论之。①（钟惺《与高孩之观察》）

谭元春亦云：

春未壮时，见缀辑为诗者，以为此浮瓜断梗耳，乌足好！然义类不深，口辄无以夺之，乃与钟子约为古学，冥心放怀，期在必厚，亦既入之出之，参之伍之，审之克之矣。②（谭元春《诗归序》）

可见，"厚"在钟、谭诗歌思维中是一个极为重要的概念。"厚"是"灵"的基础。诗人要保持"灵性"，并通过读书养气，以求古人精神之"厚薄"。但诗人若无灵心，再怎么读书养气也无法达到"厚"的境界，认为"从古未有无灵心而能为诗"者。因而，"厚出于灵"，"厚之极，灵不足以言也"。显然"厚"是更高层次的审美追求，诗人要达到"厚"的境界必须要具备"灵"的前提，并读书养气。仅有"灵"并不能致"厚"，"灵"与"厚"是互补的。当有灵心的诗人达到"厚"的境界，则"灵"自出，所谓"灵不足以言之也"。二者完美结合才能达到"理义足乎中而气达乎外，胆与识谡谡然于笔墨之下"③的境界。

"灵"主要指"性灵"，是"厚"的前提，诗歌要达到"厚"的境界就必须注入诗人的真情实感，这样才能写出内涵深蕴的作品。但竟陵派过度追求"灵"的诗歌意境，又往往使其论诗陷入禅机佛理或清虚玄冥之境界，以为仙道、佛语，甚是神妙，这在谭元春的诗歌中尤为突

---

① （明）钟惺：《隐秀轩集》，李先耕、崔重庆标校，上海古籍出版社1992年版，第474页。
② （明）谭元春：《谭元春集》，陈杏珍标校，上海古籍出版社1998年版，第593页。
③ （明）钟惺：《隐秀轩集》，李先耕、崔重庆标校，上海古籍出版社1992年版，第240页。

出。例如谭元春云：

> 宋人齐物理，齐物形，种种揣摩，如盲人杖，投诸坑阱，自错
> 自受。夫《齐物》之书，非齐物也，物化之为齐物。故蝶梦周，
> 周在蝴蝶梦中，是谓物化。忘年忘义，天地与我并生，万物与我为
> 一，是谓蝶梦。① （《阅齐物论第二》）
> 今观其论曰："夫逍遥者，明至人之心也。" 标此一言，明理
> 尽至。② （《阅逍遥游第一》）

强调 "万物与我为一" "明至人之心"，可以看出，钟、谭在论证
"灵" 的创作境界时，不得不求之于传统的老庄思想。再如谭元春评价
鲍照的《登庐山》云："幻冥高奇之致，笔舌间足以敌之。"③ 这都充
分体现了钟、谭为达到 "灵" 的境界，不得不走向对佛、老思想的认
同，佛家的 "禅机" 与道家的 "忘我" 都是 "灵" 的境界。钟、谭
"灵" 与 "厚" 的诗学思想，丰富了传统诗歌的审美观念。谭元春曾
感叹：

> 夫诗文之道，非苟然也，其大患有二：朴者无味，灵者有痕。
> 故有志者常精心于二者之间，而验其候，以为浅深。必一句之灵能
> 回一篇之运；一篇之朴能养一句之神，乃为善作。④ （《题简远堂
> 诗》）

谭元春深感诗文之两大难处："朴者无味，灵者有痕。"太尚 "朴"
则难以避免淡乎寡味，而太空灵则又难免有矫饰雕刻之痕迹。力求古人
之真精神，却容易隐藏诗人自我之真性情。

金圣叹曾论述："文章最妙的是此一刻被灵眼觑见，便于此一刻放

---

① （明）谭元春：《谭元春集》，陈杏珍标校，上海古籍出版社 1998 年版，第 905 页。
② （明）谭元春：《谭元春集》，陈杏珍标校，上海古籍出版社 1998 年版，第 905 页。
③ （明）钟惺、谭元春：《诗归》，张国光等点校，湖北人民出版社 1985 年版，第 230 页。
④ （明）谭元春：《谭元春集》，陈杏珍标校，上海古籍出版社 1998 年版，第 815 页。

灵手捉住。……若捉不住，便更寻不出。"① 竟陵派的文学思想是保持诗人的灵性，再读书养气，探求古人诗歌中幽微的精神，从而达到"灵"与"厚"相统一的艺术境界。他们试图结合七子复古思想与公安派性灵主张的合理之处，走一条"师古"与"师心"并重的道路。虽然之前的论诗也有人涉及"灵"与"厚"的审美观念，但像钟、谭那样将"灵"与"厚"上升为诗歌至高的美学追求，并作为毕生论诗的审美境界而频繁使用的，在中国古代文学理论批评史上真可谓独一无二。

四 "幽深孤峭"

竟陵派推崇浑朴蕴藉的诗风，但在具体创作中却往往体现的是诗人自己的幽情单绪，他们追求"厚"，但表现出的却是"幽"，这就是后人评价竟陵派多讥其"幽深孤峭"的原因。他们力主"厚"的诗歌境界，但实际上是以"幽"为"厚"；"厚"不能达，则为"灵"；"灵"之偏，则为"幽"，最后便掉入"幽深孤峭"的晚唐诗风无法自拔。就竟陵派本身的论诗而言，"厚"与"幽"也是紧密相连的。谭元春的《答袁述之书》云："庄子曰：'言隐于荣华'，又曰：'高言不止于众人之心。'今日之务，惟使言不敢隐，又不得不止于吾心足矣。"② 谭元春又云：

> 公穆才秀朗百予，少年勃勃，以古今自命，久之而落落瑟瑟然，如有所失焉。如有所失者，其诗之候也。予所谓荒寒独处，稀闻渺见，孳孳慄慄中所得落落瑟瑟之物也。古之人即在通都大邑，高官重任，清庙明堂，而常有一寂寞之滨、宽闲之野存乎胸中，而为之地，夫以是绪清而变呈，公穆之候其至矣。③（《渚宫草序》）

---

① 吴调公：《中国美学史资料类编》，江苏美术出版社 1990 年版，第 194 页。
② （明）谭元春：《谭元春集》，陈杏珍标校，上海古籍出版社 1998 年版，第 770 页。
③ （明）谭元春：《谭元春集》，陈杏珍标校，上海古籍出版社 1998 年版，第 627 页。

这些"和平冲淡""寂寞之滨、宽闲之野"的审美追求，意存孤窘，正是竟陵派"幽深孤峭"审美追求的体现。

钟惺的《简远堂近诗序》曰："以孤衷峭性勉强应酬，使耳目形骸尘杂臭处，而欲其性情渊美，神明恬寂，作比兴风雅之言，不亦远乎?"① 强调保持作家的个性的"渊美""恬寂"，难免会使诗歌走向追求空旷孤迥的境地。"幽情单绪""孤行静寄"的创作风格，在竟陵派的诗文创作与评论中多有体现。例如《古诗归》卷九评陶潜的《归田园居》云："幽厚之气，有似乐府。"② 卷十五评周弘让的《留赠山中隐士》云："陈、隋靡靡中忽有此骨韵幽厚者，亦是元气不断于诗文之中。"③《唐诗归》卷二十五评刘长卿的《和灵一上人新泉》云："幽居诵一过，自然肃人心骨。静远幽厚，发为清音。"④ 这些诗中的人物多是隐居田园或山中的隐士、高僧。钟惺常使用"幽厚"一词来评论一些山水田园诗，反映出竟陵派对"极无烟火处"的清幽隽永之境的赞赏。

晚明时局与晚唐社会极为相似，而其复杂与残酷的程度则有过之而无不及，文人们所承受的时代压力也有愈前朝。政治上心灰意冷、个人前途迷惘，这就使竟陵派有意无意地走向"幽深孤峭"的创作风格，这正好与搜奇罗怪、朦胧凄美、险僻幽冷的"晚唐体"风格相近，尤其谭元春的诗风更有着"郊寒岛瘦"的影子。

钟、谭主张诗歌创作的最高境界是"厚"，具体而言是在保持创作灵性的同时加强学养，又要求"师心"与"师古"并重。而在诗歌创作实践中，钟、谭选诗与创作又很重视"幽厚"的诗歌意境，但他们大量的选诗与诗歌创作并未达到"厚"的审美要求，而是陷入"幽深"的晚唐体诗风。其结果可想而知，竟陵派逐渐走向探求心灵情感隐秘变化的幽微境界，形成了以"幽深孤峭"为主的诗歌创作风格，而其探

---

① （明）钟惺：《隐秀轩集》，李先耕、崔重庆标校，上海古籍出版社 1992 年版，第 249 页。
② 吴文治：《明诗话全编》，江苏古籍出版社 1997 年版，第 7331 页。
③ 吴文治：《明诗话全编》，江苏古籍出版社 1997 年版，第 7337 页。
④ 吴文治：《明诗话全编》，江苏古籍出版社 1997 年版，第 7350 页。

求古人之"真精神"大多流于理论层面。这大概是钟、谭未曾料想，也不愿看到的，却是后来竟陵派诗歌创作的主要走向。

第四节 竟陵派的诗歌创作

前文已讲竟陵派的诗歌主张，本节主要探讨竟陵派诗人的诗歌创作情况。我们知道竟陵派兴起的最直接原因是纠正公安派俚俗之弊，改变公安派离经慢教、张扬个性的风格，使诗歌从洒脱随意的张扬转为孤芳自赏的内敛。但竟陵派却将诗歌引向"幽深孤峭"之风，致使其创作无法走出狭窄空灵的内心世界，这种缺憾显然无法弥补。但竟陵派的诗歌创作风格，也无疑是明诗在经历复古与性灵的高潮之后的一大发展。

一 钟、谭诗歌概要

竟陵派领袖钟惺、谭元春二人的诗作，主要分为写景咏物与写人纪事两大类，思想内容相对单薄。其写景咏物诗，多以峭壁、雪景、小舟、雨夜、冷月、寒梅等意象为吟咏对象，意境奇险清幽、孤寂静寒。如诗歌《舟闻》《玉田洞》《大酉洞》等，都具有这样的特色。以下列举钟、谭的写景诗，以为大概。

> 山在皇虞犹未春，可知天地亦栖神。忍将光响私虫鸟，不引奇山见古人。[1]（谭元春《行参中绝句》）
>
> 红白无声下径迟，因风荡入柳边池。园中小鸟怜春色，几欲衔来再上枝。[2]（谭元春《落花》）
>
> 苍苍明月满，疑是松所为。似将天岭合，雷雨不殊时。[3]（谭

---

[1] （明）谭元春：《谭元春集》，陈杏珍标校，上海古籍出版社1998年版，第311页。
[2] （明）谭元春：《谭元春集》，陈杏珍标校，上海古籍出版社1998年版，第304页。
[3] （明）谭元春：《谭元春集》，陈杏珍标校，上海古籍出版社1998年版，第284页。

元春《月下看松》)

　　明月卷幽人，夜久光不减。良夜妮佳月，月残漏愈缓。未秋已高寒，秋至更清远。逝将齐幽魄，照此梦魂浅。① （钟惺《六月十五夜》）

　　野老风霜不出林，未知何事尚关心。上无落叶下无叶，山远天寒冬事深。② （谭元春《题李长蘅画寒林》）

　　榻设钟磬里，苔侵窗棂间。流莺语初滑，台峻飞未安。③ （谭元春《清凉寺访谢少连》）

　　二人诗中大多吟咏幽林古渡、枯草断荷、寒霜冬雪。或傍晚时分，独立溪边，远眺秋空；或残雨僧归，孤独无依，羁旅之苦与思乡之情营造了幽情苦绪的诗歌意境。另如谭元春的《观南岩一带奇岩歌》《黄成玉宅看灯下红梅》《渔仙寺》《途中新月》等。除这种幽冷寂静的风格外，竟陵派往往还描摹一些幽渺险怪之境，景色奇幻而又惊险无比，多用虚字，语言奇崛、笔势峭拔。

　　总的来说，钟、谭的写景咏物诗主要表现出清幽、苍朴的艺术风格。常用孤、静、枯、冷、寒、森等字眼来形容幽冷朦胧的诗歌意象，使本来具有孤、幽、清、细等特点的景物，更加幽冷凄清。诗作常以梅、兰、松、竹、水仙、红叶等为意象，隐喻诗人孤高雅洁的志趣。钟、谭的诗歌擅于营造一种凄清、幽邃、冷僻的审美意境，山水景物在他们的笔下，仿佛一幅幅冷色调的水墨画。诗歌语言峭拔、新奇。

　　钟、谭的写人纪事诗主要以描绘人物形象、记述交游为主，或叙写朋友集会之盛况，或抒发对师友的怀念之情，或描绘家人团聚之欢乐，或表达物是人非之忧思。诗作往往感情真挚，饱含深情。如谭元春的《寄李太虚师座》云：

---

　　① （明）钟惺：《隐秀轩集》，李先耕、崔重庆标校，上海古籍出版社1992年版，第10页。
　　② （明）谭元春：《谭元春集》，陈杏珍标校，上海古籍出版社1998年版，第307页。
　　③ （明）谭元春：《谭元春集》，陈杏珍标校，上海古籍出版社1998年版，第35页。

大笔琅琅触物宣,拙诗句句有人传。世间师友尽如此,眼底儿曹无可怜。霜下二毛雕草木,秋饥八口俭菱莲。南舸北窗成何事,不见章门近四年。①

李太虚即谭元春的主考官李明睿,他赏识并提携谭元春,谭氏因而以师视之,诗作充满了对恩师知遇之恩的感激,表达了分别四年以来的思念之情。谭元春的《丧友诗》三十首,更是一气呵成,表达了挚友钟惺的去世所带来的悲痛,字字看来皆是血,将两人不问穷达的生死友谊抒发得淋漓尽致。

两人生死获交终,不问谁亨与孰穷。同守一檠茶果缺,乱书堆里眼匆匆。②(《丧友诗》其一)

值得一提的是谭元春曾与晚明女诗人王微有过一段交往,谭元春曾写下多首思念王微的诗篇,现录几首如下。

无思无言但家居,僮婢悠然遂古初。水木桥边春尽事,琵琶亭上夜深书。随舟逆顺江常在,与梦悲欢枕自如。诗卷卷还君暗省,莫携惭负上匡庐。③(《王修微江州书到,意欲相访,诗以尼之》)
宵灯晓火共西湖,船隔书声听又无。归后忆君先忆此,春晴春雨长蘼芜。④(《答修微女史》其一)
奇踪不定可天涯,传汝梅边亦有家。人妒人怜俱未受,或将宜称问寒花。⑤(《答修微女史》其二)
绿溪天外没,宜有是人居。残叶埋深巷,新窗变故庐。心心留好风,夜夜抱奇书。女伴久相失,荒村独晏如。⑥(《过王修微山庄》)

---

① (明)谭元春:《谭元春集》,陈杏珍标校,上海古籍出版社1998年版,第505页。
② (明)谭元春:《谭元春集》,陈杏珍标校,上海古籍出版社1998年版,第426页。
③ (明)谭元春:《谭元春集》,陈杏珍标校,上海古籍出版社1998年版,第269页。
④ (明)谭元春:《谭元春集》,陈杏珍标校,上海古籍出版社1998年版,第315页。
⑤ (明)谭元春:《谭元春集》,陈杏珍标校,上海古籍出版社1998年版,第315页。
⑥ (明)谭元春:《谭元春集》,陈杏珍标校,上海古籍出版社1998年版,第208页。

王微浪迹江湖，才华横溢，与诸多文士名流诗酒唱和，或隐居不出，又或以道士自居。她既无青楼女子的艳俗妩媚，又少有良家妇女的传统保守，才思敏捷，见多识广，足以引起谭元春悲剧人生的心灵共鸣，也足以慰藉谭元春备受创伤的心灵。二人过往甚密，谭元春引为知己，以致多年后仍对其念念不忘。谭氏认为，像王微这样的才女，不能仅仅以传统的观念视之，而应该称其为"女山人"，这也是晚明文人一种新的审美取向，后文将详述。谭元春曾写《女山人说》专论一位名叫澜如的才女，将其与王微相提并论，其文云：

> ……独念世之为山人者，岁月老于车马名刺之间，案无帙书，时时落笔，吟啸自得，而好弹射他人有本之语，口舌眉睫，若天生是属啮啜人者。虽其中多贤者，然天下人望而秽其名久矣。而今以其名集澜如，澜如乐而受之。户外之屦，来求一观山人，各当其意去。退而省其私，或自厌其猥琐之言，轻其钱谷之好，陈其篚笥之书，亦有回旋其面目，曰："吾不如女山人。"① （《女山人说》）

谭元春另有描写家庭生活之诗，诗作往往一改"幽深孤峭"之风，显得欢乐和谐、淳朴浑厚、节奏明快，其内容多以母慈子孝、兄弟友爱为主。如《喜五弟北还》描写听闻五弟高中，他顾不上自己落第的内心痛楚，依然满怀热情地为弟弟祝贺，其诗云：

> 忘尔公车蹶，羡予茅屋盈。才俱堪鹿蔫，性但入莺声。负米姑同养，闻鸡觉暗惊。蓬心看尽息，益矣帝都行。②

谭元春常有感于父亲早逝，不能尽孝，因而将那份孝心加倍地用于侍奉母亲。他除交游与参加科考外，长期侍奉在慈母之侧，有时甚至不顾自己重病在身，如《病中侍奉老母上红湿亭子》。其诗云：

---

① （明）谭元春：《谭元春集》，陈杏珍标校，上海古籍出版社1998年版，第789—790页。
② （明）谭元春：《谭元春集》，陈杏珍标校，上海古籍出版社1998年版，第371页。

　　　侍母浑忘身健无，以身作杖任母扶。母坐亭中爱流水，水照是母与是子。贤母多识古行藏，手指荆花勉诸郎。①

　　诗人忘却自己身在病中，"以身作杖"搀扶母亲，俨然一幅母慈子孝图。同乡高世泰为其所作《谭友夏先生乡贤檄》一文，评价其写人诗云："篇关师友，则郑重流连；语涉昆弟，则缠绵悱恻"②，中肯地指出了谭氏写人诗的特点，诗风与"幽深孤峭"不可同日而语。但从竟陵派重灵求奥的理论倾向来分析，竟陵派的实际创作和它的美学风尚又是相一致的。

　　作为传统文人，钟、谭面对岌岌可危的时局并非无动于衷，他们也十分注重治国功用，反对浮靡文风，甚至认为文章可以起到安世济民的作用。因而，他们也创作了不少反映社会现实的爱国主义篇章。如谭元春的《武昌郡赠胡太初司理》，诗人激情澎湃地赞扬了救世济民的李鄂城，诗云："胡公李鄂城，渊懿不可及。能令江水深，能令楚山立。"③表达了诗人希望贤者可以扭转时局的美好愿望。谭元春的《刻黄美中文序》云：

　　　盖天下大文章自有一日用，而决坏于浮靡纤削之人。惟美中文出而庄语可以救谑，冠裳佩玉可以救袒裼，经史之言可以救诸子末流，不必问救自何人，以何日往救，而大都不出美中一流之文也。④

　　晚明天灾人祸不断，农民暴动四起，东北战事失利，这常使谭元春忧心忡忡。诗人创作了诸多爱国诗篇，如《七月初一夜宿天界寺，观老僧登座施食忏度亡辽将士。春亦附荐先魂，稽首悲痛感为之篇》《籴米诗，乙丑六月十八日作》两首。混乱黑暗的统治者不断激化日益加剧的阶级矛盾与民族矛盾，诗人以悲天悯人的胸怀表达了对下层

---

① （明）谭元春：《谭元春集》，陈杏珍标校，上海古籍出版社1998年版，第108页。
② （明）谭元春：《谭元春集》，陈杏珍标校，上海古籍出版社1998年版，第956页。
③ （明）谭元春：《谭元春集》，陈杏珍标校，上海古籍出版社1998年版，第104页。
④ （明）谭元春：《谭元春集》，陈杏珍标校，上海古籍出版社1998年版，第635页。

人民深深的同情。

二 竟陵派其他诗人

竟陵派诗歌理论始于钟、谭，成熟于《诗归》的选编与传播，而致其风靡一时，追随者甚多。因而，我们很难具体界定哪些诗人属于竟陵派，因为竟陵派本身并不是一个有组织性的诗歌创作团体，所以我们姑且把以钟、谭为中心，并受其影响而形成的、诗风相近的晚明诗人归为竟陵派。这样说，虽不能准确地界定这些诗人都是竟陵派诗人，但最起码他们追随过"竟陵体"的创作诗风。以下主要探讨在竟陵派影响下的诗歌创作情况，以及后世文人对竟陵派诗风的看法，以为竟陵派做结。

蔡复一（1576—1625），字敬夫，福建同安人，竟陵派的重要成员之一。万历二十三年进士。曾任刑部主事、兵部郎中。自幼聪明过人，12 岁时曾写出万余言的《范蠡传》。蔡复一博学多才，工诗、能文，一生著作颇丰，主要有《遁庵文集》18 卷、《诗集》10 卷、《督黔疏草》8 卷、《雪诗编》等。蔡复一和钟惺、谭元春关系融洽。钟、谭选定《诗归》亦与其商讨，可见三人之关系非同一般。谭元春将其尊称为老师，也于诗中大加赞赏蔡复一的才华及品行。蔡复一的诗歌创作对谭元春产生很大的影响。在谭元春眼中，蔡复一鞠躬尽瘁，气节高尚，不随波逐流，是个有气节、有才华的文人。谭元春高度赞扬了蔡复一的文学创作，他说：

> 元春固得亲以诗文逮事清宪公，北面称弟子者……惟吾敬夫先生，始可以尽瘁为名士，始可以山岳之性，拔去俗根，而亦必真如先生名贵不俗，始能使诗文之气充满天地之间，而决不至随荒烟野草而散去。[①]（《蔡清宪公全集序》）

[①] （明）谭元春：《谭元春集》，陈杏珍标校，上海古籍出版社 1998 年版，第 591 页。

林古度（1580—1666），字茂之，号那子，又号乳山道士，福建福清人。诗文名重一时，但不求仕进，曾游学金陵。明亡，以遗民自居，时人称为"东南硕魁"。晚年穷困，双目失明，享寿八十七而卒。王士禛将其诗歌编为《茂之诗选》二卷，另著有赋一卷。谭元春曾有多首描写他们一起读书论文生活的诗歌，如《吴圣初许以园林见借读书，同茂之先往观之，因题壁》《得茂之书》等，诗人回忆一起游玩读书时的情景。再如：

> 小阶沿月入，桐影八年春。来尚莫倾吐，君其多病人。榻仍存故处，镜只照闲身。何可光阴内，轻兹相见辰。① （谭元春《夜过茂之病中》）

此外，属于竟陵派或与其诗风相近的诗人尚有葛一龙、于奕正、刘侗、熊人霖、孟登、黄正色、陈际泰、马之骏、陈宏绪等人。以下略做介绍。

黄正色（1501—1576），字士尚，一字美中，号斗南，蕲州人。嘉靖进士，有《辽阳稿》。谭元春有《黄美中从薪水远过》等诗叙写二人交往，并为黄正色的《黄美中文》作序。

陈际泰（1567—1641），字大士，临川人。崇祯七年进士，授行人。著有《易经说意》《五经读》《太乙山房集》《己吾集》等。晚明江西文坛一大领袖，江西四大文章家之一。与谭元春友善，自谓与元春有二十年的交情，自以为其诗直追"正始之音"。

葛一龙（1567—1640），字震甫，苏州吴县人。葛一龙诗文集颇多，主要有《艳雪编》《溪中草》《新绿斋诗》《筑吟》等诗集。谭元春奉其为师，亦师亦友，交情颇深。

孟登（1580—?），武昌人，万历举人。谭元春为其诗文集《积烟楼近稿》等作序。谭元春作《陈武昌寒溪寺留壁六记诗》《喜诞先滇还》《寄孟诞先初度时在兰阳》等诗，抒写二人友谊。

---

① （明）谭元春：《谭元春集》，陈杏珍标校，上海古籍出版社 1998 年版，第 190 页。

马之骏（1588—1625），字仲良，新野人。与钟惺为同年进士，除户部主事，卒于官。与钟、谭屡有诗歌酬唱，谭元春有《新野吊马仲良诗》以吊唁。

于奕正（1594—1636），字司直，初名继鲁，宛平（今北京市）人。著有《朴草诗》，另有《天下金石志》传世。与谭元春交友甚深，曾与刘侗合著《帝京景物略》，其游记散文《钓鱼台记》，堪称晚明小品文的佳作。谭元春曾有《于司直邀入西山记赠诗》等诗文以记之。

刘侗（约1594—1637），字同人，号格庵，湖广麻城人。生员时，曾因"文奇"被人参奏，与谭元春、何闳中一起受到处分，却也因此赢得文名。崇祯七年进士。著有《龙井崖诗》《雊草》《韬光三十二》《促织志》等，与于奕正合著《帝京景物略》。谭元春有《答刘同人书》等诗文，记述与刘侗的交往。

陈宏绪（1597—1665），字士业，新建人。以文章闻名于世。著有《尚书广录》《诗经群义》《恒山存稿》《寒夜集》等。与谭元春交善。

熊人霖（约1604—1666），字伯甘，江西省南昌府进贤人。著名地理学家，著有《地纬》二卷，这是我国第一部由国人自己撰写并出版的介绍世界的地理学著作，然清初即被禁毁，甚为可惜。谭元春曾为其诗集《操缦草》作序。

三　竟陵派的影响

竟陵派似乎与复社文人怎么也联系不到一起，但事实上，他们对早期复社文人的诗歌创作影响甚大，而复社文人也深深影响了竟陵派后期领袖谭元春。尤其是钟惺死后，谭元春更是与复社文人来往密切。虽然谭元春自己一直远离政治，明哲保身，曾自言"牛李成风俱不染，神玄异派只参观"[1]，以表明自己远离党争的决心。但他却在阉党疯狂迫害文人，一般士子畏祸保身、噤若寒蝉之时，毅然决然地率领五个弟弟一并加入复社，其爱国济民之勇气可见一斑。

---

[1]　（明）谭元春：《谭元春集》，陈杏珍标校，上海古籍出版社1998年版，第415页。

与万历后期的激烈党争不同，天启年间以魏忠贤为首的阉党势力抬头，开始血腥迫害以东林党人为首的进步人士。杨涟、左光斗、周元起、黄尊素等先后被捕，高攀龙被迫自杀。崇祯二年（1629），由张溥、张采领导，合并了应社，成立了以复兴古学、拯救社会为宗旨的复社，成员以下层士人为主。谭元春也正是在这种情况下加入复社的，可见其受复社影响之大。而复社领袖"娄东二张"的诗歌创作也深受竟陵派的影响。张溥云：

> 言诗而勤以今文加之，远矣，必于人之性情观焉，然后其诗可志也。是以作诗者广不取外，约不俭物，因其意近而包有其事，要于称己而足则已矣。而序人之诗者，亦骚之平好恶，明礼义，选于一指，而引其万思，理不系于周访，而托命多及，识其善节，则大雅之乐，所以相与而诵言不废。故不知其人者，不能读其人之诗。不知其人之性情者，即读其人之诗，而不敢为之序。……予所以反复其诗，而信性情之非虚也。或多言之，或少言之，而无不在也。① （《王载微诗稿序》）

序言中，张溥强调作诗者与作序者性情同等重要，作序者应当观作诗者之性情以为其作序。张溥主张知人论世，知其人之性情而读其诗，读其诗而知其诗中性情之真，这种说法显然是深受竟陵派诗歌主张的影响。不过，与竟陵派相较，复社诸子主张的"真性情"更偏重古之君子的忠孝友悌，认为颂扬以忠孝为核心价值观的传统道德，也是发自古之贤士君子的真性情。张采云：

> 夫诗者，思也。本诸性情，思固不可穷，性情复不可矫。故学诗未有能诗者，推而学古。诵读敏，则心路开而思来，进而学道；知识明，则心气和平而性情正。思来，故不穷而之殆；性情正，故不矫而思亦无邪。所以劳人戍妇，性情至而思通；榛苓草虫，性情

---

① （明）张溥：《七录斋诗文合集》，中华书局1993年版，第475页。

贯而思引。圣人列之六经，谓兴观群怨，可以事父事君者，岂欺我哉？①（《慎尔斋诗稿序》）

他认为诗本诸性情，学古人之精神可以正性情，可以事君父。虽有所偏重，但这与竟陵派强调的本诸性情，读书养气，以求古人之"真精神"的说法是一脉相承的。竟陵与复社，同在末世中沉浮的文人，有着相同的时代，或为追求个人修养的耿介节操，或结伴读书以求道，或安世济民以为志，或寄情山水以胜游。竟陵诗歌中流露的末世情怀，对复社文人同样有着强烈的吸引力。张采诗歌中古拙高雅的隐士形象，俨然与钟、谭诗风别无二致。特立独行、孤高傲兀的诗人形象与谭元春的形象如出一辙。诗风生涩古朴，善用虚词，也与竟陵诗风相似。张泽甚至揣摩谭元春诗歌长达十多年，以至于达到"句栉而字比之，朝诵而夕吟之"②的境地。

谭元春曾与复社人士刘斯陛、万时华、陈宏绪、陈大士、徐世溥、余正垣、邓履古、王猷定、熊人霖等人诗酒唱和。谭氏受复社文人的影响，后期诗风也略有变化。谭元春自言：

> 则试取古人之诗而尽读之，志无人不同，调无人同。陶淡谢丽，其佳处不同；元轻白俗，其累处亦不同。譬如人相知，贵知其所不足，因而济之，岂在衣履同、笑哭同哉？③（《万茂先诗序》）

随着晚明时局翻天覆地的变化，曾经风靡天下的竟陵派，迅速受到了一些文人的批判，其中不乏钟、谭的好友与昔日的忠实追随者。文人褒贬态度的转变之快，着实令后人惊叹！或许是鼎革易代给诗人们带来的心理痛苦需要发泄，他们不能把失败的罪责归咎于当时的最高统治者皇帝，也不愿归责于文人集团内部的斗争，更不敢指斥继之的清朝统治

---

① （明）张采：《知畏堂文存》卷2，北京出版社2001年版，第549页。
② 吴文治：《明诗话全编》，江苏古籍出版社1997年版，第7916页。
③ （明）谭元春：《谭元春集》，陈杏珍标校，上海古籍出版社1998年版，第623页。

集团。而诗人们一直自负高傲的"汉官威仪",再一次倒在了游猎民族的铁骑之下。这一有失尊严的彻底溃败,不仅引发文人内心的深刻反省,而且需要有人来承担这一令诗人们深感羞辱的历史责任。于是,竟陵派成为清初部分文人指斥詈骂的绝佳对象,一时之间,清初文人谈竟陵而色变。竟陵,似乎成为人人见而远之、见而诛之的"孽根祸胎"。其中原委,正如严迪昌先生所言:"中国诗史上从未有过像清王朝那样以皇权之力全面介入诗歌领域的热衷和控制。"① 很明显,明末清初由于时代政治方面的原因,对竟陵派毁之者多、誉之者少。诋毁之说以钱谦益、朱彝尊为代表,钱谦益的"鬼趣""兵象"之说,前文已讲,朱彝尊则指斥"诗亡而国亦随之亡矣!"其他对竟陵派的不公正批评,此处略举几例。

> 楚有钟惺、谭元春,因人心属厌之余,开纤儿狙喜之议。小言足以破道,技巧足以中人,而后学者乃始眩瞀杨岐,迟回襄辙,嚣然竞起,穿凿纷纭,救汤杨沸,莫之能阋。② (毛先舒《诗辩坻·竟陵诗解驳议序》)

> 大旨以纤诡幽渺为宗,点逗一二新隽字句,矜为元妙。又力排选诗惜群之说,于连篇之诗随意割裂,古来诗法于是尽亡。③ (永瑢等《四库全书总目》)

> 《诗归》出而一时纸贵。吴人张泽、华淑等闻声而遥应,无不举一言为准的,入二竖于膏肓,取名一时,流毒天下,诗亡而国亦随之亡矣!④ (朱彝尊《静志居诗话》)

> 又以翻案为奇,另趋险仄一路,尖新小巧,生梗空疏,以语古人,仅云影响,并皮毛亦无之矣。⑤ (黄生《诗麈》)

---

① 严迪昌:《清诗史》,浙江古籍出版社 2002 年版,第 17 页。
② 郭绍虞:《清诗话续编》,富寿荪校点,上海古籍出版社 1983 年版,第 141、79 页。
③ (清)永瑢、纪昀、陆锡熊:《四库全书总目》卷 193,中华书局 1965 年版,第 1759 页。
④ (清)朱彝尊:《静居志诗话》,人民文学出版社 1990 年版,第 503 页。
⑤ 贾文昭:《皖人诗话八种》,黄山书社 1995 年版,第 91 页。

这种偏激的指责，连清初御用文人施闰章都觉得过分，他争辩道："深情苦语，令人酸鼻，未可以一冷字抹煞。"① 吴逸一说："牧斋云钟、谭之类，五行志所谓诗妖，天乎冤哉，恐未遽令竟陵心折。"② 陈衍也说钱牧斋、朱彝尊等人对竟陵诗派"斥之不留余地"，认为竟陵派诗歌"亦不过中晚唐之诗而已，何至大惊小怪，如诸君所云云者"③。顾景星鲜明地指出："以钟、谭好处，在可医庸俗之病。"④

从这些评论可见，在清初部分文人对竟陵派不公正地、狂轰滥炸式地批评之后，一些文人学者对《诗归》及竟陵派的价值，还是给出了比较公允的评价。另如：

> 元春字友夏，湖广解元，未第，卒于旅店。李元仲称其如二十四舅及陈县野、陈巡检诸墓志、《寒溪寺留壁诗记》、与钟伯敬、金正希书，皆一片性地流出，尽洗书本积木之气，栖泊人心腑间，如吞香咽旨，虽欧、苏不能过也。⑤（黄宗羲《铭文授读》）

> 其手近隘，其心独狠，要是着意读书人，可谓之偏枯，不得目为肤浅。其于师友骨肉存亡之间，深情苦语，令人酸鼻，未可以一"冷"字抹煞。大抵伯敬集如桔皮橄榄汤，在醉饱后洗涤肠胃最善，饥时却用不得。然伯敬之时，天下文士，酒池肉林矣，那得不独推为俊物。……冷之一言，其诗其文皆主之，即从古人清警出，其平日究心经史、《庄》《骚》，以官为隐，以书读为官，其人实不可及。⑥（陈衍《石遗室诗话》卷六引施闰章《与陈伯玑书》）

> 一派为清苍幽峭，自古诗十九首，苏、李、陶、谢、王、孟、韦、柳以下逮贾岛、姚合，宋之陈师道、陈与义、陈傅良、赵师秀、徐照、徐玑、翁卷、严羽，元之范梈、揭傒斯，明之钟惺、谭

---

① 陈衍：《石遗室诗论合集》，福建人民出版社 1999 年版，第 82 页。
② （明）吴景旭：《历代诗话》，京华出版社 1998 年版，第 1007 页。
③ 陈衍：《石遗室诗论合集》，福建人民出版社 1999 年版，第 81 页。
④ （清）陈衍：《石遗室诗论合集》，福建人民出版社 1999 年版，第 83 页。
⑤ 吴光：《黄宗羲全集》，浙江古籍出版社 1993 年版，第 184 页。
⑥ （清）陈衍：《石遗室诗话》，人民文学出版社 2004 年版，第 92—93 页。

元春之伦，洗炼而熔铸之，体会渊微，出以精思健笔。① （陈衍《石遗室诗话》）

钟氏《诗归》失不掩得，得亦不掩失。得者如五丁开蜀道，失者则钟鼓之享鹁鹏。② （贺裳《载酒园诗话》）

钟、谭《诗归》，或疑其寡陋无稽，错谬杂出，此诚有所不免，然以此洗涤尘俗，扫除熟烂，实为对症之药。犹非《鼓吹》《才调》两书可比也。③ （王应奎《柳南续笔》）

钟退谷《史怀》多独得之见。其评《左》氏，亦多可喜。《诗归》议论尤多造微，正嫌其细碎耳。至表章陈昂、陈治安两人诗，尤有特识。而耳食者一概吠声，可叹。④ （王士禛《古夫于亭杂录》）

钟惺生于万历二年（1574），钱谦益生于万历十年（1582），小钟惺八岁。本来由于各自提倡诗文风格之不同而形成门户之见，在文学批评上属于常见现象。钟、谭虽亦知建立门庭之害，但他们要力矫七子、公安之弊，于诗文发展有所建树是必然的。然而，有清一代，竟陵派却受到种种非议和指斥。钟惺卒于天启五年（1625），元春卒于崇祯十年（1637），距明亡分别不过十数年、数年。钟、谭殁后，竟陵派文风遂不复振，《诗归》亦不复流行，又数年而明亡，在时间上似乎确如"诗亡而国亦随之矣"。其实，在明亡前夕，竟陵诗风已不复风行。钱谦益、朱彝尊、毛先舒等部分诗人，不顾自己曾经或多或少受教于竟陵诗风，为掩饰自己贰臣的身份，出于政治的需要，或苟延残喘以明哲保身，或噤若寒蝉以捞取富贵功名，以攻击竟陵为自己贰臣行为的"遮羞布"，其用心之险恶奸猾着实令人作呕。在那个特殊的时代，一些诉诸心声的无辜的诗人，往往会成为当权者执政失败的"替罪羊"，处于社会底层的竟陵派，便是无辜受害的典型案例。

---

① （清）陈衍：《石遗室诗话》，人民文学出版社2004年版，第41页。
② 郭绍虞：《清诗话续编》，富寿荪校点，上海古籍出版社1983年版，第270页。
③ （清）王应奎：《柳南续笔》，中华书局1983年版，第167页。
④ （清）王士禛：《古夫于亭杂录》，中华书局1988年版，第120页。

第三章　实学思潮影响下的明末诗坛

　　竟陵派的诗歌理论与创作，在纠正公安与七子之弊的同时，适应了时代的需要，引起了明末诗坛众多文人的共鸣。但迅速恶化的晚明时局，容不得诗人们在自怨自艾的忧伤中犹豫徘徊。竟陵派"幽深孤峭"的创作风格，遭到爱国志士摒弃，甚至连谭元春也走向复社文人集团。原本就一直暗流涌动的爱国主义实学思潮逐渐登上明末诗坛。一部分爱国志士越来越深刻地意识到救亡图存的紧迫性，虽然大明王朝已是千疮百孔、腐朽不堪，但他们的济世救国之心，反而随着时代压力的增大而愈加强烈。这不仅表现为东林、复社、几社等一批批爱国志士的前仆后继，连悲天悯人、独叹命运的竟陵派领袖谭元春也心潮澎湃，率领自己的五个兄弟义无反顾地加入复社。毫无疑问，这是明末政坛、诗坛文人心态发展的新动向。何宗美认为："以抒写'幽情单绪''孤怀孤诣'为色调的竟陵派作品自然很容易成为人生失意的复社成员的心灵抚慰剂和思想避难所。"① 在学术思想上，心学末流"以禅补儒"的空疏学风，不断受到实学救国思潮的攻击而进入尾声，心学内部的一部分学者文人也逐渐意识到了心学之流弊，开始走上实学救国之路。在诗坛上，竟陵派末世苦吟的哀鸣已不能表达广大爱国志士的心声，气势雄浑、悲凉苍劲的爱国诗风逐渐成为明末诗坛的主流。

　　一种诗歌流派与诗风名扬天下之时，往往也是另一种改造它的诗风

---

　　① 何宗美：《明末清初文人结社研究续编》，中华书局2006年版，第289页。

孕育发展之时。故而研究实学思潮下的诗人心态与诗歌，要从万历时期这一思潮的缓慢发展谈起，以免突兀地以为实学思潮与诗风是在启祯年间忽然兴起的。此外，由于一些实学心态的诗人与诗歌创作一直延续到清初，甚至影响到康熙时期，为保持研究的完整性与延续性，一些研究内容不能不触及清初诗坛，特此说明。

第一节　实学思潮与诗人心态

早在钟、谭编选《诗归》之前。万历三十二年，以顾宪成、高攀龙为首的东林党人修复东林书院，开始聚众讲学，批判心学末流"三教合一""以禅补儒"的空疏学风，呼吁广大士人实学救国。为响应这种呼声，名目林立的社团组织纷纷涌现，其中以刘宗周的"证人社"与钱谦益的"虞山诗派"成就较高。此后，这种社团式的诗歌创作不断发展壮大，直到后来的复社诗人群体取代竟陵派成为明末诗坛的主流。

关于晚明历史，前文所述较多，兹不赘述。把东林、复社、几社等称为实学思潮的兴起，并不是说这些社团之间的创作风格没有差异，相反却是千差万别，很难一以概之。首先，同一诗人有可能是东林党人，同时是复社成员，又是几社成员，还可能是某个地域性诗歌流派的领袖，这一诗坛现象与晚明复杂多变的时局有关。其次，这些社团大多带有强烈的政治和事功色彩，若从诗歌的角度去研究，他们很难形成统一的风格，几乎是各种诗风兼而有之。但他们主张实学救国的目标是一致的。与明末时局相应，此时的文人心态是复杂多样的，即使同为主张实学思潮的诗人，也并不是每个人都有冒死救国的决心和信心。多数诗人一方面不畏强权，另一方面却明哲保身；一方面积极入世，另一方面仍消极避世。因此，我们把以抒写明末社会现实为主、以安世济民为主要思想内容，诗风悲壮雄浑、苍劲刚健的诗歌创作，称为明末现实主义诗风。本章主要从东林、复社、几社等几个社团的诗人创作出发，研究明末现实主义诗风的创作心态与创作风格。

一　实学思潮的兴起

万历后期，由于皇帝不理朝政，党派林立，党争亦日趋激烈，朝廷纲纪不振，政令不行。一些有识之士抛开门户之见，重新开始提倡程朱理学，主张以"经世致用"之学纠正心学末流的空疏之弊。因此，东林复社主张实学救国。东林复社集团以官员为核心，吸引广大士子积极参与，其集会讲学的主要目的是影响朝政，以挽救大厦将倾的明王朝，目的性很强，功利色彩浓厚。

东林党人对王学末流的批判，最初是由万历二十年前后金陵的一次集会引发的，这场论争断断续续一直持续到万历二十五年前后。一方是心学阵营的以周汝登、管志道、陶望龄、钱渐庵等为代表的王学末流；一方是儒宗朱熹的"理为主宰""性善为宗"之说，以顾宪成、高攀龙、钱一本、史孟麟等为代表的东林人士。后者还包括心学大师湛若水的再传弟子许敬庵，陕西关学代表冯乃吾，原出于王门、后又别立宗派的李见罗，以及出于泰州学派的方本庵等人。虽然后者学派不同，学术思想各异，但他们大体主张"性善"之说，与主张"无善无恶"的王学末流，展开了针锋相对的论辩，形成了万历中后期理学与心学的一场大论战。论战的实质是纠王门后学空疏学风之弊，从而掀起实学救国之潮流。晚明实学思潮最鲜明、最本质的特点是政治与学术相互影响，要求政治干预学术，学术为政治服务，这种实用主义思想对清代，甚至近现代学术思想产生了深远的影响。据此，我们有必要对推动这场学术思潮的东林、复社、几社等略做研究。

（一）东林学派

晚明实学思潮反映在政治上，则是以顾、高为首的"东林党"人与以魏忠贤为首的"阉党"之间，前赴后继、不屈不挠的殊死搏斗。东林党人大多是以天下为己任的忧患意识极浓的士人，他们面对的是"阉党"专权乱政、国危民艰的严峻现实，甚至一部分王学成员从空谈心性的空疏学风中分化出来，向东林实学风气靠拢，刘宗周便是其一。梁启超说：

> 凡一个有价值的学派，已经成立而且风行，断无骤然消灭之理，但到了末流，流弊当然相缘而生。……刘蕺山宗周晚出，提倡慎独，以救放纵之弊，算是第二次修正。明清嬗代之际，王门下唯蕺山一派独盛，学风已渐趋健实。①

面对朝政的腐败不堪，内忧外患的不断加剧，罢官后的刘宗周身在江湖，心存魏阙。在明清易代，众多文人纷纷变节之时，他毅然决然地选择了绝食而死。并命其子在墓碑书"皇明蕺山长念台刘子之柩"。他不是要空谈玄理以求虚名，而是要以身作则，成就一个儒士的人格尊严。可见，主张实学救国已不是个别文人的个人行为，而是明末一代爱国志士的共同心声。下面我们将从主要东林成员的情况谈起。

高攀龙（1526—1626），字云从，别号景逸，无锡人。东林学派的发起人之一，理学名臣。高攀龙著作等身，以经学评注为主，主要有《周易孔义》《毛诗集注》《困学记》《四子要书》等二十余种。有《高忠宪公诗集》行世。

钱一本（1546—1617），字国瑞，号启新，武进（今江苏常州）人。明朝学者。万历十一年进士，任庐陵知县，授福建道御史，曾劾江西巡按祝大舟，又劾张居正假圣旨以塞言路，因上《论相》《建储》二疏论政弊，于争国本诸臣中所言最为耿直，遭神宗忌恨，削职为民。归筑经正堂，潜心六经及濂洛诸书，尤精于《易》，学者称启新先生。其学忌谈本体，以工夫为主。与顾宪成分主东林书院讲席，为"东林八君子"之一。天启初追赠太仆寺卿。著有《像象管见》九卷、《像抄》六卷、《续像抄》二卷、《四圣一心录》六卷、《范衍》及《遁世编》等。

顾宪成（1550—1612），字叔时，号泾阳，世称东林先生，无锡

---

① 梁启超：《中国近三百年学术史》，东方出版社1996年版，第47页。

人，与赵南星、邹元标并称"东林三君"。万历八年进士。曾任户部主事，后改吏部，补验封主事。后因忤逆权贵，谪桂阳判官。万历三十二年，修复东林书院，与高攀龙、钱一本、于孔兼等集会讲学，东林学派逐渐形成。万历四十年，病卒。著有《顾端文公遗书》。与高攀龙、安希范、钱一本、顾允成、叶茂才、刘元珍、薛敷教并称"东林八君子"。

顾允成（1554—1607），字季时，号泾凡，江苏无锡人，顾宪成之弟。明末思想家，"东林八君子"之一。历任南京教授，礼部主事。著有《小辨斋偶存》八卷（附《事定录》三卷）等。

安希范（1564—1621），字小范，号我素。江苏无锡人，明万历年间进士，授礼部主事，因乞便养母，改南京吏部。万历二十一年，因上《纠辅臣明正邪》一疏惹怒神宗遭贬，归乡后主讲于东林学院。著有《养心日札》《读书日笺》《荒政撮要》《武备私考》《赡族录》《名山纪游》《萍隐漫录》《文献通考删》等，以及其后裔编的《天全堂集》。"东林八君子"之一。

薛敷教（1554—1610），字以身，号玄台，南直隶常州府武进（今属江苏）人。薛应旂之孙。十五为诸生，万历十七年（1589）己丑进士。因上疏忤旨，被勒令回籍。后荐为凤翔教授，不久迁国子监助教。万历二十一年（1593），赵南星被逐，敷教上疏申救，被指为"朋谋乱政"，谪光州学正。万历三十二年（1604）到东林书院讲学，是为"东林八君子"之一。卒赐尚宝司丞。著有《续宪章录》《癸巳录》《奏疏》《泉上杂识》《真正铭》《浮戈集》等。

东林学派的主要成员大多曾身居高位，在义人中享有较高的政治声誉，并具有良好的学术素养，他们以著书讲学、清议时政为主，大多诗歌成就不高。但他们是晚明实学思潮的先声，其后人或门人弟子又多为复社成员，诗人辈出，是变革竟陵诗风的思想先锋。

（二）应社、复社、几社

应社、复社、几社，是几个有着不同名称却有着相似主张的社团，甚至在其前后发展过程中，有着相同的领导人与主要成员，应社是其开端，复社是其高潮，几社是其尾声。天启四年，张采与张溥等人倡立"诗经应社"，其主要成员也是后来复社的中坚力量。应社初立之时，魁首张采与其他士子一样，其精力主要放在科举应试备考上，影响有限却是复社的雏形。

复社是继东林之后影响最大的文人社团。复社招揽人才、扩大影响力的重要方法是掌控科举。科举是封建社会士子们追求仕进的敲门砖，掌控科举无疑掌控了士子们的仕途前程，这是复社吸引士子们加入的十分重要的筹码。复社成员一起研习揣摩科考题目，结交考官，最终造成了复社在崇祯一朝进士和举人录取上一枝独秀的局面，这种录取现象在中国科举史上是绝无仅有的。

复社领袖们通常还采取推荐其成员的方式，向考官公开推荐，甚至给考官施加压力。考官们往往为张溥等人左右，其所荐之人，往往"十不失一"。这也造成了当时科场，张溥"一言以为月旦"①的科考现象。这种举措有利于拉拢更多有识之士的参与，但也成为那些攻讦复社者口诛笔伐的缘由，但终崇祯一朝，复社左右科场的现象从未改变，这也使复社成为当时最有影响力的文人团体。

"经世致用"实学思潮的另一个内容是明中后期西学的传入。据统计，自利玛窦来华传教之后，西方陆续来华传教的有名可查者达65人之多。②中国士人如徐光启、李之藻等也开始学习西学的实证精神。他们甚至用一生的精力不遗余力地译介西学以启民智，以纠正晚明的空疏学风，大力提倡经世致用之学，甚至可以看作清代朴学之先声。西学的主要贡献与影响，前文已讲，此不赘述。实学思潮以"经世致用"为核心，是中国知识分子积极入世的价值目标和道德修养。明末清初，讲求实学救国的学者们，对心学末流带来的空疏之弊进行了大肆挞伐，他们大多把明朝覆亡归咎于士人们空谈误国。一些心学流派或进行了自我修

---

① （清）朱彝尊：《静志居诗话》，人民文学出版社1990年版，第574页。
② 梁启超：《中国近三百年学术史》，东方出版社1996年版，第38页。

改，或者干脆加入实学思潮的阵营之中。鉴于此，实学思潮在整个清代也深入人心，乾嘉考据学风便是很好的例证。

二　实学思潮与诗歌

在诗歌创作上，强调实学思潮的诗人们主张的"复元古"理论超越"宗唐""宗宋"之争，直接把学习的对象指向诗歌的源头——《诗经》与楚辞，也提倡宋诗讲学理、重质朴的诗风，这是明末诗坛发展的新动向。这种融合唐宋诗风，兼收并蓄的开放态度，很快引起了诗坛文人们的广泛响应。张采宣称："《三百篇》而下，诗难说矣"①。张溥亦云："以予观之，《三百篇》之后，作诗而不愚者，独屈大夫原尔。"② 这种主张直接将诗歌宗法学习的对象追溯到古诗的源头，避开了晚明诗人宗汉魏、宗唐、宗宋的争辩，能够吸引各种不同主张的诗人参与。

不可否认，复社是继东林而起，并与其有着千丝万缕联系的文人社团。崇祯元年，张采、张溥在京师举行集会，载酒征歌，诗酒唱酬。此次集会，汇集了谭元春、宋征璧、陈子龙、吴伟业、夏允彝等一些当时最杰出的诗人。张采认为，文学创作应该有用于时事，起到救国救民的文学功效，复古主义的理论旗帜与忧世救国的现实诉求凝结成一股新的力量逐渐走上诗坛。此后，一系列的社团组织如雨后春笋般蓬勃兴起。陈际泰的《诗社序》记述了当时这一情况，他说：

> 常与章大力共饮张受先父母署中，先生因言比杨子常顾麟士方集诗社，持论甚刻，欲作齐秦等风，各肖其方之气……夫为诗义者，亦歌因其地之所宜言归于好而已矣……今以诗文结社，刻而步之，以待泽于上……各循其土之气以为诗。③

① （明）张采：《知畏堂集》，北京出版社2001年版，第549页。
② （明）张溥：《七录斋诗文合集》，上海古籍出版社1987年版，第334页。
③ （明）陈际泰：《太乙山房文集》，北京出版社2001年版，第432页。

复社成立之初，为壮大自己的实力与扩大影响，以兼收并蓄的态度延揽人才，人数众多，诗歌创作情况也极其复杂。张采认为只要不违背复古主义的根本宗旨，便可"斯固文辞之上功，不必区分王国也"①。张采强调以文辞交友，明确反对各诗派间的相互攻讦，称其为"夜郎自大，封隔气类"②，这样的习气应该摈弃。崇祯五年，杜骐征在"二张"的安排下，选编社团成员诗文二十卷，即《几社壬申合稿》。云间几社的诗学创作与复社是一脉相承的，是复社实学思潮主导下诗歌创作的一个阶段，几社也因此而获得"天下言诗者，辄首云间"③ 的美誉。

崇祯六年（1633），新任首辅温体仁极力主张"剗刃东南诸君子"④，复社政治运动一度受挫。但复社出版了《新刻谭友夏合集》，这在一定程度上联合了当时影响最大的竟陵派诗人，结果其主盟文坛的势头不减反增，保持了复社在文人心目中的声誉与政治上的话语权。张泽盛赞竟陵派云："海内奉谭子之教也久矣，泽亦寝处其中者十有余年。"⑤ 又云谭氏诗作："说出诗品诗弊，真实切至，使人坐进此道。"⑥ 张溥称赞竟陵诗风："穷流测源，竟陵之功，要不可诬也。"⑦ 张采本人也创作了不少酷似竟陵派幽独孤冥的诗歌，如：

> 扃户藏幽寂，深斋绝世尘。窗开通鸟友，句会接风人。静下非无幻，声中独有真。耐长随日影，分寸总阳春。⑧（《独坐》）

> 野色看无极，斜阳接远山。步迟溪路稳，心静鸟声闲。竹影遮桥畔，梅花照水湾。前途渺何处，点点碧云间。⑨（《晚眺》）

---

① （明）张采：《知畏堂集》，北京出版社2001年版，第581页。
② （明）张采：《知畏堂集》，北京出版社2001年版，第583页。
③ （清）吴伟业：《吴梅村全集》，李学颖评标校，上海古籍出版社1990年版，第571页。
④ （清）吴伟业：《吴梅村全集》，李学颖评标校，上海古籍出版社1990年版，第602页。
⑤ （明）谭元春：《谭元春集》，陈杏珍辑校，上海古籍出版社1990年版，第946页。
⑥ （明）谭元春：《谭元春集》，陈杏珍辑校，上海古籍出版社1990年版，第561页。
⑦ （明）张溥：《七录斋诗文合集》，上海古籍出版社1987年版，第461页。
⑧ （明）张采：《知畏堂集》，北京出版社2001年版，第718页。
⑨ （明）张采：《知畏堂集》，北京出版社2001年版，第721页。

　　张采诗作散佚较多，葛芝和黄与坚将其整理成《知畏堂诗存》四卷，存诗 323 首，这些诗作是其诗歌主张的具体实践。

　　晚明以东林、复社为中心的轰轰烈烈的实学救国思潮在晚明诗坛引起了很大反响，他们的呼声对唤醒人们的爱国之心起到了积极作用。正如前文所讲，东林、复社以文会友，试图挽救国家危难的初衷与目的是无可厚非的，但是他们庞大的群体也难免鱼龙混杂，尤其是他们的领导者以清流自居的态度，使他们在实践中很难收到大的救国实效。此外，随着社团队伍不断扩大，社团内部加入了不少奸邪之徒。因而东林、复社虽志士辈出，奸猾亦多。从诗歌的角度讲，他们没有统一的诗歌理论与创作主张，他们自身的复杂性也造成了诗歌创作的多变不一。因而，探讨实学思潮影响下的士人心态与诗歌创作，只能从一些地域性诗歌流派谈起。虞山诗派、娄东派、"齐风"、云间派等诗歌流派，是这一思潮对晚明诗坛影响的具体体现。笔者从实学思潮这一具有相对完整性的诗人心态的角度，提纲挈领地研究这种心态影响下的诗歌创作。

第二节　钱谦益与虞山诗派

　　明末清初，在江南吴中一带出现了几个地域性诗歌群体，如虞山派、娄东派、云间派。当时文坛盛传"剖斗折衡为文章，天下娄东与莱阳"[1]。即指当时诗坛的娄东、虞山、云间三派，朱彝尊也说"海内之言诗者，于吴独盛焉"[2]。其中以虞山诗派影响最大，存在时间也最长。虞山诗派在地理上主要以现今常熟市为主，因其城北有虞山，故称此诗歌群体为虞山诗派。此诗派是以钱谦益为首，冯班为其中坚力量的地方性诗人群体。王应奎的《西桥小集序》云："吾郡诗学，首重虞山，钱

---

　　① （清）吴伟业：《吴梅村全集》，李学颖集评标校，上海古籍出版社 1990 年版，第 1134 页。

　　② （清）朱彝尊：《曝书亭集》，国学整理社 1937 年版，第 241 页。

蒙叟倡于前，冯钝吟振于后，盖彬彬乎称盛矣。"①

钱谦益，字受之，号牧斋，又号尚湖，江苏常熟人。生于明神宗万历十年（1582）九月二十六日，死于清康熙三年（1664）五月廿四日。晚年自号牧斋老人、蒙叟、绛云老人、东涧遗老、虞山老民、聚沙居士等，世人则称之虞山先生。曾为东林党魁之一。他出身书香门第，曾祖体仁，字长卿，有著述若干卷。祖父顺时，字道隆，为嘉靖三十八年进士，撰有《资世文钥》百余卷。

一　虞山诗派的诗歌主张

（一）力求"本""真"

虞山诗派的领袖钱谦益，首先提出了诗应有"本"的主张，有"本"就是要求抒发诗人的真情实感。他认为古人作诗无不有"本"，无论是《诗经》、楚辞，还是唐之李杜，皆饱含具有诗人个性的真性情。诗歌"有本"，言之有物，才能流传不朽。这是他探究古诗之真精神的体现，与竟陵派之说颇为相似。他说：

> 古之为诗者有本焉，国风之好色，小雅之怨诽，离骚之疾痛叫呼，结轖于君臣夫妇朋友之间，而发作于身世逼侧、时命连蹇之会，梦而讘，病而吟，春歌而溺笑，皆是物也。故曰有本，唐之李、杜，光焰万丈，人皆知之。放而为昌黎，达而为乐天，丽而为义山，谲而为长吉，穷而为昭谏，诡灰纍兀而为卢仝、刘义，莫不有物焉，魅垒耿介，槎枒于肺腑，击撞于胸臆，故其言之也不渐，而其流传也，至于历劫而不朽。②（《周元亮赖古堂合刻序》）

钱氏要求诗歌创作要"言而有物"，不作无病之呻吟，要能真正地吐露诗人的真情实感。基于诗歌要达到"本"的目的，首先就要求

---

① 钱仲联主编：《清诗纪事》，凤凰出版社 2004 年版，第 184 页。
② （清）钱谦益：《钱牧斋全集》，钱仲联标校，上海古籍出版社 2003 年版，第 766 页。

"真"。可见，钱氏对真诗的思考一如当时诗坛主流思潮，"真"是达到诗歌"有本"的基本条件。他说：

> 　　诗文之谬，佣耳而剽目也，俪花而斗叶也。其转谬，则蝇声而蚓窍也，牛鸣而蛮语也。其受病，则皆不离乎伪也。咸仲之诗文，喜而歌焉，哀而泣焉，醒而狂焉，梦而愕焉，嬉笑颦呻，磬咳涕唾，无之而非是也。咸仲之性情在焉，咸仲之眉宇心腑在焉。有真咸仲，故有咸仲之真诗文。其斯为咸仲而已矣。①（《刘咸仲雪庵初稿序》）

他批评当时诗坛盛行的模拟因袭、堆砌辞藻之风，以及一些诗人搜奇罗怪、追求险僻的创作心态，他认为都"不离乎伪也"。他高度赞扬友人刘咸仲不为世风所惑，力求真性情的诗歌创作，保持了诗人的创作个性。并以人品论诗品，有真人才有真诗，有"真咸仲，故有咸仲之真诗文"。钱氏将那些缺乏真情实感的、无病呻吟之作，斥为"伪诗"。钱谦益说："文章途辙，千途万方，符印古今，浩劫不变者，惟真与伪二者而已。"②他说：

> 　　古人之诗文，必有为而作，或托古以讽谕，或指事而申写，精神志气，抑塞磊落，皆森然发作于行墨之间，故其诗文必传，传而可久。③（《题佛海上人卷》）

钱氏除强调真情实感是诗歌创作之本外，还认为古人作诗"有为"。"有为"是说古人作诗有自己的目的，不论托古讽今，还是"指事而申写"，都有诗人的真精神志气在里面，将诗人的精神志气形诸笔墨，诗歌才能流传久远。钱氏此说是要倡导现实主义诗风，是"诗言

---

① （清）钱谦益：《钱牧斋全集》，钱仲联标校，上海古籍出版社 2003 年版，第 909—910 页。
② （清）钱谦益：《钱牧斋全集》，钱仲联标校，上海古籍出版社 2003 年版，第 1345 页。
③ （清）钱谦益：《钱牧斋全集》，钱仲联标校，上海古籍出版社 2003 年版，第 1813 页。

志"的体现。总体来说，钱氏认为诗人要保持自己的创作个性，真情实感是诗歌的根本；他又强调诗歌创作的目的性，主张诗人应该以自己的真情实感抒写社会现实。

钱氏论诗动辄以古人为要，但他反对形式上的模拟复古，而要探究古人作诗之真性情。对于当时诗坛追求的险僻以求怪、俚俗以求趣的诗歌风尚，钱谦益提出了"有诗无诗"之说。他认为：

> 余尝谓论诗者，不当趣论其诗之妍媸巧拙，而先论其有诗无诗。所谓有诗者，惟其志意逼塞，才力愤盈，如风之怒于土囊，如水之壅于息壤，傍魄结轖，不能自喻，然后发作而为诗。凡天地之内，恢诡谲怪，身世之间，交互纬繣，千容万状，皆用以资为诗，夫然后谓之有诗，夫然后可以叶其宫商，辨其声病，而指陈其高下得失。如其不然，其中枵然无所有而极其挦扯采撷之力，以自命为诗。剪彩不可以为花也，刻楮不可以为叶也。其或矫厉气矜，寄托感愤，不疾而呻，不哀而悲，皆象物也，皆余气也，则终谓之无诗而已矣。① (《书瞿有仲诗卷》)

在钱谦益看来，只有抒写诗人内心真实感受的作品，才有资格谈及格调声律的形式之美。反之，即使修辞高妙，声律流畅，也不过如"剪彩"，再漂亮也不能成为真花；雕刻的叶子再逼真也无法与真叶相媲美。可见，钱氏"有诗无诗"之辨的本质，是其"有本""求真"之说的延伸，其关键仍在于是否有诗人真性情蕴含在诗中。

诗言情还是诗言志，一直是诗人们争论的焦点话题。钱氏认为，诗歌言志还是抒情，二者并不矛盾，言志并不影响抒情，言志也是诗人真性情的抒发。要将二者完美结合，并认为"志足而情生"。他说：

> 诗言志，志足而情生焉，情萌而气动焉，如土膏之发，如候虫之鸣，欢欣噍杀，纤缓促数，穷于时，迫于境，旁薄曲折而不知其

---

① (清)钱谦益：《钱牧斋全集》，钱仲联标校，上海古籍出版社 2003 年版，第 1557 页。

使然者，古今之真诗也。①（《题燕市酒人篇》）

受当时李贽"童心说"的影响，虞山诗派认为诗有真实感情才能达到自然天成的境界，这就需要诗人在进行诗歌创作之时，胸怀一颗赤子之心。赤子之心与外在物象完美结合，才能创作出天真自然的好诗。他说：

> 古人之诗，以天真烂漫自然而然者为工，若以剪削为工，非工于诗者也。天之生物也，松自然直，棘自然曲，鹤不浴而白，乌不黩而黑。西子之捧心而妍也，合德之体自香也，岂有于㧖㩧笑、涂芳泽者哉？②（《题交芦言怨集》）

诗歌要"立本"，要求真，要达到自然天成的诗歌境界。具体来说，就是要将"灵心""世运"和"学问"三大要素良好结合。"灵心"与"学问"之说，显然是和竟陵派的主张一脉相承的，是竟陵派"师心"与"师古"之说的进一步发展。不同的是，虞山诗派在竟陵之说的基础上，受当时实学思潮的影响，特别强调诗歌要反映现实生活，"世运"之说是晚明现实主义诗风的体现。他认为：

> 夫诗之为道，性情学问参会者也。性情者，学问之精神也。学问者，性情之孚尹也。春女哀，秋士悲，物化而情丽者，誉诸春蚕之吐丝，夏虫之蚀字。文人学士之词章，役使百灵，感动鬼神，则帝珠之宝网，云汉之文章也。执性情而弃学问，采风谣而遗著作，舆歌巷谔，皆被管弦；《挂枝》《打冬》，咸播郊庙，眢天下用妄失学，为有目无睹之徒者，必此言也。③（《尊拙斋诗集序》）

---

① （清）钱谦益：《钱牧斋全集》，钱仲联标校，上海古籍出版社 2003 年版，第 1550—1551 页。
② （清）钱谦益：《钱牧斋全集》，钱仲联标校，上海古籍出版社 2003 年版，第 829 页。
③ （清）钱谦益：《钱牧斋全集》，钱仲联标校，上海古籍出版社 2003 年版，第 411 页。

钱谦益虽然名节不保，但这并不影响他是一个博学的人。钱氏论诗眼光深远，而又兼采众家之长。在论其门人冯班的诗作时，钱谦益将其与晚唐的李商隐、杜牧、温庭筠相提并论，认为其诗作"穷而后工"。他说：

> 其为诗，沉酣六代，出入于义山、牧之、庭筠之间。其情深，其调苦，乐而哀，怨而思，信所谓穷而后工者也。……是故软美圆熟，周详谨愿，荣华富厚，世俗之所叹羡也，而诗人以为笑；凌厉荒忽，敖僻清狂，悲忧穷蹇，世俗之所诟姗也，而诗人以为美。人之所趋，诗人之所畏；人之所憎，诗人之所爱。人誉而诗人以为忧，人怒而诗人以为喜。故曰：诗穷而后工。诗之必穷，而穷之必工，其理然也。[①]（《冯定远诗序》）

> 有战国之乱，则有屈原之《楚词》，有三国之乱，则有诸葛武侯之《出师表》，有南北宋、金、元之乱，则有李伯纪之奏议、文履善之《指南集》。忠臣志士之气日昌，文章之流传者，使小夫、妇孺、俳优、走卒，皆为之徘徊吟咀，欷歔感泣。而夷考其时，君父为何人？天下国家之事为何如？[②]（《纯师集序》）

钱谦益博学多识，面对晚明诗坛各执己说、互不相让的不良风气，他喜欢兼采众长，为我所用。一方面，他力主真"性情"以求诗歌之"本"，反对形式上的模拟复古，这与竟陵派的主张是相通的。另一方面，他又认为"诗言志"与"诗言情"并不冲突，"志足而情生"，以为胸怀赤子之心是做出好诗的前提。诗人要达到自然天成的诗歌境界，就要将"灵心""世运"及"学问"三大要素完美结合。此外，他并不反对"晚唐体"，并认为"诗穷而后工"。

（二）提倡宋诗

天启、崇祯文坛由于时代的变化，在钱谦益等人的推动下，以苏

---

① （清）钱谦益：《钱牧斋全集》，钱仲联标校，上海古籍出版社2003年版，第939页。

② （清）钱谦益：《钱牧斋全集》，钱仲联标校，上海古籍出版社2003年版，第1085页。

轼、陆游为主要师法对象的宋诗，重新进入诗人们的视野。诗人们以苏轼之达观洒脱来慰藉焦虑的灵魂，以陆游的爱国豪情来激发内心的爱国斗志。贺裳在《载酒园诗话》中说："天启、崇祯中，忽崇尚宋诗，迄今未已。究未知宋人三百年间本末也，仅见陆务观一人耳。"① 贺裳之言显然太绝对，但也道出当时诗人们对陆游的推崇，也是国家危难之际的时代呼声，与梁启超"亘古男儿一放翁"之赞叹并无二致。显然，当诗人们面对国破家亡的现实时，陆游的诗风更能表达他们的忧时爱国之心，钱谦益推崇陆游，对明末诗坛产生了很大影响。吴伟业的《龚芝麓诗序》云："牧斋深心学杜，晚更放而之于香山、剑南。"② 邓汉仪指出："虞山诗始而轻婉秀丽，晚年则进于典重深老。"③ 同指钱谦益，二人对其前后诗风的看法颠倒，却也是钱氏风格多变，博采众长，转益多师的最好证明。

钱谦益批评七子诗必盛唐，舍此一概不学的狭隘诗歌主张，并认为七子之说割断了诗歌发展脉络。他主张"转益多师"，用发展的眼光看待各时代诗歌的异同。他认为：

> 嗟夫！天地之降才，与吾人之灵心妙智，生生不穷，新新相续。有《三百篇》，则必有楚骚。有汉、魏建安，则必有六朝。有景隆、开元，则必有中、晚及宋、元。而世皆遵守严羽卿、刘辰翁、高廷礼之瞽说，限隔时代，支离格律，如痴蝇穴纸，不见世界。斯则良可怜愍者。……余绝口论诗久矣。以季白虚心请益，偶有怅触，聊发其狂言。④（《徐季白诗卷》）
>
> 僻学为师，封己自是，限隔人代，揣摩声调，论古则判唐、《选》为鸿沟，言今则别中、盛为河汉，谬种流传，俗学沉锢，昧者视舟壑之密移，愚人求津剑于已逝，此可为叹息者也！⑤（《李按

① 郭绍虞编选：《清诗话续编》，富寿荪校点，上海古籍出版社 1983 年版，第 453 页。
② （清）吴伟业：《吴梅村全集》，李学颖集评标校，上海古籍出版社 1990 年版，第 664 页。
③ （清）邓汉仪编：《诗观初集》，齐鲁书社 2001 年版，第 19 页。
④ （清）钱谦益：《钱牧斋全集》，钱仲联标校，上海古籍出版社 2003 年版，第 1563 页。
⑤ （清）钱谦益：《列朝诗集》，中华书局 2007 年版，第 4407 页。

察攀龙》)

钱谦益从诗歌发展的角度，进一步说明从《诗经》、楚辞，到汉魏六朝，再到唐宋元，诗歌的发展是一脉相承的。钱氏认为若只以盛唐为宗，那么，盛唐之诗又从何发展而来。因此，他认为七子之说割断了诗歌发展的源流，是不可取的。在那个时代，能以诗歌流传的角度看待古诗的发展，其眼光是相当先进的。而具体做法，就是不隔断古诗的发展历程，不厚此薄彼，而要兼收并蓄，"转益多师"。

"转益多师"的首要任务是客观地评价宋诗。自"明七子"提出"宋无诗"之后，宋诗在明代几乎无人问津。钱谦益说：

> 唐之诗，入宋而衰。宋之亡也，其诗称盛。皋羽之恸西台，玉泉之悲竺国，水云之苕歌，《谷音》之越吟，如穷冬冱寒，风高气栗，悲噫怒号，万籁杂作，古今之诗莫变于此时，亦莫盛于此时。[1]（《胡致果诗序》）

钱谦益的主张逐渐受到诗人们的认可，晚明诗坛也开始逐渐改变对宋诗的看法。面对国家危难的社会现实，宋诗重理之风正好与当时反映现实的时代需求相吻合，这也显示了明诗在历经七子重形式的复古模拟、公安的"独抒性灵"与竟陵派重在写心之后，开始走向注重诗歌社会功能的现实主义诗风，是晚明诗风由主情向主理的转变。乔亿的《剑溪说诗》力赞钱氏曰："自钱受之力诋弘、正诸公，始缵宋人余绪，诸诗老继之，皆名唐而实宋，此风气一大变也。"[2] 可见，钱谦益对宋诗的力荐影响了明末清初的诗歌发展走向，使明末清初诗坛"风气一大变也"。崇尚宋诗是天启、崇祯年间明诗发展的新走向。

---

① （清）钱谦益：《钱牧斋全集》，钱仲联标校，上海古籍出版社 2003 年版，第 800—801 页。

② 郭绍虞编选：《清诗话续编》，富寿荪校点，上海古籍出版社 1983 年版，第 1104 页。

二　钱谦益的诗歌创作

钱谦益博学多识，一生历经巨大的社会变革，其仕宦生涯更是一言难尽。由于其本人博学鸿识，在不同的历史时期，其诗歌创作也大有不同。大体分为《初学集》《有学集》《投笔集》等三个创作阶段。

《初学集》中所收的乃是作者泰昌元年至明末这二十余年的作品。根据《初学集》所收作品的情况来看，钱谦益这一时期的诗歌创作已开始摆脱"七子"复古的影响，转向唐、宋兼师，而师法宋诗的倾向已较为明显。或学习苏轼的潇洒流利，或力求陆游的深婉圆润，甚至金代元好问也在其学习范围之内。具体如：

> 今年寒食真无火，何处烟花别有春？呼妇鸠还勤过我，窃脂雀亦窘如人。[1]（《寒食后雨不止书示邻里》）
>
> 客舍萧萧寄病身，落花寂寂度佳晨。忽闻寒食为今日，始觉风光已暮春。名酒尽难禁独夜，好莺啼不趁愁人。吾生从道浑如梦，是梦何须太苦辛。[2]（《寒食》）
>
> 卧起萧然云水乡，闲看日荫弄朱黄。窗楞白纸萦香篆，帘影清流泼砚光。木叶波还生近渚，渔歌风欲起斜阳。不须更作沧江梦，浅水芦花兴已长。[3]（《卧起》）
>
> 澹景芳阴梅雨时，过云相访少人知。红稀旧圃群蜂去，青暗重林硕果垂。涧底流泉穿石急，松间明月出林迟。他年终作三休侣，乘兴先为结隐期。[4]（《夏日偕朱子暇憩耦耕堂次子暇访孟阳韵三首》其三）
>
> 百万援兵集虎貔，羯奴送死更何疑。直须撒豆堪成队，况复投醪可犒师。绝缴残云驱鞅鞡，扶桑晓日候旌旗。东征倘用楼船策，

---

[1]　（清）钱谦益：《钱牧斋全集》，钱仲联标校，上海古籍出版社 2003 年版，第 136 页。
[2]　（清）钱谦益：《钱牧斋全集》，钱仲联标校，上海古籍出版社 2003 年版，第 213 页。
[3]　（清）钱谦益：《钱牧斋全集》，钱仲联标校，上海古籍出版社 2003 年版，第 251 页。
[4]　（清）钱谦益：《钱牧斋全集》，钱仲联标校，上海古籍出版社 2003 年版，第 281 页。

先与东风酹一卮。①(《送程九屏领兵入卫二首时有郎官欲上疏请余开府东海任捣剿之事故次首及之》其二)

吴生遇盗事亦奇，襆被囊琴暮雨时。向盗乞画真痴绝，盗亦欣然还掷之。此画经营良不苟，老树槎牙怪石走。豪夺巧取或可虑，岂意鲁弓还盗手。今年逢君书画船，收藏欲厌宣和编。展玩竟日头目晕，更抚此卷心茫然。②(《题李长蘅为吴生画溪山秋霁图》)

五葺媒雄即鸳鸯，桦烛金炉一水香。自有青天如碧海，更教银汉作红墙。当风弱柳临妆镜，罨水新荷照画堂。从此双栖惟海燕，再无消息报王昌。③(《合欢诗》)

清切吴音和梵音，残经晚院影沉沉。含娇欲共荷花语，寂寂谁知不染心。④(《惆怅词三首》其一)

《初学集》诗作华艳绵丽，受晚唐体诗风影响较深，也证明了钱谦益的诗作是唐、宋兼法，不拘一格的。遭逢世变，明清易代，诗人的心灵遭受巨大的创伤，钱谦益不仅要面对故国不再的社会现实，而且仕清为官给自己贴上了难以洗刷的贰臣标签。故入清之后的《有学集》，一改清秀婉丽之风，沉厚凝重、悲怆深沉。如：

绣岭灰飞金谷残，内人红袖泪阑干。临觞莫恨青娥老，两见仙人泣露盘。⑤(《丙戌南还赠别故侯家妓人冬哥四绝句》其一)

剩水残山花信稀，琐窗鹦鹉旧笼非。侬家十二珠帘外，可有寻常燕子飞?⑥(《金坛逢水榭故妓感叹而作凡四绝句》其二)

激滟西湖水一方，吴根越角两茫茫。孤山鹤去花如雪，葛岭鹃啼月似霜。油壁轻车来北里，梨园小部奏西厢。而今纵会空王法，

① (清)钱谦益：《钱牧斋全集》，钱仲联标校，上海古籍出版社2003年版，第706页。
② (清)钱谦益：《钱牧斋全集》，钱仲联标校，上海古籍出版社2003年版，第291页。
③ (清)钱谦益：《钱牧斋全集》，钱仲联标校，上海古籍出版社2003年版，第663页。
④ (清)钱谦益：《钱牧斋全集》，钱仲联标校，上海古籍出版社2003年版，第107页。
⑤ (清)钱谦益：《钱牧斋全集》，钱仲联标校，上海古籍出版社2003年版，第3页。
⑥ (清)钱谦益：《钱牧斋全集》，钱仲联标校，上海古籍出版社2003年版，第14页。

知是前尘也断肠。① (《西湖杂感》其二)

　　冷泉净寺可怜生，雨血风毛作队行。罗刹江边人饲虎，女儿山下鬼啼莺。漏穿夕塔烟烽影，飘瞥晨钟鼓角声。夜雨滴残舟淅沥，不须噩梦也心惊。② (《西湖杂感》其十五)

　　钱谦益的《西湖杂感》组诗共二十首，以上选取两首。组诗细数西湖盛景，回忆昔日在这里发生的一切，表达了诗人感慨悲怆的亡国之痛、黍离之悲。刘世南说："既有少陵的沉郁苍凉，又有义山的典丽蕴藉。"③ 组诗大约作于顺治七年，当时钱谦益已身为清朝官吏，但身在曹营心在汉，他与反清复明的爱国志士交往紧密。此时，诗人受黄宗羲嘱托秘密游说总兵马进宝，途经杭州西湖，诗人眼中的西湖全无往日的明艳亮丽，而是残山剩水，满目疮痍，故地重游，感慨万千。其诗序云：

　　想湖山之佳丽，数都会之繁华。旧梦依然，新吾安往？况复彼都人士，痛绝黍禾；今此下民，甘忘桑梓。侮食相矜，左言若性。何以谓之？嘻其甚矣！昔日南渡行都，愁遗南市；西湖隐迹，追抗西山。嗟地是而人非，忍凭今而吊古。④ (《西湖杂感》序)

　　《有学集》诸作中，满载这种故国不堪回首，却又往事历历在目，今昔对比的深沉感慨与无奈，挥之不去的故国哀思与亡国之痛，比比皆是，甚至在与友人的送别诗中也有所表达。如：

　　门盈蛛网榻盈尘，有客经过缚帚新。种菜自怜秋圃晚，看花犹说曲江春。文章金马霜前泪，故旧铜驼劫后人。记取荔枝香酒熟，

---

① (清) 钱谦益：《钱牧斋全集》，钱仲联标校，上海古籍出版社 2003 年版，第 91 页。
② (清) 钱谦益：《钱牧斋全集》，钱仲联标校，上海古籍出版社 2003 年版，第 101 页。
③ 刘世南：《清诗流派史》，(台北) 文津出版社 1995 年版，第 89 页。
④ (清) 钱谦益：《钱牧斋全集》，钱仲联标校，上海古籍出版社 2003 年版，第 89 页。

盈尊寄我莫辞贫。①（《送黄生达可归岭南》）

　　覆杯池畔忍重过，欲哭其如泪尽何。故鬼视今真恨晚，余生较死不争多。陶轮世界宁关我，针孔光阴莫羡他。迟暮将离无别语，好将白发喻观河。②（《再次茂之他字韵》）

　　逾冬免死又经旬，四海相存两故人。吴浙各天如岭峤，干戈满地况风尘。灯前细认平时面，坐久频惊乱后身。詹尹朝来传好语，可知容易有斯晨。③（《冯研祥金梦蜚不远千里自武林唁我白门喜而有作》）

　　妙湛终归不动尊，大无空现转轮身。神焦鬼烂人何有，地老天荒我亦贫。春日田园新甲子，岁寒灯火旧庚申。明年定酌桃花酒，庆尔平头七十人。④（《次韵那子偶成之作》）

《投笔集》是钱谦益晚年对其一生的诗歌总结，是其历经鼎革易代的心史历程的总记录，具有史诗意义，也是钱谦益晚年的心态写照。陈寅恪先生说：

　　《投笔集》诸诗摹拟少陵，入其堂奥，自不待言。且此集牧斋诸诗中颇多军国之关键，为其所身预者，与少陵之诗仅为得诸远道传闻及追忆故国平居者有异。故就此点而论，《投笔》一集实为明清之诗史，较杜陵尤胜一筹，乃三百年来之绝大著作也。⑤（《柳如是别传》）

　　陈寅恪先生将钱氏的《投笔集》赞誉为明清易代之史诗，是整个清代三百年以来的绝大著作，其价值与意义甚至有愈杜诗，从"以诗存史"的角度说，陈寅恪先生之言并不为过。《投笔集》是诗人一生跌宕起伏的真实写照，是钱谦益晚年心态的一个缩影，也是清初遗民与贰

①　（清）钱谦益：《钱牧斋全集》，钱仲联标校，上海古籍出版社 2003 年版，第 445 页。
②　（清）钱谦益：《钱牧斋全集》，钱仲联标校，上海古籍出版社 2003 年版，第 21 页。
③　（清）钱谦益：《钱牧斋全集》，钱仲联标校，上海古籍出版社 2003 年版，第 52 页。
④　（清）钱谦益：《钱牧斋全集》，钱仲联标校，上海古籍出版社 2003 年版，第 44 页。
⑤　陈寅恪：《柳如是别传》，生活·读书·新知三联书店 2001 年版，第 1193 页。

臣诗人心态的共同之声。收入《投笔集》中的《后秋兴》组诗是此种心态的典型写照，现列举几首为例。

　　　壁垒参差迭海山，天兵照雪下云间。生奴八部忧悬首，死虏千秋悔入关。箕尾廓清还斗极，鹑头送喜动天颜。枕戈席藁孤臣事，敢拟逍遥供奉班。① (《金陵秋兴八首次草堂韵》其五)

　　　归心共折大刀头，别泪阑干誓九秋。皮骨久判犹贯死，容颜减尽但余愁。摩天肯悔双黄鹄，贴水翻输两白鸥。更有闲情搅肠肚，为余轮指算神州。② (《后秋兴之三》其六)

　　　身世浑如未了棋，桑榆策足莫伤悲。孤灯削柿丸书夜，间道吹箫乞食时。雨暗芦中双桨急，月明江上片帆迟。荒鸡唤得谁人舞，只为衰翁搅梦思。③ (《后秋兴之四》其四)

　　　全躯丧乱有何功，顾赁余生大造中。心似吴牛犹喘月，身如鲁鸟每禁风。惊弓旅雁先霜白，染血林枫背日红。闲向侏儒论世事，欲凭长狄扣天翁。④ (《后秋兴之六》其七)

　　　枕戈坐甲荷元功，一柱孤擎溟渤中。整旅鱼龙森束伍，誓师鹅鹳肃呼风。三军缟素天容白，万骑朱殷海气红。莫笑长江空半壁，苇间还有刺船翁。⑤ (《后秋兴之十二》其七)

　　　麻衣如雪白盈头，六月霜飞哭九秋。两耳也随风雨劫，半人偏抱古今愁。地闲沮洳教鱼鸟，天阔烟波养鹭鸥。谁上高台张口笑，为他指点旧皇州。⑥ (《后秋兴之十三》其六)

　　总之，钱氏早期诗作追随"七子"，以模拟复古为主，同时受主流诗坛主情诗风的影响，声律和谐，文辞华美，又颇有晚唐之风，是当时

① （清）钱谦益：《钱牧斋全集》，钱仲联标校，上海古籍出版社 2003 年版，第 3 页。
② （清）钱谦益：《钱牧斋全集》，钱仲联标校，上海古籍出版社 2003 年版，第 13 页。
③ （清）钱谦益：《钱牧斋全集》，钱仲联标校，上海古籍出版社 2003 年版，第 17 页。
④ （清）钱谦益：《钱牧斋全集》，钱仲联标校，上海古籍出版社 2003 年版，第 30 页。
⑤ （清）钱谦益：《钱牧斋全集》，钱仲联标校，上海古籍出版社 2003 年版，第 69 页。
⑥ （清）钱谦益：《钱牧斋全集》，钱仲联标校，上海古籍出版社 2003 年版，第 75 页。

诗坛复杂多元的反映。后期宗杜，又转益多师，独具特色，自成一家。钱氏的文学活动直接启示了后来的清代作家。徐世昌云："牧斋才大学博，主持东南坛坫，为明清两代诗派一大关键。"①

三　海虞"二痴"——冯班

冯班（1602—1671），字定远，号钝吟，江苏常熟人。早慧，师从钱谦益，少与其兄冯舒齐名，时称"海虞二冯"。冯班热衷功名，却科场失意。明亡，不仕新朝，隐居乡里。《清史列传》有云："连蹇不得志，遂弃去。发愤读书，工诗。"② 冯班性格以"真""痴"闻名，因其排行第二，时称"二痴"。《清史列传》又云："（冯班）性不谐俗，意所不可，掉臂去。胸有所得，曼声长吟，旁若无人。然当其被酒无聊，抑郁愤闷，辄就座中恸哭。班行第二，时且为'二痴'。"③ 冯班性情之中的"真"与"痴"大有魏晋名士之风度。冯班尊其师钱谦益"转益多师"的诗学主张，其诗学理论较为散乱，其诗作被后人编为《钝吟杂录》十卷。后人评曰：

> 班字定远……为人傥荡悠忽，动不谐俗。胸有所得，辄曼声长吟，行市井间，足陷淖，衣绁木，掉臂不顾，眼中若不见一人者。当其被酒无聊，即席痛哭，人不知其所以。钱宗伯诗所谓"顾借冯班恸一场"者也。里中指且为痴，先生怡然安之，逆且署曰"二痴"。④（王应奎《海虞诗苑》）

> 杂录论诗文，识解精辟，经史小学，极有根柢。谓尔雅为诗书义训。此岂荒疏者所能道乎。讥宋人喜以近事裁量古人。可谓深中其病。他所论列，非读书有得者不能道，惜未成专书。然已开清初汉学风气之先矣。⑤（《清诗纪事初编》）

---

① 徐世昌辑：《晚晴簃诗汇》，中国书店 1989 年影印民国退耕堂刻本，第 196 页。
② 王钟翰点校：《清史列传》，中华书局 1987 年版，第 5702 页。
③ 王钟翰点校：《清史列传》，中华书局 1987 年版，第 5702 页。
④ 钱仲联主编：《清诗纪事》，凤凰出版社 2004 年版，第 185 页。
⑤ 邓之诚：《清诗纪事初编》，上海古籍出版社 1984 年版，第 75 页。

冯班主张学古而不"拟古",认为"诗以道性情",这与钱氏的诗学主张是相似的。他说:"不善学古者,不讲于古人之美刺。"① 对于当时流行的王、李复古之风,他认为:

> 王李死拟盛唐,戒不读唐以后书,诗道因是大坏。爰穷流溯源,自三百篇以下,一一考其根柢,明其变化。……风气矫太仓、历城之习,竞尚宋诗,遂藉遵崇昆体。②(《钝吟杂录》)

冯班的诗歌创作有一类无题诗,大体仿李商隐的无题诗,将真情实感隐藏在缠绵悱恻、冷艳凄迷的情语之中,诗风奇艳瑰丽、典雅朦胧。如:

> 丛桂风多起夜迟,柔肠已到九回时。琉璃窗外姮娥影,喘杀吴牛自不知。③(《无题》)
>
> 陈王新赋漫悲伤,金枕眠时夜正长。一尺云鬟三寸屦,不堪闲处细思量。④(《无题》)
>
> 十五楼中可姓秦,别时羞涩见时嗔。今朝广路重逢处,晓来已是不堪思。⑤(《无题》)
>
> 自君之出矣,尘色满鸣皋。思君如湘水,相随夜浅深。⑥(《自君之出矣》)
>
> 雪絮纷纷碧树春,兰房长袂正留宾。黄金自取文君酒,罗袜从沾洛女尘。青鸟殷勤通锦字,乌龙安稳卧花茵。东风也似怜张绪,一曲青青一夜新。⑦(《留题》)

---

① 钱仲联主编:《中国文学家大辞典》,中华书局 1996 年版,第 128 页。
② 王钟翰点校:《清史列传》,中华书局 1987 年版,第 5702 页。
③ (清)冯班:《冯氏小集》,齐鲁书社 1997 年版,第 503 页。
④ (清)冯班:《钝吟集》,齐鲁书社 1997 年版,第 510 页。
⑤ (清)冯班:《冯氏小集》,齐鲁书社 1997 年版,第 501 页。
⑥ (清)冯班:《冯氏小集》,齐鲁书社 1997 年版,第 500 页。
⑦ (清)冯班:《钝吟集》,齐鲁书社 1997 年版,第 510 页。

　　冯班诗中较有特色的一类是抒怀诗，诗人或书写战争带来的生灵涂炭，或悲叹民生疾苦，借古人之事来抒发一己之情。绮靡婉至、深宏蕴藉是其诗歌的主导风格。《临桂伯墓下》："马鬣悠悠宿草新，贤人闻道作明神。昭君恨气苌弘血，带露和烟又一春。"① "临桂伯" 指的就是瞿式耜。永历四年瞿式耜守桂林，城破殉难，冯班此诗寄托对志士英雄的深深怀念。再如《猛虎行》颇有杜工部之风，与《石壕吏》有异曲同工之妙，诗人将自己对肆意横行的清军的痛恨，以猛虎捕食耕牛为喻，而民妇只能无奈哭泣以为控诉，诗云：

　　　　烟霏霏，雨微微。伥鬼啼，猛虎饥。山家苦竹围茅屋，遥见烟中尾蠱蠱。夜闻前村失黄犊，村路泥深印虎足。天胡恩此物，而俾之食肉？不见泰山之下妇人哭。②（《猛虎行》）

冯班这类诗作数量颇多，另如：

　　　　乞索生涯寄食身，舟前波浪马前尘。无成头白休频叹，似我白头能几人。③（《朝歌旅舍》）

　　　　蓬窗偏称挂鱼蓑，荻叶声中爱雨过。莫道陆居原是屋，如今平地有风波。④（《题友人听雨舟》）

　　　　漠漠悠悠一片空，沧桑转眼几回新。娑婆世界宽如许，寸步何曾著得人。⑤（《偶作》）

　　　　汉帝邯郸道，曹公铜雀台。已知身是土，未信劫成灰。日薄松门闭，山空石马哀。千年华表在，谁见鹤飞来。⑥（《故陵》）

　　　　喔喔荒鸡到枕边，魂清无梦未安眠。起看历本惊新号，忽睹衣

---

①　（清）冯班：《钝吟集》，齐鲁书社 1997 年版，第 522 页。
②　（清）冯班：《钝吟集》，齐鲁书社 1997 年版，第 509 页。
③　（清）冯班：《钝吟集》，齐鲁书社 1997 年版，第 522 页。
④　（清）冯班：《钝吟集》，齐鲁书社 1997 年版，第 522 页。
⑤　（清）冯班：《钝吟集》，齐鲁书社 1997 年版，第 521 页。
⑥　（清）冯班：《钝吟集》，齐鲁书社 1997 年版，第 513 页。

冠换昨年。华岳空闻山鬼信，缇群谁上蹇人天？年来天意浑难会，剩有残生只惘然。① (《丙戌岁朝》其二)

冯班性格狂疏，但其诗歌也不乏清新秀丽之作，冯班的咏物诗便是这一风格的代表。其诗大多一诗咏一物，清心细腻，托物起兴以传达诗人难以言语的情怀。引物说理，是冯班诗歌理论中"隐秀"诗风的体现。如：

> 风吹露湿一枝枝，带子垂阴是后期。已许成蹊通看路，纵饶无语是含辞。人间地薄栽难得，井上根衰蠹不持。芳蕊堪怜落堪惜，闲人不管正开时。② (《桃》)
>
> 过望又经别，逢秋如有期。楼中曾烛烛，帘外奈丝丝。半夜独眠觉，五更人去迟。无因语宋玉，除此不应悲。③ (《月》)
>
> 鸟啼华屋暖，雀乱晓窗明。睡熟贪残梦，慵多泥宿醒。霜消看瓦润，风细爱衫轻。油壁西陵道，芳蹊满早英。④ (《立春》)
>
> 织女乘秋又到家，绛河横曳似轻纱。众芳随例成佳实，一树迎时换旧芽。双双玕枝和月瘦，纷纷玉蕊受风斜。檀心一点余春在，莫似寻常看白花。⑤ (《七夕梨花》)

冯班另有一些宴饮游戏之笔，写得清新别致、趣味横生，是当时诗坛求趣诗风的体现，也可见公安余风之影响。如：

> 莫厌樽前送酒频，座中争爱小腰身。怜君大似青鹦鹉，惯啄雕笺学骂人。⑥ (《赠歌者》)
>
> 不论酒肆与淫坊，到处都为选佛场。寄语相师高著眼，如来不

---

① 邓之诚：《清诗纪事初编》，上海古籍出版社1984年版，第72页。
② (清) 冯班：《冯氏小集》，齐鲁书社1997年版，第501页。
③ (清) 冯班：《冯氏小集》，齐鲁书社1997年版，第503页。
④ (清) 冯班：《钝吟集》，齐鲁书社1997年版，第508页。
⑤ (清) 冯班：《冯氏小集》，齐鲁书社1997年版，第500页。
⑥ (清) 冯班：《钝吟集》，齐鲁书社1997年版，第521页。

作转轮王。① (《某禅者有归宗之相戏之》)

　　隔岸吹唇日沸天，羽书惟道欲投鞭。八公山色还苍翠，虚对围棋忆谢玄。② (《有赠》)

明末遗民诗人陆贻典评其诗云："其为诗敦厚温柔、秾丽深稳，乐不淫、哀不伤，美刺有体，比兴不坠。古之称杜者，谓无字无来历，此定远之长也。"③ 冯班是虞山诗派成就最高的诗人之一，作为钱氏门人，尊其师之说而不为禁锢。作为传统文人，他热衷于科举功名，他身上洋溢着晚明士人那种狂放不羁的鲜明个性。他以遗民自居，誓不科举仕清，坚守了一个古代文人恪守的气节，将个人理想埋葬在国家大义之中。在那样一个混乱不堪的时代，其名士风流的痴狂，闪耀着中国古代文人特有的果敢与气节。

四　虞山诗派其他诗人一览

虞山诗派是明末清初影响甚大的一个诗派，除钱谦益、冯班的诗歌创作外，影响较大的还有瞿式耜、毛晋、贺裳等。故对其略做介绍。

瞿式耜 (1590—1651)，字伯略，号稼轩。万历进士，官至吏、兵两部尚书。少年即以钱谦益为师。著名抗清志士，兵败被俘，英勇就义。诗文集有《耕石斋诗集》《瞿忠宣公文集》等。瞿式耜之诗歌，悲壮慷慨，以"浩气吟"最为世人所重。诗人以文天祥自诩，表现了诗人威武不能屈的高尚节操。张云曰："吾邑瞿忠宣公纯忠大节，争光日月……其《浩气吟》，文丞相之《正气歌》也。"④

毛晋 (1599—1659)，字子晋，号潜在。以藏书闻名，所建汲古阁名闻天下。

贺裳，字黄公，号檗斋，江南丹阳人。国子监生。与吴门张天如、

---

① (清) 冯班：《集外诗》，齐鲁书社 1997 年版，第 547 页。
② (清) 冯班：《钝吟集》，齐鲁书社 1997 年版，第 509 页。
③ (清) 冯班：《冯定远集》，《四库全书存目丛书》，齐鲁书社 1997 年版，第 499 页。
④ 瞿果行：《瞿式耜年谱》，齐鲁书社 1987 年版，第 15 页。

杨维斗执复社牛耳，一时推为风雅之宗。著书甚富，论史则有《史折》《续史折》《战国论略》；论文则有《文嚃》《文嚃外编》；论诗则有《载酒园诗话》；论词则有《皱水轩词笎》；自著则有《檗斋集》《少贱斋集》《寻坠斋集》；纂录则有《左》《国》《史》《汉》及管、韩诸子，唐宋八家，明文《尚型》《破愁》《保残》三集，又有《文正》《文型》《文轨》《凤毛》诸集，《唐诗钞》《宋诗泾泚》《明诗择闻集》《逸诗纪》等；最后又得《檗子说孟》，惜乎成而卒，然多散佚不传。阎若璩跋《贺黄公载酒园诗话》云："老友吴乔先生尝言，贺黄公《载酒园诗话》、冯定远《钝吟杂录》及某《围炉诗话》可称谈诗者之三绝。"①其论诗以中晚唐为主。

何云，字士龙，明诸生。钱谦益爱其才，置之门下。现存《何士龙诗选》。

吴乔（1611—1695），字修龄。太仓人，后入赘昆山，入清不仕。著作丰富，而以《围炉诗话》闻名于世，有赵执信三访而不得的美谈。

杨招，字明远，少年学诗于钱谦益。远离科举，诗酒自乐。有《怀古堂诗选》十二卷。

钱龙惕（1609—1666），字夕公，号芦乡子，为钱谦益侄子。国变之后，杜门息影。有《大充集》《玉溪生诗笺》传世。

钱陆灿（1612—1698），字湘灵，号铁牛翁。钱谦益族孙，时称"圆沙先生"。有《调运斋集》传世。

陆贻典（1617—？），字敕先，号觌庵。博学工诗，著名的藏书家，与冯班交往密切。有《玄要斋集》《觌庵诗钞》等。

柳如是（1618—1664），本名爱，后改名是，号河东君，钱谦益妾。有《柳如是诗》《戊寅集》等。

对于晚明诗人来说，他们不得不面对"诗必盛唐"这一在明代诗坛根深蒂固的诗学观念，钱谦益与虞山诗派也不例外，他们仍旧苦苦挣扎于"复古主义"的泥淖。钱谦益率先接纳宋诗的理趣之说，并以唐

---

① （清）阎若璩：《潜邱杂记》卷4上，乾隆十年刻本。

宋兼宗作为新的诗歌发展方向，他以雄厚精深的诗学修养逐渐扭转了明末诗坛浮躁多元的诗风，开启了清代诗歌新的创作道路。

第三节 吴伟业与娄东派

蒋寅说"文学史发展到明清时代，一个最大特征就是地域性特别显豁起来，对地域文学传统的意识也清晰地凸显出来"①。明末，各种地域性诗歌社团星罗棋布，不断冲击着主流诗坛的诗歌创作，影响着主流诗风的发展方向。晚明诗坛重心的逐渐下移，导致诗坛的主流诗风掌握在中下层文人手中，这一文化现象也激发了地方诗歌流派的发展壮大，因而晚明主要诗歌流派最初大多具有强烈的地域色彩。似乎首先是地域性的，然后才有可能操柄主流诗坛，如公安派、竟陵派、虞山派等。时至明末，地域性诗派中以虞山派、娄东派及云间派影响最大，可谓鼎足而立。钱谦益与虞山诗派前文已讲，本节主要论述明末清初另一诗歌流派——娄东派。娄东派以吴伟业为首，主要成员是在他奖掖下成长起来的"太仓十子"。

一 吴伟业的诗歌主张及创作

吴伟业（1609—1671），字骏公，号梅村，别署鹿樵生、灌隐主人、大云道人，太仓人。与钱谦益、龚鼎孳并称为"江左三大家"。其主要诗文著作有《梅村家藏稿》《梅村诗馀》等。另有，传奇《秣陵春》，杂剧《通天台》《临春阁》，史传《绥寇纪略》等。朱则杰说："吴伟业诗歌受明诗影响，总体上取法唐诗。而正如清初大多数诗人一样，由于时代社会的变化和文学规律的作用，明诗渐渐退出艺术舞台，原先的宗唐诗风日趋冷落而开始向宗宋转移，吴伟业也不免沾染宋诗习

---

① 蒋寅：《清代文学论稿》，凤凰出版社 2009 年版，第 60 页。

气。"① 吴伟业的诗歌创作师法广泛，转益多师，艺术风貌多样，绝非元白诗风可以概括。吴伟业也师法苏轼与陆游，与钱谦益一样，面对山河破碎、人民流离失所的社会现实，期望着"北去南来自在飞"的生活，但他却不得不忍受比南宋诗人"南望王师又一年"更加深沉的悲痛！

吴伟业在谈及七子派弊端时，不直接触及七子本人，而是批评了其追随者们粗鄙肤浅的模拟之风，批评七子末流不能深悟古人诗作之精神，也反对公安派一味追求"性情"而带来的俚俗恶果。他说：

> 今之大人先生，有尽举而废之者矣。……而游夫之口号，画客之题词，香奁、白社之遗句，反以僻陋故存，且从而为之说曰："此天真烂熳，非犹夫剽窃摹拟者之所为。"夫剽窃摹拟者固非矣，而此天真烂熳者，插齿牙，摇唇吻，斗捷为工，取快目前焉尔，原其心未尝以之夸当时而垂后世，乃后之人过从而推高之。② (《与宋尚木论诗书》)

> 彼其于李、杜之高深雄浑者未尝望其崖略，而剽举一二近似，以号于人曰："我盛唐，我王、李。"则何以服竟陵诸子之心哉？……吾只患今之学盛唐者，粗疏卤莽，不能标古人之赤帜。③ (《与宋尚木论诗书》)

吴伟业反对复古之风带来的剽窃模拟习气，认为不能"标古人之赤帜"，但他对能为真古诗者是赞扬的，这与竟陵派主张的"古人之真精神"是一致的。他将能为真古诗者比作雅乐，曲高和寡；将公安比作俗乐吴歌，"插齿牙，摇唇吻"。从其对公安派的嘲弄可以看出，吴伟业是宁可学古，也不愿走向俚俗的。他主张诗人应才情与学识并

---

① 朱则杰：《读吴伟业诗词曲》，《浙江大学学报》（社会科学版）1994 年第 1 期。
② （清）吴伟业：《吴梅村全集》，李学颖集评标校，上海古籍出版社 1990 年版，第 1089 页。
③ （清）吴伟业：《吴梅村全集》，李学颖集评标校，上海古籍出版社 1990 年版，第 1089—1090 页。

重。他说：

> 夫诗人之为道，不徒以其才也。有性情焉，有学识焉，其浅深正变之故，不于斯三者考之，不足以言诗之大也。① (《龚芝麓诗序》)

该诗中"才"指的是龚鼎孳高咏长吟、"涉笔已得数纸"的妙笔生花的才华。他认为"才"是天生禀赋与后天积淀的结果，那如何才能积淀这种"才"情？他说："诗不游不奇，不涉山川，历关徼，不足以发其飞扬沉郁、牢落激楚之气。"② 他强调诗人要有行万里路的丰富生活阅历，才能涤荡性灵。诗人的才情来源于学识，这正如陆游所提倡的"工夫在诗外""绝知此事要躬行"的诗学精神。

吴伟业是一位皓首穷经的白头儒生，认识到学识对才情的重要性，才学兼备才能作出好诗，他在写给徐增的《〈珠林风雅〉序》中说："昔人云：'诗有别才，非关学也。'然非才与学兼到，不足言诗。供奉才胜而博学，少陵学胜而富才，储、岑、王、孟多擅双绝。"③ 吴伟业的诗作将哀乐缠绵浸润于字里行间，尤侗的《梅村词序》云："使人一唱三叹，有不堪为怀者。"④ 认为"温柔敦厚"是诗歌获得真性情的体现，吴伟业的这种诗学观显然属于儒家诗教的范畴。但在诗歌创作实践中，他自己也超出了"温柔敦厚"的诗歌主张。

吴伟业继承并发展了"诗史"的观念，他不光肯定"诗与史通"，而且认为诗歌能够反映真实的历史，"诗以考史"。吴伟业"史外传心之史"的创作主张，与郑思肖的"心史"有其相通之处，也是他遗民心态的显现。他强调在国家危亡、天下大乱之时，诗歌创作

---

① (清) 吴伟业：《吴梅村全集》，李学颖集评标校，上海古籍出版社1990年版，第664页。
② 冯其庸、叶君远：《吴梅村年谱》，文化艺术出版社2007年版，第428页。
③ 冯其庸、叶君远：《吴梅村年谱》，文化艺术出版社2007年版，第461页。
④ (清) 吴伟业：《吴梅村全集》，李学颖集评标校，上海古籍出版社1990年版，第1494页。

应该与时代紧密结合，反映时代浪潮，这是明末清初实学思潮的体现。他明确提出了"诗以考史"的诗歌创作标准，并身体力行地付诸创作实践，他认为：

> 余与机部相知最深，于其为参军周旋最久，故于诗最真，论其事最当，即谓之诗史可勿愧。① （梅村自评《临江参军》）

赵翼的《瓯北诗话》也指出吴梅村"诗以考史"的创作特点。他说：

> 《临江参军》之为杨廷麟参卢象升军事也；《永和宫词》之为田贵妃薨逝也；《洛阳行》之为福王被难也；《后东皋草堂歌》之为瞿式耜也；《鸳湖曲》之为吴昌时也；《茸城行》之为提督马逢知也；《萧史青门曲》之为宁德公主也。②

吴伟业的七言叙事诗，自觉学习中唐诗风，元白"长庆体"的创作倾向很明显。王士禛的《分甘余话》评曰："娄东源于元、白，工丽时或过之"③；袁枚亦云："七古用元、白叙事之体，拟王、骆用事之法，调既流转，语复奇警，千古高唱矣。公集以此体为第一。"④ 吴伟业的叙事歌行体，在继承元白"长庆体"的基础上，融合初唐诗风，转益多师，形成了独步一时的"梅村体"。吴伟业在为宋牧仲的诗集作序时，表明了自己对宋诗的态度，他说：

> 余按夫黄人之所艳称者，莫过于苏子瞻氏。当是时，宋有天下已逾百年，其去用兵之日如孙、曹战争者，盖已久矣。"月明星稀，

---

① （清）吴伟业：《吴梅村全集》，李学颖集评标校，上海古籍出版社 1990 年版，第1134 页。

② （清）赵翼：《瓯北诗话》，人民文学出版社 1963 年版，第 137 页。

③ 冯其庸、叶君远：《吴梅村年谱》，文化艺术出版社 2007 年版，第 1505 页。

④ （清）吴伟业：《吴梅村全集》，李学颖集评标校，上海古籍出版社 1990 年版，第 39 页。

乌鹊南飞"，子瞻所流连兴感者，乃不在乎江山景物，此风人之旨，其所寄托者远也。① （《宋牧仲诗序》）

前人论及吴伟业的诗歌，多以初唐中唐论之。如赵翼的《瓯北诗话》云："梅村诗本从'香奁体'入手，故一涉儿女闺房之事，辄千娇百媚，妖艳动人。幸其节奏全仿唐人，不至流为词曲。然有意处则情文兼至，姿态横生。"②《四库全书总目提要》则称："其少作大抵才华艳发，吐纳风流，有藻思绮合、清丽芊眠之致。及乎遭逢丧乱，阅历兴亡，激楚苍凉，风骨弥为遒上。暮年萧瑟，论者以庾信方之。其中歌行一体，尤所擅长，格律本乎四杰，而情韵为深；叙述类乎香山，而风华为胜。韵协宫商，感均顽艳，一时尤称绝调。其流播词林，仰邀睿赏，非偶然也。"③朱庭珍亦云：

> 吴梅村祭酒诗，入手不过一艳才耳。迨国变后诸作，缠绵悱恻，凄丽苍凉，可泣可歌，哀感顽艳。以身际沧桑陵谷之变，其题多纪时事，关系兴亡，成就先生千秋之业，亦不幸之大幸也。七古最有名于世，大半以《琵琶》、《长恨》之体裁，兼温、李之词藻风韵，故述词比事，浓艳哀婉，沁入肝脾。如《永和宫词》、《圆圆曲》诸篇，虽情文兼至，姿态横生，未免肉多于骨，词胜于意，少沉郁顿挫、鱼龙变化之锯观。惟《雁门尚书行》较有笔力；《悲歌赠吴季子》一作，亦得杜陵神髓，惜不多见耳。④
> （《筱园诗话》）

事实上，吴伟业的诗歌创作宗唐却不抑宋，对宋代名家多有宗法，

---

① （清）吴伟业：《吴梅村全集》，李学颖集评标校，上海古籍出版社1990年版，第682页。

② （清）赵翼：《瓯北诗话》，人民文学出版社1963年版，第130—145页。

③ （清）吴伟业：《吴梅村全集》，李学颖集评标校，上海古籍出版社1990年版，第1515页。

④ （清）吴伟业：《吴梅村全集》，李学颖集评标校，上海古籍出版社1990年版，第1516—1517页。

尤其是受苏东坡、陆游影响较深，许是晚明饱受煎熬的诗人心灵倾慕苏轼的洒脱，也需要陆游爱国主义精神的激励吧！然而，对古代文人而言，吴梅村所遭受的心理煎熬恐非苏东坡、陆游所能比拟。面对鼎革易代，他不得不入仕清廷，贰臣的身份无疑使他倍感羞辱，清朝统治者对贰臣的猜忌与迫害常使他惴惴不安。他曾在给好友吴继善的信中说："嗟乎！凉秋独夜，危峰断云，梧桐一声，猿鸟竞啸，追念旧游，独坐不乐。世已抵随和，而吾犹恋腐鼠，若弟者独何以为心哉！丈夫终脱朝服挂神武门，不能作老博士署纸尾也。归矣志衍，扫草堂待我耳！"①其孤独落寞之态溢于言表。钱谦益的《梅村先生诗集序》认为梅村诗"以锦绣为肝肠，以珠玉为咳唾"②，再加上吴伟业渊博的学识与坎坷波折的人生经历，使他的诗作像一件件精雕细琢的工艺品，吴梅村尝自谓"镂金错采，不能到古人自然高妙之处"③。吴梅村的诗歌创作受宋诗影响确实是不争的事实。邓之诚说："初娄东与云间分派，皆取经唐贤……子龙谓伟业诗似李颀，所不同者，伟业渐涉宋人藩篱而已。"④吴伟业的诗作前人已论述颇多，现略举几首如下。

> 百顷矶清湖，烟清入飞鸟。沙石晴可数，凫鹭乱青草。主人柴门开，鸡声绿杨晓。花路若梦中，渔歌出杳杳。白云护仙源，劫灰应不扰。定计浮扁舟，于焉得终老。⑤（《避乱》其一）
>
> 解囊示我《金焦诗》，四壁波涛惊欲倒。一气元音接混茫，想落千峰入飞鸟。近来此地擅时誉，粉饰开元与天宝。我把未锄倦唱酬，耻画蛾眉斗工巧。看君爽气出江山，始悔从前作诗少。⑥（《送杜于皇从娄东往武林，兼简曹司农秋岳、范金事正》）

---

① （清）吴伟业：《吴梅村全集》，李学颖集评标校，上海古籍出版社1990年版，第1094页。

② （清）钱谦益：《牧斋有学集》，钱仲联标校，上海古籍出版社1996年版，第757页。

③ （清）赵翼：《瓯北诗话》，人民文学出版社1963年版，第135页。

④ 邓之诚：《清诗纪事初编》，上海古籍出版社1965年版，第393页。

⑤ （清）吴伟业：《吴梅村全集》，李学颖集评标校，上海古籍出版社1990年版，第7页。

⑥ （清）吴伟业：《吴梅村全集》，李学颖集评标校，上海古籍出版社1990年版，第256页。

哲人尚休官，取志不在岁。贤达恃少年，轻心拨名势。神仙与酒色，皆足供禅悦。……我昔少壮时，声华振侪辈。讲舍鸡笼巅，宾朋屡高会。……夜半话挂冠，明日扁舟系。问余当时年，三十甫过二。……三载客他乡，一朝遽分袂。劳生任潦倒，失志同飘寄。少壮今逍遥，老大偏濡滞。举世纵相识，出门竟谁诣？太息行路难，殷勤进规诲。后会良可希，尺书到犹未？相去各一方，天涯隔憔悴。①（《送何省斋》）

萧史青门望明月，碧鸾尾扫银河阔。好峙池台白草荒，扶风邸舍黄尘没。当年故后婕好家，槐市无人噪晚鸦。却忆沁园公主第，春莺啼杀上阳花。呜呼先皇寡兄弟，天家贵主称同气。奉车都尉谁最贤，巩公才地如王济。被服依然儒者风，读书妙得公卿誉。……玉阶露冷出宫门，御沟春水流花片。花落回头往事非，更残灯地泪沾衣。休言傅粉何平叔，莫见焚香卫少儿。何处笙歌临大道，谁家陵墓对斜晖。只看天上琼楼夜，乌鹊年年它自飞。②（《萧史青门曲》节选）

诏书早洗洛阳尘，叔父如王有几人。先帝玉符分爱子，西京铜狄泣王孙。白头宫监锄荆棘，曾在华清内承值。……万家汤沐启周京，千骑旌旗给羽林。总为先朝怜白象，岂知今日误黄巾。邹枚客馆伤狐兔，燕赵歌楼散烟雾。茂陵西筑望思台，月落青枫不知路。今皇兴念缥帷哀，流涕黄封手自裁。殿内遂停三部伎，宫中为设八关斋。束薪流水王人戍，太牢加璧通侯祭。帝子魂归南浦云，玉妃泪洒东平树。北风吹雨故宫寒，重见新王受诏还。唯有千寻旧松栝，照人落落嵩高山。③（《洛阳行》节选）

---

①　（清）吴伟业：《吴梅村全集》，李学颖集评标校，上海古籍出版社1990年版，第221—222页。

②　（清）吴伟业：《吴梅村全集》，李学颖集评标校，上海古籍出版社1990年版，第75页。

③　（清）吴伟业：《吴梅村全集》，李学颖集评标校，上海古籍出版社1990年版，第42页。

二 "娄东十子"

娄东诗派的重要成员"太仓十子",也称为"娄东十子",都是"生同时,产同地"① 的本土作家。最年长的周肇比吴伟业长六岁,他与吴梅村互为诗友,其余均为晚辈。他们或为其弟子,如许旭、王揆、黄与坚、王撰、王昊、顾湄等,"娄东十子"之间关系十分亲密。吴伟业辑他们的诗作为《娄东十子诗选》,收诗 918 首,并为其精心作序。

周肇(1615—1683),后改名迪吉,字子俶,号东冈,太仓州城人。后为复社领袖张溥的入室弟子。复社"十哲"之一。《太仓十子诗选》以其为首,收录其《东冈集》一卷,收录诗歌 92 首。

黄与坚(1620—1702),字庭表,号忍庵,太仓州沙溪镇人。有《愿学斋文集》《忍庵集文稿》。《太仓十子诗选》收录其《忍庵集》一卷,收诗 94 首。

王揆(1620—1696),字端士,号芝廛,太仓州城人。王时敏的次子。《太仓十子诗选》收录其《芝廛集》一卷,收诗 79 首。

王撰(1623—1709),字异公,号随庵,太仓州城人。王时敏第三子。"太仓十子"之中最晚辞世的一位诗人,卒年八十有六。《太仓十子诗选》所录其《三余集》一卷,共收诗 93 首。

王抃(1628—1702),字怿民,后改鹤尹,别号巢松。王时敏第五子。天姿英迈,却南北屡试不遇。诗集有《健庵集》《巢松集》等。《健庵集》一卷,收入《太仓十子诗选》,共收诗 94 首。

王撼(1635—1699),字虹友,号汲园,太仓州城人。王时敏第七子。诗文集有《步檐集》《芦中集》《据青集》等。《步檐集》一卷,收入《太仓十子诗选》,共收诗 100 首。

王昊(1627—1679),字惟夏,号硕园,太仓州城人。著有《硕园集》《当恕轩偶笔》等。《太仓十子诗选》收录其诗 81 首。

① (清)吴伟业:《吴梅村全集》,李学颖集评标校,上海古籍出版社 1990 年版,第 693 页。

王曜升，字次谷，号茶庵，太仓州城人。王昊弟，诗歌与兄王昊齐名，暮年客死京师，诗文多散佚。《太仓十子诗选》收录其《东皋集》一卷，今存诗 93 首。

许旭，字九日，号秋水、落帽生，太仓州城人。著有《秋水集》十卷。《太仓十子诗选》收录其《秋水集》一卷，共收诗 90 首。

顾湄，字伊人，号抱山，太仓州双凤里人。著有《违竿集》二卷、《载庵集》二卷。《太仓十子诗选》收录其《水乡集》一卷，共收诗 101 首。

关于"太仓十子"的诗歌创作成就，吴伟业是非常自信的，其所作《太仓十子诗序》云："今此十子者，自子俶以下，皆与云间、西泠诸子上下其可否？"① 太仓十子的诗歌创作风格，大抵师法梅村，工丽悲慨，是那个时代动荡之艰与个人命运多舛的展现。"娄东十子，皆极一时之选，而皆坎凛不遇"②，他们的命运与吴伟业一样皆不顺。十子大多科场失意、病痛缠身、身世飘零，他们有着相似的身世命运，因而十子的诗风也很相似。略举如下：

> 梦入京华怪独醒，孤舟病客鬓星星。逢年漫愧天人策，涉世宁谙长短经。秃笔卖文差可活，庸医乞药总无灵。上元灯火萧条甚，才说宣和已泪零。③（周肇《病中元夕有感》）

> 敕选良家降墨封，玉车轻幰进昭容。花开并蒂鸳鸯暖，酒醉同心琥珀浓。萧寺鼓鼙惊翡翠，蒋山风雪葬芙蓉。飘零故剑秋江上，回首长干冷暮钟。④（黄与坚《金陵杂感二首》其一）

> 山塘绿酒浮芳菲，杨花作团如雪飞。花前沽酒送君别，别泪簌簌沾我衣。兰桡欲发鼍鼓急，感君握手须臾立。把盏长歌曲未终，月光如水须眉湿。君今掉头万里行，萦纡蜀道多不平。石镜铜梁连剑阁，况复江山阻甲兵。愿君努力长途去，旧住岷江发源处。岷山

---

①　（清）吴伟业：《吴梅村全集》，李学颖集评标校，上海古籍出版社 1990 年版，第694 页。

②　（清）龚炜：《巢林笔谈》卷 6，清乾隆三十年蓼怀阁刻本。

③　（清）沈德潜：《清诗别裁集》，上海古籍出版社 1984 年版，第 547 页。

④　（清）沈德潜选编：《中国历代诗歌别裁集》，山东文艺出版社 1995 年版，第 949 页。

雪消岷水清，望见锦官城里树。锦城花落更愁人，杜宇啼残潋滟春。武侯庙下苔如绣，先主祠前草似茵。君不见辽东华表归来鹤，城郭人民尽非昨。回首江南千万重，梦里寒鸡村月落。①（王抃《送友还蜀中》）

钱谦益的《黄庭表忍庵诗序》曾称赞黄与坚："《长安》《金陵杂感》诸篇，顿挫钩锁，缠绵恻怆，风情骨格，在韩致尧、元裕之之间。"② 十子崇尚宋诗，尤其是苏东坡，王摅《东坡韵十八首》，用黄庭坚韵一首。如王摅的《过白鹤峰苏公故居》。

先生之循州，寓居东西徙。缘尽辄随，斯言味诚旨。及买白鹤峰，谓将老于此。和陶移居诗，其意固深喜。既赏江山佳，宜乎春睡美。诗为忌者闻，被命赴儋耳。地亦重以人，迄今未颓圮。我来访故居，慨慕何能已。斋以无邪名，又云无思起。无邪与无思，先生闻道矣。③

总之，娄东诗派传承风雅，与吴伟业之诗步调一致。陈玉璂的《吴梅村先生诗集序》虽赞誉"和平正大，琅琅然可歌"④，然"娄东十子"总体诗歌成就不高。钱谦益的《娄江十子诗序》称其总体风格"直而不倨，曲而不屈"⑤。吴伟业之后，"梅村体"影响甚大的是"玉麒麟"陈维崧。他的诗被称为"梅村诗派中的一面旗帜"⑥，可惜其诗词创作的主要成就多在清初，不在本书研究范围之内，这里不再详谈。

---

① （清）沈德潜选编：《清诗别裁集》，上海古籍出版社 1984 年版，第 549 页。
② （清）钱谦益：《牧斋有学集》，上海古籍出版社 1996 年版，第 846 页。
③ （清）王摅：《芦中集》卷 9，1917 年钱燿伊钞本。
④ 冯其庸、叶君远：《吴梅村年谱》，文化艺术出版社 2007 年版，第 434 页。
⑤ （清）钱谦益：《牧斋有学集》，钱仲联标校，上海古籍出版社 1996 年版，第 845 页。
⑥ 钱仲联：《梦苕庵清代文学论稿》，齐鲁书社 1983 年版，第 6 页。

三　小结

吴伟业是复社领袖张溥的弟子，被列为复社"十哲"之一。吴伟业对复社的相关活动，从衷心拥护到坚决站在斗争的最前沿，终而成为复社党魁。但因其仕清而被后人耻笑，以致吴伟业与复社的关系后代评价模糊疏略，这是吴伟业所生存的那个时代的悲剧，好在吴伟业倾注心血的诗歌自赎之路，得到了后人一定程度的谅解，算是吴伟业"两截人"悲剧命运的些许宽慰吧！

第四节　"齐风"与"齐气"——由典雅醇和到傲兀恣肆

在前后七子"复古"之风弥漫诗坛，公安派喧嚷"性灵"之说，竟陵派提倡"幽深孤峭"的诗风之时，标榜"齐风"的山左诗人于慎行、冯琦、公鼐、王象春等崛起于明末诗坛，犹如一股强劲的风一扫诗歌柔婉之气。在明晚诗派林立、各执己见，甚至互不相让、彼此攻讦的诗歌发展态势下，山左诗人虽然也是反对复古思潮的一支，却不盲目追求标新立异，而是直接提倡诗以振世、诗以愤世、救世济民这样一种务实精神，希望诗歌创作能够有用于世、变革时局，他们的诗歌主张也是晚明实学思潮的具体体现。由于慎行典雅醇和的"齐风"到王象春傲兀恣肆的"齐气"，是明末诗坛重心下移的体现，也是晚明时局发展变化的结果。继李攀龙、谢榛之后，又涌现出一批批才华横溢的山左诗人，他们的诗歌创作与主张甚至影响了清初至清中叶的诗歌发展。

一　"山左三大家"

继李攀龙、谢榛之后，于慎行是万历年间年辈最高、影响最大的山左诗人。他与冯琦、公鼐共同倡导"齐风"。三人诗歌成就相仿，诗风相近，又都是同乡，故被后人合称为"山左三大家"。三人中，于慎行、冯琦重在诗歌理论的提倡，而公鼐则以自己的诗歌创作实践将"齐风"发扬光大，他们是明末山左诗坛反对复古主义的先行者，是力主诗歌应以雄健苍劲之风抒写现实生活的先声。

于慎行（1545—1607），字可远，更字无垢，号谷山，山东东阿人。隆庆戊辰进士，历官至礼部尚书，因力主建储，乞罢归。后又以原官拜东阁大学士，数日而卒。赠太子太保，谥文定。于慎行归隐期间，"居城（东阿）山中，十有七年，网络搜抉，蕴藉益富"。① 于慎行博学多著，有《谷城山馆诗集》《谷城山馆文集》。《四库全书总目·谷城山馆诗集提要》云：

> 慎行于李攀龙为乡人，而不沿历城之学。……然其诗典雅和平，自饶清韵。又不似竟陵、公安之学，务反前规，横开旁径，逞聪明而僪古法。其矫枉而不过直，抑尤难也。②

钱谦益亦盛赞于慎行云：

> 公在史馆，穷年矻矻，以读书为事，每进讲唐史，至成败得失之际，反覆论说，上为悚听。讲罢分题赋咏，不长于书，诗成倩人书之。上问之，具以实对。上大喜。读书贯穿经史，通晓掌故，以求为有用之学。凡所援据驳正，具有源委，皆可施行。谢部事，居谷城山中，十有七年，网罗搜抉，蕴籍益富，甫大用而遽卒，天下惜之。公于诗文，春容弘丽，一时推大手笔。③（《列朝诗集小传》）

于慎行长于冯琦、公鼐，他认为一种文学体裁的盛行具有时代性和规律性，批判前后七子仿汉唐魏晋的模拟之弊。他主张诗歌应该典雅和平、自绕清韵。朱彝尊的《明诗综》评其诗曰："东阿格律和

---

① （清）钱谦益：《列朝诗集小传》，上海古籍出版社1983年版，第546页。
② （清）永瑢等：《四库全书总目》，中华书局1974年版，第2331页。
③ （清）钱谦益：《列朝诗集小传》，上海古籍出版社1983年版，第547页。

平，当正声微茫之时，能为是调，即以诗高选，亦堪作相。"① 陈田的《明诗纪事》亦云："东阿论诗，洞达古今流变，《谷城山馆集》音调谐畅，渢渢乎朱弦大雅之音。"② 对于当时诗坛流行的"诗必盛唐"的复古模拟之风，他没有人云亦云，而是保持了自己独立慎行的一贯风格，他说：

　　然不效其体，而时假其名，以达所欲言，斯摹古而托焉者乎！近世一二名家，至乃逐句形模，以追遗响，则唐人所吐弃矣。……取其音节稍近者，仿其一二，谓之本调，至近体歌行，如唐人所假者，不曰乐府，则诗之而已矣。夫唐人能为而不为，今人能为而遂为之，予奈何不能为而为也。③（《古乐府本调序》）

于慎行的前辈谢榛与李攀龙齐名，论诗强调格律、声调、修辞，他的《四溟诗话》被称为"第一本偏于论诗的修辞法的专著"④。谢榛非常重视字句的锤炼，认为"凡炼句妙在浑然。一字不工，乃造物之不完"⑤。锤字炼句的目的是"求用字之稳当，一则使之合律，再则期于诗情之洋溢，意境之透显。尤其近体诗，有所谓'诗眼'之说"⑥。谢榛的"诗眼"之说对晚明诗歌格律化有一定的影响，但事实上，这种做法使诗歌创作戴上了无形的"镣铐"，很难自由地发挥诗人的创作能力。于慎行批判了当时片面追求修辞的形式主义倾向。他说：

　　不会之以神，而合之以体，不合之以体，而摹之以辞，则物之形质也。方兴方圮，方新方故，不朽何之！……然拟之议之，为欲成其变化也，无所变而之化，而姑以拟议当之，所成谓何？⑦（《宗

①　（清）朱彝尊：《静志居诗话》，人民文学出版社1990年版，第434页。
②　（清）陈田：《明诗纪事》，上海古籍出版社1993年版，第2361页。
③　（清）钱谦益：《列朝诗集小传》，上海古籍出版社1983年版，第547页。
④　郑子瑜：《中国修辞学史稿》，上海教育出版社1984年版，第327页。
⑤　郭绍虞主编：《四溟诗话　姜斋诗话》，人民文学出版社2005年版，第120页。
⑥　朱维焕：《国学入门》，中国人民大学出版社2005年版，第44页。
⑦　（明）于慎行：《谷城山馆文集》，齐鲁书社1997年版，第433—434页。

伯冯先生文集叙》)

他抨击七子拟古不化的弊端，反对模仿和简单的拟古。"其所论著，皆箴历下之膏肓，对病而发药。"① 于慎行对于模拟剽窃之风是深恶痛绝的，他认为简单地形式上的模拟因袭十分可笑，并批评了当时诗坛上的拟古主义，他说：

> 近代一二名家，嗜古好奇，往往采掇古词，曲加模拟，词旨典奥，岂不彬彬？第其律吕音节已不可考，又不辨其声词之谬，而横以为奇僻，如胡人学汉语可诧，胡不可欺汉。令古人有知，当为绝倒矣。② （《谷山笔麈·诗文》）

> 近世王、李诸公，好古钓奇，各模拟《铙歌》十八曲，历下之词旨颇近，而不能自为一词，娄东稍脱落，即不甚似，然其旧曲之名与其辞不可解者，即二公亦不知也。惟寄性深远，可以发难抒之情，则君子有取焉耳。③ （《谷山笔麈·诗文》）

于慎行反对格调修辞上的模拟因袭，他注重诗人的学养，主张从古人那里汲取营养，出入百家，融会贯通，自成一家。又云：

> 古人之文如煮成之药，今人之文如合成之药。何也？古人之文，读尽万卷，出入百家，惟咀嚼于理奥，取法其体裁，不肯模拟一词，剽窃一语，泛而读之，不知所出，探而味之，无不有本，此如百草成煎，化为汤液，安知其味之所由成哉？今之工文者不然，读一家之言，则舍己以从之，作一牍之语，则合众以成之，甚至全句抄录，连篇缀缉，为者以为摹古，读者以为逼真，此如合和众药，萃为一剂，指而辨之，孰参，孰苓，孰甘，孰苦，可折而尽也。乃世之论文者，以渣滓为高深，汤液为肤浅，取古人之所不

---

① （清）钱谦益：《列朝诗集小传》，上海古籍出版社1983年版，第548页。
② （明）于慎行：《谷山笔麈》，中华书局1984年版，第88—89页。
③ （明）于慎行：《谷山笔麈》，中华书局1984年版，第89页。

为，谓其未解，拾古人之所已吐，笑其未尝，不亦鄙而可怜也哉！①（《谷山笔麈·诗文》）

于慎行认为古人学识广博，博览百家，所以是"煮成之药"，不肯剽窃模拟，所以能够达到不知所出而又无不有本的境界。认为今人读书，学养不足，或剽窃模拟古人之句以为新，或"取古人之所不为"以为古人未解，这是非常可笑的。

对于宋诗，于慎行有着清醒的认识，他不像时人那样批判"宋无诗"，他甚至认为宋诗之弊正是由杜诗开启的。他说：

> 宋文之浅易，韩文兆之也；宋诗之芜拙，杜诗启之也。韩之文大显于宋，而宋文因韩以衰；杜之诗盛行于宋，而宋诗因杜以坏。虽然，宋文衰于韩而韩不为之损，未得其所以文也；宋诗坏于杜而杜不为之损，未得其所以诗也。嗟夫！此岂可为世人道哉！韩、杜有知，当为点头耳。②（《谷山笔麈·诗文》）

于慎行能够辩证地看待杜诗与宋诗之间的关系，深刻地指出"宋诗之芜拙，杜诗启之也""杜之诗盛行于宋，而宋诗因杜以坏"。

于慎行以"神情"论诗，这是于慎行对我国传统诗学的一大贡献，有时他亦称为"君形"，即"神"。他认为王维的绘画达到了"得其真而不必似"的效果，能使人产生神游其中之妙，正是"以神情会者也"，作诗正当以"神情"为本，而驱遣文辞、气格，传行之神。否则，则不足以表现"神情"，就更谈不上诗歌创作了。他认为：

> 古人之诗如画意，人物衣冠不必尽似，而风骨宛然；近代之诗如写照，毛发耳目无一不合，而神气索然。彼以神运，此以形求也。汉、唐之古风，盛唐之近体，赠送酬答，不必知其为谁，而

---

① （明）于慎行：《谷山笔麈》，中华书局1984年版，第88页。
② （明）于慎行：《谷山笔麈》，中华书局1984年版，第87页。

一段精神意气，非其所与者不足当之，所谓写意也；近代之诗，赠送酬答，必点出姓氏、地名、官爵，甲不可乙，左不可右，以为工妙，而不知其反拙矣，此所谓写照也。① (《谷山笔麈·诗文》)

此段议论击中了貌合神离、形存实亡的拟古主义与形式主义的要害。他认为文学要随着时代的变化而变化，才能生生不息，斯可不朽。离开了"神"的统摄，即使诗歌能够"毛发耳目无一不合"，也只能是"神气索然"的"写照"。

于慎行还注意到了生活环境对诗歌创作的影响，诗人的身份、地位往往影响着诗歌的思想与艺术。其《海岳山房存稿叙》云：

今世言文章者，多谓此道上不在台阁，下不在山林，此何说也？毋亦以台阁之文，从容典重，乏奇崛之观；山林之文，枯槁寂寥，寡宏富之蓄，用其长而不能不见其短，故为世所訾病耳。……明允自喻谓诗人之优，骚人之精深，迁固之刚雄，孙吴之简切，投之所向无不如意。……而呶呶嚣嚣，谓台阁、山林无文，亦足慨矣！②

从这段议论可以看出，在于慎行的诗歌创作观念中，已经有了台阁文学、山林文学与曹僚文学的区分。于慎行的诗歌简古雄深与清醇淡雅兼而有之，这与他长期供职馆阁、贵为帝师元老的地位有关。

冯琦（1558—1603），字用韫，号琢庵，山东临朐人。主张经世致用的实学，于政治、学术、诗文均有建树。其经世致用的实学类书籍《经济类编》颇有盛誉。临朐冯氏是科名鼎盛的名门望族，其曾祖冯裕为正德三年进士，诗文政声俱佳，开临朐冯氏文学之先河。其子惟健、惟重、惟敏、惟讷子承父业，均以科第诗文闻名乡里，临朐冯氏遂成为声名显赫的"北海世家"。冯琦是一位关心国事的爱国诗人，他一生勤

---

① （明）于慎行：《谷山笔麈》，中华书局1984年版，第87—88页。
② （明）黄宗羲编：《明文海》，中华书局1987年版，第2442页。

于政事，兢兢业业。万历二十年，宁夏哱拜叛乱，朝廷久攻不下，冯琦献计献策，用反间计以保护城内百姓，免于灾祸。倭寇入侵朝鲜，冯琦积极谋划。神宗立储事久不决，冯琦亦移书首辅王锡爵力争册立太子，反对三王并封。后为吏部右侍郎，屡次上疏请罢矿税，撤还税监。万历三十年，冯琦连上十五疏请求辞官归养，皆不允，遂于次年三月卒于官。冯琦一生著作等身，传世者主要有《宋史纪事本末》《北海集》《经济类编》《宗伯集》等。冯琦的诗文集有《北海集》和《宗伯集》两种，皆付梓刊行于冯琦卒后，《千顷堂书目》均著录。今存诗537首。

冯琦论诗，以抒情为诗歌创作的根本，主张"情达而诗工"。他厌恶"调不合则强情而就之"的诗歌习气，指出"调欲远，情欲近"，强调"里巷歌谣，协之皆可以为诗"①。他说：

夫诗以抒情，文以貌事。古人立言，终不能外人情事理，而他为异；而后之作者，往往求之情与事之外。求之弥深，失之弥远，则求之者之过也。亡论《诗三百篇》，大半采之民风，即如汉、魏以来，民谣里谚，出自闾巷儿女子之口，即使骚人墨士，穷情尽变，有以益乎？当战国时，士抵掌谈世事，皆以取给一时，快心千古，即司马迁为《史记》，仍其语不能损益也。故知诗以抒情，情达而诗工；文以貌事，事悉而文畅。古人之言尽于此矣。而后之作者高喝矜步以为雄，多言繁称以为博，取古人之陈言，比而栉之，以为古调、古法，调不合则强情而就之，法不合则饰事以符之。夫句比字栉，终不可为调为法，即调与法亦终不可为古人；然则徒失今人情与事耳。夫蛮吟鸟语，皆能使人动心，即繁丝急管，不能与争，故丝不如竹，竹不如肉。古人所由传，正以独诣为宗，自然为至，无复有古人于前耳。今奈何袭古人以为古人乎？窃以为调欲远，情欲近。法在古人，事在今日，必不得已，宁不得其调与法，

_____

① （明）冯琦：《宗伯集》，北京出版社1997年版，第159页。

而无失其情与事。① (《于宗伯集序》)

冯琦天赋异禀，少年时即以诗文响彻乡里，面对晚明时局，他没选择在自哀自怜中浅唱低吟，而是胸怀大志，抱定救世济民、投笔从戎之决心，积极参与当时的社会生活。因此，冯琦的诗作多以国计民生、边患国难为主要内容，诗风苍劲雄壮、慷慨悲歌，大有盛唐边塞之风格。冯琦一生身居高位，其诗歌中有大量宴饮酬唱之作，意义不大，不再详述。

公鼐（1569—?），字敬与，号浮来山人。公鼐出生于蒙阴名门公氏，曾是"五世进士"之家，科场名扬。公鼐自幼异敏，弱冠即以文名炳著海内。万历二十五年（1597）中举，仕至工部主事，有《问次斋稿》传世。公鼐秉性刚烈，才气纵横与王象春最善，他不愿在朝廷与群小为伍，更不愿忍受阉宦肆虐，身陷明末激烈的党争，往往心存归隐之志。万历三十四年，公鼐乞休归隐，但很快又被重新起用。在多次上疏辞官无果之后，公鼐于天启二年抗疏归里，并作诗以明其归隐的决心。之后终于获准回乡。在这连续上疏辞官的背后，是公鼐厌恶官场、消极遁世心态的显现。

与冯琦等人对复古派批判中有所借鉴的态度不同，公鼐论诗力图"求变"，对前后七子倡导的模拟之风提出了尖锐的批评，他强烈反对只讲拟古而不求新变的诗坛陋习。他认为一味地刻意模拟古人，"纵得一时堪悦目，未必光景能常新"②，即使偶得佳句，也走不出"空劳神"的结果。

公鼐认为应该用发展的眼光看待诗歌。时代是不断发展变化的，因而诗歌也应该随着时代的发展而力求新变。他认为"一时代有一时代之声情"③，诗歌是时代生活的反映，应该有助于推动社会生活的发展，这在当时是很先进的文学观念。直到三百年后，王国维才提出"一代有

---

① （明）冯琦：《宗伯集》，北京出版社1997年版，第159页。
② （明）公鼐：《问次斋稿》，齐鲁书社1998年版，第363页。
③ 钱仲联主编：《中国文学大辞典》，上海辞书出版社1997年版，第888页。

一代之文学"的文学观念。在一个强调复古、恪守祖宗之法的时代，公鼐的诗歌思想是相当先进的。他说：

> 愚谓风雅之后有乐府，如唐诗之后有词曲，声听之变，有所必趋，情辞之迁，有所必至。古乐之不可复久矣！后人之不能汉魏，犹汉魏之不能风雅，势使然也。[1]（《乐府自序》）

公鼐的诗风往往气势磅礴、苍劲雄浑，其诗风是山左诗坛由"齐风"走向"齐气"的关键，他以自己的诗歌创作实践，主盟晚明山左诗坛，并影响了之后山左诗坛的创作方向。他的写景怀人之作是其诗风的典型代表。万历十八年（1590）秋，公鼐与于慎行一起登泰山，可谓"五岳初从第一游"。公鼐有诗曰：

> 岩岩岳立大荒东，自古升中此地崇。八陛玄宫留盼蠁，万年琪树郁芟葱。云开海若蓬瀛见，路转天门阊阖通。齐鲁青青殊未了，苍茫一气俯秋空。[2]（《登岱和大宗伯于公韵八首》其一）
>
> 招摇同礼碧霞宫，绛节高居在眼中。罗列层峰真若砺，崔嵬神阙总浮空。欲攀河汉支机上，遥指楼台若木东。近得兴公新赋草，居然三观可争雄。[3]（《登岱和大宗伯于公韵八首》其五）
>
> 宇内登高第一山，帝师相待共追攀。黄公欲结圯桥会，平子宁辞梁父艰。香案亲随三观上，履声遥听五云间。胜游况是逢佳节，酩酊连朝且未还。[4]（《东阿于大宗伯相待奉高，邀临朐冯少宰同登岱山，正值九日》）

公鼐的山水诗多写家乡蒙山地区的秀丽景色，诗作通过妙趣横生的景色描写，表达了诗人对家乡的热爱，他的山水诗或清幽寂静，或飘逸

---

① （明）公鼐：《问次斋稿》，齐鲁书社1998年版，第49页。
② （明）公鼐：《问次斋稿》，齐鲁书社1998年版，第199页。
③ （明）公鼐：《问次斋稿》，齐鲁书社1998年版，第199页。
④ （明）公鼐：《问次斋稿》，齐鲁书社1998年版，第210页。

灵动，或气势如虹。风格不一，趣味横生。如：

> 山门俯浅溪，隔水孤峰秀。野径阒无人，飞鸟啼清昼。① (《南竺寺》其二)

> 蒙山秀出东海边，海上白云相与连。昼倚晴峰望五岳，夜凌绝磴攀青天。月明正照峰头树，猿猱乱啼不知处。周围林麓接桑田，中有幽禽自来去。六月重阴爽若秋，初平牧羊在上头。拍手大叫空谷应，振衣长啸万壑幽。齐鲁千里平如掌，俯视一气恒块莽。眼底不生京洛尘，物外自有烟霞想。② (《望蒙山吟有寄》节选)

> 岂是银河落，飞来万丈余。谪仙如可见，不复问匡庐。③ (《蒙山瀑布》)

> 齐鲁平分泱莽中，有山特立沧溟东。秀色葱笼半天起，九叠匡庐差可拟。④ (《自江南归次临沂望蒙山短歌》节选)

> 汶水南通楚，清河北带齐。故山云漫漫，长路草萋萋。野旷秋天阔，峰高夕日低。前村疑渐近，转盼暝烟迷。⑤ (《济河道中》其二)

公鼐的写景诗除了歌咏山水景物外，还用饱含热情的笔墨，吟咏农村和谐静谧的田园风光，表达了诗人对家居生活的眷恋，时时透露出诗人躬耕农野的喜悦和归隐田园的轻松。

> 百年将半后，十载乞闲身。童子粘屏喜，乡邻送酒频。人当初服日，花近故园春。野趣何供给，盘中芋栗新。⑥ (《丁未人日》)

> 北宅抵南涧，躬耕百亩资。沟塍通水曲，坺栅就山基。瓜芋平畴满，桑麻沃壤宜。居然老农圃，焉用学为之。⑦ (《春日在田书农

---

① （明）公鼐：《问次斋稿》，齐鲁书社 1998 年版，第 258 页。
② （明）公鼐：《问次斋稿》，齐鲁书社 1998 年版，第 96 页。
③ （明）公鼐：《问次斋稿》，齐鲁书社 1998 年版，第 258 页。
④ （明）公鼐：《问次斋稿》，齐鲁书社 1998 年版，第 118 页。
⑤ （明）公鼐：《问次斋稿》，齐鲁书社 1998 年版，第 123 页。
⑥ （明）公鼐：《问次斋稿》，齐鲁书社 1998 年版，第 163 页。
⑦ （明）公鼐：《问次斋稿》，齐鲁书社 1998 年版，第 171 页。

圉事》)

招隐屡空自乐，为农作苦犹闲。倚仗田塍听水，披襟草阁看山。① (《和于宗伯夏日村居十二首》其二)

为官六百石后，学易五十年余。无事隐几而卧，有时带经而锄。② (《和于宗伯夏日村居十二首》其十一)

公鼐诗作中的赠答怀人之作情真意切、气势苍茫。万历三十五年 (1607)，于慎行卒，公鼐作诗缅怀老友。后来公鼐路过于慎行的祠堂，感慨万千地写下缅怀友人之作，令人不胜伤悲，不禁潸然泪下。诗云：

三星聚岳是何年，忽拆中台欲问天。只有文章留世上，徒虚钟鼎列生前。采芝尚待商颜老，辟谷俄从圯上仙。殄瘁邦家应陨涕，况堪长断伯牙弦。③ (《哭于相国谷城先生》其一)

重来东郡日，入庙失趋庭。黄石无从问，红尘暂此停。松楸成感慨，梁木况凋零。遗鹤曾迎客，哀鸣不可听。(《东阿过于文定公祠》其一)

通家称父执，相士仰人伦。髫龄承英盼，文章托后尘。易名典册重，赐额鼎钟新。弦绝思知己，无闻转怆神。④ (《东阿过于文定公祠》其二)

公鼐与冯琦相善，有多首写给冯琦的诗。如：

相逢不信结交难，岂数平原十日欢。万事浮云非我意，千秋流水为君弹。赠言未悉论心事，忍泪谁能对面看。今夜客愁何处寄，浑河柳色不胜寒。⑤ (《将别又成联句》)

① (明) 公鼐：《问次斋稿》，齐鲁书社 1998 年版，第 307 页。
② (明) 公鼐：《问次斋稿》，齐鲁书社 1998 年版，第 260 页。
③ (明) 公鼐：《问次斋稿》，齐鲁书社 1998 年版，第 224 页。
④ (明) 公鼐：《问次斋稿》，齐鲁书社 1998 年版，第 407 页。
⑤ (明) 公鼐：《问次斋稿》，齐鲁书社 1998 年版，第 199 页。

殷勤适子馆，见我缊袍心。话别情堪把，忧时泪不禁。持筋听夜雨，缓驾惜春阴。当日夷陵棹，流连未似今。① (《甲午会用韫于长山》)

作为一位性格耿直的有志诗人，公鼐虽然厌恶官场，却胸怀国事。面对频频失利的辽东战事，公鼐深感担忧。其诗作中有很多涉及辽阳战事的诗歌，如《忧辽事成病，简王默池司空》《初闻辽变作》《辽事有感呈南皋司寇》等。诗云：

三月三日风怒号，黄霾涌起如奔涛。共占浃旬大兵至，天道何曾爽秋毫。始报沈阳虏骑至，川浙迎敌初亦利。骄将旁观若不闻，遂使疲兵无后继。全辽鱼烂如梁亡，债帅雏鷇留余殃。昔日封侯丘垄尽，可怜白骨栖寒霜。② (《初闻辽变作》)

上谷渔阳拱帝京，相连河外受降城。一从塞马来南牧，遂使王师罢北征。绝塞尚传青海箭，中原新动绿林兵。主忧正值宵衣日，谁向天山答太平。③ (《诸将》其二)

作为一名官位不甚高的地方文人，公鼐从他的角度分析了当时的形势。虽然诗人常怀隐者之心，但那只是诗人厌恶晚明险恶的官场斗争，这与其关心国事并不矛盾。虽然诗人心急如焚，但他却无力改变腐朽的明末政局，只能在无可奈何的消极情绪中消磨生命。因此，公鼐晚年的诗歌中充斥着消极颓废的情绪。如：

荑菊萧疏又过秋，希年岁月足悠游。不将衰貌供驰骛，惟有冥心任去留。闲看人间方得意，细思身外果何求。须知逸少终当乐，莫作张衡赋四愁。④ (《甲子初度》)

① (明) 公鼐：《问次斋稿》，齐鲁书社 1998 年版，第 151 页。
② (明) 公鼐：《问次斋稿》，齐鲁书社 1998 年版，第 362 页。
③ (明) 公鼐：《问次斋稿》，齐鲁书社 1998 年版，第 178 页。
④ (明) 公鼐：《问次斋稿》，齐鲁书社 1998 年版，第 386 页。

客梦已随归棹去，帝京翻忆故乡游。蓟门一气连沧海，无限秋风送旅愁。① (《舟中对月》其一)

窄岸平桥万柳斜，半城春色半人家。东风吹雨宵来急，一片乡心到海涯。② (《历下湖上独眺》其四)

先子龙门令，遗编手自摩。轩书禹穴秘，秦典西山多。世业惭歆向，时名谢李何。芦灰对沧海，何以障颓波？③ (《问次斋闲居》)

病中万事歇，见尔百心生。吾道从知废，良时不可轻。④ (《病中送弟试济南》节选)

公鼐虽然"引疾归"，已然不在其位不谋其政，可他并不像大多数文人那样"穷则独善其身"，而是仍然心系百姓。他目睹百姓们遭遇连年灾荒，卖儿鬻女，而朝廷官吏却变本加厉地横征暴敛。面对这样的社会现实，公鼐甚至不顾自己已是免官之人，慨然上疏请求赈济。诗人怀着悲愤的心情写下《夏日行岱野书所见》，其诗云：

今春多雨禾始起，斛麦钱百农反伤。卖儿贴妇苦不售，时当盛夏家无粮。敲朴疮痍几欲死，朝求纵舍暮逃亡。前限未完后限急，吏卒叫嚣人走藏。⑤

公鼐虽然强烈反对七子模拟因袭之风，但其诗歌创作并非无根之木、无源之水。其律诗沉郁顿挫，颇具杜诗之风，冯琦曾力赞"逼真杜诗"。如：

城南宿雨涨河桥，千里襟期付一朝。春去看春如梦隔，客中送客几魂销。白苹洲渺愁难驻，绿树烟迷人欲遥。从此去程应计日，

---

① (明) 公鼐：《问次斋稿》，齐鲁书社 1998 年版，第 172 页。
② (明) 公鼐：《问次斋稿》，齐鲁书社 1998 年版，第 290 页。
③ (明) 公鼐：《问次斋稿》，齐鲁书社 1998 年版，第 143 页。
④ (明) 公鼐：《问次斋稿》，齐鲁书社 1998 年版，第 153 页。
⑤ (明) 公鼐：《问次斋稿》，齐鲁书社 1998 年版，第 123 页。

浮云天际转无聊。①（《春日送客》）

江上轻帆落浴凫，镜中倒影数峰孤。林莺送客岩花笑，曾见铜鞮歌舞无?②（《自襄阳至习池》其二）

齐疆行尽海云生，处处看山自问名。麦秀渐渐桑柘绿，马头不见曲侯城。③（《掖县道中》其二）

积素迷空入望平，碧天如练晚寒生。今宵一片南楼月，只觉前山分外明。④（《初雪晚望》）

十二楼开列玉京，分明天上落层城。檐前寂寂三株树，半夜鹤飞来上鸣。⑤（《南楼》）

晚秋衡门叹索居，况逢初度辈踟蹰。不将白眼惊尘事，独把黄花对草庐。（《庚辰初度，感怀四首》）

山左三家的诗论，逐渐改变了晚明山左诗坛的风气，开山左诗坛反复古与创新的先河。他们倡导的"齐风"，直接影响了后来山左诗人的诗歌创作。他们追求雅正，重视诗歌的实际功用，主张诗歌应该反映社会现实，强调"一时代有一时代之声情"。他们以自己的体悟诠释着诗歌的发展方向，使山左诗风在整个晚明诗坛独树一帜，不仅促进了山左诗坛的发展，也影响了之后的王象春、徐夜、王士祯等一代代主张"齐风"的山左诗人。

二 "箕踞悲骚王季木"——诗侠王象春

王象春（1578—1632），字季木，号虞求，又号文水，济南新城人。清代大诗人王士祯的从叔祖。万历三十八年（1610）进士第二，历官南京吏部郎中。有《问山亭集》传世。王象春的诗集有《问山亭集》《济南百咏》等。清初，王士祯兄弟从《问山亭集》中辑选182

---

① （明）公鼐：《问次斋稿》，齐鲁书社1998年版，第198页。
② （明）公鼐：《问次斋稿》，齐鲁书社1998年版，第297页。
③ （明）公鼐：《问次斋稿》，齐鲁书社1998年版，第276页。
④ （明）公鼐：《问次斋稿》，齐鲁书社1998年版，第267页。
⑤ （明）公鼐：《问次斋稿》，齐鲁书社1998年版，第267页。

首，编为《问山亭主人遗诗》，流传甚广。今山东省图书馆藏清康熙树音堂钞本《问山亭诗》十八卷，清钞本《问山亭诗拾遗》一卷；《问山亭诗》十八卷含《鹊居诗》《小草草》《酉戌草》《辛亥草》《壬子草》《癸丑草》《甲寅草》《北湖游记》《北湖别记》《北湖游诗》等分卷及游记。钱谦益的《列朝诗集小传》称其："尤以诗自负，才气奔轶，时有齐气，抑扬坠抗，未中声律。……如西域波罗门教邪诗外道，自有门庭，终难皈依正法。"① 季木纵横好侠，任才使气，较之冯琦、于慎行、公鼐等人，典雅不足而凌厉有余。

至于王象春其人，吕维祺的《问山亭集》序云：

> ……季木之所以侨鹊也，则事又奇矣；其人眉宇步骤欠伸笑焉，任取一景、任拈一题、任出一语，无在非诗无诗，不惊人死即自以为不适意，而人鲜有及者，则诗抑又奇矣；尝夜读季木诗，或若御风而冷然善，或若清莲从口中出，或若惊雷暴雨而至，或若空山无人，水流花馥，及掩卷出户，见示之无有也。始甚奇季木，及谛观其诗意，大率自寄天趣而于时事尤多感慨，吾于此见其逸致焉，更见其苦心焉。季木独以诗奇焉与哉，噫，吾于季木皆满腹不合时宜而清致落落，亦多相合，独诗不及季木远甚，吾平季木奇也吾奇而未奇，季木以不奇奇也，夫世之人之情之事尽奇也，世之诗画奇也，然非吾所谓奇也，非吾之所谓季木之奇也，世之奇若迫而成季木之奇，季世岂好奇哉。②

王士禛的《池北偶谈》记载其叔祖王象春云：

> 从叔祖季木考功（象春），跌宕使气，常引镜自照曰："此人不为名士，必当作贼。"尝奉使长安，饮于曲江，赋诗云："韦曲

---

① （清）钱谦益：《列朝诗集小传》，上海古籍出版社1983年版，第654页。
② 韩寓群、朱正昌、展涛等编：《山东文献集成》第2辑，齐鲁书社2009年版，第633页。

杜陵文物尽，眼中多少可儿坟。"其傲兀如此。①

从以上记载可见，王象春豪爽洒脱、恃才傲物、无所顾忌的磊落性格，这种性格也贯穿在他的诗歌主张与诗歌创作中。

万历三十一年（1603），冯琦卒；万历三十五年（1607），于慎行卒；万历三十四年（1606），公鼐归隐蒙阴，王象春开始主盟山左诗坛。他在《问山亭》中曾自言："问山亭子拱如笠，屹立湖中阅古今。箕踞悲骚王季木，时敲石几激清音。"② 可见其傲兀雄肆、箕踞悲歌的傲岸性格。毫无疑问，王象春也反对复古模拟剽窃之风，但面对明末反复古浪潮，先贤李攀龙因门派攻讦之风而饱受非议，受到世人不公正的批判，王象春对此愤愤不平。他认为应该辩证地看待李攀龙的诗歌主张，汲取李攀龙诗歌遗世独立的高古精神。王象春云：

> 昔人诗禅并称，尚存大雅。以今观之，诗社酷似宦途，端礼门竖党人之碑，韩侂胄标伪学之禁，谈诗者拾苏、白余唾，矜握灵蛇，骂于鳞先生为伧，为厉，为门外汉，此辈使生七子登坛时，恐咋舌而退，且自恨声喉之不响矣。③（《李于鳞》诗前小序）

王象春作诗无所依傍，自铸伟词。朱彝尊曰："万历中年，诗派杂出，季木自辟门庭，不循时习。"④ 王象春以其傲岸独立的性格，与公鼐之弟公鼒发扬狂禅诗风，二人更加倾向于侠诗。王象春自己也决心"重开诗世界，一洗俗肝肠"。王象春的《公浮来小东园诗序》曾云：

> 定诗者亦如八寸三分帽子，人人可移。一人曰：必汉魏必盛唐，外此则野狐。一人驳之曰：诗人自有真，何必汉魏，何必盛唐。一人又博大其说曰：何必汉魏，何必不汉魏，何必不盛唐。两

---

① （清）王士禛：《池北偶谈》，齐鲁书社2007年版，第380页。
② 徐北文主编：《济南竹枝词》，天马图书有限公司1999年版，第71页。
③ 雷梦水等：《中华竹枝词》，北京古籍出版社1997年版，第2438页。
④ （清）朱彝尊：《静志居诗话》，人民文学出版社2006年版，第504页。

祖莫定，五字成文，今天下盖集处于第三说矣。三说聚讼，权必归
一，过瞬成尘，言下便扫，其或继周，宁能无说。浮来请于此再下
转语，吾尝赠浮来句云：重开诗世界，一洗俗肝肠。①（《公浮来小
东园诗序》）

又云：

　　诗固有世界。其世界中备四大宗：曰禅、曰儒，而益之曰侠。
禅神道趣，儒痴而侠厉，禅为上，侠次之，道又次之，儒反居最
下。②（《公浮来小东园诗序》）

王象春巧妙而含蓄地将当时主流诗坛的创作风潮予以阐发，并表示
要自铸伟词，自成一家。他将诗歌境界之高低分为禅诗、侠诗、道诗、
儒诗，并自我解释说"禅神道趣，儒痴而侠厉"，还以神、趣、厉、痴
四字来诠释四种诗歌的特点，而王象春则将他本人之作列入"侠诗"
之品。其诗风一如其人，往往才气纵横，傲兀雄肆；气韵劲健，激厉
奇警。

作为一位忧国忧民的爱国诗人，关注社会现实，揭露官场之弊，悲
叹民生疾苦，反映社会现实是王象春的主要诗歌作品，约占《齐音》
的四分之一，这类诗作继承了诗歌批判现实主义的传统。如：

　　谁歌北斗与南箕，谭子呼天有怨思。周道萧萧仍古驿，几人能
诵《小东》诗。③（《谭城驿》）
　　车载骡驮送旧爷，花阑催票又铺衙。猬须怒吏声填巷，借遍行
头八十家。④（《铺衙》）

①　（明）公鼐：《浮来先生诗集》，《四库禁毁书丛刊》，北京出版社 1993 年版，第 504 页。
②　（明）公鼐：《浮来先生诗集》，《四库禁毁书丛刊》，北京出版社 1993 年版，第 504 页。
③　（明）王象春：《齐音》，济南出版社 1993 年版，第 45 页。
④　（明）王象春：《齐音》，济南出版社 1993 年版，第 84 页。

　　诗人借谭大夫之事暗讽明官府对老百姓的横征暴敛，其悲愤之情，溢于言表。明代地方官府的日常开销都由百姓承担，新旧官员交接之时，官府日常用品常被前任官员席卷一空，迎接新任之官又必须重新置办，是为"铺衙"。诗人在题记中怒斥这种官场陋习，他义愤填膺地呵斥道："嗟！嗟！宦游归里，开筵设宴，传觞弄荤，一何豪奢！可曾回首思否？剥削生民膏血，喂肥其痴顽子弟，天道终有轮回，人在暗中不觉。"① 其愤怒之情，近乎咒骂。另如：

　　　　阳起石同腽肭脐，登山涉海苦蒸黎。何如筐阜无穿凿，犹得花开鸟漫啼。②（《药山》）
　　　　棕索成身柿点眸，乘风排浪涌江流。一从误中斜封印，处处称神坐水头。③（《晏公庙》）

　　官员们横征暴敛，不顾百姓死活，天灾人祸往往导致人民流离失所、背井离乡、卖儿鬻女。王象春的一些诗作悲天悯人，哀叹民生疾苦。如《中元》："高僧大会盂兰盆，殿下亲临广智门。施食连年增几万，阴风灯灭哭饥魂。"题记曰："乙卯、丙辰饿馑流离，填壑漫道，鬼饭应不饱也。遥闻钟鼓，恻然有作。"④《五龙宫》云："赤龙专政四龙降，焦树枯禾困此邦。金碧天宫尘不到，想应避暑到深窗。"⑤ 其诗下题记曰：

　　　　城西五龙宫，潭水渊泓莫测，有祷辄应。自乙卯、丙辰大旱，东省几靡孑遗，龙无灵焉。余谓小旱宜祷龙，大旱则詈之。詈而不听，易位可也！又尝见民竭力以奉官，朝廷优崇显礼，无所不尽。一至大灾，漫不经意，若与己不相干者。辱者重轩，不称其服，宛

---

① （明）王象春：《齐音》，济南出版社1993年版，第84页。
② （明）王象春：《齐音》，济南出版社1993年版，第38页。
③ （明）王象春：《齐音》，济南出版社1993年版，第64页。
④ （明）王象春：《齐音》，济南出版社1993年版，第75页。
⑤ （明）王象春：《齐音》，济南出版社1993年版，第39页。

然蚓耳，龙也云乎哉？① (《五龙官》)

王象春这类诗歌大有元白之风，用题记点明诗歌的创作目的，把晚明天灾人祸、饿殍遍地的惨状刻画得淋漓尽致，诗作充满了诗人金刚怒目式的社会批判，又表达了诗人悲天悯人的济世情怀。

王象春的诗风除怒龙挟雨式的激烈亢奋之外，还有小桥流水般的静谧安宁，其写景诗正是这种风格的典型体现。两种诗风，一动一静，截然不同，但似乎诠释着王象春诗侠性格的两极。静如处子，动若脱兔，王象春似乎总是拒绝那种不紧不慢、不温不火的儒家中庸思想。王象春的写景诗多以歌颂济南山川之美、景物之胜为主。如：

嗟余六月移家远，总为斯泉一系情。味沁肝脾声沁耳，看山双眼也添明。② (《趵突泉》)

万派千流竞一门，冈峦围合紫云屯。莲花水底危城出，略似镂金翡翠盆。③ (《大明湖》)

大清河作玉龙蟠，横断千流与万山。割据东秦称十二，西来即此是函关。④ (《济水》)

这类诗作以描述济南的地方风俗、反映风土人情为主要内容，其诗风往往诙谐幽默、妙趣横生，饱含诗人对家乡的热爱，是诗人天真自然的性格体现。如《娶妇》云："团花娇子绣帏长，十对纱灯照彩床。鼓里敲成小得胜，笛中吹出贺新郎。"⑤ 诗作通过实景式的描写，生动活泼、饶有情趣地展现了明代济南人娶亲的场面。另如：

三月踏青下院来，春衫阔袖应时裁。折花都隔山前雨，直到黄

---

① (明) 王象春：《齐音》，济南出版社 1993 年版，第 39 页。
② (明) 王象春：《齐音》，济南出版社 1993 年版，第 13 页。
③ (明) 王象春：《齐音》，济南出版社 1993 年版，第 14 页。
④ (明) 王象春：《齐音》，济南出版社 1993 年版，第 21—22 页。
⑤ (明) 王象春：《齐音》，济南出版社 1993 年版，第 82 页。

昏未得回。① (《踏青》)

《齐音》中还有一些自我述怀的诗作，以展现诗人傲岸突兀、遗世独立的性格为主，诗作往往满怀忧思与牢骚，诗人以"箕踞悲骚"四字抒发了自己狂放不羁、颠沛流离，又不失风雅高洁的人格追求。如：

> 寥天一鹤翔高眼，霜洗云山待我来。今古铺成兴慨地，几人清梦月中回。② (《初至济》)
> 问山亭子拱如笠，屹立湖中阅古今。箕踞悲骚王季木，时敲石几激清音。③ (《问山亭》)

纵然钱谦益的《列朝诗集小传》批评王象春的诗风曰："季木则如西域婆罗门教，邪师外道，自有门庭，终难皈依正法。"④ 但"邪师外道"也许正是其不与主流诗坛同流的个性体现，"自有门庭"则是他不满诗坛现状，另辟蹊径的大胆尝试。从这一角度讲，钱氏之贬词，何尝不是对王象春的另一种赞誉。钟惺评其诗曰："奇情孤诣，所为诗有蹈险经奇，似温李一派者。乃读其全集，飞翥蕴藉，顿挫沉着，出没幻化，非复一致，要以自成其为季木而已。"⑤ 这是对王象春傲兀凌厉的性格与诗风的公允评价。另外，在王象春看来，"一地有一地之音"，北方文学激昂豪迈，他对当时北人学习南音之风引以为耻，他认为"风气自南而北，淫靡渐生，醇朴渐离"⑥。在那个南方柔婉萎靡之气风行全国，北地刚健雄浑诗风不得伸张的时代，王象春犹如斗士，将其诗集命名为《齐音》，是其对当时诗坛风气的不满与挑战。

---

① (明) 王象春：《齐音》，济南出版社 1993 年版，第 73 页。
② (明) 王象春：《齐音》，济南出版社 1993 年版，第 6 页。
③ (明) 王象春：《齐音》，济南出版社 1993 年版，第 159 页。
④ (清) 钱谦益：《列朝诗集小传》，上海古籍出版社 1983 年版，第 653 页。
⑤ (明) 钟惺：《隐秀轩集》，李先耕、崔重庆标校，上海古籍出版社 1992 年版，第 255 页。
⑥ (明) 王象春：《齐音》，济南出版社 1993 年版，第 65 页。

三　"齐风"其他诗人概况

清初诗人王士禛，曾就明末诗坛齐风之繁盛做出这样的叙述，他说：

> 吾乡风雅，明季最盛。如益都王遵坦（太平）、长山刘孔和（节之），尤非寻常所及。王，巡抚澡子；刘，相国鸿训子也，余为作合传。他如益都王若之（湘客），诸城丁耀亢（野鹤）、邱石常（海石），掖县赵士喆（伯浚）、士亮（丹泽），莱阳姜埰（如农）、弟垓（如须），宋玫（文玉）、弟琬（玉叔），董樵（樵谷），淄川高珩（葱佩），益都孙廷铨（道相）、赵进美（韫退），章丘张光启（元明），新城徐夜（东痴）辈，皆自成家，余久欲辑其诗为一集传之，未果也。①

王士禛的记述，虽然不能反映明末山左诗人的全貌，但可以窥见山左诗人创作队伍之庞大。以下就明末一些山左诗人的情况，略做介绍。

徐夜（1611—1683），初名元善，字长公，国破后改名夜，字嵇庵，又字东痴。明诸生，济南新城人。其外祖父便是"一代诗宗"王象春。明亡后，徐夜隐居不出，与抗清志士顾炎武往来酬唱，交往深厚。二人的区别是，顾炎武积极处世，奔走抗清；徐夜则更倾向于消极颓废、隐居避世。徐夜的诗文创作丰厚，但保存下来的很少。康熙二十一年秋，徐夜家遇洪灾，大量的诗文、藏书被毁；康熙二十二年，徐夜前往江西德安，准备将诗文付梓，不想在浔阳覆舟，诗文尽没于水。王士禛数次向徐夜索要诗文，徐夜均婉言谢绝。其原因大概是王士禛为林古度选诗，往往只选明亡之前的作品，而将明亡后的作品一概淘汰，徐夜对此甚为不满。对王士禛这一做法，严迪昌先生曾云："这一斧头砍得真够狠的……林古度后四十年诗歌遂失传，今存二卷《林茂之诗

---

① （清）王士禛：《带经堂诗话》，人民文学出版社1963年版，第263页。

选》已难见其故国兴亡之哀。"① 有此前车之鉴，这大概是徐夜不愿托付王士禛的真实原因吧。但王士禛还是四处搜集徐夜的诗作，于康熙三十七年刻《阮亭选徐诗》二卷，收诗 254 首；后经徐夜后人搜集整理，于 1945 年刻成《隐君诗集》，共四卷，收诗 433 首。

刘鸿训（1565—1634），字默承，号青岳，刘孔和父，济南长山人。万历癸丑进士，改庶吉士，授编修，累官至太子太保，礼部尚书，文渊阁大学士。后因事谪戍，崇祯七年五月卒于戍所，年六十九，福王时平反复官。有《四素山房集》十九卷、《皇华集》二卷，并节录宋人王应麟之《玉海》成《玉海纂》。

刘孔和（生卒年不详），字节之，济南长山人。年少即以才气闻名，为人有侠气。甲申国难，他破产结客，号召千人北上援救。中途得知京师被陷，杀伪长山令，率众南下，为东平侯刘泽清幕僚，因论诗不和，被其杀害。王士禛的《渔洋山人文略》赞曰："孔和长八尺，面目如刻画，双目炯炯，射人如电，望之类羽人、剑客。平居好论天下大计，感激奋发，须髯怒张。"② 有《日损堂诗集》《练耀堂文集》等，《山左明诗钞》录其诗 32 首。朱彝尊云："其诗好排硬语，大约以孟郊、邵谒为宗。"③ 王士禛云："长山刘孔和节之，相国青丘先生（鸿训）子，为诗豪迈雄放，有东坡、放翁之风。"④ 称赞其为"一代奇才也"⑤。刘孔和的作品，长篇歌行实如朱竹垞所言，生硬艰涩，拗人口舌。

高珩（1612—1697），字葱佩，别字念东，晚号紫霞道人，济南淄川人。崇祯十六年进士，选庶吉士。入清授检讨，官至刑部左侍郎，请辞归。家居十余年，于康熙十八年因荐起复原官，第二年又请辞归。康熙三十六年卒，享年八十六岁。有《栖云阁诗集》十六卷，雍正九年由赵执信录定；《栖云阁诗集拾遗》三卷，乾隆二十一年由宋弼录定；

---

①　严迪昌：《清诗史》，浙江古籍出版社 2002 年版，第 71 页。
②　袁世硕主编：《王士禛全集》，齐鲁书社 2007 年版，第 1588 页。
③　（清）朱彝尊：《静志居诗话》，人民文学出版社 1990 年版，第 592 页。
④　（清）王士禛：《带经堂诗话》，人民文学出版社 1963 年版，第 280 页。
⑤　（清）王士禛：《带经堂诗话》，人民文学出版社 1963 年版，第 280 页。

《栖云阁文集》十五卷，乾隆四十一年由陆耀选刻。《四库总目》于《栖云阁诗》云："其诗多率意而成，故往往近元、白《长庆集》体。"① 邓之诚亦云："诗笔超拔，出手即成。平生诗不下万首，不甚爱惜，随手弃置。或劝以刻集，辄笑谢之。文有典则，其关于国计民生者，往往足资参考。诗文皆似白居易。为人坦率，自适而适，而悲悯为怀，亦与居易为近。"②

张尔岐（1612—1678），字稷若，号蒿庵，济南济阳人。明诸生。清兵入山东时，张尔岐的父亲与三个弟弟遇难，战争给他的心灵带来了巨大的创伤。因此，他决意不仕新朝，逊志讲学，乡居而终。张尔岐以经学闻名于世，著有《仪礼郑注句读》《周易说略》《诗说略》《老氏说略》《春秋传议》等，尤以《仪礼郑注句读》为人所重，开清代朴学之先河。顾炎武赞曰："独精三礼，卓然经师，吾不如张稷若。"③ 顾炎武曾作诗吊之，其诗有云："从此山东问三礼，康成家法竟谁传？"④ 可见其受推重如此。另有《蒿庵集》三卷，《四库全书总目》云："是集尔岐所自定，凡杂文七十篇，大抵才锋骏利，纵横曼衍，多似苏轼，而持论不免驳杂。盖尔岐之专门名家，究在郑氏学也。"⑤ 作诗非其所长，今存有106首。《清史稿》有传。

张光启（1601—1680），字元明，济南章丘人，明诸生。王士禛《居易录》有云："元明世居白云湖上，少为诸生有名，为梅长公（之焕）、朱未孩（大典）二公所知。崇祯十三年庚辰（1640），年四十，弃诸生，辟一圃曰'省园'，以种树艺花自乐。乱后足不履城市，年八十余卒。有《张仲集》诗若干篇，予删存百余首，往往可传。尝有句云：'尽日闲看《高士传》，一生怕读早朝诗。'即其志可知也。"⑥ 王士禛为其题诗云："君家郎中泊，何似郎官湖？云气流银浦，

① （清）永瑢、纪昀、陆锡熊等：《四库全书总目》，中华书局1965年版，第1634页。
② 邓之诚：《清诗纪事初编》，上海古籍出版社2012年版，第667页。
③ 钱仲联主编：《清诗纪事》，江苏古籍出版社1987年版，第431页。
④ 钱仲联主编：《清诗纪事》，江苏古籍出版社1987年版，第431页。
⑤ （清）永瑢、纪昀、陆锡熊等：《四库全书总目》，中华书局1965年版，第1636页。
⑥ （清）王士禛：《带经堂诗话》，人民文学出版社1963年版，第543页。

人家在玉壶。林园交水石，烟火出菰芦。他日遗民录，千秋道不孤。"①
张光启亦与顾炎武交善，《顾亭林先生年谱》记载"抵章丘，访张隐君
元明"，下引《元谱》所载云："隐君名光启，世居白云湖上……"②

张实居（约1634—约1713），字萧亭，一字宾公，济南邹平人，明
诸生，王士禛内兄。张家乃邹平望族，张实居祖父张延登曾任两京总
宪，归乡后又率子弟抵抗清兵入寇，声誉高崇，张家也因此连遭打击，
陷入文网近十年，家道彻底败落。张实居入清后隐居长白山中。张实居
诗歌创作颇丰，王启涑曾言："平生所著诗不减二千余篇，秘不示
人。"③王士禛选其诗五百余首，加以点评，与徐夜的诗集合为"二高
士诗"。后邹平知县孙元衡出资将其刊刻，题为《萧亭诗选》，只占其
诗作的四分之一。邓之诚评价云：

> 张实居，字宾公，邹平人。茹家国之痛，高隐不仕。其诗中怀
> 郁勃，而以明秀出之。王士禛其妹婿也，以与徐夜相似，题曰"二
> 高士诗"，洵可当之无愧。然夜特薄富贵不为，而实居鸿飞冥冥，
> 类不食人间烟火者。卷中多述怀感叹之作，绝少唱酬泛爱之篇。知
> 其所托，别有高人一等者矣。清初山东诗教最盛，定当以实居为第
> 一。④（《清诗纪事初编》）

除以上列举诗人外，山左诗人群中一些家族式诗歌创作群体也颇为
可观。然仅就诗歌创作而言，各家族之间诗歌创作人数不同，水平也千
差万别，故略举几例，不作详述，以作概观。因主要述略晚明诗文作
家，故其家族渊源一般不作详述。

山东新城王氏是明代中后期崛起的一个仕宦大族，其科举之旺盛，
门第之长久，堪称山东第一。明清两代，王氏一门共出进士二十九人，

---

①　钱仲联主编：《清诗纪事》，凤凰出版社2003年版，第1025页。
②　（清）张穆编：《顾亭林先生年谱》，中华书局1985年版，第35页。
③　（清）张实居：《萧亭诗选》，王忠修、郭连贻选注，中国文联出版社2003年版，第258页。
④　邓之诚：《清诗纪事初编》，上海古籍出版社2012年版，第161页。

举人三十八人，贡生、监生一百一十五人，并有王象乾、王象晋、王象春、王士禛、王士禄等名满海内的名士显宦。清初著名诗人方文的《题王阮亭仪部像》曾云："山东风雅谁第一？新城王家故无匹。"① 新城王氏科甲连绵，号称"江北青箱"，其子弟中能为诗文者，更是数不胜数。主要人物如下。

王象晋（1561—1653），字子进，一字荩臣，号康宇，王之垣季子。万历甲午举人，甲辰进士。丁忧后，授中书舍人，历官淮阳按察副使、河南按察使，俱有惠政。后因朝中党争牵连，终官浙江右布政使。王士禛为象晋孙，王士禛的《池北偶谈》有记载。《山左明诗钞》选录王象晋之五言古诗 2 首。

王象蒙（生卒年不详），字子正，号善吾，王之辅长子。丁卯举乡荐，万历庚辰进士。先授河内令，有政声，调阳城，以治行异等授江西道监察御史，出按应天。后补江西道，出按四川。又遭母丧，服除起家常州推官，迁户部郎中，进光禄寺少卿。因不堪劳瘁，卒于官。王士禛的《分甘余话》录其诗 4 首。

王象艮（1563—1642），字伯石，一字思止，号定宇，王之城长子。王象艮以明经起家，官南国子监典簿，知颍上、雒南二县，迁姚安府同知。罢官后居家，与弟王象益、王象明相倡和。崇祯十五年卒，享年七十九岁。著有《迁园诗集》。《山左明诗钞》收录王象艮诗 13 首。董思白云："思止风华秀绝，骨力沉郁错出，白真韦澹，自然神合。"②

王与胤（1589—1644），字百斯，一字永锡，王象晋次子，为王象贲嗣子。天启七年举人，崇祯元年进士。改翰林院庶吉士，授湖广道监察御史。因忤阁臣意，引疾归乡，不复出。崇祯十七年三月，闻崇祯帝死讯，涕泣不食，阖门自缢殉国。朱彝尊的《王公墓表》云："公以劾总兵官邓玘忤阁臣意，引疾归。甲申闻变，恸哭求死，自撰圹志，与妻于氏、子士和同日登楼自缢，遗言速葬。士和题绝命辞于壁，而后自

---

① （清）方文：《嵞山集》，上海古籍出版社 1979 年版，第 954 页。
② （清）朱彝尊编：《明诗综》，中华书局 2007 年版，第 3117 页。

经。"①《山左明诗钞》录其诗 7 首。

王与玫,字文玉,王象丰子,贡生。与玫屡困场屋。壬午城破,慷慨殉难,年仅二十七岁。著有《笼鹅馆集》。《山左明诗钞》收录其诗 10 首。

王士和,字允协,王与胤子,诸生。甲申国难时,与父母一同殉国。朱彝尊评云:"允协死不违亲,与孟忠僖比烈。其妻于崇祯壬戌城破时,先自经。忠臣、孝子、烈妇萃于一门,尤难得也。"②

王士纯,字元生,一字孤绛,王与夔子。士纯风神玉立,工李北海书,为诗超诣绝尘。壬午城破殉难,年仅二十余岁。

明末清初,王氏家族屡遭浩劫,死难者甚众。朱彝尊即言:

> 新城王氏科第最盛,尽节死者亦最多,崇祯五年,吴桥兵变南趋,时则保定同知象复暨其子与夔死焉。十五年,城再破,时则贡生与明暨其子、举人士熊、生员士雅死焉。至是侍御暨妻于氏、子士和又死焉。王氏之门,才甲一世矣。③(《静志居诗话》)

此外,家族式诗歌创作集团尚有淄川王氏、莱阳赵氏、德平葛氏等。因其诗作成就不高,而本文主要谈论诗歌,故作概论,单个诗人一般不做介绍。

莱阳赵氏主要以掖县赵氏家族成员为主。明万历时有"三凤"之称的赵焕、赵燿、赵灿;继之有"五龙"之誉的赵士喆、赵士宽、赵士完、赵士冕、赵士亮等。受复社气节的激励,莱阳一地于鼎革之际,志节之士尤多。

淄川王氏以武职骤贵,但世代诗书传家。王氏以读书、习武、赋诗作为立身之本。所传作品有《王氏一家言》二十八卷,收录了二十二位王氏族人的诗文,加上著有《乡园忆旧录》《听雨楼随笔》的王氏后

---

① (清)宋弼编:《山左明诗钞》,齐鲁书社 1997 年版,第 328 页。
② (清)朱彝尊:《静志居诗话》,人民文学出版社 1990 年版,第 620 页。
③ (清)朱彝尊:《静志居诗话》,人民文学出版社 1990 年版,第 620 页。

人王培荀，淄川王氏家族共有二十三人的著述流传。主要代表人物有王君赏、王巽、王鳌永等。淄川王氏之后大多仕清，地位显赫。

德平葛氏为世代耕读之家，虽然偶有科举及第，往往仕宦短暂，直至葛守礼。葛守礼中嘉靖八年进士，历仕嘉靖、隆庆、万历三朝，官至太子少保、都察院左御史，赠官太子太保，谥端肃。自葛守礼后，有以进士荣身者其孙葛曦、玄孙葛如麟。葛守礼"三朝元老""柱国名臣"的政治地位，为葛氏家族取得了荫官的资格与权利。德平葛氏的主要诗文集有葛守礼的《葛端肃公集》，葛引生的《东山论草》《东山余墨》，葛汇生的《川上草堂集》，葛昕的《集玉山房稿》，葛曦的《葛太史公集》，葛如麟的《葛宪使公集》，等等。

德州程氏、卢氏，两大家族为世交，均崛起于嘉靖年间。嘉靖壬辰（1532），程珛登进士第，开启了程氏家族崛起的大门。其孙程绍于万历己丑（1589）中进士，仕至工部右侍郎，为程氏一门官位最显者。此后，程讷、程震、程泰、程先贞均以恩荫入仕。主要诗文集有程珛的《右丞集》，程绍的《澹息居遗稿》，程泰的《啸歌一卷》，程先贞的《海右陈人集》，等等。德州卢氏崛起于卢宗哲，卢宗哲于嘉靖十四年中进士，世宗亲检为庶吉士。为官清廉，因拒绝权相严嵩的拉拢，后罢职。诗稿甚多，晚年焚之。同乡收其残余，编为《焚余草》，今不传。卢氏家族主要诗文作品有卢茂的《滁阳漫稿》，卢世㴶的《尊水园集略》等，其余诗人诗歌多散佚，其中卢永锡、卢文锡各存诗一首，见《山左明诗钞》。此外，以田雯为首的德州田氏，曾一度与以王士禛为首的新城王氏并驾齐驱，成为山左诗坛一颗耀眼的星，但因其主要成就在清初，这里不作详述。

山东作为齐鲁文化之乡，自古就有着深厚的文化传统与浓厚的诗歌创作氛围。明末国破家亡之际，他们奔走呼啸，不仅涌现出大批仁人志士，他们苍劲雄浑的爱国济民诗歌创作深深地影响了清初，使"齐风"成为富有地方特色的诗歌创作风格。张兵先生说："正是在这种浓厚的人文环境与诗文化氛围的熏染下，山左遗民诗创作也出现了空前盛况。据不完全统计，山左遗民诗人有诗集存世者近十家；有诗作散见于各诗歌总集与选本者，则超过二十人。其中徐夜、张实居、董樵、张尔岐、李焕章、徐振芳诸人，不仅有诗作存世，而且为创作极具特色者。"①

第五节　陈子龙与云间派

随着明中叶以来诗坛创作重心的下移，越来越多的中下层士子加入庞大的创作队伍中来，成为诗文创作的主体，这也使得明末诗文创作地域色彩浓厚。事实上，所谓公安派、竟陵派、虞山诗派、娄东派、山左诗人、云间派等，无论其是否影响到整个主流诗坛的诗歌创作，它们首先都是地域色彩浓厚的地方性诗歌流派。云间是松江地区的古称，"云间诗派"是以云间地区的诗人为核心，并形成他们特有风格的诗歌流派。鉴于本书以研究晚明诗人为主，清初及清中叶云间派的诗歌创作不在研究范围之内，故入清之后云间派的发展情况，不做论述。"云间诗派"形成的标志是"云间三子"的诗文酬唱、交往结盟。"云间三子"是人们对明末清初松江诗人陈子龙、李雯、宋征舆的统称，"云间诗派"也是以这三位诗人为核心的诗歌创作群体。

一　"云间三子"及其诗歌主张

陈子龙与李雯早在明崇祯二年就已订交，李雯与宋征舆始交于崇祯六年。至崇祯七年，陈子龙与宋征舆订交。"云间三子"的全部结交，标志着以陈子龙、李雯、宋征舆为核心的云间诗派的形成。另外，云间诗派的形成与几社的创立有关。崇祯二年，也就是陈、李订交的那一年，陈子龙与夏允彝、彭宾、周立勋、杜麟征、徐孚远等人一道创立了几社，此六人即被称为"云间六子"，也是云间派的最初成员，云间派

---

① 张兵：《清初山左遗民诗群的分布态势与创作特征》，《西北师大学报》（社会科学版）2001 年第 3 期。

的起讫时间大约与几社的兴衰相始终。

关于陈子龙与李雯的交往关系，夏允彝在《陈李倡和集序》中指出："二子者，皆慨然以天下为务，好言王伯大略。"① 宋征舆的《云间李舒章行状》云："（李雯）著诗赋及他古文数十百篇，人颇笑之。时同郡陈卧子子龙初举孝廉，名藉甚，性一往无所推许，见舒章诗文……因遍赞其文于诸公。"② 可见，陈子龙与李雯意气相投，一见如故，陈子龙还奖掖和提携李雯。崇祯二年初识，陈子龙的《李舒章仿佛楼诗稿序》云："岁在己巳，始定交李子。读其文，自顾勿如也。语人曰：'昭代文章，复在陇西氏矣。'人不之信。而予益好从李子游，朝夕研论，以求当于古。"③ 陈子龙的《寿秋槎许翁七十序》又云："自予好为古文词，所切磨最深、不敢以雁行进者，曰舒章李氏。"④ 当时李雯尚无文名，陈子龙却独具慧眼，不仅与之"登堂较艺，月无虚日"，而且竭力向人推举，李雯的声誉因此得以提高，成为松江地区的诗文名家。李雯开始作诗的时间则是在结识陈子龙之后，其《陈卧子属玉堂诗叙》曾自述云：

　　今江南之士好作诗者，卧子及余。年相若也，而卧子固少，又先余作诗凡十余岁。盖自其先工部时，卧子方弱龄，甫握觚椠，辄窃有所作，作又奇丽。而余于是时方捕鸟雀、跳虎子，瓦鸡奇虫，是为弄好。年长矣，稍知读书。二十出，与卧子交。又三年而始学作诗，则卧子固已绝尘而奔，不可望矣。⑤

陈子龙对李雯的道德文章由衷赞叹，并认为其有"王伯之才"。但遗憾的是，甲申国变之后，李雯没能固守志节，与陈子龙分道扬镳，投降仕清。他辜负了好友陈子龙的期望，也辜负了自己的政治操守，这也

---

① （明）陈子龙：《陈子龙诗集》，上海古籍出版社1983年版，第759页。
② （清）宋征舆：《林屋文稿》，齐鲁书社1997年版，第358页。
③ （明）陈子龙：《陈子龙文集》，华东师范大学出版社1988年版，第377页。
④ （明）陈子龙：《陈子龙文集》，华东师范大学出版社1988年版，第138页。
⑤ （清）李雯：《蓼斋集》，北京出版社1999年版，第494页。

成为他郁郁而终的主要原因。

陈子龙说："吟咏之道，以《三百》为宗。"① 云间派不满意前后七子魏晋盛唐式的复古，而是把复古追溯到中国古典诗歌的源头《诗经》。其次，他们也提倡向古人学习，以汉魏古诗为学习对象。宋存标的《情种》言："五言古十九首，尚矣。晋魏六朝，尤不易学。"② 李雯更是强调扩大诗歌的取法视野，不仅要熟悉汉魏唐诗，甚至要博观六朝。李雯认为："作诗者必博之六朝，溯于汉魏，日如是而仅乃得唐也。"③ 陈子龙云："自三百篇以后，可以继《风》《雅》之旨，宣悼畅郁，适性情而寄志趣者，莫良于古诗。"④ 而三子中的宋征舆则以较为严厉的言辞批驳七子模拟之风，他认为："如明之人李梦阳、攀龙、王世贞，此专法西京者，攀龙割裂字义，剿袭句法，最为浅陋不足道。"⑤陈子龙则从诗歌流变的角度，追溯古诗的发展轨迹。他说：

> 诗自两汉而后，至陈思王而一变．当其和平淳至，温丽奇逸，足以追《风》《雅》而蹑苏、枚。若其绮清繁采，已隐开太康之渐，自后至康乐而大变矣。然而新丽之中尚存古质，巧密之内犹征平典。及明远以诡藻见奇，玄晖以朗秀自喜，虽欲不为唐人之先声，岂能自持哉？……今之为诗者，类多俚浅仄谲，求其涉笔于初盛者已不可得，何况窥魏晋之藩哉。⑥（《宣城蔡大美古诗序》）

但云间派又讲求"诗必宗趣开元"⑦ "不读唐以后诗，可也"⑧。可见，他们对唐之后诗歌的贬抑，这与七子复古之说颇具渊源。云间诸子继承了前后七子"诗必盛唐"的主张，不仅思想上看重唐诗，在创作

① （明）陈子龙：《安雅堂稿》，辽宁教育出版社 2003 年版，第 71 页。
② （明）宋存标：《情种》，北京出版社 1998 年版，第 690 页。
③ （清）李雯：《蓼斋集》，北京出版社 1998 年版，第 497 页。
④ （明）陈子龙：《安雅堂稿》，辽宁教育出版社 2003 年版，第 24 页。
⑤ （清）宋征舆：《林屋文稿》，齐鲁书社 1997 年版，第 303 页。
⑥ （明）陈子龙：《安雅堂稿》，辽宁教育出版社 2003 年版，第 28 页。
⑦ （明）杜骐征、徐凤彩编：《几社壬申合稿》，北京出版社 1997 年版，第 489 页。
⑧ （清）宋征舆：《林屋文稿》，齐鲁书社 1997 年版，第 303 页。

上也师法盛唐。宋征舆认为：

> 夫诗之有四五七言、古风、近体，及夫体之为汉魏、为初、盛
> 唐，犹夫人之有百骸七上冠下裳也。具官骸、服衣裳，然后称人，
> 而举而运之，则有真君存焉。古法汉魏，长篇近体法初盛唐，然后
> 称诗，而举而运之，则其人之性情自在也。①

陈子龙则在《熊伯甘初盛唐律诗选序》一文中，高度赞扬了熊伯甘选唐诗以"景龙之后，大历以前"的唐人律诗为主的做法，也是其诗歌观的体现。受明七子诗学观的影响，云间诸子也排斥宋元诗。宋征璧《抱真堂诗话》以评价汉魏盛唐之诗为主，明七子以及云间部分诗人也略做点评，而对处于这两个时代之间的宋元诗作，则一概不论，这也是云间派贬抑宋元的体现吧。

云间派与其他诗派一样，以选评诗歌作为宣传自己诗歌主张的重要方式，《皇明诗选》是他们精心选编的诗歌总集，也是云间派审美标准的体现。《皇明诗选》选评有明一代的部分诗作，其选编目的是恢复诗歌的雅正精神。就《皇明诗选》所选诗作而言，云间三子对明代主流诗坛的诗风是有偏见的，对各主流诗派代表性诗人的诗作所选寥寥无几，甚至干脆不选。《皇明诗选》收录台阁体诗风的代表杨士奇之诗二首，茶陵派领袖李东阳之诗四首，唐宋派唐顺之诗二首、茅坤之诗一首，公安派袁宏道之诗一首，而晚明风靡一时的钟、谭之诗竟未收录。从这一选诗情况，可以看出他们对明代主流诗坛的极度不满，这也是云间派重视诗歌社会功用的体现。他们要求诗歌反映社会现实，能够像古人那样，使民生疾苦上闻于天子，从而达到移风易俗、富国强兵的目的。这种强烈的功利色彩是云间派实用主义精神的体现，而这一点也正是此前整个明代主流诗坛所缺失的精神气质，无论是明初的台阁体，还是明中叶的茶陵派与唐宋派，抑或是后来的前后七子、公安派、竟陵派，均

---

① （清）宋征舆：《林屋文稿》，齐鲁书社1997年版，第303页。

未把诗歌的教化功能提到这种高度，这种做法虽然存在厚古薄今的偏见，但也是国破家亡的时代危机所致。

除注重复古，通过选诗以宣扬自己的诗歌主张外，云间诸子的诗论也表达了要求诗歌反映社会现实的主张。他们认为诗歌创作应该重视才情，并反映社会现实。陈子龙云：

> 夫诗以言志，喜怒之情郁结而不能已，则发而为诗，其托辞触类，不能不及于当世之务，万物之情状，此其所以为本末也。……此非古人博学而详慎，何以得此哉。夫穷其枝叶而遗其精华，无以为诗也。取其葩而忘其正，好其远而失其近，此后世之诗终不可为经也。[①]（《诗经类考序》）

可见，他们首先认为"诗者，性情之作，而有学问之事焉"。即要求诗人创作诗歌要发自内心，要重视才情，还要加强自身的学养。而诗歌的思想内容则要"论美刺美，感微记远"，要"不能不及于当世之务，万物之情状"，"刺讥当时，托物联类而见其志"。云间派要求诗歌反映社会状况，美刺时政。云间诸子的论诗体现了性情、学问、世运三者相兼的诗学理想，要求诗歌创作要有用于时世的入世精神。这种诗歌观念是诗人们对明末现实忧虑的体现，也是经世致用精神的反映。宋征璧评价陈子龙云：

> 且以卧子之才，当诸生时，即留意经国。凡缘情赋物，感怀触事，未尝不于朝廷治乱之关，世风升降之际，一篇之中，留连规讽焉，为得作诗之本也。况乎身既见用，为时栋梁，其黼黻盛隆，揄扬休美之制，富有日新，又当何如耶?[②]（《平露堂集序》）

与同时代其他诗派反复古的潮流不同，云间派不仅在诗歌思想上更

---

①　（明）陈子龙：《安雅堂稿》，辽宁教育出版社 2003 年版，第 56 页。
②　（明）陈子龙：《陈子龙诗集》，上海古籍出版社 1983 年版，第 765 页。

深层次地推动复古主义诗歌创作，而且他们进一步研究各个时代诗歌格律声调的不同，以探究诗歌形式与诗歌内容的关系，从而达到声律之美与充实的诗歌内容的完美结合。他们分析古典诗歌的音调声律，试图为诗歌找出一条古典雅正的路径。云间派的诗歌主张体现了当时复社文人"复元古"的诗歌思想。

二 "云间三子"的诗歌创作

陈子龙（1608—1647），字卧子，号大樽。云间华亭人。崇祯十年进士，抗清志士，后事败被捕，义不受辱，投水殉国。他与复社领袖张溥交好，为复社成员之一，并主持创立了云间几社，为"几社六子"之一。因与同郡李雯、宋征舆诗文唱和，又有"云间三子"之名。陈子龙适逢乱世，不废吟咏，不忘著书立说。其著作繁多，主要有《采山堂稿》《平露堂稿》《白云草》《属玉堂稿》《安雅堂稿》《岳起堂稿》《湘真阁稿》《陈卧子兵垣奏议》等著作存世，并主持编写了《皇明诗选》《皇明经世文编》《农政全书》等，是明末清初的著名诗人、词人、文学思想家，云间派的领军人物，被称为"云间绣虎"。后人因其诗歌成就卓著而称其为"明诗殿军"。今存诗 1794 首。陈子龙更为婉约词名家，被后世誉为"明代第一词人"。

陈子龙认为李雯心怀大志属廊庙之器，宋征舆则文采风流为少年才俊。与李雯初交时，陈子龙曾作诗赞誉李雯，其诗云：

> 明月下瑶京，照我吴江水。与君新结交，光辉耀乡里。结交俱少年，颜色芙蓉鲜。子若云中龙，夭矫清汉前。予如天际鹤，徘徊思九仙。挥手笑卿相，脱口必豪贤。春风芳草绿，携手出平川。①（《寄赠舒章》）

云间三子曾因诗风相近、志趣相投而享誉文坛。然而，甲申之变

---

① （明）陈子龙：《陈子龙诗集》，上海古籍出版社 1983 年版，第 199 页。

后，三子命运截然不同。陈子龙投水殉节，李雯无奈为贰臣，宋征舆则做了清初新贵。因此，从气节上说，"云间三子"各不相同。李雯与宋征舆于崇祯九年（1636）共赴金陵应试，陈子龙为他们各赋诗一首。其诗云：

> 陇西李生气莫当，心雄志大神扬扬。数年屏居谷水上，三十始登京尹堂。忆昔乡里八九人，同时恣意成文章。海内声名忝陈李，伊予弱翮难雁行。叹君深沈庙廊器，霜锷辉辉未尝试。风劲高骞识皂雕，时危下坂须良骥。男儿何必早致身，正复难忘天下事。天子常思度外人，公卿最厌澄清志。送君西上心悄然，旧京云树秋风前。淮壖烟露白荒草，鄂渚旌旗红照天。古来往往徒步士，一朝得策称高贤。不须置酒新亭座，惆怅中原烽火边。① （《送李舒章省试金陵》）

> 月明素舸微风起，香草江云一千里。花簟连心卧楚烟，轻罗半臂凉秋水。少年才子正芳菲，凤胶麟角世应希。幼敏能夸刘孝绰，诗篇不减谢玄晖。君行几日秦淮渡，画舫盈盈杂烟雨。玉树常沈废井前，朱楼更起寒塘路。操笔飞英纵所如，六季文章体更疏。已成希逸东封颂，复上元长北伐书。长干女儿思一见，竞写新诗自矜眩。莫听清溪宛转歌，夺君手中白团扇。② （《送宋征舆应试金陵》）

陈子龙认为诗歌如果符合大雅，其中色之华美、风格柔媚也就是可取的，并在诗中践行，如陈子龙七古《杜鹃行》。

> 巫山窈窕青云端，葛藟蔓蔓春风寒。幽泉潺湲叩哀玉，碧花飞落红锦湍。鼪鼯腾烟鸟啄木，江妃婵媛倚修竹。荫松藉草香杜蘅，浩歌长啸伤春目。杜宇一声裂石文，仰天啼血染白云。荣柯芳树多变色，百鸟哀噪求其群。莫将万事穷神理，雀蛤鸠鹰递悲喜。当日

---

① （明）陈子龙：《陈子龙诗集》，上海古籍出版社1983年版，第85页。
② （明）陈子龙：《陈子龙诗集》，上海古籍出版社1983年版，第250页。

金堂玉几人，羽毛摧剥空山里。鱼凫鳖令几岁年，卧龙跃马俱茫然。惟应携手阳台女，楚壁淋漓一问天。①

甲申国变后，陈子龙追随福王去了南京，在南明小朝廷任职。无论明王朝如何腐朽，陈子龙都恪尽职守，始终力图光复明王朝，有时甚至是知其不可为而为之。他曾言："弘光皇帝监国南都，予补原官，随奉命巡视京营。"②从陈子龙自著《年谱》可以看出，陈子龙非常清楚南明小朝廷的昏庸无能，但他仍然抱着誓死效忠的决心，不放弃任何一丝希望。他为南明小朝廷殚精竭虑，以至于最后投水而死。陈子龙以其卓越的诗文才华和高尚的节操品质，在群星璀璨的晚明诗坛熠熠生辉。这种誓死效忠的思想，使他的诗歌创作大多表达了精忠报国之志、忧国忧民之怀，也使他的诗风慷慨悲凉，读之令人潸然泪下。如：

击剑读书何所求？壮心日月横九州。颇矜大儿孔文举，难学小弟马少游。不欲侧身老章句，岂徒挟策干诸侯。闭门投辖吾家事，与客且醉吴姬楼。③（《生日偶成》其二）

高颡长鬣青源贾，十钱买一男，百钱买一女。心中有悲不自觉，但羡汝得生处乐。却车十余步，跪问客何之？客怒勿复语，回身抱儿啼。死当长别离，生当永不归。④（《卖儿行》）

小车班班黄尘晚，夫为推，妇为挽。出门茫然何所之？青青者榆疗我饥。愿得乐土共哺糜。风吹黄蒿见垣堵，中有主人当饲汝。叩门无人室无釜，踯躅空巷泪如雨。⑤（《小车行》）

迩来交游何索莫，数月不登李生阁。三日雷雨秋暗天，咫尺疑有蛟龙作。张油忽踏西郊道，溪田漠漠丹枫落。与尔一临池上楼，楼头云雾沧江流。芙蓉已残尚哀媚，柳枝蒙茸黄欲浮。新诗满笥一

---

① （明）陈子龙：《陈子龙文集》，华东师范大学出版社 1988 年版，第 667 页。
② （明）陈子龙：《陈子龙诗集》，上海古籍出版社 1983 年版，第 690 页。
③ （明）陈子龙：《陈子龙诗集》，上海古籍出版社 1983 年版，第 414 页。
④ （明）陈子龙：《陈子龙诗集》，上海古籍出版社 1983 年版，第 86 页。
⑤ （明）陈子龙：《陈子龙诗集》，上海古籍出版社 1983 年版，第 249 页。

入手，欲乘黄鹄凌九州。风雨千寻不可渡，还来醉舞珊瑚钩。岂徒骚赋凌三楚，海内英雄亦相许。特危往往长太息，夜半悲歌各私语。天下模楷有元礼，不畏强御称仲举。此言太奇岂可信？至今局踏如鼯鼠。低昂百代无所屈，乡里小儿难共处。不见君家故将军，飞扬跳荡何不群。一朝家居正失势，霸陵小尉若不闻。何况见辱市门吏，我家向说成安君。男儿婵媛徒能文，何时奋策垂功勋？岂能忽使枭鸾分，谁云富竟如浮云？①（《雨中过李子园亭》）

清溪东下大江回，立马层崖极望哀。晓日四明霞气重，春潮三浙浪云开。禹陵风雨思王会，越国山川出霸才。依旧谢公携伎处，红泉碧树待人来。②（《钱塘东望有感》）

天险东临锁地维，重关遥夜角声悲。莲花影照千烽出，竹箭波回万马迟。四塞山河归汉关，二凌风雨送秦师。长安游侠知无数，仗剑还能指义旗。③（《潼关》）

沧波深碧倒影红，羲和窈窕扶桑东。九乌纷纷落何处，六龙万古当长空。阳春欲没星河没，花影澹艳朱颜酡。半照人间半地底，一去不还可奈何。紫霞霭霭沉平陆，金支瞳瞳吐旸谷。伐鼓撞钟天下闻，鸡鸣狗吠相争逐。日车荒荒不可寻，夸父驱驰成邓林。④（《白日行》）

九江倒影扬素波，洞庭微风鸣白鼍。文狸赤鲤迎湘娥，翠竹泠泠蒙女萝。重华一去不复还，愁云万古苍梧山。五臣八恺竟谁在？空令帝子凋朱颜。凋朱颜，堕绿水，不见轩辕神鼎成，黄金如山映天紫。日月光华阊阖开，飞龙半负婵娟子。玉笙杳渺流雕云，升天入地皆随君。小臣徒望青冥哭，天路茫茫竟不闻。⑤（《怨诗行》）

五行之山高插天，右割参垆左幽燕。上有鸟道碍云雨，下有羊

① （明）陈子龙：《陈子龙诗集》，上海古籍出版社1983年版，第236页。
② （明）陈子龙：《陈子龙诗集》，上海古籍出版社1983年版，第477页。
③ （明）陈子龙：《陈子龙诗集》，上海古籍出版社1983年版，第523页。
④ （明）陈子龙：《陈子龙诗集》，上海古籍出版社1983年版，第287页。
⑤ （明）陈子龙：《陈子龙诗集》，上海古籍出版社1983年版，第12页。

肠之险磴，挂骖侧足不能前。葛萝绵幂翳白日，客子回车愁陌阡。文命刊木徒茫然，愚谷之叟谁能迁。草木惨淡真宰泣，灵夔罔两空自怜。翩翩帝女号精卫，衔石西山毛羽敝。黄鹄高飞不相助，阴火连波渺无际。何为捧土塞孟津，浊浪惊涛愁杀人。巨灵运斧华山摧，黄河拔地龙门开。金牛西奔五丁死，褒斜剑阁通离堆。安得秦王驱山铎，群峰连绵趋大壑。鼋鼍作梁海种桑，万里康庄走寥廓。海可枯，山可移。胸中车轮转，泪下如悬丝。①（《前缓声歌》）

李雯的主要诗作有《蓼斋集》四十七卷，以及《蓼斋后集》五卷。以"蓼"名集，渗透着李雯无可奈何的人生感慨，是李雯特有的诗人心态的显现。对于李雯的遭遇，遗民诗人吴骐深有体会，评价其诗云："胡笳曲就声多怨，破镜诗成意自惭。庾信文章真健笔，可怜江北望江南。"② 他将李雯的遭遇和才华与庾信相提并论。

的确，若仅就才情而论，李雯与陈子龙相比，毫不逊色，而其读书的努力程度则有过之而无不及。但似乎造化弄人，李雯却是"云间三子"中最为悲剧的。宋征舆赞叹李雯读书的刻苦精神，其《云间李舒章行状》云：

> 年二十余，为诸生，口吃，不能强记，自恨殊甚，发愤闭户，尽取周秦以来诸古文辞及汉魏三唐诸家诗赋，以次诵习，至冬夜，披褐衣，拥布被，伏而读书。常过夜半，稍假寐，复起篝火，理前册，声出金石以至质明，如是几尽四冬。③

但李雯却于晚明科场屡屡败北，不得一第扬眉。明末"甲申之变"，父死街头，无以为葬，只能蓬头垢面，泣血行乞。万般无奈之下，李雯不得已而降清，做了最为气节之士所不齿的"两截人"。对李雯而

---

① （明）陈子龙：《陈子龙诗集》，上海古籍出版社1983年版，第298页。
② （清）沈德潜编：《明诗别裁集》，上海古籍出版社2008年版，第137页。
③ （清）宋征舆：《林屋诗稿》，齐鲁书社1997年版，第358页。

言，父为前朝忠烈，而自己却做了新朝显贵，这似乎是对他的极大讽刺，也是致命的打击。李雯从此背负着沉重的精神枷锁，在自怨自艾中死去。因此，李雯的诗中充斥着郁郁不得志的苦闷与国破家亡沦为贰臣的痛苦。例如：

> 人间相马不周全，我学屠隆世莫传。千里从亲歌白雪，十季忧国恨青檀。江山半落金瓯外，日月双飞玉槛前。欲避高轩愁出入，不如归种海东田。① （《岁暮自遣》）

> 犹有飞扬意，无如憔悴何。已忘秋露重，更舞夕阳多。离别常悲此，飘零不自他。好风若有便，吹入凤凰窠。② （《见落叶为风所旋而作》）

> 传闻天上捷书来，二子当今立妙才。伏枥哪知怜骥足，紫云方共看龙媒。此中久矣无人物，叹我依然在草莱。衮衮诸公成项领，麒麟高阁待谁开。③ （《喜闻彝仲、卧子捷音感而有作》）

> 荒原动寒气，草木沉英辉。啸虎在何谷，饥鹰于此飞。一人嗟不遇，天下赋无衣。

> 日暮悠悠者，孤云有所归。④ （《秋怀》）

> 遥闻元帅捷书传，废卷狂歌倚暮天。玉帐初惊神武略，金瓯新数太平年。即看江汉多销甲，行喜中原有代田。为报单于秋赛日，龙骧小队欲临迁。⑤ （《山中喜闻破贼捷音》）

李雯在明朝奋发拼搏却屡屡败北，令人啼笑皆非的是他还未收到崇祯皇帝的任用诏书，明朝就覆亡了，随之而来的是清朝顺治帝的征用诏书。据传，清初顺治年间许多檄文都出自李雯之手，李雯的交往多为前朝殉国的亲人与朋友，而自己却不得不为新朝操刀主笔，正是这种内心

---

① （清）李雯：《蓼斋集》，北京出版社1998年版，第421页。
② （清）李雯：《蓼斋集》，北京出版社1998年版，第374页。
③ （清）李雯：《蓼斋集》，北京出版社1998年版，第416页。
④ （清）李雯：《蓼斋集》，北京出版社1998年版，第374页。
⑤ （清）李雯：《蓼斋集》，北京出版社1998年版，第374页。

的痛苦与自责使他写出了大量沉郁凄苦的诗文。得闻崇祯帝死讯，李雯字字泣血地写了十首挽诗。这类诗作如下。

帝德高逾悴，皇情黯自消。由来亡国恨，未有圣明朝。玉几劳彤陛，金瓯堕赤宵。

普天同饮泣，不复听箫韶。①（《大行皇帝挽诗》其一）

不知今夕是何夕，又见东风起遥陌。白烛徒烧岁暮心，明星偏照思归客。长安小儿竞羯鼓，夜饮屠苏醉且舞。惟有一事似先朝，五色飞钱照门户。②（《乙酉除夕》节选）

在李雯这些悔恨自责的诗作里，最能表达诗人内心痛苦的是他写给好友陈子龙的《东门行寄于陈氏》。命运竟使有着共同理想的昔日良友走向了截然对立的两方。这类诗作往往表达了李雯内心的愧疚与自责，如：

出东门，草萋萋。行入门，泪交颐。在山玉与石，在水鹤与鹈。与君为兄弟，各各相分携。南风何飋飋，君在高山头；北风何烈烈，余沉海水底。高山流云自卷舒，海水扬泥不可履。……闻君誓天，余愧无颜，愿复善保南山南；闻君恸哭，余声不读，愿复善保北山北。悲哉复悲哉，不附青云生。死当同蒿莱。知君未忍相决绝，呼天叩地明所怀。③（《东门行寄于陈氏》）

难忘故国恩，已食新君饵。昔为席上珍，今为路旁李。名节一朝尽，何颜对君子。④（《李子自丧乱以来追往事诉今情，道其悲苦之作，得十章》其六）

念我亲遗骸，不能返丘园。偷食在人间，庶以奉归魂。彼轩非我荣，狐白非我温，太息俦侣间，密念谁见伸。⑤（《李子自丧乱以

① （清）李雯：《蓼斋集》，北京出版社1998年版，第662页。
② （清）李雯：《蓼斋集》，北京出版社1998年版，第659页。
③ （清）李雯：《蓼斋集》，北京出版社1998年版，第653页。
④ （清）李雯：《蓼斋集》，北京出版社1998年版，第653页。
⑤ （清）李雯：《蓼斋集》，北京出版社1998年版，第654页。

来追往事诉今情，道其悲苦之作，得十章》其七）

李雯的《喜闻西捷》九首竟然歌颂清兵打败农民军，并认为清兵此举是报君父之仇，而这只是当时众多降清文人掩饰自己贰臣行为的一个最好借口，他的这种行为受到当时爱国人士的批评。昔日好友夏允彝在文章中对李雯的言行给予了最严厉的批判，其文云：

> 传檄三齐，迅扫秦晋，既得河南，又取江左，一时迎降恐后者，以寇为先帝之仇，而东夷为我灭寇，非吾仇也。嗟夫，寇之发难，以何时始？天下嗷嗷，皆以加赋之故。然加赋始于何年？①（夏允彝《幸存录》）

相对于李雯而言，宋征舆似乎是乐于仕清的，他于顺治四年高中进士，官至三品。其诗文集有《林屋诗文稿》《海闾唱和香词》等。其父宋懋澄也是明末著名文人，有《九籥楼》四十七卷。兄长宋存标、宋征璧亦为云间主力，宋征璧著有《抱真堂诗评》《抱真堂诗话》等。宋征舆正是受他们的影响，成为"云间三子"之一的。入清之后，宋征舆文名益盛，一度成为云间派领袖，主盟东南文坛。与刚直的陈子龙、悲情的李雯相比，宋征舆更像是一个柔弱的书生，更在乎诗文创作和科举考试，而对社会现实关注较少。因而宋征舆的诗作多以感叹人生不幸与科场失意为主，当然也有描写社会现实的。略举几首，以为大概。

> 卞和刖足更逢迎，徒使人间白璧轻。泣向楚王终不信，玉工别自有连城。②（《丹阳道中有感》）
> 念此同门友，十年共居诸。昔别桃始华，今也霜载途。③（《古诗酬舒章燕都之作》）
> 畴昔同里闬，籍甚文章客。三五少年中，李生独岸帻。我年十

---

① （明）夏允彝：《幸存录》，大通书局1987年版，第52页。
② （清）宋征舆：《林屋诗稿》，齐鲁书社1997年版，第587页。
③ （清）宋征舆：《林屋文稿》，齐鲁书社1997年版，第491页。

五余，意气颇宕佚。五言三十篇，定交称莫逆。①（《寄李舒章》）

檀州军败济南陷，胡骑西山逼云栈。九门辛苦坐公卿，按兵不动有高监。……是时主将卢司马，独将西兵兵力寡。……三万胡人夜合围，孤军虽胜终斗死。朝廷颇轻死事功，翻疑讼疏多雷同。司马精爽久寂寞，参军一官成转蓬。呜呼！国家赏罚未可测，归耕匡庐隐亦得。②（《参军行赠杨机部先生》）

当时许多文人或是积极抗清以死殉国；或是消极抗争归隐山林；抑或是沦为贰臣之后悔恨不已，诗人们或多或少地在心理上不忘旧国。像宋征舆这种坦然接受新朝者实属罕见，他似乎从不认为入仕清朝是一种变节，其《许琰论》就是这种心态的直接表达。宋征舆入清之后，声名鹊起，但其诗歌大多空洞乏味，成就不高，此处略去不谈。虽然"云间三子"曾并驾齐驱于晚明诗坛，但在君臣大义、民族气节与诗歌气度上，云间三子的选择与个人命运截然不同。夏完淳在读《三子诗稿》时，不由得写下了诗作《读陈轶符李舒章宋辕文合稿》，他将陈子龙比作为国捐躯的屈原，将李雯比作沦为贰臣的庾徐，将宋征舆比作追逐世俗享受的宋玉。夏完淳之说，敏锐地指出三子气节品格之高下。其诗云：

庾徐别恨同千古，苏李交情在五言。雁行南北夸新贵，鹢首西东忆故园。独有墙头怜宋玉，不闻九辩吊湘沅。③

三　少年英烈夏完淳

夏完淳（1631—1647），原名复，字存古。松江府华亭县人。父亲乃几社的创始人之一夏允彝。夏允彝亦为复社名士，也是明末爱国志

---

① （清）宋征舆：《林屋文稿》，齐鲁书社1997年版，第503页。

② （明）陈子龙等：《云间三子新诗合稿·幽兰草·倡和诗余》，辽宁教育出版社2000年版，第63页。

③ （明）夏完淳：《夏完淳集》，中华书局1959年版，第169页。

士。王鸿绪的《夏允彝完淳父子史传事迹辑存》云：

> 允彝学务经世。历朝制度暨昭代典章，无所不谙习。独处一室，志常在天下。名既高，四方人士争走其门，书问往来，酬答无暇晷。好奖励后进，有片善，称之不容口，多因以成材。①

夏完淳从小受到夏允彝及当时先进思想的影响，自幼胸怀大志，再加上他天资聪颖，很小就有"神童"之称。"四岁能属文""五岁知五经"②，十二岁已经"博极群书，为文千言立就，如风发泉涌；谈军国事，鉴鉴奇中"③。甲申国变后，其父夏允彝起兵松江，奈何寡不敌众，兵败自沉殉国。年少的夏完淳坚持抗清，兵败被俘，大义凛然，慷慨赴死。其诗文集《南冠草》多在狱中完成，诗风慷慨激昂，令人动容。据白坚先生的《夏完淳集笺校》统计，共有赋 12 篇，各体诗作 337 首，词 41 首，曲 4 首，文 12 篇。另承父之志，撰写了《续幸存录》，《续幸存录》是南明史之一。由于生命短暂，其诗作又多在狱中写成，故夏完淳的诗作多反映时事，诗风悲壮，语词激烈，又多鸿篇巨制，似乎非此不能抒其心中郁结。其诗如下。

> 细林山上夜乌啼，细林山下秋草齐。有客扁舟不系缆，乘风直下松江西。却忆当年细林客，孟公四海文章伯。昔日曾来访白云，落叶满山寻不得。始知孟公湖海人，荒台古月水粼粼。……肠断当年国士恩，剪纸招魂为公哭。烈皇乘云御六龙，攀髯控驭先文忠。君臣地下会相见，泪洒阊阖生悲风。我欲归来振羽翼，谁知一举入罗弋！家世堪怜赵氏孤，到今竟作田横客。呜呼！抚膺一声江云开，身在罗网且莫哀。公乎，公乎！为我筑室傍夜台，霜寒月苦行当来！④（《细林野哭》节选）

---

① （明）夏完淳：《夏完淳集笺校》，白坚笺校，上海古籍出版社 1991 年版，第 521 页。
② （明）夏完淳：《夏完淳集笺校》，白坚笺校，上海古籍出版社 1991 年版，第 683 页。
③ （明）夏完淳：《夏完淳集笺校》，白坚笺校，上海古籍出版社 1991 年版，第 545 页。
④ （明）夏完淳：《夏完淳集笺校》，白坚笺校，上海古籍出版社 1991 年版，第 215 页。

　　若乃威虏偏裨,长兴文吏,原非将帅之才,未有公侯之器。兴
怀鸿鹄之言,颇见龙蛇之志。日日胡床之卧,夜夜钧天之醉。……
寄食无乡,望尘有地。范丹之甑长寒,卞彬之虱未弃。达士穷途之
悲,壮夫歧路之泪。载念簪缨,言怀邦国,恨欲言而声已吞,愁将
诉而泪沾臆。①(《大哀赋》节选)

　　古南越,武夷太姥神灵穴。苍茫八柱倒江河,沆瀁三桑扶日
月。况值中兴定鼎还,龙趋虎跃参差间。谁人奇遇君臣际,不顾追
随供奉班。知公义气一世无,当时寄与真龙维。圣意九重方玉汝,
天恩一命执金吾。武侯争逐真人意,白璧黄金富门第。万岁蓬莱旧
羽林,五云骠骑新司隶。此去长风渡沧瀣,天吴海若朝宗会。为送
鄂军青翰舫,翻思汉帝金根盖。浮云何事尽南征,蒙蒙行在不胜
情。第一楼为龙虎阙,内三山作凤凰城。五年客邸曾游所,别来风
景殊今古。春城烟雾入楼台,晓日云霞动旗鼓。此日东风送客尘,
车如流水水鳞鳞。点君两袖霜华泪,倘忆羁迟异国人。②(《南越行
送人入闽》)

　　江南三月莺花娇,东风系缆垂虹桥。美人意气埋尘雾,门前枯
柳风萧萧。有客扁舟泪成血,三千珠履音尘绝。……空闻蔡琰犹堪
赎,便作侯芭不敢辞。相将洒泪衔黄土,筑公虚冢青松路。年年同
祭伍胥祠,人人不上要离墓。③(《吴江野哭》节选)

　　夏完淳虽然年少,但对于生死,大有"朝闻道,夕死可矣"的气
魄。作为一名爱国志士,尽管抗清战斗无比艰难,他毅然表现出坚韧不
拔的战斗精神,其诗歌也洋溢着昂扬的斗志与乐观的精神。其诗云:

　　登临泽国半荆榛,战伐年年鬼哭新。一水晴波青翰舫,孤灯暮
雨白纶巾。何时壮志酬明主,几日浮生哭故人。万里飞腾仍有路,

---

①　(明)夏完淳:《夏完淳集笺校》,白坚笺校,上海古籍出版社1991年版,第1页。
②　(明)夏完淳:《夏完淳集笺校》,白坚笺校,上海古籍出版社1991年版,第174页。
③　(明)夏完淳:《夏完淳集笺校》,白坚笺校,上海古籍出版社1991年版,第221页。

莫愁四海正风尘。①（《舟中忆邵景说寄张子退》）

太行山头风霾黑，倏忽便至长安陌。九门鱼钥光沉沉，谏草独说咸阳贼。圣人痛哭有谁知，但言相国休沐时。羽林万骑不授甲，金门待诏惟赋诗。一出乾清翠华列，仰视欃枪大如月。欲出不得天地昏，都城片片如冰裂。六军解甲皆望风，御柳参差血染红。宫车不出长已矣，更闻痛哭坤宁宫。左右苍茫不相语，建章明光豺狼处。夫人九嫔纠纷纭，踯躅永巷泪如雨。当年赫赫长歌呼，今日俯首称老奴。但道我得生处乐，操箕曲谒奈若何！御院老乌飞簌簌，夜半长鸣上人屋。妻妾向人歌出和，俯首含悲不敢哭。呼卢击博凤凰楼，白日阴阴天气秋。青磷满地新鬼啸，长空惨惨神灵愁。内府白金红标记，铤上独存永乐字。王孙自窜荆棘中，见人不敢言名氏。呜呼！北平王气尽诸陵，牧羊其上草不生。风云江上钟山气，夜看牛斗伫中兴。②（《哀燕京》）

尽管反清复明之路无比艰难，但诗人还是满怀必胜的信念与乐观的战斗精神。然而，随着清朝对抗清群体不遗余力地追击，夏完淳也深感力不从心，悲从中来。这又使得夏完淳的个人理想与诗歌创作蒙上一层悲剧色彩。其诗如下。

北风荡天地，有鸟鸣空林。志长羽翼短，衔石随浮沉。崇山日以高，沧海日以深。愧非补天匹，延颈振哀音。辛苦徒自力，慷慨谁为心？惜哉志不申，道远固难任。滔滔东逝波，劳劳成古今。③（《精卫》）

昆山之阳谷水阴，其中青翠深沉沉。美人结庐在何许？松花濛濛翠微雨。曹溪九折抱烟扉，草堂天半白云飞。……何地重开北海樽，无人更洒西州泪。珠履三千食客稀，玉盘十二齐盟悔。

① （明）夏完淳：《夏完淳集笺校》，白坚笺校，上海古籍出版社1991年版，第330页。
② （明）夏完淳：《夏完淳集笺校》，白坚笺校，上海古籍出版社1991年版，第212页。
③ （明）夏完淳：《夏完淳集笺校》，白坚笺校，上海古籍出版社1991年版，第146页。

我今亡命沧海游，何年佩刀成报仇？惟有园中双白雀，日日曹溪沙上啄。啄鱼不得簌簌飞，飞入园中啄红药。① （《题曹溪草堂壁》节选）

夏完淳以一少年英烈，在其短短的人生中，书写了斗志昂扬的诗歌篇章。其诗作充实空灵，浑厚壮美，直逼盛唐之致。其可歌可泣的战斗精神与气势磅礴的诗歌创作，是晚明诗坛最为瑰丽的一笔。近人贺远明的《历代五律概论》说："其五律皆缠绵悱恻，悲壮淋漓，情文并茂，允称杰构。"②

四　"云间派"其他诗人一览

云间派以云间诸子为主要成员，集合众多几社文人，是一个成员众多的文学流派，成员最多时不下百人。以下略举其重要成员，以为概观。

夏允彝（1597—1645），字彝仲，号瑗公。少年英烈夏完淳之父，几社的创始人之一。崇祯十年进士，授长乐县令。后抗清失败，自投深渊而死。著有《春秋四传合编》《幸存录》《禹贡古今合注》等。其诗风慷慨激昂、气韵沉雄。如：

烈烈侯夫子，负节本奇特。十载罢郎官，抗志众莫测。西江富文彦，衡鉴饶奇识。三复陟岵诗，解组依亲侧。砂砾扬中天，青霾暗无色。垒垒荥阳城，纠纠墨翟力。环堵方及泉，子鱼殉社稷。公语两子前，生死义各得。两子泣相从，之死矢靡慝。外绝晋卫旅，内竭鼠雀食。重关泣涟洏，屠毁填荆棘。壮哉一门士，九京同羽翼。所惜兰蕙摧，沉冤成罔极。③ （《侯京兆峒曾》）

---

① （明）夏完淳：《夏完淳集笺校》，白坚笺校，上海古籍出版社1991年版，第186页。
② （明）夏完淳：《夏完淳集笺校》，白坚笺校，上海古籍出版社1991年版，第725页。
③ （明）夏完淳：《夏完淳集》，中华书局1959年版，第199页。

徐孚远（1599—1665），字暗公，号复斋，松江华亭人。为徐阶少弟徐陟之后，"几社六子"之一，著有《钓璜堂集》《几社会义集》等。七岁时已有神童之名，对《春秋》《国语》等书如数家珍。徐孚远对几社的创建发挥了重要的作用。他主持选刻了《几社会义》，选编了《几社六子诗》《壬申文选》等。其大多诗文散佚。吴易起兵吴江，徐孚远和妻子、长子也加入了队伍，在与清军决战中，夫人姚氏落水而得幸免于难，长子徐世威年方十七，英勇战死。徐孚远镇定自若、勇敢慷慨。几社成员里，从事反清复明运动最久的就是徐孚远，后世称其为"百折不回之士"。徐孚远一生的诗作，便是其反清心态的最忠实的记录和最直接的反映。其诗歌多以纪叙时事、吟咏感怀为主，诗风豪迈苍凉，可谓诗史。杜登春有诗赞曰："徐生美白晰，昂然七尺躯。握槊上楼船，战没在须臾。书生慷慨志，一死良不虚。束发数友生，慷烈君先驱。"①

周立勋（1597—1639），字勒卣。"云间六子"之一，后与陈子龙、徐孚远等参加复社，也是几社的创立者之一。以社会活动为主，诗文成就不高。《舜水集》云："几社以周勒卣为首，孚远字闇公次之，陈卧子又次之。"②

李待问（1603—1645），字存我，松江华亭人。崇祯十六年进士，曾为柳如是之师。著有《玉裕堂存稿》。

钱澄之（1612—1693），字饮光，号田间老人。安徽桐城人。著有《田间集》《藏山阁集》《田间诗集》《田间文集》等。

总之，云间诗人大多历经明末清初的社会变革，饱受战争之苦与改朝换代的心灵创伤，云间诗派力求复古与社会现实的结合。他们继承和批判了复古主张，而博采众长。他们力主跳出藩篱，以真性情、真学问来记录时代的沧桑巨变，抒发个人胸怀。他们的诗歌创作关注社会现实，反映民生疾苦，其诗风或慷慨悲壮，或哀怨凄冷，或高华雄浑。在

晚明，云间诗派如黄钟大吕响彻明末文坛，亦为明诗的终结画下一个极
具分量的句号，其深沉的忧患意识和强烈的爱国热忱深深影响了清代诗
坛，并延续到近代。诗人柳亚子有诗赞云："平生私淑云间派，除却湘
真便玉樊。"①

① 柳亚子：《磨剑室诗词集》，上海人民出版社 1985 年版，第 82 页。

第四章　自我意识的觉醒与女性诗歌创作

王曾在《女中七才子兰咳集序》中称："男子日也，女子月也，女子之文章，则月之皎极生华矣。"① 主张重视女性文学的创作。但中国漫长的历史时期，女性文学一直未得到足够的重视，作家作品传世者相对较少，对其文学史地位亦缺乏相应的定位。孙康宜在《明清文人经典论和女性观》中说："在她（魏爱莲）的书中，她一再强调，向来通行的文学史正是通过突出几个伟大的女作家，有意埋没了其他的女作家，使人对女性文学史失去全面的意识。"② 也正说明了这一点。在中国文学史上，除徐淑、蔡琰、左芬、鲍令晖、李冶、薛涛、鱼玄机、李清照、朱淑真等为世人所知外，女性文学一直未能形成一定的影响力，女性作品一直面临"闺媛之集，名多不见于书目"③ 的遭遇。胡文楷的《历代妇女著作考》云："古代名媛之集，镌印不多，流传极少，蒐求非易，著录所载，或一书而数名，或名同而实异，或有目而无书，或名亡而实存，年代久远，难以考究。"④ 这种历史现象一直到明朝才有所改观。

随着晚明王学思想的传播与时代的发展，明末清初的女性文学曾繁

---

①　胡文楷：《历代妇女著作考》，上海古籍出版社 2008 年版，第 846 页。
②　孙康宜：《文学经典的挑战》，百花洲文艺出版社 2002 年版，第 83 页。
③　胡文楷：《历代妇女著作考》，上海古籍出版社 1985 年版，第 972 页。
④　胡文楷：《历代妇女著作考》，上海古籍出版社 1985 年版，第 6 页。

荣一时。胡云翼说："中国文学是倾向婉约温柔方面的发展，而婉约温柔的文学又最适宜于妇女的着笔，所以我们说：妇女文学是正宗文学的核心，这句话不见得大错吧。"① 此说虽有失偏颇，却道出了女性文学的重要性。正当晚明诗坛七子派陷入复古模拟、公安派之性灵流于俚俗、竟陵派推崇幽深而趋于险怪，男性诗文创作忙于门户之见而争论不休之时，女性诗歌以其富含性别特色且有着较少功利色彩的诗文创作为明末诗坛注入了新的血液，为晚明诗坛吹来了一股清新的春风，使厌倦了派别争斗的男性诗人们的精神为之一振，他们开始关注并提倡女性诗文的创作，并推动晚明女性文学的繁荣。本章主要探究晚明女性诗人的心态及其诗歌创作情况。

第一节　女性诗歌创作兴起的原因

由于"女子无才便是德"的观念在我国古代根深蒂固、深入人心，男性往往认为吟诗作赋非良家女子所为，这种观念即使在思想较为开放的晚明也是存在的。钱谦益的《列朝诗集小传》载："季贞一……少有夙惠。共父老儒也，抱置膝上，令咏烛诗，应声曰：'泪滴非因痛，花开岂为春。'其父推堕地上曰：'非良女子也。'"② 可见家庭教育对女子才情的压制，女子从小就被剥夺了从事文学活动的权利。宋代的朱淑真曾悲叹："女子弄文诚可罪，那堪咏月更吟风。磨穿铁砚非吾事，绣折金针却有功。"③ 清末一女子说："吾国女子，自娲皇至今五千年，大抵养而弗教，禽息兽视，如混沌未开之天地。"④ 在漫长的男权时代，女性的生存状态是由男性的审美心理决定的，女性偶有情感宣泄便被视为不贞，而女性自身也尽量迎合男性社会的需要，成为男权社会的附

---

① 谭正璧：《中国女性文学史话》，百花文艺出版社1984年版，第17页。
② （清）谦益：《列朝诗集小传》，上海古籍出版社2008年版，第772页。
③ （宋）朱淑真：《朱淑真集》，张璋、黄畬校注，上海古籍出版社1986年版，第154页。
④ 《妇女杂志》发刊词，1915年第1期。

庸。她们甚至不惜焚烧毁坏自己的文学作品，埋没自己的文学才华。沈复之妻陈芸曾感叹：

> 嗟夫！妇女有才，原非易事，以幽闲贞静之忱，写温柔敦厚之语，葩经以二南为首，所以重国风也。惜后世选诗诸家，不知圣人删诗体例，往往弗录闺秀之作；即有之，常附列卷末，与释道相先后，岂不怪哉？且有搜择未精，约略纂取百数十家，一家存录一两首，敷衍塞责，即谓已尽其能。与付诸荒烟蔓草淹没者何异乎？妇女之集，多致弗克流传，正出于此。① （《小黛轩论诗·自序》）

选诗者往往不选录女性诗作，即使偶有收录，也是敷衍了事，导致女子的诗文淹没在漫长的历史长河中。女性在很多时候自觉意识不强，认为"内言不出"是女子有德的体现，才女王凤娴曾将自己的诗词毁弃焚烧，其《焚余序》坦言："孺人亦雅不以屑意，成辄弃去，所存无几何。一日谓不肖曰：'妇道无文，我且付之龙祖。'"② 可见，女性自我意识的觉醒是何等艰难。这种"女子无才便是德"的认知传统在明末发生巨大转变的原因复杂，而推动晚明女性文学创作繁荣的政治原因前文已讲，兹不赘述。以下主要论析推动女性意识觉醒的其他原因。

一　男性的关注与认同

晚明女性文学的兴起与发展过程是缓慢的，受晚明时局以及新思潮的影响，其萌芽、发展、高潮及衰落大略与晚明新思潮的盛衰相始终。具体来说，始于正嘉，风靡于万历，衰落于启祯。季娴的《闺秀集》有言："自景泰、正德以后，风雅一道浸遍闺阁，至万历而盛矣。天启、崇祯以来，继起不绝。"③ 随着晚明部分文人对八股经学的厌倦，一些仕途坎坷的士子们对清纯淡雅的女性诗文产生了普遍偏好，逐渐形成了

---

① 胡文楷：《历代妇女著作考》，上海古籍出版社1985年版，第582页。
② 胡文楷：《历代妇女著作考》，上海古籍出版社1985年版，第91页。
③ （清）季娴：《闺秀集》，齐鲁书社1997年版，第331页。

晚明文人"闺秀著作，明人喜为编辑"的一时风尚。为论证女性参与诗文创作的合理性，男性文人甚至追根溯源到最具权威的《诗经》，以孔子删定《诗经》保存了大量的女性诗歌作为理论依据。

邹漪的《红蕉集》序言云："三百删自圣手，二南诸篇，什七出后妃嫔御，思妇游女。"① 认为《周南》和《召南》里有七成诗歌是女性的作品。另外，男性们也厌倦了无休止的门户派别之争，他们被女性诗作所特有的清澈明净所吸引，乐于为女性诗文的繁荣贡献自己的力量。女性诗作大多涉及社会生活较少，以抒发个人情怀为主，这也符合明末文人对真性情的追求。葛征奇说："非以天地灵秀之气，不钟于男子；若将宇宙文字之场，应属乎妇人。"② 并认为"清"这种灵秀之气为女性诗作所特有。编撰《古今女史》的赵世杰也说："海内灵秀，或不钟男子而钟女人，其称灵秀者何？盖美其诗文及其人也。"③ 钟惺的《名媛诗归序》感叹：

> 今之为诗者，未就蛮笺，先言法律，且曰某人学某格，某书习某派。故夫今人今世之诗，胸中先有曹、刘、温、李，而后拟为之者也。若夫古今名媛，则发乎情，根乎性，未尝拟作，亦不知派，无南皮西昆，而自流其悲雅者也。④

在当时的社会条件下，正是因为男性思想的开放才形成了对女性文学的关注与认同，女性诗文创作活动才能寻得突破性进展。晚明仕途失意的文人与多愁善感的才女形成了某种感情上的契合，多情多才的女子成为晚明文人心中的理想女性与情感寄托，双方达成了一种心灵创伤后的共鸣。一些文人不惜倾注毕生精力，大力搜罗整理古代才女及其作品。邹漪流说："仆本恨人，癖耽奁制，薄游吴越，加意网罗。"⑤ 实

---

① 胡文楷：《历代妇女著作考》，上海古籍出版社1985年版，第878页。
② 胡文楷：《历代妇女著作考》，上海古籍出版社1985年版，第887页。
③ 胡文楷：《历代妇女著作考》，上海古籍出版社1985年版，第889页。
④ （明）钟惺：《名媛诗归》，齐鲁书社1997年版，第2页。
⑤ 胡文楷：《历代妇女著作考》，上海古籍出版社1985年版，第898页。

际上正是这种怀才不遇，内心感到不平的"恨人"，在寻求心灵慰藉的同时，形成了爱恋女才成癖的社会风尚。王士禄在《然脂集》中说自己"夙有彤管之嗜"①。同情和支持女性文学的文人大量涌现，其中不乏当时享誉文坛的文人名流，如李贽、徐渭、冯梦龙、袁宏道、叶绍袁等，他们肯定人的自然欲求，追求个性解放，赞扬并鼓吹女性诗文的优点。

李贽宣称"穿衣吃饭，即人伦物理"②，强调"至人之治，当因乎人"③。汤显祖提出了"世总为情"的思想。归有光则高呼："天地正气，沦没几尽，仅仅见于妇女之间"④。一些在传统思想看来不守妇道的女子，也得到了文人们的谅解。沈德符的《万历野获编》就收录了有违礼教的才女徐安生的作品，徐安生其人"美慧多艺，而性颇荡，曾嫁武林邵氏，以失行见逐，遂恣为非礼"⑤，但沈德符因"其才情实可念"，而收录她的诗文。晚明新思潮的深入促使文学向着个性化、世俗化的方向发展，为女性文学的兴起提供了思想土壤。

男性文人们饶有兴致地开始了品评女子的活动，他们打破了传统"女子无才便是德"的思想禁锢，重新审视女性，展开对女子德、才、色的评论。为适应男性这种评论的要求，女性也开始重视自身才华的展现，这促使一批批才女大量涌现。冯梦龙说：

> 语有之："男子有德便是才，女子无才便是德"。其然，岂其然乎？夫祥麟虽祥，不能博鼠；文凤虽文，不能攫兔。世有申生、孝己之行，才竟何居焉？成周圣善，首推邑姜，孔子称其才与九臣埒，不闻以才贬德也。夫才者，智而已矣，不智则惷。无才而可以为德，则天下之惷妇人毋乃皆德类也乎？譬之日月：男，日也，

① 胡文楷：《历代妇女著作考》，上海古籍出版社 1985 年版，第 909 页。
② （明）李贽：《焚书》，岳麓书社 1990 年版，第 4 页。
③ （明）李贽：《焚书》，岳麓书社 1990 年版，第 87 页。
④ （明）归有光：《震川先生集》，上海古籍出版社 1981 年版，第 313 页。
⑤ （明）沈德符：《万历野获编》，《续修四库全书》本，上海古籍出版社 1995 年版，第 556 页。

女，月也；日光而月借，妻所以齐也；日殁而月代，妇所以辅也，此亦日月之智、日月之才也。①（《智囊·闺智部·总序》）

冯梦龙从圣人的角度论述了不以才贬德，认为如果"无才就是有德"的话，那么"天下之憯妇人毋乃皆德类也乎?"他对"女子无才便是德"的传统思想进行了猛烈地抨击。李贽不仅对有才华、有学识的女子大加赞赏，而且在现实中不顾流言蜚语，教授女弟子，如梅澹然、澄然、自信、明因等才女都师事李贽。李贽有数十篇热情洋溢的、与女性交流的书信文章，主要收录在《焚书·观音问》中。他认为女子在很多方面超过了男子，对有才华的女性推崇备至，经常以现世菩萨或"出世丈夫"来形容这些女子。如：

梅澹然是出世丈夫，虽是女身，然男子未易及之，今既学道有端的知见，我无忧矣。②（《豫约》）

此间澹然固奇，善因、明因等又奇，真出世丈夫也。男女混杂之揭，将谁欺，欺天乎? 即此可知人生之苦矣。此身不向今生度，更来出世为人，殆矣! 鳏寡孤独，圣人所矜；道德文章，前哲不让。山居野处，鹿豕犹以为嬉，而况人乎? 此而不容，无地可容此身矣。故知学出世法真为生世在苦海之中，苦而又苦，苦之极也，自不容不以佛为乘矣。③（《与周友山》）

李贽的《答以女子学道为短见书》一文，则深刻分析了造成"女子见短"的社会原因，并为之辩解。他说："夫妇人不出闺域，而男子则桑弧蓬矢以射四方，见有长短，不待言也。"④又云："余窃谓欲论见之长短者当如此，不可止以妇人之见为见短也。故谓人有男女则可，谓见有男女岂可乎? 谓见有长短则可，谓男子之见尽长，女人之见尽短，

---

①　（明）冯梦龙:《智囊》，中州古籍出版社1986年版，第652页。
②　（明）李贽:《焚书》，岳麓书社1990年版，第183页。
③　（明）李贽:《续焚书》，中华书局1975年版，第15页。
④　（明）李贽:《焚书》，岳麓书社1990年版，第59页。

又岂可乎？"在《初潭集》中，李贽高度赞扬了历史上二十五位杰出的女性：

> 此二十五位夫人，才智过人，识见绝甚，中间信有可为干城腹心之托者，其政事何如也。若赵娥以一孤弱无援女儿，报父之仇，影响不见，尤为超卓。李温陵长者叹曰"是真男子，是真男子！"已而又叹曰："男子不如也！"① （《初潭集·才识》）

与晚明反传统的时代思潮相契合，一部分思想先进的男性士人已经不满足于模糊朦胧的言论，有的甚至提出了品评女子的具体理论。与男子三不朽相呼应，叶绍袁提出了女子"三不朽"的理论。叶绍袁将"才"列为女子"三不朽"② 之一，其妻女均是当时声名远扬的才女，叶绍袁精心为她们编撰《午梦堂集》，以使她们名留青史。谢肇淛曾言："文采不章，几于木偶矣"③，他不满意《列女传》只收录节烈妇女，他说："故吾以为传列女者，节烈之外，或以才智，或以文章，稍足脍炙人口者，咸著于编，即鱼玄机、薛涛之徒亦可传也，而况文姬乎！"④ 要求对有才华的女子立传。冯梦龙的《情史》则曰："豪杰憔悴风尘之中，须眉男子不能识，而女子能识之。……岂谢希孟所云'光岳气氛，磊落英伟，不钟于男子而钟于妇人'者耶？"⑤ 卫泳说："女人识字，便有一种儒风。故阅书画，是闺中学识。"⑥《诗女史》的编著者田艺蘅说："远稽太古，近阅明时，乾坤异成，男女适敌。虽内外各正，职有攸司，而言德交修，材无偏废。男子之以文著者，固力行之绪华；女子之以文鸣者，诚在中之闲秀。"⑦ 李渔剖析：

---

① （明）李贽：《李贽文集》，燕山出版社1998年版，第28页。
② （明）叶绍袁：《午梦堂集》，冀勤辑校，中华书局1998年版，第1页。
③ （明）谢肇淛：《五杂俎》，上海书店出版社2001年版，第157页。
④ （明）谢肇淛：《五杂俎》，上海书店出版社2001年版，第158页。
⑤ （明）冯梦龙：《情史类略》，岳麓书社1984年版，第145页。
⑥ （清）卫泳：《悦容编》，载虫天子编《中国香艳丛书》，团结出版社2005年版，第30页。
⑦ 胡文楷：《历代妇女著作考》，上海古籍出版社1985年版，第876页。

"女子无才便是德。"言虽近理，却非无故而云然。因聪明女子失节者多，不若无才之为贵。盖前人之愤激之词，与男子因官得祸，遂以作宦为畏途，遗言戒子孙，使之勿读书、勿作宦者等也。此皆见噎废食之说，究竟书可竟弃，仕可尽废乎？吾谓才德二字，原不相妨。有才之女，未必人人败行；贪淫之女，何尝历历知书？但须为之夫者，既有怜才之心，兼有御才之术耳。① （《闲情偶寄·声容部·习技第四》）

开明的男性不仅在言论上赞赏女性的才华，为她们的诗文创作提供理论依据，而且他们在实践中也支持女性诗文创作。主要表现为男性文人为女性刊刻诗文集。或是丈夫为妻妾，或是父亲为女儿，或是后辈为女长辈，或是兄弟为姊妹付梓诗集，抑或是主动出资为女性刊刻诗文集。屠隆为女儿屠瑶瑟刻《留香草》；范允临为妻子徐灿刻《络纬吟》；黄灿、黄纬为顾若璞刻《卧月轩稿》；王献吉为王凤娴刻《焚余草》，这也成为晚明男性鼓励并支持女性文学的主要方式。

这种将女性诗文集刊刻于世的行为，使越来越多的女性参与到诗文创作中来。据胡文楷的《历代妇女著作考》统计，明代姓氏可考的女作家约244位，大多都有自己的诗文集行世，这与男性的认可与支持是分不开的。与传统的重"德"、重"色"不同，晚明士人更加重视女性的才情。卫泳的《悦容编》、赵世杰的《古今女史》、陈维崧的《妇人集》、徐树敏的《众香词》，无不洋溢着对女性才华的爱惜和赞美。谢肇淛说："妇人以色举者也，而慧次之，文采不章，几于木偶矣。但以容则纚纚接踵，以文则落落晨星。"② 这种把女性"才情"放置在与"德""色"同等地位的理论，是对"女子无才便是德"的彻底反叛，以"德""才""色"为女子"三不朽"观念的流传，有力地促进了晚明女性诗文创作的繁荣，这也是晚明男性士子对理想女性的普遍要求。

---

① （清）李渔：《闲情偶寄》，上海古籍出版社2000年版，第160页。
② （明）谢肇淛：《五杂俎》，上海书店出版社2001年版，第152页。

二　私人藏书之风的盛行

明朝出版业特别是私人刻书、藏书之风的盛行，为女性诗文的创作、传播与交流提供了良好的平台。明中期以后，坊刻几乎遍及全国各地。钱谦益说："百年以来，老生宿儒起于古学衰落之余，笃经蠹书，往往有之。"① 明代私人藏书之盛是空前的。据王河的《中国历代藏书家辞典》统计，从秦汉至清末，凡生平确有藏书事迹者，不过 875 人，而明代知名藏书家多达 358 人，足见明代私人藏书之盛。唐顺之为酷爱读书、藏书的书佣胡贸作传。江南的一些文人曾集资将坚持四十年阅读不辍的贫穷修鞋匠钱近仁安葬，这都表明了晚明士人对藏书、读书者的尊重。明代小户人家甚至不惜典当买书，如阎秀卿："所获学俸，尽费为书资。家甚贫，或时不能炊，至质衣以食。而玩其书不忍弃"②。藏书甚至成了读书人身份的象征，而这也必然会影响到身处这个时代的女性，催生新的才女观，为女性的书写和阅读提供了空间。才色俱佳的闺秀名媛则被士人们视为心中理想的红颜知己。

对一个家族而言，藏书量的多少是一个家族身份和声望的象征，家族式的藏书为女性的教育与其才华的展现提供了良好的氛围。许多女性成员的文学成就也获得了家族男性的认可。王献吉评价其姐王凤娴说"所幸家学一线，得随名媛千秋"③；著名学者王思任甚至赞叹次女王端淑说"身有八男，不易一女"④。家族藏书为一些足不出户的闺阁女性提供了饱览诗书的机会，而家族间的借阅与交流则拓展了女性的社会见识，增加了她们阅读与创作的兴趣。如万历时期苏州地区重要的刻书家许竹隐，以书会友，周围名士如云。其家女性，一门风雅。许竹隐之母顾道喜博学经史，亲课子孙，以致许定需、儿媳叶棻以及四个女儿俱擅

① （清）叶昌炽：《藏书纪事诗》，上海古籍出版社 1989 年版，第 244 页。
② （清）叶昌炽：《藏书纪事诗》，上海古籍出版社 1989 年版，第 167 页。
③ （明）王凤娴：《焚余草序》，载［美］高彦颐《闺塾师》，江苏人民出版社 2005 年版，第 235 页。
④ 曾乃敦：《中国女词人》，上海女子书店 1935 年版，第 162 页。

诗词。才女陆卿子家学深厚，其父陆师道藏书达十万卷，陆卿子婚后与夫君赵宧光筑宅山林，以文会友。由于开明的家庭文化氛围，才女之间交流频繁。如闺阁诗人徐媛、汪然明夫人、项兰贞等，她们往往在家中结交阅历丰富的名妓与浪迹天涯的女山人，有的还建立了长期的文友关系。

在古代书籍匮乏、文字资料可贵的时代，普通家庭的男性也很难接触到较为广泛的文化知识，一般妇女就更不足论了。而在晚明，随着士人们思想观念的开放与女性意识的觉醒，妇女们主动参与到阅读与创作中来。而私人藏书之风的盛行，为广大闺阁女子提供了广泛阅读的可能性，使她们能够在足不出户的情况下，接受丰富的文化知识，这是广大女性参与诗文创作的重要条件。

三　女性诗文总集的编纂

明代男性对女性诗文创作的认可与支持的另一体现是女性诗文总集的编纂，他们往往为女性诗歌追根溯源，反对传统社会对女性的忽视，把孔子删定《诗经》保存女性诗作，作为圣人支持女性诗歌创作的依据。以下主要列举晚明女性诗歌总集的编纂情况，观览晚明女性诗文编纂的繁荣。由于明代女性诗歌总集的编纂情况在嘉隆时期已经兴起，故将此时期的编纂情况也列入其中。

（一）嘉靖、隆庆年间

《彤管新编》八卷，张之象编。编者认为圣人采辑《诗经》也未废弃女性作品，并认为诗歌以内容为重，文采次之。《四库全书总目》评曰："是编以世所传《彤管集》篇帙未备，更为辑补采掇颇富，而伪舛亦复不少。"[1]

《诗女史》十四卷，田艺蘅编，实录有姓名的女性诗人 338 位，有作品的诗人 328 位，其中明代女诗人 31 位。编者对生平可考的诗人均

---

① （清）永瑢等：《四库全书总目》，中华书局 1974 年版，第 2695 页。

做小传，开创明清两代女性作品总集编著的通例。编者不以身份论人，有才者一概编入。

《姑苏新刻彤管遗编》二十卷，郦琥编，收录从古至明的女性诗歌，其中明代 19 位。编者以品行编次，德才俱佳者列第一，地位低下的妾妓最末，以存善惩志，有利于教化。《姑苏新刻彤管遗编》是较早的一部以"德才"排次的女性诗歌总集。

《淑秀总集》一卷，俞宪编，只收录明代 17 位女性诗人的诗歌 72 首，是明代较早的断代女性诗歌总集。

（二）万历年间

《闺秀诗评》一卷，江盈科编，选评从古至明 29 位闺秀的 43 首诗。编者多选诗风雅洁醇正的作品，对每位女作家略做生平小传，并对诗作稍加点评。

《名媛玑囊》二卷，池上客编，共收录明代及明之前的女诗人 233 位，作品 526 首。

《夜珠轩篆刻历代女骚》九卷，新安遽觉生辑，幻成子校，以收录文章为主。编者不以德行分类，只论文才优劣。

《青楼韵语》四卷，张梦征编，以古《嫖经》为纲目，收录了 180 位"古今名妓"的 500 多首作品，其中明代 140 人，是一部专录青楼女性诗词作品的总集。

《秦淮四姬诗》四卷，冒愈昌编。收录马守真所撰《马姬诗》一卷、赵彩姬所撰《青楼集》一卷、朱无瑕撰所《绣佛斋集》一卷、郑如英所撰《寒玉斋集》一卷。

《丰韵情书》六卷，竹溪主人编。内容驳杂，涉及面广，主要收录书信文章，几乎涉及了男女两性之间所有可能存在的关系。此书以"情"为线索，认为人生有四情，即夫妻、兄弟、青楼、幽闺，书不言情便不足以成书，认为"情"是成书的最关键纽带。

《古今名媛汇诗》二十卷，郑文昂编。共收录从古至明 337 位女性，作品 1705 首。

《女中七才子兰咳集》五卷，周之标辑。

《古今女诗选》六卷，郭炜辑并评。共收录从古至明 353 位女诗人的 934 首诗作。郭炜以严格的标准选录从古至明的所有女诗人的作品，著名的诗人与仅留数句的诗人一并同观，编者认为男性与女性并无优劣之等、正闰之分。

《古今青楼集》四卷，周公辅编。

《花镜隽声》十六卷，马嘉松编。收录 143 位女性的诗文作品，编者做简短小传，不分等次，只以"情"贯穿全书。

（三）崇祯年间

《精刻古今女史》十二卷，赵世杰编。以文体分类，收录了从古到明的历代文章共 276 篇。只以文章质量编录，不论德行。

《国初闺秀集》一卷，曹学佺编，共收录明代 13 位女性的 79 首诗，以上层女性、贵妇及节妇为主。

《伊人思》，沈宜修编，收录明代 46 位女性的诗歌。《伊人思》是较早由女性编纂的女性作品的诗集，填补了女性编纂总集的空白。

《名媛诗归》，钟惺编，全书收录自上古至明代约 350 位女诗人的 1600 首作品，其中收录明代 107 位女性的 837 首诗作，约占全书的三分之一，是选录明代当朝的女性诗歌最多的著作。

《名媛诗纬初编》四十卷后集二卷，王端淑编。前文已经介绍，此处略。

晚明大量女性诗文集的选编与刊行，为女性诗文的保存与流传起到了重要作用。而女性诗文的刊行扩大了女性诗文创作的影响，也进一步激发了女性创作诗文的兴趣，有助于女性自我意识的觉醒。

四　女性自我意识的觉醒

随着晚明女性自觉意识的增强，她们不仅打破了"内言不出""女子无才便是德"的古训，积极地参加文学活动，女性作品也一度成为晚明的热门读物。王献吉的《焚余草·序》说其姐王凤娴："然遇其愁苦抑郁，亦间一抒写于诗。俯仰三四十年间，荣华凋落，奄忽变迁，触物兴情，警离吊往，无不于诗焉发之。"① 王凤娴认为诗词是"触物兴情"用以表达"愁苦抑郁"的。顾若璞的《卧月轩集·序》云："尝读诗知妇人之职，惟酒食是议耳，其敢弄笔墨以与文士争长乎？然物有不平则鸣，自古在昔，如班、左诸淑媛，颇著文章自娱，则彤管与箴管并陈，或亦非分外事也。"② 陆卿子认为操持家务与诗文创作都是女子分内之事，认为男女在诗词创作上是平等的。吴绡的《啸雪庵稿》自序曰：

> 余自稚岁，僻于吟事，学蔡女之琴书，借甄家之笔砚，缃素维心，丹黄在手二十余年。冬之夜，夏之日，欢虞愁病，无不于此发之。窃以韩英之才，不如左嫔；徐淑之句，亚于班姬。假使菲薄，生于上叶，传礼经，续汉史，则余病未能；一吟一咏，亦有微长，未必谢于昔人也。……晦日偶理故箧，见平生所作满焉。茂苑繁华，红闺风月，一日一夕，一言一笑，显显然在胸中无遗忘者，遂写之成二卷。人非桃李，未得无言，事异萱苏，岂能蠲疾，投笔慨然！③（《啸雪庵稿·自序》）

吴绡自信地认为女子诗词吟咏的能力未必不如古人，女子的情感言论也需要通过诗文来抒发。女性自我意识的觉醒，使得她们强烈要求自己能获得与男子一样展现诗文才华的权利与机会。

（一）"女务外学"的流行

晚明很多女诗人不再拘泥于闺阁，忙碌于传统的针织女工，她们闲暇时结伴外出游玩，甚至有一些知识女性还独身外出，这种交游活动使女性对社会有了更深层次的了解。如黄媛介先后游历吴县、江宁、金坛、杭州等地，与柳如是、商景兰、朱中楣、吴山交游唱和。再如吴岩

---

① 胡文楷：《历代妇女著作考》，上海古籍出版社 1985 年版，第 91 页。
② 胡文楷：《历代妇女著作考》，上海古籍出版社 1985 年版，第 208 页。
③ 胡文楷：《历代妇女著作考》，上海古籍出版社 1985 年版，第 106 页。

子和王端淑不断穿梭于江南各大城市。翁儒安经常于"明月在天，人定街寂，令女侍为胡奴装，跨骏骑，游行至夜分。春秋佳日，扁舟自放，吴越山川，游迹殆遍"①。吴琪独自"慕钱塘山水之胜，乃与才女周羽步为六桥、三竺之游"②。邢慈静先后随夫到过贵州、辽阳，直至夫君战死才扶柩归里。

她们往往以自己的学识，或为闺塾师，或卖字画、绣品等，以自身的艺术才华谋生，获得社会的认可与赞誉。江西邹氏夫亡后在京师一相府上教书，张繁也曾设帐宁王府，撰杂剧数种。再如曹鉴冰、毕朗、小青母、王仙御、女琴师、佩珊等，都是当时声名远播的女塾师。沈宜修、商景兰亲为自己家族的子女授课。文淑、卞梦珏则因自己的学识才华受到女性争相宗师，成为当地闺阁女性诗画才艺师法的对象。曹鉴冰"授学徒经书以自给，能书善绘，造请者咸称苇坚先生"③。这种社会活动有助于女性摆脱男权束缚而获得自身的独立，扩大了女性的社会接触面，也拓展了女性诗歌创作的内容。事实上"女务外学"的流行，也使女性获得了文人的认可与赞誉，以诗文交流活动所赢得的美名，能够吸引更多的女性参加到诗文创作中来。黄媛介卖字画以自活的形象成为后来文人赞美的对象，更有跛足女书法家徐范卖字为生，黄道周之妻蔡玉卿"日临卫夫人帖，人争以匹锦售之。"④ 晚明知识女性这种自立自强的生活态度，正是女性意识觉醒的折射。

随着晚明知识女性学识的提高，社会视野的不断扩大，她们的诗文创作内容也逐渐超出了闺阁题材的单一描写，开始将视线转移至国家政治层面，揭露社会黑暗，关注民生疾苦。顾若璞常于酒席间同儿媳丁如玉、亲家张姒音"讲究河漕、屯田、马政、边备诸大计"⑤。杨文俪的《夏旱》："夏旱常年有，今年旱更殊，万井泉俱竭，千村黍渐枯。鸠声

---

① （清）钱谦益：《列朝诗集小传》，上海古籍出版社 2008 年版，第 773 页。
② 王国平主编：《西湖文献集成》27 册，杭州出版社 2004 年版，第 424 页。
③ 胡文楷：《历代妇女著作考》，上海古籍出版社 2008 年版，第 540 页。
④ （清）陈汝贤：《光绪漳浦县志》，上海古籍出版社 2000 年版，第 173 页。
⑤ （清）顾若璞：《与张夫人》，载陈韶辑《历朝名媛尺牍》卷下"顾若璞"条，清刻本，第 5 页。

空旦暮，祷祀枉神巫。那得甘霖降，一令民困苏。"① 面对晚明的各种
社会危机，有的女子甚至亲自参与到政治、战争之中。相府塾师邹氏两
次上疏崇祯，献卫国安民之策；山东刘节之之妻王氏亲率部队御敌；沈
云英与其父共赴沙场；刘淑招募人马抗清复明；钱格之妻吴黄号召钱
复、夏淑吉、沈榛等才媛变卖金银首饰以助军饷。还有一些有知识的女
性为了家人，从容应付家庭所面对的困难。王端淑为父洗冤，也曾代笔
向朝廷上奏文。面对国破家亡的社会现实，这些才女们以其异乎寻常的
坚韧，在女性毫无社会地位的男权时代，她们或挑起了家庭的重担，或
怀着满腔报国热情，艰难曲折地奔波于兵荒马乱的时代，其气节足令男
子汗颜，历史记载了她们的担当与胆识。

　　在晚明女子的社会交往中，书信往来、诗词唱和是她们最常用的联
系方式。她们有居于家中的，如《红楼梦》所描写的贾府一般，以亲
戚闺友的小团体诗文聚会为核心，结纳四方文友来访，通过尺牍信札与
外界保持联系。吴江沈、叶才女群的"午梦堂唱和"和山阴祁氏的
"梅市唱和"，就是这种家族式女性诗人创作群体的典型。除这种以大
家族内部才女成员为核心的诗文唱和外，地方才女数人一起组织诗社活
动，合编诗文集，也是晚明才女诗文来往的主要形式之一。较有名的如
桐城的"名媛诗社"，季娴、王璐卿的"秋柳社"，南京"眉社"，以及
王凤娴、薄西真、莫慧如等人的闺阁酬唱等。有的知识女性没有固定的
活动社团，而是穿梭于她们之间，如王端淑、黄媛介、吴山、陈静闲、
吴琪等。一些相距千里的女诗人之间的诗词唱和来往，在明代之前几乎
是不可想象的。

　　除一些声名远播、才华卓著的女性诗人外，明代一些略有才华的女
子也渴望立言留名，可见女性自身生命意识觉醒的范围波及之广。如明
末华亭人吴朏的《感晚》感叹："朱颜易为改，况乃世事差。幽怀闭虚
室，一餐三叹思。我志苦未成，岁月忽已驰。"② 再如钱塘女子的《邯

---

① （明）杨文俪：《孙夫人集》，清光绪二十三年（1897）嘉惠堂丁氏刊本，第4页。
② （清）王端淑辑：《名媛诗纬初编》，康熙六年丁未（1667）山阴王氏清音堂刻本，第
8a页。

郸客店题壁》，痛恨自己不能如男子一样扬名立万，对自己的才华被埋没甚为悲愤。其诗云：

> 独坐幽斋夜气清，可堪风雨作秋声。典钗沽酒偕君醉，拣史烧灯快我评。事业到头都未是，英雄当下只争名。此生长恨非男子，闺阁沉埋愧此生。①

潘氏的《夜坐读〈周南〉》一诗云："临文徒愧无经济，只把《关雎》仔细看。"② 陆氏的《病枕》曰："人生何必历多年，一片冰心自泠然。不朽莫言男子事，他时或向素封传。"③ 这些诗作道出了女性身受社会桎梏的无奈，内心涌动着想要冲破牢笼的暗流。

立言不朽的机会给闺阁女性带来了追求自我价值的曙光，在一定程度上，成为女性亘古未有的一种最有意义的生存选择。吴柏读书成痴、爱诗成癖，其《冬景》诗云："女有书痴还自叹，病留诗骨却无妨。昨宵觅得惊人句，未写今朝忽又忘。"④ 当其父警告"检韵离辞，非妇女事"时，她作《与父书》辩曰："但女于此道，似有天缘。每于疾时愁处，无可寄怀，便信口一吟，觉郁都舒而忧尽释也。"⑤

对于历史赐予她们的创作立言的机会，她们表现出超乎男性预期的珍惜，甚至不惜以生命相护持。葛征奇的《竹笑轩吟草序》曾记述，李因于乱兵中寻找丈夫葛征奇，身被箭矢，相见时怀抱一编犹欣然曰："簪珥罄矣，犹幸青毡亡恙。……惧一旦投诸水火，则呕心枯血，不又为巾帼儿子所笑耶！"⑥ 诗人对凝聚自己半生心血的诗卷的珍视程度不能不令人震撼。这种异乎寻常的行为，可能是因为她们深知在男权时

---

① 嶙峋编：《闺海吟》，华龄出版社 2012 年版，第 500 页。

② （明）钟惺编：《名媛诗归》，齐鲁书社 1997 年版，第 290 页。

③ （清）王端淑辑：《名援诗纬初编》卷 12，康熙六年丁未（1667）山阴王氏清音堂刻本，第 13b 页。

④ （清）王端淑辑：《名媛诗纬初编》卷 10，康熙六年丁未（1667）山阴王氏清音堂刻本，第 21a 页。

⑤ （明）徐士俊、汪淇：《分类尺牍新语初编》，齐鲁书社 1997 年版，第 528 页。

⑥ （清）李因：《竹笑轩吟草》，辽宁教育出版社 2003 年版，第 5 页。

代，即使再有才华的女子，似乎也与青史留名无缘，所以她们表现出惊人的立言留名意识。商景兰的《西施山怀古》感叹西施曰：

> 土城已作一荒丘，人去山存水自流。身事繁华终霸越，名垂史册不封侯。须眉多少羞巾帼，松柏参差对敌雠。凭吊芳魂传往什，愁云黯淡送归舟。①

（二）以才华追求理想的婚姻

婚姻之于女性，较男性更为重要。然而，在中国古代，女性没有选择自己婚姻的权利，"父母之命，媒妁之言"决定了她们一生的命运，很少有女子敢于打破这一传统。在晚明，这一束缚女性人生的枷锁略有松动。晚明之际，之所以越来越多的女性参与到诗文创作中来，除了立言求名之外，她们还希望以自己的才华求得名士佳偶，获得理想美满的婚姻，以实现自己的人生价值。

晚明小说《两交婚小传》中，才女辛荆燕的绝世才华因为酒客的议论而声名远播，使得异乡才子甘颐得以耳闻其绝世才华而喜结良缘。这种现象不仅出现在小说中，而且在晚明才女中也比比皆是。女子以读书作文、吟诗作赋为事。她们不再安于"女子无才便是德"的传统礼教，而是要求外出进行一些社会活动。李渔的《闲情偶寄》记述当时的女子说："然尽有专攻男技，不屑女红，鄙织纴为贱役，视针线为仇雠，甚至三寸弓鞋不屑自制，亦倩老妪贫女为捉刀人者。"② 顾起元的《客座赘语》云："吴交石尚书有姊老而寡，居尚书之家。媪能诗文，一时卿大夫多与之酬咏。或来诣尚书者，值其它出，辄请媪见，与议论，问今日有何篇什，供茗而去。"③ 才女黄媛介和李因即是典型代表。由于黄媛介才华闻名，引来复社名士张溥求聘，一时传为佳话。《清代

---

① （明）祁彪佳：《祁彪佳集》，中华书局1960年版，第273页。
② （清）李渔：《闲情偶寄》，华夏出版社2006年版，第160页。
③ （明）顾起元：《客座赘语》，中华书局1987年版，第248页。

闺阁诗人征略》载："皆令作小赋颇有魏晋风致，少时太仓张西铭溥闻其名往求之。"[1] 李因也因"一枝留待晚春开"之句被葛征奇纳为侧室。吴山的长女卞梦珏，"吴母爱之甚，必得贵且才者字之"[2]。据此可见，缙绅世家、名士才子追捧才色俱佳的女子成为晚明的一种时尚。

这样一来，赵明诚、李清照夫妻赋诗唱和式的婚姻，成为晚明才子佳人们梦寐以求的理想。"夫妇能诗，古今佳话"[3]，这种夫妻结合能够给家族带来无限荣耀。如沈宜修与叶绍袁的结合引来吴中一时轰动，被世人赞为"琼枝玉树，交相映带"[4]。叶、沈的才华绝配，引来吴人盛传。陆卿子与赵宧光婚后，琴瑟和鸣，也受到时人追捧，"以为高人逸妻，如灵真伴侣，不可梯接也"[5]。祁彪佳和商景兰也是如此，"祁商作配，乡里有金童玉女之目，伉俪相重，未尝有妾媵也"[6]。这种琴瑟和鸣的知己式的灵魂伴侣，他们之间往往伉俪情深、互为师友、互相尊重。丈夫或者家族中的其他男性文人往往珍惜爱护女性成员的诗作，他们为女性诗文的刊刻发扬做出了贡献。尹纫荣去世后，其夫刘晋仲以《断香集》之名将其诗词文出版。当然这方面，最令后人称道的是叶绍袁为其妻女编纂成册的《午梦堂集》，此集经过叶绍袁子女及后人的不断增进，尤其是经过清初诗文大家叶燮（叶绍袁子）的编订之后，叶氏一门，在明末清初的文人中影响巨大。

才华横溢的女性之所以成为男性的倾慕对象，除了他们之间互为知己的婚姻生活外，博经通史的女子往往成为婚后家庭子女教育的重要承担者，这更有利于子女后辈成才。应该说明末清初家族化的人才群体与良好的母教有着紧密的关系。商景兰在祁彪佳殉国后，精心教育子女，在她的影响下，子女、媳妇个个才华横溢。著名学者、思想家、科学家方以智之所以成就卓著，与其幼年时姑母方维仪的精心教育密不可分，

---

① （清）施淑仪辑：《清代闺阁诗人征略》，上海书店 1987 年版，第 46 页。
② （清）施淑仪辑：《清代闺阁诗人征略》，上海书店 1987 年版，第 39 页。
③ （清）袁枚：《随园诗话补遗》，凤凰出版社 2009 年版，第 434 页。
④ （清）钱谦益：《列朝诗集小传》，上海古籍出版社 2008 年版，第 753 页。
⑤ （清）钱谦益：《列朝诗集小传》，上海古籍出版社 2008 年版，第 751 页。
⑥ （清）施淑仪辑：《清代闺阁诗人征略》，上海书店 1987 年版，第 20 页。

方以智的《膝寓信笔》有云："仲姑为姚心甫侍御之嫂，十七而寡，大归依母，居清芬阁，怜我丧母而抚教之。"① 寡居的方维仪主动挑起了教育的重任，据载她与伯姊孟式、娣妇吴令仪 "以文史为织纴，教其侄以智，俨如人师"②。顾若璞在丈夫死后，以教育子女为己任。她说：

> 亦缘汝父生十月而祖母见背，至我归时，贫与病合，处世艰阻，事非一端，且弥留之际，止嘱终事惟俭，善教汝辈，以继书香，善事祖父，以续己亲不终之罪。我固一遵先志，较前十三年中，更翼翼小心，如临深履冰，常恐折足而覆先人之业。③（《示诸儿》）

男性士子们对女性才华的认可，激发了女性对文化知识的渴求，有才华的女性不仅受到社会的广泛认可与赞扬，也能为文人名流赢得家族荣耀。而一些堕入风尘的女子，则可以通过自己的才华，增加与社会名流交往的可能性，是她们脱离苦海，赢得理想婚姻的主要途径。总之，女性通过诗文才华为自己赢得美满婚姻，是那个时代特有的社会风潮。

（三）以女性审美心理选编女性诗文

晚明女性甚至不再满足男性以他们的审美心理选编女性诗文，她们开始以女性的眼光选编女性诗文。如沈宜修的《伊人思》，她的选编注重当时女诗人的作品，选录著名才女黄媛介、王凤娴、方维仪等人的诗文。其《伊人思》自序云：

> 世选名媛诗文多矣，大都习于沿古，未广罗今。太史公传管晏云："其书世多有之，是以不论，论其轶事。" 余窃仿斯意，既登琬琰者，弗更采撷。中郎帐秘，乃称美谭。然或有已行世矣，而日月湮焉，山川阻之，又可叹也。若夫片玉流闻，并及他书散见，俱

---

① 任道斌：《方以智年谱》，安徽教育出版社 1983 年版，第 8 页。
② （清）潘江辑：《龙眠风雅》，北京出版社 2000 年版，第 191 页。
③ （明）徐士俊、汪淇辑评：《分类尺牍新语》，齐鲁书社 1997 年版，第 521 页。

为汇集，无敢弃云。容俟博蒐，庶期灿备尔。①

季娴在《闺秀集》自序中感叹道：

    夫女子何不幸，而锦泊米盐，才涅针线，偶效簪花咏絮，而腐儒瞠目相禁止曰："闺中人，闺中人也。"即有良姝自拔常格，亦凤毛麟角。每希觏见，或湮没不传者多矣。今自三百篇而后，由宋元以溯汉魏，女子以诗传者几人乎？……予始叹天壤之大，殆不乏才，谁为禁之哉。阅览之暇，手录一编，遴其尤者，颜以《闺秀集》用自怡悦，兼勖女婧。②

王端淑呕心沥血二十年，编纂《名媛诗纬》四十卷，其夫丁肇圣云：

    《名媛诗纬》何为而选也？余内子玉映不忍一代之闺秀佳咏淹没荒草，起而为之。霞搜雾缉，其耳目之所及者，藏之不忘；其耳目之所未及者，更繇之以有待。盖苦心积玩于字珠句玉者，已十有余年于兹矣。怜才之心过于自怜。……馆阁实录，一代有一代之史官，鼓吹其纛，一代有一代之作手。传之者有人，失之者无罪。③（丁肇圣《名媛诗纬序》）

    除以上几位典型的才女诗文编辑外，柳如是、申蕙、归淑芬、黄德贞等人，都编辑有女子诗文集传世。申蕙、归淑芬、黄德贞等选辑《名闺诗选》；归淑芬与孙蕙媛等选辑《古今名媛百花诗余》；柳如是编纂《古今名媛诗词选》，其自跋曰："积久得诗一千余首，词四百余阕，历代名媛，聚于一帙。披诵把玩，不啻坐对古人也。"④《宫闺氏籍艺文考

①　（明）叶绍袁：《午梦堂集》，冀勤辑校，中华书局1998年版，第1页。
②　（清）季娴编：《闺秀集》，齐鲁书社1997年版，第330页。
③　（清）王端淑辑：《名媛诗纬》，上海书店1987年版，第1页。
④　胡文楷：《历代妇女著作考》，上海古籍出版社2008年版，第434页。

略》云:"宗伯撰列朝诗集,君为勘定闺秀一册,有评许景樊诗一篇。"① 女性以自己的审美眼光编纂女性诗文集,很好地保存了女性诗文,为女性诗文的流传做出了贡献,也是晚明女性意识觉醒的体现。

总之,随着晚明时局的发展变化与男性文人思想的开放,女性诗人的才华逐渐得到男性文人的认可与赞扬。她们不再满足于传统女性"内言不出"的祖训,自我意识开始觉醒。她们以孜孜不倦的态度渴求知识,并不断扩大社会接触面,对闺阁之外的世界表现出异乎寻常的热情。她们也与男性文人一样,或选刻诗文以留名,或与男性兄弟相称诗酒风流,或以绝世才华寻求美满幸福的婚姻。然而,适逢乱世,她们比男性诗人的生存状况更加艰难,却往往表现出比男性更为坚韧的毅力以维护女性的尊严,这是乱世女性特有的生命意识与自我意识的体现。晚明女性自我意识的觉醒与明末乱世相始终,随着晚明乱世的时局而绽放,也随着乱世的结束而逐渐消亡。晚明女性意识的觉醒与诗文创作的繁荣,是明末历史天空的一抹璀璨的血色晚霞。

第二节　晚明女性诗人群体分类研究

晚明女性在其特殊的历史时代,顺应历史潮流,为明末文坛留下了绚烂亮丽的一笔。本节主要从女性诗人群体的角度,对明末女性诗文创作情况做整体性的分类研究。根据才女的出身、职业、社会地位等不同,才女群体大体有三种类型,即名门闺阁才女群、风尘青楼才女群、漂泊江湖的女山人群。当然,这样的区分并不科学,因为青楼亦有烈女,而大家闺秀亦不乏沦落风尘者,而穿梭于二者之间的女山人情况则更为复杂,她们有的也曾是大家闺秀或者青楼才女,甚至三种经历兼而有之。显然,晚明女性文学繁荣的背后,是乱世女子悲惨人生的血泪写照。之所以这样分类,是为了研究方便,便于总结归纳她们群体性的诗

---

① 胡文楷:《历代妇女著作考》,上海古籍出版社 2008 年版,第 433 页。

风，特此说明。

一　青楼诗人群

中国名妓文化大约萌芽于唐朝，至晚明而大放异彩，她们往往色艺双绝，赢得文人雅士的尊重，而晚明的名妓文化更引起了后世文人的大书特书。高彦颐说："繁盛于晚明时期。无论是其能见度，还是其文化水平，都在这一时期达到了顶峰。"[1] 美国汉学家孙康宜女士说："名妓便是晚明文化的象征：她们的审美意趣、她们的才华、她们的美貌、她们的坚忍、她们的自裁——在在都迎合了王朝自身悲剧性的命运。"[2] 晚明名妓与当时走在时代最前沿的名流或当权的官宦保持着紧密的联系，与时代发展的脉搏保持一致，能够最先领悟到社会发展的大动向。名士与名妓之间的应酬和交往，与晚明风云变幻的时局相激荡，演绎成具有独特艺术魅力的晚明名妓文化。

据统计，晚明短短几十年，有将近 120 位名妓活跃在社会各阶层。余怀的《板桥杂记》载有 39 位名妓的活动；钱谦益的《列朝诗集小传》和朱彝尊的《明诗综》则在此基础上，分别新增了 24 位和 7 位；胡文楷的《历代妇女著作考》另有 11 位名妓的传记，加上散见于其他书籍的 40 位，共 120 位左右。这样风靡一时的名妓现象在晚明以前的历史上是绝无仅有的。余怀的《板桥杂记》描绘秦淮河畔的景色曰：

> 秦淮灯船之盛，天下所无。两岸河房，雕栏画槛，绮窗丝障，十里珠帘。主称既醉，客曰未晞。游榻往来，指目曰：某名姬在某河房，以得魁首者为胜。薄暮须臾，灯船毕集。火龙蜿蜒，光耀天地。扬槌击鼓，蹴顿波心。自聚宝门水关至通济门，喧阗达旦。桃

---

① ［美］高彦颐：《闺塾师——明末清初江南的才女文化》，李志生译，江苏人民出版社2005 年版，第 269 页。

② ［美］曼素恩：《缀珍录——十八世纪及其前后的中国妇女》，定宜庄、颜宜葳译，江苏人民出版社2005 年版，第 156 页。

叶渡口，争渡者喧声不绝。①

　　嘉兴姚北若，用十二楼船于秦淮。招集四方应试知名之士百余
人，每船邀名妓四人侑酒，梨园一部，灯火笙歌，为一时之盛事。
先是，嘉兴沈雨若费千金定花案，江南艳称之。②

　　秦淮河畔生活的繁华靡糜，可见一斑。其间娼妓往往附庸风雅，成
为声名远扬、色艺俱佳的名妓，如柳如是、董小宛、顾媚等。事实上，
文人与妓女的风流韵事不仅盛行江南，在整个晚明社会亦比比皆是。

　　糟糕的时局与政治的混乱令有理想的士人们几近绝望，名士们"外
在事功的追求让位于个体内在欲望的自足，生命价值取向偏向了自
我"③。而晚明的名妓们一改昔年娼门装束浓艳、以色事人的精神风貌，
转向清新素雅、以才悦人。而这正好迎合了名士们苦闷压抑的精神需
求，成为他们的灵魂伴侣。陈宝良说："自明中期以后，宫廷建筑或仿
吴下之风，或下从田野之风，曲附林泉之致……是一种审美风格的变
化，即从壮丽向雅素过渡。"④ 李日华说：

　　在溪山纡曲处择书屋，结构只三间，上加层楼，以观云物，四
旁修竹百竿，以招清风；南面长松一株，挂我明月，老梅寒蹇，低
枝入窗，芳草缛苔，周于砌下。东屋置道释二家书，西置儒籍，中
横几榻之处，杂置法书名绘。朝夕白饭鱼羹，名酒精著。一健丁守
关，拒绝俗间往来。⑤

　　为顺应晚明文坛追求真性情的时代要求，青楼女子也提倡本色自然、
质朴清新的审美旨趣。名妓们往往清新素雅，显得一尘不染，多不饰铅
粉，秀色天然。如名妓朱泰玉："澹虚沉静，飘忽流光，遥而望之魂飞，

---

① （清）余怀：《板桥杂记》，青岛版社 2002 年版，第 7 页。
② （清）余怀：《板桥杂记》，青岛版社 2002 年版，第 85 页。
③ 孙立群：《中国古代的士人生活》，商务印书馆 2003 年版，第 16 页。
④ 陈宝良：《飘摇的传统——明代城市生活长卷》，湖南出版社 1996 年版，第 96—97 页。
⑤ （明）李日华：《紫桃轩杂缀》，齐鲁书社 1997 年版，第 12 页。

即而见之意销，望而不见想结。"① 汴梁名妓李无尘，字不染，虽在烟花巷陌，但其名字可见高洁雅致的心性，时人称她为瑶台侍儿，《众香词》说她："含英毓华，蜕尘祛汶，谈谑竟岁月，不涉一烟火语。"② 王玉儿则是 "气宇温然，鬈发缟衣，不事装束，然杂群女中，自是夺目"③。晚明名妓的住所往往与喧嚣的传统青楼大异其趣。她们讲求淡丽精洁，但置书卷琴轴，以梅兰竹菊为伴。如名妓李十娘 "所居曲房密室，帷帐尊彝，楚楚有致，中构长轩，轩左种老梅一树，花时香雪霏拂几榻，轩右种梧桐二株，巨竹十数竿。晨夕洗桐拭竹，翠色可餐，入其室者，疑非尘境"④。名妓马湘兰 "所居在秦淮胜处，池馆清疏，花石幽洁，曲廊便房，迷不可出"⑤。以上可以看出，晚明名妓无论从装束还是家居，都体现了清新雅致的文人画风格，这与文人雅客的喜好相符，也是晚明名妓 "文人化" 的一种表现。

虽然身份卑微，但她们向往与有才有识之士交往，乐于与东林复社名流游宴，而耻于同当时的权奸阉宦来往。声名狼藉的阉党权贵与庸俗不堪的伧父巨贾则常被拒之门外，有的青楼才女甚至不畏强权、不惜以性命相抗争，还有的为自己心爱的男子献出了生命。正因为青楼名妓这样的品行，她们才赢得了广大士人的尊重。她们风花雪月、荡气回肠的故事，往往为诗人骚客津津乐道而青史留名。顾彩的《桃花扇》序云："胜国晚年，虽妇人女子亦知向往东林"⑥ "名姝亦附东林传"⑦。连自称 "木强" 的晚清文人林纾也由衷地赞曰："明季秦淮河厅之盛，复社诸老咸觞咏其中。实则地以人传。"⑧

晚明重情尚趣之风盛行，而恪守传统礼俗的家庭妇女，往往不能给

----

① 胡文楷：《历代妇女著作考》，上海古籍出版社 1985 年版，第 98 页。
② 胡文楷：《历代妇女著作考》，上海古籍出版社 1985 年版，第 110 页。
③ （明）潘之恒：《亘史钞》，齐鲁书社 1997 年版，第 524 页。
④ 柯愈春编纂：《说海》，人民日报编辑社 1997 年版，第 703 页。
⑤ （清）钱谦益：《列朝诗集小传》，上海古籍出版社 1983 年版，第 765 页。
⑥ （清）孔尚任：《桃花扇》，人民文学出版社 2011 年版，第 274 页。
⑦ 吴梅：《吴梅全集》，河北教育出版社 2002 年版，第 22 页。
⑧ 林纾：《畏庐小品》，北京出版社 1997 年版，第 244 页。

饱受煎熬的士子们带来心灵的慰藉，而那些才情俱佳的青楼女子则成了他们志趣相投的心仪对象。士子与才女往往不是贪于一时欢愉，而是有情有义的，有的士子甚至不惜以性命保护身边的青楼女子。《板桥杂记》曾记载过这样一件逸事：

> 莱阳姜如须，游于李十娘家，渔于色，匿不出户。方密之、孙克咸并能屏风上行，漏下三刻，星河皎然，连袂间行，经过赵、李，垂帘闭户，夜人定矣。两君一跃登屋，直至卧房，排闼开张，势如盗贼。如须下床跪称："大王乞命！毋伤十娘！"①

山东莱阳姜如须是复社文人之一。从记载中可以看到，临危之时，他首先担忧的是妓女李十娘，一句"毋伤十娘"，道出了姜如须对相爱妓女十娘的真心呵护，是文人与妓女之间"至情"的体现。董小宛死后，冒襄作了情真意切的《影梅庵忆》以悼之，道出了对董小宛的深深眷恋。书生刘芳眷恋顾媚，二人许以婚约，刘芳痴情而死。柳如是嫌弃与其交往的徐三公子不通文墨，戏言其从事戎武，徐三至家即娴习骑马射箭，后竟战死沙场。柳如是一句戏言竟成为其人生的终极目标，并为之战死，徐三公子对青楼女子柳如是之痴情令人唏嘘。董小宛不顾一切追随冒襄，气魄宏大的马湘兰终身不负王稚登，柳如是与陈子龙，卞玉京与吴伟业等，都成为青楼歌馆屡为后人津津乐道的风流韵事。

晚明青楼名妓不仅擅长诗词歌赋，而且精通琴棋书画。董小宛生性恬淡文静，其书法"楷法遒劲，波折轻妍"，"行笔峻快清劲，锋颖秀拔，备尽楷则，可称书法精品"②。此外，她厨艺精湛，其各种烹饪技艺广为流传。柳如是欣赏冷峻有骨感的楷书，深得"虞褚之法"，程孟阳称其"书势险劲"。其他如郝昭文、张如玉、杨宛叔、朱无暇等均善楷书。江南的范珏、林天素、杨云友、马湘兰、顾媚等名妓则以绘画闻名。董其昌称赞林天素和杨云友画作曰："彼如北宗卧伦偈，此如南宗

---

① （清）余怀：《板桥杂记》下，青岛出版社 2002 年版，第 10 页。

② 吴定中：《董小宛汇考》，上海书店出版社 2001 年版，第 20 页。

慧能偈；……然天素秀绝，吾见其止，云友淡宕，特饶骨韵。"① 名妓马湘兰以画兰闻名，其画作名扬海外，以至于海外使者竞相收藏，可以说是名妓史上的首例。金陵名妓顿文是宫廷乐师顿仁之孙女，深得顿仁之真传，鼓琴唱曲，心曲共融，"学鼓琴，雅歌《三叠》，清泠然，神与之浃"②。乐妓秀云竟能以琵琶娴熟地弹奏经文，亦为一绝。李中馥的《原李耳载》卷上有云："妓有名秀云者，晋府乐长也。声容冠一时。工小楷，善画兰，操琴爱《汉宫秋》，称绝调；有能以琵琶弹《普庵咒》，与琴人化。"③ 江上名妓刘静容登场演出，满座为之倾倒。如张岱的《赠黄皆令女校书》评价黄皆令言："才子佳人聚一身，词客画师本宿业。巾帼之间生异人，何必须糜而冠帻。"④ 马湘兰则一身而兼几门绝艺，才色俱佳，而以才情为主几乎是晚明名妓的共有特点。

最全能的晚明名妓要数京师薛素素，《明诗综》载："薛五校书有十能，诗书琴奕箫，而驰马走索射弹尤绝技也，予见其手写水墨大士甚工，董尚书未第日，授书禾中，见而爱之，为作小楷心经，兼题以跋，至山水兰竹，下笔迅扫，无不意态入神。"⑤ 素素集诗、画、书、琴、棋、箫、马术、射弹、走索、刺绣数十种技能于一身，才能名动公卿，这种全才在整个妇女史上也是罕见的。北里名妓王曼容的字、诗、琴皆师出名家，三样俱绝。王百谷曾言"金陵才人，唯郝文珠、马楚屿"，马楚屿即马如玉，"品似芙蕖，才过柳絮。弄墨则花笺点就，惯自描兰；裁诗则竹简题残，曾无窜草。尤工乐府，停吴云于双声；最善丝桐，挹湘水于十指"⑥。诗、画、琴、曲俱擅。李因能墨笔山水，其花鸟画更是一枝独秀，据载李因"每遇林木孤清，云日荡漾，即奋臂振衣，磨墨汁升许，劈笺作花卉数本"⑦。其画作得到陈维崧、窦镇、葛征奇等著

① 任道斌：《董其昌系年》，文物出版社1988年版，第59页。
② （清）张潮：《虞初新志》，上海古籍出版社2012年版，第278页。
③ （清）林慧如编：《明代轶闻》，中华书局1919年版，第116页。
④ （明）张岱：《张岱诗文集》，夏咸淳点校，上海古籍出版社1991年版，第51页。
⑤ （清）朱尊彝：《静志居诗话》，人民文学出版社1998年版。
⑥ （清）钱谦益：《列朝诗集小传》，上海古典文学出版社1957年版，第768页。
⑦ 胡文楷：《历代妇女著作考》，上海古籍出版社1985年版，第109页。

名文人的好评。

二　"女山人"

所谓山人，原本指那些略有薄技以求食求名之客。晚明，男性清客遍布各地，甚至出现了一些漫游四方的"女山人"，这在漫长的封建时代是空前的。在晚明这样一个追求标新立异以求名士风度的时代，但凡不符合甚至反叛程朱理学的种种言行，似乎都有几分名士风流的味道。著名山人陈继儒曾这样说："名妓翻经，老僧酿酒，将军翔文章之府，书生践戎马之场，虽乏本色，故自有致。"① 可见，所谓的有致是一种故作姿态的风雅。张履祥说：

> 近世，士大夫多师事沙门，江南为甚，至帅其妻子妇女，以称弟子于和尚之门。兵饥以来，物力大诎，民不堪生，而修建寺宇，斋僧聚讲，殆无虚日。民间效之，都邑若狂。② （《愿学记》）

又崇祯年间，有一名金台的僧人，在杭州皋亭建禅院，一时间"自尚书、状元，率其命妇女子皈依之"③。袁宗道一家除他本人之外，家中女眷"俱长素念佛，精勤之甚，辰昏梵呗，宛同兰若"④。崇祯时四川新都知县常熟人黄翼圣，自号"莲蘂居士"。其女黄若，回黄家守寡时，则"依其父学佛"。顾玺之女顾敬，"奉佛甚虔，绝荤习静，遂悟空寂"。方以智的姑母方维仪，"酷精禅藻，其白描大士尤工"⑤。明末黄汝亨的孙女埈儿，法名智生，性喜学佛，在她患重病之时，父母深感痛心，但她却安慰父母道："金枪马麦，定业难逃，大人独不闻之乎？

---

① 唐富龄：《历代小品妙语》，崇文书局 2004 年版，第 263 页。
② （清）张履祥：《杨园先生全集》，中华书局 2002 年版，第 748 页。
③ （清）张履祥：《杨园先生全集》，中华书局 2002 年版，第 883 页。
④ 袁宗道：《白苏斋类集》，钱伯城点校，上海古籍出版社 1989 年版，第 230 页。
⑤ （清）陈维崧：《妇人集》，载虫天子编《中国香艳全书》，团结出版社 2005 年版，第 41 页。

且女特身痛耳，心无所苦。"① 年十九而夭折。由此可见，女子反叛传统礼教的名士心理在开放的晚明是深入人心的。

汉代荀奉倩论妇女，主张以色为主，才智不足论，晚明则不然。晚明谭元春与才女王微交往甚密，他认为像王微这样的才女，经常出入男性之间，游历天下，阅历颇丰，应该属于"女山人"。他专写一篇《女山人说》记载了一位名叫澜如的女子，前文已讲，谭氏另有诗作《江夏女客行》抒写女山人的风姿。在谭元春看来所谓的女山人就是能书善画，粗知诗文，并经常洒脱自如地出没于各种社会场合，又不失女性风雅的才女。丁传靖的《明事杂咏》云："山人一派起嘉隆，末造红裙慕此风，黄伴柳姬吴伴顾，宛然百谷与眉公。"② 文中所述的黄媛介、吴岩子便是明末典型的女山人，经常与她们相伴的则是柳如是及顾媚，她们与社会名流多有交往。女山人的风气，在当时的小说中也有体现，如小说《平山冷燕》中的女才子山黛。

"女山人"的大量出现，从某种程度上反映了晚明才女心理上的名士化倾向，而这种名士化倾向也符合男性的审美要求。"女山人"往往凭借自己的才艺与文人士大夫交流，并获得男性的认可与欣赏。这种山人化、名士化的倾向，事实上也深入青楼与闺阁女子心中，只不过由于身份不同，青楼与闺阁女子很少付诸实践。众多女山人中，尤以杨慧林、林雪、王微三人最为闻名。

杨慧林，字云友，号林下风，以诗、书、画三绝而名噪杭州，尤工山水，其《断桥秋柳图》一时被名流争相题诵。父亲亡故以后，以孝事母亲，不轻易与人交，由此得到士林的敬重。当时的名流董其昌、高贞甫、胡仲修、黄汝亨、徐震岳诸贤，若至杭州便拜见杨慧林。

林雪，字天素，时人称为"女校书"，以善画著名，与杨慧林交好。杨慧林逝世后，林雪寂处无侣，汪汝谦送她回福建。由谢彬写像，蓝瑛补图的《笛图》栩栩如生地描画了杨慧林、林雪与汪汝谦之间的

---

① （清）陈维崧：《妇人集》，载虫天子编《中国香艳全书》，团结出版社 2005 年版，第44—45 页。

② 谢尧兴：《堪隐斋随笔》，辽宁教育出版社 1995 年版，第 241 页。

名士交流。

在晚明，女山人也可以算得上是能够凭借自己的才艺，自谋生路的职业妇女，她们不乏常与名士相会，诗酒风流，但她们最稳定的生活来源往往是通过与大家族的才艺女性诗文交往，或与大家闺秀、官宦夫人做伴，或受聘做大家闺秀的闺塾师。显然，做富家大族的闺塾师，有才艺的女性比男性更为合适。

名妓柳如是与顾横波时为社会女名流，与她们交好的黄媛介、吴岩子即是女山人。黄媛介与姐姐黄媛贞均负才名，世人论及二人，往往认为黄媛介风尘，而黄媛贞冰雪。据载："皆德为贵阳朱太守房老，深自韬晦，世徒盛传皆令之诗画，然皆令青绫步障，时时载笔朱门，微嫌近风尘之色，不若皆德之冰雪净聪明也。"① 虽然如此，但黄媛介的风尘之色因与其人生经历有很大的关系而为世人理解、推崇和接受。黄媛介以诗文擅名，其书画亦为世所珍，尝作《离隐歌序》云：

> 予产自清门，归于素土。兄姊雅好文墨，自少慕之。乃自乙酉逢乱被劫，转徙吴阊，迁迟白下，后入金沙，闭迹墙东。虽衣食取资于翰墨，而声影未出于衡门。古有朝隐、市隐、渔隐、樵隐，予迫以离索之怀，成其肥遁之志焉。将还省母，爰作长歌，题曰"离隐"，归示家兄。或者无曹妹续史之才，庶几免蔡琰居身之玷云尔。②

黄媛介出于"清门"，可见她家虽是书香门第，却并非官宦之家，要不其才华出众的姐姐黄媛贞也不会屈就为朱茂时之妾。"皆令本儒家女，从其兄象三受书"③，姐妹因从其兄长学习诗文，耳濡目染，假以时日才有所成就。黄媛介以其才名，引来赫赫有名的太仓张西铭求娉。黄媛介当时已许杨世功，杨久困科场，远游贫穷未归，故而黄媛介父兄劝她改字名震天下的张溥。黄媛介不答应却又经不起父兄屡屡苦劝，某日

①　（清）朱彝尊：《静志居诗话》，人民文学出版社 2006 年版，第 730 页。
②　（清）周铭：《林下词选》，上海古籍出版社 2002 年版，第 603 页。
③　（清）钱谦益：《牧斋初学集》，上海古籍出版社 1985 年版，第 967 页。

设屏障暗观张溥，之后对父兄说："吾以张公名士，欲一见之，今观其人有才无命，可惜也。时张方入翰林，有重名，不逾年竟卒，皆令卒归杨氏。"① 黄媛介阅人之准，一时传为佳话。之后，她还是嫁给了贫穷的杨氏。"适士人杨世功，萧然寒素，皆令黾勉同心，恬然自乐也"②，婚后，两人互相勉励，黄媛介以卖字画谋生。据施淑仪的《清代闺阁诗人征略》载：

> 乙酉鼎革，家被蹂躏，乃跋涉于吴越间，困于檇李，踬于云间，栖于寒山，羁旅建康，转徙金沙，留滞云阳，其所纪述多流离悲戚之辞，而温柔敦厚，怨而不怒，既足观于性情，且可以考事变，此闺阁而有林下风者也。③

黄媛介与柳如是交情甚笃，两位才女因坎坷的命运与绝世才华而惺惺相惜，引为知己，"时时往来虞山，与柳夫人为文字交"④。黄媛介曾有一段时间客居"绛云楼"，"媛介后客于虞山柳夫人绛云楼中"⑤，两人笔墨相伴，一时传为吴中闺阁盛事。吴伟业曾有诗感叹两人这一段交情，其《题鸳湖闺咏》云："绛云楼阁敞空虚，女伴相依共索居。学士每传青鸟使，萧娘同步紫鸾车。新词折柳还应就，旧事焚鱼总不如。记向马融谭汉史，江南沦落老尚书。"⑥ 柳如是评价黄媛介之诗云："皆令之诗近于僧"⑦，这个评价应当是十分中肯的。此外，作为"女山人"的黄媛介也与众多男性诗酒酬唱，如汪然明、王士祯、毛奇龄、吴伟业等。他们多赏识黄媛介的才情，或为其作传，或为其诗文集作序，如毛奇龄曾作《黄皆令越游草题诗》，钱谦益则有《士女黄皆令集序》。

---

① （清）施淑仪辑：《清代闺阁诗人征略》，上海书店1987年版，第46页。
② （清）施淑仪辑：《清代闺阁诗人征略》，上海书店1987年版，第45页。
③ （清）施淑仪辑：《清代闺阁诗人征略》，上海书店1987年版，第45—46页。
④ （清）施淑仪辑：《清代闺阁诗人征略》，上海书店1987年版，第46页。
⑤ （清）施淑仪辑：《清代闺阁诗人征略》，上海书店1987年版，第48页。
⑥ （清）吴伟业：《梅村家藏稿》，上海古籍出版社2002年版，第96页。
⑦ （清）钱谦益：《牧斋初学集》，上海古籍出版社1985年版，第967页。

　　吴山本为太平县丞卞琳妻，却因丈夫殉难，不得已过上了辗转漂泊、居无定所的"女山人"生活。其作品主要有《青山集》《吴岩子诗》《吴岩子诗辑本》等。吴山虽然生活贫困，在战乱中居无定所，却始终以"女遗民"自居。吴岩子只有两个女儿，二女均以才华闻名，而且都是刘孝廉峻度妻室。长女卞梦钰，有《绣阁集》；次女卞基德，善画好读书。两女皆有诗名，吴山晚年"依女夫刘峻度以老"①。女山人与贵妇、名妓结交，她们往往因才情相仿而意气相投，女山人不仅可以借此获取生存资本，而且双方的唱和往往能够获取更大的社会声誉。

　　除诗词歌赋的才华外，一些心慕女山人的士大夫家族才女兴起了谈禅好道之风。如梅国桢之女澹然，被李贽称为"澹然师"。澹然出家为尼修行，其父梅国桢很是赞赏，袁中道的《梅大中丞传》载："父子书牍往来，颇有问难。"②王世贞的仲女昙阳子，不仅谈禅念佛，而且在她去世之时，屠隆、沈懋学、冯梦祯等近百名士前来祭拜，他们或自称"弟子"，甚至有人"以父师女"③，轰动一时。晚明出现了很多女山人或与女山人有着相似心理的才女，她们或吟诗作赋，参禅悟道；或以名士自诩，结社集会，收女弟子。

　　总之，女山人群体活动的一时风靡，架起了闺阁女子与青楼才女社会交往的桥梁。名妓不受社会传统道德的约束，能够接触到当时的名流才俊，但她们并不能像女山人一般浪迹天涯、深入社会的各个层面。而有才华的大家闺秀纵有绝世才华以及优厚的物质生活条件，其生活空间却往往局限于闺阁之中，除与家庭成员交往颇多外，社会生活单薄。而穿梭于二者之间的女山人，则深知社会黑暗，了解民生疾苦，饱受人间冷暖。她们不仅了解风尘女子的无奈，也理解闺阁才女的苦闷。因此，可以说女山人的出现，为晚明新思想的传播、女性意识的觉醒与女性诗人群体的发展壮大做出了不可估量的贡献。

---

　　① （清）施淑仪辑：《清代闺阁诗人征略》，上海书店1987年版，第39页。
　　② （明）袁中道：《珂雪斋近集》，上海书店1981年版，第56页。
　　③ （明）沈德符：《万历野获编》，北京燕山出版社1998年版，第593—595页。

三 闺阁诗人群

闺阁才女大多出身较好，物质条件优厚，不需要像女山人一样四处奔波，也不需要像风尘女子一样出卖自己的才色。她们有着良好的家庭教育，其长辈大多是开明的士人或官员。她们自小受到诗词歌赋的文化熏陶，耳濡目染，或待字闺中，或相夫教子，生活圈比较狭窄。与其他两类才女相比较，她们的社会交往与精神生活较为贫乏。因此，一般情况下，她们的诗文以抒写传统闺阁题材为主，诗风与以上两类也大相径庭。

晚明家族式闺阁才女群体众多，但最负盛名、流传最广的要数沈、叶两大家族联姻形成的才女群体。两大家族的才女群体以著名学者沈璟的侄女、叶绍袁之妻沈宜修为核心，集合了几代人的联姻以及与周围文化世家的裙带关系，形成了错综复杂的姻亲化的才女群体。其中，数沈宜修与女儿及其沈氏才女的唱和最多，钱谦益的《列朝诗集小传》赞云："宛君与三女相与题花赋草，镂月裁云。中庭之咏，不逊谢家；娇女之篇，有逾左氏。于是诸姑伯姊，后先娣姒，靡不屏刀尺而事篇章，弃组纴而工子墨。松陵之上，汾湖之滨，闺房之秀代兴，彤管之诒交作矣。"[1]《午梦堂集》中收录了叶氏、沈氏以及与沈、叶两家有一定来往的才女们的唱和作品。如沈宜修与女儿叶纨纨、叶小纨、叶小鸾；沈氏才女沈媛、沈智瑶、沈宪英等。沈、叶两家的诗文酬唱，下文另有专节论述。

屠隆为晚明著名文人，其儿媳正是吴江沈氏才女沈天孙，作为儿媳的她与婆婆及小姑屠瑶瑟相处和谐，酬唱颇多，屠隆为她们刻诗集以流传。钱谦益的《列朝诗集小传》载："信一家之盛事，亦一时之美谈也。"[2] 屠瑶瑟《秋夜赠七襄》云："常得与君酬白雪，夜阑清露在蒹葭。"[3] 沈天孙《初夏走笔和湘灵》云："旖旎薰风柳乍醒，榴花刺眼媚

---

① （清）钱谦益：《列朝诗集小传》，上海古籍出版社1983年版，第753页。
② （清）钱谦益：《列朝诗集小传》，上海古籍出版社1983年版，第748页。
③ （清）钱谦益编：《列朝诗集》，中华书局2007年版，第21页。

遥汀。傍人桐树枝枝绿，出水荷钱叶叶青。陇外乔桑飞雏雉，阶前茂草隐新萤。春从杜宇声中去，空翠浓阴又满庭。"① 另有诗集《留香草》传世。

绍兴祁氏家族以祁彪佳的妻子商景兰为核心形成了闺阁才女群，祁彪佳殉难后，其家女性的唱和为时人所颂扬。如陈维崧赞曰：

> 闺秀则梅市一门甲于海内。忠敏擅太傅之声，夫人孕京陵之德，闺中顾妇，博学高才；庭下谢家，寻章摘句。楚纕、赵壁，援妇诚以著书；卞客、湘君，乐诸兄之同砚。②（《妇人集》）

桐城方氏以"方氏三节"——方孟式、方维仪、方维则为核心，包括吴令仪、吴令则在内的才女诗歌创作群体，尤以方维仪名重一时。方氏才女群体面对乱世，其丈夫或战死，或早逝，故而可以说是一个贞节烈妇的诗人创作群体。遭逢乱世，却要坚守贞洁，支撑门户，其间辛酸悲苦难以想象。施淑仪的《清代闺阁诗人征略》载：

> 方氏三节：一为孟式，同夫殉国；一为维仪，年十七而寡，守节，寿八十有四；一为维则，年十六而寡，守节，寿亦八十有四。白圭无玷，苦节可贞，足以昭诸彤管矣。③

她们姊妹三人是古代贞洁烈妇的典型代表，心中无以排遣的幽情苦绪，唯有以诗词创作来抒发。方孟式的《清芬阁·序》云："生涯辛苦，赖有文史问难字，差足慰藉。"④ 由于相似的生命历程，方氏才女们相依为命，互为知己。由"蕉园五子"到后来的"蕉园七子"，其坚韧不拔的冰雪精神令其他女子自愧不如。

---

① （清）钱谦益编：《列朝诗集》，中华书局 2007 年版，第 21 页。
② （清）陈维崧：《妇人集》，载虫天子编《中国香艳全书》，团结出版社 2005 年版，第 43—44 页。
③ （清）施淑仪辑：《清代闺阁诗人征略》，上海书店 1987 年版，第 37 页。
④ 胡文楷：《历代妇女著作考》，上海古籍出版社 1985 年版，第 82 页。

晚明闺阁才女的诗文创作，既不像女山人那样获取名声以资生活，也不像青楼女子诗酒风流以应酬来往的名士，她们吟诗作文或为打发优游卒岁的闲暇时光，或为抒发内心无以排遣的幽情苦绪。

总之，作为晚明女性，在明末新思潮的影响下，一部分有才华的女性觉醒了。然而，她们觉醒后却不得不面对国破家亡的社会现实，诗人的天赋加上才女的敏感，使她们更难摆脱思想上的痛苦。她们有的苦于青楼出身，为获得一点正常人的幸福而香消玉殒；有的身处富家大族却苦于婚姻不能自主；有的即使嫁到心仪郎君，却往往因丈夫殉国或早逝而寡居终身；也有的苦于生计而不得不浪迹天涯，在战乱中饱受漂泊之苦。晚明才女的遭遇如一曲曲诉说不尽的悲伤挽歌触动着后人的神经，使人悲叹，令人唏嘘！

第三节　晚明女性诗歌创作的新走向

与传统女性诗歌内容一般不出闺阁，诗风柔媚婉约相比，明末女性面对天下大乱的社会现实，以及自我意识的觉醒，她们的诗歌创作增添了不少新的内容。明末才女们强烈要求"女务外学""以文史代织纴"，女性生活的重心发生了转移。她们不得不面对腐败的朝廷、清军的入侵，以及此起彼伏的农民起义，血淋淋的战争洗礼给自觉自醒了的才女们增添了新的诗歌创作内容。她们与男性一样深知战争带给人们的创伤，关注民生疾苦。诗歌创作风格也由单一的婉约走向多元化，诗风往往刚烈雄浑、苍劲悲凉，爱国意识与史诗意识增强。因为本节主要探究明末女性诗歌创作的新动向，故而传统女性婉约的闺秀诗略去不谈。晚明女性诗歌创作意识主要表现为诗文留芳的立言意识、殉国守节的烈女意识、以诗存史的史诗意识以及诗歌流露出的遗民情结。

然而，甚为可惜的是，随着清初国家渐趋稳定与实学思潮的发扬光大，晚明自觉自醒的女性思潮犹如昙花一现，迅速走向低谷。众多才女们在经历了自我意识觉醒的阵痛之后，在徘徊迷茫中，没有找到新的突破与发展，仿佛激动无比地走了一圈却又无可奈何地回到了原点，似乎又心甘情愿地回归男权制约下"三从四德"式的附庸生活，女性诗文创作的内容也逐渐走向单一的歌颂"妇德"，明末女性自我意识觉醒的思潮也逐渐衰落。

一　"立言"意识

明清文人开始意识到女性天生就有诗一般清醇的特质。在男性文人的认可与鼓励下，晚明女性自身的观念发生了转变，她们参与诗文创作的主体意识增强。她们不仅自己创作，而且开始按照女性的审美要求编辑取舍女性的诗文。无论在人生的理想还是创作方式上，她们企图从过于女性化的生存环境中挣脱出来，希望自己的诗文才华获得与男性文人等同的社会认可。

钱谦益的《列朝诗集》云："周玉箫感慕病殁，有诗一百三十篇，授其女蕙，女蕙刻而传之《悬鹃集》。"① 女性开始突破"女子无才便是德"的传统压制，打破"内言不出"的苑囿，乐于把抒发自己真情实感的诗文公之于世。方孟式的《清芬阁集序》曰："于是载其近编，用觇癯瘵，其有名公钜卿流揽彤管者，当必择琳琅之一枝，存湘间之斑泪云尔。"② 尤侗的《林下词选序》亦云："即有断粉残铅，寸玑尺璧，珍重爱护，十倍寻常，不似吾辈须鬑如戟，放笔颓唐，徒供伧父调笑而已。"③ 晚明男性或为女性举行诗文集会，其中规模最大的一次是四十七位男性文人组成的"同秋社盟弟"，联名资助王端淑的《映然子吟红集》刻板刊行，其诗集小引云："吾辈窃叹，当世之才，不钟之轮囷之士，而钟之妆镜之窟，相与搁笔惊异。"④ 这种迫切的立言意识使女性期望自己及自己的作品能为后人铭记，是女性自我意识觉醒的强烈体现。她们渴望自己能如男性一样流芳百世，因此，一些博学多识的女性

① 胡文楷：《历代妇女著作考》，上海古籍出版社1985年版，第123页。
② 胡文楷：《历代妇女著作考》，上海古籍出版社1985年版，第82页。
③ 胡文楷：《历代妇女著作考》，上海古籍出版社1985年版，第896页。
④ （清）王端淑：《映然子吟红集》，［日］丰后佐伯藩主毛利高标献上本，第1b页。

作家开始编纂同性的作品总集。梁小玉的《古今女史自序》曰："二十一史有全书，而女史阙焉。挂一漏百，拾大遗纤。飘零纸上之芳魂，冷落闺中之玉牒。是以旁摭群书，厘为八史（外史、国史、隐史、烈史、才史、韵史、艳史、诫史）。"① 她们不满史书忽略女性，而发愤作女史，就这样晚明女性自身编纂女性诗文总集的风潮迅速开始。

博学多识的王端淑耗费了二十五年，精心编选了一部收录千余位女性诗作的总集《名媛诗纬》，以明代女性诗人为主。其夫丁圣肇在序言中说："余内子玉映不忍一代之闺秀佳咏，湮没烟草，起而为之，霞搜雾缉。其耳目之所及者，藏之不忍；其耳目之所未及者，叙县以有待。"又云："日月江河经天纬地，则天地之诗也。静者为经，动者为纬；南北为经，东西为纬。则屋野之诗也，不纬则不经，昔人拟经而经亡，则宁退处于纬之，足以存经也。"② 王端淑认为女性诗作保存与流传不易，作为女性诗人有责任为女性诗作的保存与传播贡献力量。她把自己的总集以"诗纬"相称，以示《名媛诗纬》与儒家传统经典《诗经》相并置，《宫闺氏籍艺文考略》指出其"诗纬命名，匹经为义，意存不让。然杂采卷菔，多后兰若，其不能为铁崖月夜之挥耶？抑鉴裁本尔耶？"③

明清之际一些才女对声誉的追求有时甚至超过了男性，她们渴求自己的诗文能够得到后人的尊重与欣赏。如项兰贞，据载："临殁，书一诗与卯锡诀别，曰：'吾于尘世，他无所恋，惟云、露小诗，得附名闺秀后足矣。'"④ 临死与丈夫话别的唯一嘱托就是"得附名闺秀后足矣"。会稽一女郎自幼攻读诗文，却无奈委身草莽，惨遭凌辱，题诗两首于墙上，希望死后能有知音者阅读，便以为死且不朽。据钱谦益的《列朝诗集小传》载：

> 兖东新嘉驿中，壁间有题字云："余生长会稽，幼攻书史，年

---

① 胡文楷：《历代妇女著作考》，上海古籍出版社1985年版，第162页。
② （清）王端淑编：《名媛诗纬》，上海书店1987年版，第1页。
③ 胡文楷：《历代妇女著作考》，上海古籍出版社1985年版，第894页。
④ （清）钱谦益：《列朝诗集小传》，上海古籍出版社2008年版，第753页。

方及笄，适于燕客。嗟林下之风致，事腹负之将军。加以河东狮子，日吼数声。今早薄言往诉，逢彼之怒，鞭棰乱下，辱等奴婢。余气溢填胸，几不能起。嗟乎！余笼中人耳，死何足惜，但恐委身草莽，湮没无闻，故忍死须臾，候同类睡熟，窃至后庭，以泪和墨，题三诗于壁，并序出处，庶知音读之，悲余生之不辰，则余死且不朽。其一曰：银红衫子半蒙尘，一盏孤灯伴此身。恰似梨花经雨后，可怜零落旧时春。其二曰：终日如同虎豹游，含情默坐恨悠悠。老天生妾非无意，留与风流作话头。其三曰：万种忧愁诉与谁，对人强笑背人悲。此诗莫把寻常看，一句诗成千泪垂。"①

总之，晚明女性自我意识开始觉醒，她们摒弃"女子无才便是德"的传统，打破"内言勿出"的束缚女性的教条。她们钟情于诗文以获得个人价值的实现，充分展示个人绝世才华，吟诗作赋以求青史留名。她们按照女性的审美心理选编女性诗文集，促进了明清之际女性文学的交流传播。

二　节烈意识

据何冠彪先生的专著《生与死：明季士大夫的抉择》统计，明末士大夫殉国人数为历朝历代之冠，而女性殉国守节的人数更是难以计算。可以想象战乱中，才色俱佳的女性比男性生存更为艰难，她们或与志士一样以身殉国，或在丈夫死难后立志守节。明末殉国守节的烈女意识空前增强，这也是女性诗歌创作的新内容。以诗著称的姐妹诗人"方氏三节"就是殉国守节意识的典范。事实上，"方氏三节"之所以为世人称道，并非她们的殉国守节意识，而是她们出众的才华。而诗才不及"方氏三节"却与其一样殉国守节者不可胜数，她们或因才寡名微而鲜为人知，又或干脆连姓名也湮没无闻，着实令人感叹。故我们的研究不得不停留在有文字记载与流传的女性诗人层面，而那些香消玉殒却无只

---

① （清）钱谦益：《列朝诗集小传》，上海古籍出版社 2008 年版，第 761 页。

言片语传世的女子们，她们身体力行的节烈事迹也只能永无天日地湮没在历史长河中了。

以昆山为例，顺治二年秋城破时，就有四百余名女子投水自尽！其他地方大体如此，明末死难女子难以计数，却可想见。明末大厦将倾的颓势，同样也激发了女性的爱国情怀与遗民情结。正如男性或慷慨捐躯，或誓不仕清一样，女性除了留下香消玉殒的绝命诗外，也同样表示出强烈的遗民意识。陈舜英有诗云：

> 世外犹遭难，人间敢惜生？便捐男子血，成就老亲名。君指天为誓，余怀刃是盟。一家知莫保，不用哭啼声。① （《粤难作，夫子被羁》）

柳如是的《赠友人》高呼："即今天下多纷纷，天子非常待颜驷。"遗民心态却在女性诗人中深入人心。她们或为殉臣之妻妾，如商景兰、李因、章有湘等；或为忠臣之后，如刘淑、夏淑吉、王端淑等；或非宗非宦，却气骨卓然天成者。这种巾帼不让须眉的气概，正是明清易代之际女性诗人高尚操守的最好阐释。陈结璘的《满江红·甲寅春日雪窗书怀》写道："劲骨天成，又恰遇劫馀时候。经几多涛惊浪怒，风狂雨骤。侠概自夸巾帼少，高怀肯让须眉有。"② 这种女性特有的节烈意识正是晚明女子高尚操守的体现。以下遴选具体事例，以为管窥。

顺治七年清军围困广东，有李氏者，其夫投江自沉，李氏题诗自缢，其诗云：

> 恨绝当时步不前，追随夫婿越江边。双双共入桃花水，化作鸳鸯亦是仙。③

平阳一女子为清军所掠，坚强不屈，面对生死抉择，毫不犹豫地以

---

① 邓之诚：《清诗纪事初编》，明文书局1985年版，第133页。
② （清）徐树敏编：《众香词》，（台北）富之江出版社1997年版，第11页。
③ （清）恽珠：《国朝闺秀正始续集》，道光十六年丙申（1836）红香馆刻本，第9b页。

死来守护自己的名节，以柳枝自杀随夫黄泉，有绝命诗以明心志："楼前记取孤身死，愿作来生并蒂花。"① 北京陷落时，一杜氏妇女被掠，她先假意相从，在以泪祭奠亡夫之后，投河自尽，其诗云：

> 不忍将身配满奴，亲携酒饭祭亡夫。今朝武定桥头死，留得清风故国都。②

诗歌不仅体现了女子以死追随亡夫的决心，诗中的"满奴""故国"更表明了誓死不降的民族意识与故国情感。更有女子名吴芳华者新婚即遭离乱，愤然提笔云：

> 胭粉香残可胜愁，淡黄衫子谢风流。但期死看江南月，不愿生归塞北秋。掩袂自怜鸳梦冷，登鞍谁惜楚腰柔。曹公纵有千金志，红叶何年出御沟。③（《题壁诗》）

顺治十一年吴三桂叛乱，才女杜小英被清兵掳掠送给一位曹姓将领，虽然她曾受其关怀而心存感激，但依然选择投河自尽。其《绝命诗》表达了不为贰臣、不事二夫的决心，诗云：

> 图史当年强解亲，杀身自古欲成仁。簪缨虽愧奇男子，犹胜王朝共事臣。④

相反，那些降敌事敌者则为世人所不耻，受到人们的指责与批判，王端淑直斥汪源仙"偷生苟免，世所最鄙"⑤。有英雄风范的女才子刘淑亲自参加战斗，耳闻目睹诸多烈女事迹，也看到了诸多叛国投敌者，

---

① （清）恽珠：《国朝闺秀正始集》附录，道光十一年辛卯（1831）红香馆刻本，第2b页。
② 小横香室主人：《清朝野史大观》，上海书店1981年版，第104页。
③ （明）计六奇：《明季南略》，中华书局1984年版，第285页。
④ （明）谈迁：《北游录》，中华书局1960年版，第339页。
⑤ （清）王端淑编：《名媛诗纬初编》卷21，康熙六年丁未（1667）山阴王氏清音堂刻本，第5a页。

其《为杨了玉死烈歌》感叹"奈何历乱逐风波，古今尽是偷生客"①。宫女叶子眉于战乱中逃生，为自己苟且偷生、未死国难而深感耻辱，其诗云：

> 剪落霓裳别样妆，青骢有分断河梁。文章漫说夸机女，羞见虞姬舞袖长。风送尘飞到鬓边，伤心从此别江天。劝君莫问宫中事，杨柳回头起暮烟。②（《题卫辉邸壁》）

国破家亡、生死不测之际，血溅利刃的虞姬成为以死全节的典型，也成为晚明才女歌咏的对象。如李因的《吊虞姬》、朱德蓉的《咏虞姬》、吴胐的《咏虞姬》等，女性才女们以虞姬香消玉殒的形象来激励自己、鼓励身边的人。计六奇感慨道：

> 人惟贪生念重，故临事张惶，若烈妇存一必死之志，则虽刀锯在前，鼎镬在后，处之泰然，岂与优柔呴嚅者等哉！③

以命相搏来维护自己人格尊严的女性诗人，其诗作总是充满了令人叹惋的悲剧色彩，也总能引起政治高压下，人们的愤怒与共鸣。她们的诗作与事迹，成为苟延残喘的人们传抄歌唱的"新闻"。杜小英的诗作，"闻者争传诵焉"④，和诗纷出。当遗民们读到女性这样以死相抗的诗作，灵魂深处怎能不为之震撼，亦足令贪图富贵、贪生怕死的屈节投降者汗颜。"疾风知劲草，板荡识忠臣"，晚明女性的殉国守节意识甚至超过了男性。名妓柳如是逼钱谦益殉国，而钱氏却屈节仕清，这便是最好的例证。四川富顺刘氏母女冷笑着从容赴死时所写的题壁诗，将廷臣斥为"木偶"，足令满腹私念、贪生怕死的投降者们灵魂不得安宁，既是对男性当权者腐朽误国行为的辛辣讽刺，也是对自己所生存的男性

---

① （明）刘淑：《个山集》，人民教育出版社1999年版，第345页。
② 嶙峋编：《闺海吟》，华龄出版社2012年版，第248页。
③ （清）计六奇：《明季北略》，中华书局1984年版，第574页。
④ （清）陈维崧：《妇人集》，《清代闺秀诗话丛编》本，凤凰出版社2010年版，第38页。

世界的绝望。其诗云：

> 木偶同朝只素餐，人情说到死真难。母牵幼女齐含笑，梅骨稜稜傲雪寒。①

燕京沦陷，平民赵氏嚼指血题诗衣间后投水死，诗云：

> 鼓鼙满地不堪闻，天道人伦那足云。听得睢阳空有舌，裙钗只合吊湘君。②（《题衣诗》）

对男性误国者的痛恨、卖国者的指责以及对女性风骨的自我表彰糅合交织，构成了女性独特的战斗精神。战乱中，女性为守护自己的名节付出的代价是惨痛的。女性为避免遭受凌辱往往不得不选择逃亡，这种备受煎熬的逃亡经历，诗人王端淑的《苦难行》记述最为详细。其诗云：

> 武宁军令甚严肃，部兵不许民家宿此际余心万斛愁，江风括面焉敢哭。半夜江潮若电入，呼儿不醒势偏急。宿在沙滩水汲身，轻纱衣袂层层湿。听传军令束队行，冷露薄身鸡未鸣。是此长随不知止，马嘶疑为画角殽。汗下成斑泪如血，苍天困人梁河竭。病质何堪受此情，鞋跟踏纹肌肤裂。定海波涛轰巨雷，贪生至此念已灰。……步步心惊天将暮，败舟错打姜家渡。行资遇劫食不敷，凄风泣雨悲前路。③

诗歌描述了在逃难的途中遭遇江潮、兵匪、雷雨等，充满了对旅途艰险与家庭离散的怨愤。面对国破家亡的突变，女性在惊慌失措中心灵得不到片刻安宁，扬州张氏有诗云：

---

① 嶙峋编：《闺海吟》，华龄出版社 2012 年版，第 173 页。
② 嶙峋编：《闺海吟》，华龄出版社 2012 年版，第 249 页。
③ （清）王端淑：《映然子吟红集》卷 3，［日］丰后佐伯落主毛利高标献上本，第 2b 页。

绣鞋脱却换鞠靴，女扮男装实可嗟。跨上玉鞍愁不稳，泪痕多似马蹄沙。①

有的不得不破面毁容、乞讨流亡。如卫琴娘"破面毁形，蒙垢废迹，昼乞穷途，夜伏青草，吞声背泣，生恐人知"②。十五岁杭州难女自述："生小盈盈翡翠中，那堪多难泣孤穷。不禁弱质成囚系，衣自阑珊首自蓬。"③林蕊香在战乱中遭遇母、舅、夫相继离世，举目无亲的女诗人在绝望中含恨自尽。桐城胡崇娘作《酬何寤明义士》感激其危难中所得的仗义相助。而湘江女子的《售市诗》、吕林英的《沙城曲》、宋娟的《题清风店》等，则起到了呼救的作用，颇为传奇地改变了女诗人的命运。另如：

暮云深锁雁行斜，何处天涯是妾家。去国梦成魂乍冷，裂肌风入袖难遮。情知泥里沾飞絮，敢向春前怨落花。谁是江州旧司马，漫抛红泪湿琵琶。④（秦影娘《题定州店壁》）

江南金粉堕纷纷，江北名花剩几分。铁马雕戈惊枕梦，舞裙歌扇付尘氛。青衫泪早新亭湿，红板词曾旧院闻。烟雨楼台无恙否，丁帘阁字隔愁云。⑤（徐鼐《赠秦淮女校书》其一）

愁中得梦失长途，女伴相携听鹧鸪。却是数声吹去角，醒来依旧酒家胡。

朝来马上泪沾巾，薄命轻如一缕尘。青冢莫生殊域恨，明妃犹是为和亲。

多慧多魔欲问天，此生已判入黄泉。可怜魂魄无归处，应向枝头化杜鹃。⑥（王素音《琉璃河馆题壁三首》）

---

① （清）计六奇：《明季南略》，中华书局1984年版，第207页。
② 钱仲联主编：《清诗纪事》，江苏古籍出版社1989年版，第15528页。
③ 小横香室主人：《清朝野史大观》，上海书店1981年版，第132页。
④ 嶙峋编：《闺海吟》，华龄出版社2012年版，第197页。
⑤ （清）李伯元：《南亭四话》，江苏古籍出版社2000年版，第81页。
⑥ 嶙峋编：《闺海吟》，华龄出版社2012年版，第289页。

日日牛车道路赊，遍身尘土向天涯。不因命薄生多恨，青冢啼鹃怨汉家。① （赵雪华《沐水旗题壁》）

西望平原不见家，阿娇今夜死天涯。可怜金屋谁为主，魂与王嫱泣暮笳。② （山西节妇《清风店题壁》）

总之，在晚明女性思潮涌动下，自觉自醒的女才子们刚刚以满腔热情盘算着个人价值的体认与实现，甚至还未来得及来一场较为彻底的畅意文坛的诗酒风流，便不得不接受天下战乱的血与火的洗礼。然而，似乎也正是战争的骤然来袭，才使得晚明女性诗人的内心世界迅速升温裂变，外在世界的风云突变引起内心世界的激烈碰撞，这使得她们往往具有比男性更为强烈的节烈意识。其生受蝇营狗苟之屈辱，未若其死青史留名之磊落！为保全自己的名节，她们往往以自己柔弱的生命为代价，谱写了一曲曲可歌可泣的乱世哀歌，形成了女性诗歌史上少有的殉国守节的节烈意识，书写了独具晚明女性色彩的瑰丽篇章。

三　史诗意识

"以诗存史"一直是历代文人惯用的诗歌创作方式，既能书写诗人的真性情，又能反映历史现状。"史诗"往往是历史重大事件在诗人心中的反映，在唐如杜甫，在明如钱谦益、吴伟业。而明末一些女性诗人的诗歌创作中也凝聚了强烈的史诗意识，这种情况甚至延续到康熙初年。明末李因的《病起夜坐口占》云："龙钟老病又惊秋，白发常怀壮士忧。报国有心无剑术，空将时事锁眉头。"③ 这种史诗意识与一些女诗人的社会责任感相暗合，她们以诗歌记录战争离乱，关注民生疾苦，从而催生了女性诗人史诗意识的高峰，是明末女性诗歌创作的新动向。

面对江河日下、日薄西山的大明王朝，女性诗人们也表达了内心的孤忠与无力回天的感叹。朱明王朝的凤阳皇陵失守，柳如是在其《赠友

---

① （清）余怀：《板桥杂记》，青岛出版社2002年版，第122页。
② 嶙峋编：《闺海吟》，华龄出版社2012年版，第289页。
③ （清）李因：《竹笑轩吟草》，辽宁教育出版社2003年版，第78页。

人》中感叹道："回首鸾龙今不守，崔巍真欲失戎刀。"① 王端淑回忆明末的政治得失，写有《读今古舆图次韵》八首，其六云："众象辉辉帝象孤，人心啾失事难图。风流不展回天手，空识铜驼在林芜。"② 这是对昏庸无能的晚明当局的恰当概括。李因有《忆昔》诗云："圣主蒙尘日，烽烟逼海滨。号呼怜仕宦，恸哭惨宫嫔。"③ 诗人们以女性特有的细腻笔触，刻画了明末清初改朝换代的惨痛经历，痛定思痛，不禁无比伤怀。顺治二年（1645），清军南下，南明小朝廷朝不保夕，而朝廷内部却仍然党派林立、纷争不止，福王自己"深居禁中，惟渔幼女、饮火酒、杂伶官演戏为乐"④ 不知处理政务却忙于广选秀女以供自己淫乐，导致人心离散、民心惶惶。宫女宋蕙湘的《题卫辉府邮壁》云："风动空江羯鼓催，降旗飘飐凤城开。将军战死君王系，薄命红颜马上来。"⑤ 诗歌记录了南明朝廷溃败，宫女惨遭掳掠的悲惨命运，"红颜马上"成为晚明掳掠女子的常用词。南明灭亡后，其宫廷残留的字画中有题诗云："临春阁外渺无涯，烽火连天动妾怀。十万长围今夜合，君王犹自在秦淮。"⑥ 女诗人的忠愤之情与辛辣讽刺之意溢于言表。顺治二年奋勇抵抗的江阴城破，清兵剃发令下，屠城三日。江阴女子题壁诗云：

> 雪霁白骨满疆场，万死孤忠未肯降。寄语行人休掩鼻，活人不及死人香！⑦

赞扬了宁可战死也不投降的忠魂，愤怒地谴责了清兵惨无人道的屠城行为。

女诗人们在长期居无定所、朝不保夕的避乱生涯中，难免怀恋昔日

---

① （清）柳如是：《柳如是诗文集》，谷辉之辑，上海古籍出版社2000年版，第68页。

② （清）王端淑：《映然子吟红集》，［日］丰后佐伯藩主毛利高标献上本，第2b页。

③ （清）李因：《竹笑轩吟草》，辽宁教育出版社2003年版，第67页。

④ （清）计六奇：《明季南略》，中华书局1984年版，第104页。

⑤ （清）陈维崧：《妇人集》，凤凰出版社2010年版，第31页。

⑥ （清）陈维崧：《妇人集》，凤凰出版社2010年版，第13页。

⑦ （清）袁枚：《随园诗话》，人民文学出版社1982年版，第24页。

亲人团聚之情。女性诗人比男性更容易触景伤怀,因而离乱思乡之诗也是以前女诗人们很少触及的。李因由于战乱离开居住的芜园而漂泊莒上,有诗感叹:

> 中原无地不风尘,觅得鱼舠寄水滨。有约白鸥堪共隐,逢人莫说避秦人。① (《有感》)

再如龚静照有诗云:

> 峰峰斜倚俯清滑,一叶孤舟乱后身。洞口白云鸡犬在,此中大有避秦人。② (《雷家湾避乱夜泊》)

避乱中的思乡之情溢于言表。章有渭的《春感》云:"舞蝶庄生梦,啼鹃蜀帝魂。紫芝逢胜友,芳草想王孙。小阁闻鸡唱,闲庭听鸟喧。晓烟迷麦陇,香雾锁柴门。鱼戏青萍动,风吹碧叶翻。彩毫题玉柱,绿蚁引金尊。乍摘葳蕤草,长依翡翠轩。"③ 诗作在风光旖旎、缤纷烂漫的景致描写之后,突然笔锋一转,悲叹"避秦无绝境,何必问桃源"④。两相比照,陡然生凉。倪仁吉的《山行》云:

> 莫羡桃源可避秦,恰生幽谷待幽人。送迎不尽青山意,纡折还随流水亲。睍睆莺如呼旧识,嶙峋石似证前身。何能小筑长松下,时听风涛濯世尘。⑤

诗作中往往以"避秦人"表达诗人渴望逃离战火纷扰,结束颠沛流离的生活,充满了对清净安乐生活的向往。李因避兵郊外,在"新刍

---

① (清)李因:《竹笑轩吟草》,辽宁教育出版社2003年版,第41页。
② (清)邓汉仪编:《诗观三集》,北京出版社1997年版,第346页。
③ 徐世昌编:《晚清簃诗汇》,中华书局1990年版,第8158页。
④ 王延梯辑:《中国女作家集》,山东大学出版社1999年版,第515页。
⑤ (清)倪仁吉:《凝香阁诗集》,康熙三年甲辰(1664)刻本,第15a页。

春酒美，野菜蕨薇香"① 的乡野山村描画中，憧憬着美好的世外桃源生活，其诗云：

> 地僻村幽隔市尘，昔时曾有避秦人。无求世事观鱼乐，不涉炎凉调鹤驯。麦饭畦蔬随地有，幅巾野服乐天真。身安何必寻渔父，肯向桃源再问津？②

战乱的特殊时代与明末女性自我意识的觉醒，使得一些觉醒了的女性面对之前才女们较少遇到的颠沛流离，她们以史诗的笔墨真实地记录了改朝换代带给人们的苦难。她们或批判统治者的荒淫无能，或记述入侵者的残酷屠戮，或关注民生疾苦，或在颠沛流离中抒发思乡情怀。总之，明末才女以较强的史诗意识，以女性细腻的心灵感悟记录了明末清初历史变革的特殊时代，这也是晚明之前才女们鲜有书写的。

四 名士意识

隐逸林下的名士之风源于魏晋"越名教而任自然"的旷放思想，晚明士人鼓吹回归本性、追求性情的人本主义思想，也影响了一些才女的心性，她们渴望与男性文人一样，追求魏晋风度、名士风流。较早地接受这种名士意识并付诸实践的主要女性群体，是那些与官员名流交往频繁的青楼名妓，因此她们难免为其生活习气所浸染，开始追求豪宕自负、纵侠使气的名士风采。

柳如是与文坛名公巨子同坐，品酒论文，而以兄弟相称，有时女扮男装外出游历，颇具魏晋名士的洒脱风姿。如其《题墨竹》云："不肯开花不肯妍，萧萧影落砚池边。一枝片叶休轻看，曾住名山傲七贤。"③ 此诗正是其向往名士风流心态的直接抒发。顾苓的《河东君传》亦云：

---

① （清）李因：《竹笑轩吟草》，辽宁教育出版社 2003 年版，第 89 页。
② （清）李因：《竹笑轩吟草》，辽宁教育出版社 2003 年版，第 88 页。
③ （清）柳如是：《柳如是诗文集》，谷辉之辑，上海古籍出版社 2000 年版，第 220 页。

"幅巾弓鞋，着男子服。语言便给，神情洒落，有林下风。"① 这种"越名教而任自然"的名士意识在才女群体中影响深远，一直延续到清代。如乾隆时期女诗人沈纕的《题柳蘼芜小影》其一云："云鬟雾髪竟何如，却卸红妆换翠裙。若个书生原不帻，风流应胜老尚书。"② 这种名士意识在经历战火的洗礼后，有时甚至展现出粗犷刚烈的风格。女诗人吴山的《自遣》云："一自知春不喜春，因春一味媚无伦。天生侠骨从来傲，耻听人间称美人。"③ 女诗人周琼"诗才清俊，作人萧散，不以世务经怀，傀俄有名士态"④，其《答人》云："每怜侠骨惭红粉，肯字蛾眉理艳妆。"⑤ 与吴山性气接近，而比柳如是更为刚烈，才女吴如如名士意识近乎怪诞，反叛色彩更为浓烈，语气粗豪狂怪，其《绝句》云："老天仇我意何似，不付须眉付妆次。几回拔剑欲狂呼，要削佳人两个字！"⑥

不论是追求侠风洒脱，还是耻为女子羁绊，都是想要冲决传统礼教对女子压制的体现。但明清易代之际的社会现实使她们在思想上逃离礼教束缚之后，又不得不走上逃禅入道之路，寻求心灵的安慰。陆卿子一家喜好避世隐逸之风，沉迷于老庄的无为之道，为其孙女赵昭取号"德隐"；富有传奇色彩的刚烈忠勇的刘淑晚年诵经念佛、遁入空门，号个山人；可怜的盛蕴贞还未过门就成了侯家的寡妇，孤苦终身，号寄笠道人；女才子吴琪后来削发为尼，法名上鉴；陆观莲别号雨发道人，与夫隐于震泽西村，她悲叹："草屋萧萧，烟火时绝。比舍闻欢笑声，则雨

① （清）柳如是：《柳如是诗文集》，谷辉之辑，上海古籍出版社 2000 年版，第 225 页。
② 范景中、周书田编纂：《柳如是事辑》，中国美术学院出版社 2002 年版，第 153 页。
③ （清）吴山：《吴岩子诗》，顺治十二年乙未（1655）邹氏嫛宜斋刻《诗媛八名家集》本，第 10a—10b 页。
④ （清）陈维崧：《妇人集》，载虫天子编《中国香艳丛书》，团结出版社 2005 年版，第 117 页。
⑤ （清）王豫：《江苏诗征》卷 171，道光元年辛巳（1821）焦山海西庵诗征阁刻本，第 2a 页。
⑥ （清）王端淑：《名媛诗纬初编》卷 11，康熙六年丁未（1667）山阴王氏清音堂刻本，第 28a 页。

鬟诗成，山夫击节而歌，林鸟山鹤一时惊起。"① 当女才子们无可奈何地面对山河破碎的晚明现实时，她们也曾渴望与男性一道力挽狂澜，但乱世的残酷现实使她们比男性生存更加艰难，她们不得已或避居山野、游心太虚，或遁入空门、耽禅悟道，这正好形成了传统闺秀诗作少有的名士洒脱与隐逸诗风，造就了清雅空灵的艺术旨趣。陆云龙有诗云：

> 今有元衣子，貌若姑射仙，寂寂澹容与，一炱对雨泉。左手持贝书，右手把汉笺，万卷牙签插，案头缃帙连。淡然却荣势，日日手一编。②（《雨泉炱诗集序》）

另如吴琪的《吴蕊仙诗》卷首邹漪小引云：

> 蕊仙性不喜尘俗，惊才艳采，旷志高襟，轻钱刀若土壤，尤博及古今书，兼善丝桐。每当月朗风和，与二三闺友鼓流水之清音，奏高山之绝调，真天人也。……近其诗多萧散闲宕澹语，岂所谓"寂寞道心生"耶？③

黄媛介"潇洒高洁，绝去闺阁畦径"④；卞梦钰"其诗不染香奁陋习，洋洋洒洒，闺中之秀，而带林下之风矣"⑤；王炜"有林下风兼闺房秀……博学敦古，诗多名句，顾伊人称为笄帏中道学宿儒，不当以香奁目之"⑥。女性诗人普遍自觉地摒弃闺阁习气转而追求名士风度。王端淑强调"女子不可作绮语艳词，予已言之再四矣"⑦。

---

① 施淑仪：《清代闺阁诗人征略》，上海书店出版社1987年版，第69页。

② （清）汪启淑：《撷芳集》卷21，乾隆五十年乙巳（1785）飞鸿堂刻本，第17a页。

③ （清）吴琪：《吴蕊仙诗》，顺治十二年乙未（1655）邹氏鹭宜斋刻《诗媛八名家集》本，第1b页。

④ （清）姜绍书：《无声诗史》，华东师范大学出版社2009年版，第110页。

⑤ （清）徐树敏：《众香词》，（台北）富之江出版社1997年版，第23页。

⑥ （清）汤漱玉编：《玉台画史》，载虫天子编《中国香艳全书》，团结出版社2005年版，第1179页。

⑦ （清）王端淑：《名媛诗纬初编》，康熙六年丁未（1667）山阴王氏清音堂刻本，第4a页。

不可否认，明末女性在相对开放的男性世界里，在迷惘与徘徊中唤醒了自我意识，明清易代的社会大环境又给她们的诗歌创作增添了许多新的内容，她们也不负历史的重托，以自己的笔墨造就了明末辉煌灿烂、盛极一时的女性文学创作。然而，非常遗憾的是，女性的自觉意识在经历了明末昙花一现式的辉煌之后，又回归到传统的妇德教育中，对女性之才的肯定在社会对"妇德"的强力鼓吹下逐渐消散。明末才女们萌动的生命意识在强大的儒家价值观念的影响桎梏下，又逐渐迂回曲折到对传统儒家伦理的接受，这种情况一直持续到清末。然后，女才子们又开始在新一轮地追寻自我与遵循传统地苦苦挣扎中艰难前行，但晚明女性诗文的繁荣是女性意识觉醒获得社会认可的不可逾越的发展阶段。

第四节　风雅午梦堂

叶氏一门女性中才女众多，所谓"吴汾诸叶，叶叶交光"①，叶绍袁的《甲行日注》自云"门内人人集，闺中个个诗"②。叶绍袁之妻沈宜修更是"渊源家学"③，曹学佺的《午梦堂集序》盛赞她"夙通经史，搦管成章"④。以沈宜修为中心，沈叶两家的母女姊妹、妇姑姒娣，相互结为闺中的"文字友"，以歌咏酬唱为家庭之乐事，甚至家中婢女侍妾也能吟诗作赋，吴江俨然成为吴中闺阁文苑的中心。叶绍袁曾盛赞其妻族曰："沈氏一门之内，同时闺秀遂有十人，可云盛矣！"⑤沈宜修姊妹间多以才华自许。沈璟的三个女儿——长女沈大荣，次女沈倩君，三女沈曼君均能诗，沈宜修是沈璟的侄女。由于沈大荣较沈宜修年

---

① （明）叶绍袁：《午梦堂集》，冀勤辑校，中华书局 1998 年版，第 673 页。
② （明）叶绍袁：《午梦堂集》，冀勤辑校，中华书局 1998 年版，第 982 页。
③ （明）叶绍袁：《午梦堂集》，冀勤辑校，中华书局 1998 年版，第 214 页。
④ （明）叶绍袁：《午梦堂集》，冀勤辑校，中华书局 1998 年版，第 1 页。
⑤ （明）叶绍袁：《午梦堂集》，冀勤辑校，中华书局 1998 年版，第 892 页。

长，三姐妹又常以篇章相赓和，故梁乙真指出："三人者实以开午梦堂之先声也。"① 沈宜修与其妹沈智瑶以及从姊沈媛等相继而起，当时就有姊妹连珠之美誉。明清之际，叶、沈二氏闺秀人才代兴，于诗词歌曲等卓然有成，著作宏富，形成了文学史上著名的"午梦堂"现象。

叶氏故有秦斋、谢斋、芳雪轩、清白堂、疏香阁之名，未有"午梦堂"之称。"午梦堂"当是叶绍袁在连遭家祸、痛定思痛以后为其宅第的命名，兼有人生如梦和纪念亲人的意思。叶绍袁生性孤峭，一生坎坷。叶家一门诗书竞风雅，却接连遭受亲人丧亡，甚至于一岁而四丧！所谓"无美不具，无惨不盈"。叶绍袁心生尤为浓烈的人生幻灭感，他以"午梦"名集，其义可见。"午梦"二字亦见于其爱女叶小鸾的词中，其词云：

> 竹径烟迷薜荔墙，好风摇曳弄垂杨，无情啼鸟向人忙。一曲瑶琴消午梦，半炉沉水爇春香，倚栏无语又斜阳。②（《浣溪沙·小窗即事》）

一　"午梦堂"涉及的主要才女

沈宜修（1590—1635），字宛君，吴江人，山东按察副使沈珫之女，出自著名的松陵沈氏文学世家。她是叶、沈两家女性文学群体的最重要人物，亦是吴江女性文学的中坚力量，她与女儿叶纨纨、叶小纨、叶小鸾是其家族女性文学的核心，下文另有专论。

张倩倩（1594—1627），沈宜修之表妹，沈宜修之弟沈君庸妻，才女叶小鸾的养母。张倩倩性格豪爽洒脱，善谈笑，能饮酒。一生穷愁潦倒，她所生三女一子均早夭。《伊人思》收录张倩倩诗词 7 首，写得哀怨缠绵，颇有意境。

李玉照（1617—1654），字洁口，会稽人，沈君庸继室。也擅诗

①　梁乙真：《中国妇女文学史纲》，上海书店 1990 年版，第 357 页。
②　（明）叶绍袁：《午梦堂集》，冀勤辑校，中华书局 1998 年版，第 328 页。

词，著有《无垢吟》。年二十五即夫亡，与沈宜修次女叶小纨相依为命，抚孤守节三十八年而卒。

叶小繁（1626—?），字千缨，又字香期，叶绍袁五女，侧室所出。小繁共存诗 11 首，并无词作。

沈大荣，工诗词，善草书，晚年学佛，自号"一行道人"。沈倩君是沈宜修的堂妹，其诗传世不多。

沈曼君（生卒年不详）是沈璟的幼女，名静专。适嘉兴吴昌逢，因吴昌逢字适适，故其诗集名为《适适草》。沈曼君一生坎坷困顿，故其诗词多凄激之音。

沈智瑶（生卒年不详），字少君，容貌娟秀妍丽，沈宜修在《五君咏》中称其"珠晖映月流，玉彩迎花度"。其夫貌丑性劣，不学无术，日以赌博为业，致使家中贫无立锥之地。她心中怨痛甚深，遂于崇祯十七年（1644）四月自沉于莺湖，年仅三十余岁。沈智瑶也颇好诗词，有挽诗载《彤奁续些》中。

沈媛（生卒年不详），字文妹。《彤奁续些》中有其挽昭齐、琼章诗各 3 首，颇有文藻。其女周兰秀字弱英，多才多艺。诗风清新淡雅，充满了青春活力。

顾绒（生卒年不详），出生于昆山书香世家，是明大学士顾鼎臣的重孙女，吴中著名才士"沁园老人"张世伟的外孙女。顾绒婚配叶绍袁次子叶世偁，叶世偁未婚而亡，她因在叶世偁殁后有嫁殇之举，被吴江、昆山两县同时旌表为烈女。有《三周祭文》存世，是为祭奠婆母沈宜修而作，文笔哀婉，可见其才。

沈树荣（生卒年不详），叶小纨之女，字素嘉，幼承母教，亦工诗词，与吴铦妻庞小畹（字蕙娘）善，多赠答唱和之作，为时所称。著有《月波词》《稀谢稿》。沈树荣后嫁叶绍鼎之子叶舒颖。沈树荣与叶舒颖琴瑟谐畅，沈树荣逝后，叶舒颖中年悼亡，竟不复娶。

沈宜修从弟沈自友之女沈少君（生卒年不详），名淑女，年十七忽殒。著有《绣香阁集》，雅秀有致。少君姿容婉美，工诗，书画甚有姿韵。又能弹弦索，如遇家中歌姬唱曲有误，她必加以指点。生平极爱梨花，每以自况。所作诗即焚去。

沈宪英（1620—1685），字惠思，沈君晦长女，年十七嫁与沈宜修三子叶世偁为妻。婚后两年世偁即卒，沈宪英后一直苦志守节，一腔幽绪多谱入其《惠思遗稿》中。"才婚又卒，茕茕贫苦四十五年……年七十余卒。"①

沈宜修从侄沈永启二女沈友琴和沈御月自幼攻习诗词，"时称连璧"，沈友琴，字参荇，著有《静闲居词》。沈御月著有《空翠轩稿》。

沈宜修从弟沈自旭女沈蕙端（1612—？），精于曲律，以见其才。

叶绍袁甥女严琼琼，字小琼，为明大学士文靖公严讷之曾孙女。叶绍袁称其"措辞清丽，足称闺阁奇才"②。

除以上这些大家闺秀，叶、沈二氏家族中的婢女侍姬，也在其浓郁的家庭文学气氛下得到了良好的陶冶，比如汾湖叶氏家族中的侍女随春就能诗。

二　"美要眇兮宜修"

在晚明令人耳目一新的女作家群体中，最受人瞩目的是吴江（今属江苏）沈氏、叶氏家族的女作家群体。明末清初，这一群体曾相继聚集了三十多位颇具才华的女性，而沈宜修正是她们中的杰出代表。她不仅是叶、沈两大家族的联结纽带，而且是这个女作家群体的开拓者之一。由于叶、沈两大家族在当地具有突出的地位和影响，沈宜修凭借自身不凡的才气，同时也成为吴江女性文坛的重要人物。

《楚辞·云中君》有云"美要眇兮宜修"，"宜修"之名盖源于此句，当取其美貌之意。短短的46年，沈宜修为后世留下了极其丰富的文学作品，其诗集《鹂吹集》收诗833首，这在女性诗歌史上是极其罕见的，直到清代被顾太清的1100余首所超越。可以肯定的是，在整个女性文学史上，沈宜修的作品数量都是居于前列的。另有《绣垂馆稿》一卷，惜

---

① （明）叶绍袁：《午梦堂集》，冀勤辑校，中华书局1998年版，第236页。
② （明）叶绍袁：《午梦堂集》，冀勤辑校，中华书局1998年版，第901页。

未传世。她还辑录了当时 42 位闺媛诗作，与散见他书中有关女性的传闻旧作合编成《伊人思》，并为之序。沈宜修的才华，也随此集的问世而得到了众口一致的称赞，轰动一时，传为佳话。她还善弹琴，能吹箫。其书法亦端丽可爱，人谓之有卫夫人遗风。沈宜修的《梅花诗一百绝》，论者以为清丽雅致，沈自炳的《梅花诗序》就有"清润冰玉之姿，潇洒林下之气"①。对于沈宜修，叶绍袁曾这样评价："颀然而长，鬒泽可鉴"，"窈窕方茂，玉质始盛。令姿淑德，初来王湛之家；览镜操琴，遂似秦嘉之妇"②。沈宜修离世后，叶绍袁的《亡室沈安人传》说她：

> 风仪详整，神气爽豁，潇洒旷逸之韵，如千尺寒松，清涛谩诹，下荫碧涧，纤草可数，世俗情法，夷然不屑也。浓眉秀目，长身弱骨，生平不解脂粉，家无珠翠，性亦不喜艳妆，妇女宴会，清鬟淡服而已。然好谈笑，善诙谐，能饮酒，日漪佳卉，药栏花草，清晨必命侍女执水器栉沐。③

可见其情怀高朗，姿容淡雅，气度弘远。她善言谈笑，饮酒种花，不拘世俗，颇具名士风度，非泛泛闺中弱女。任兆麟的《绣余集叙》亦赞云："近世名媛海寓，业推松陵沈宛君夫人母女辈。《午梦》一集，艺林埻的。媛系故出松陵，岂扶与秀淑之气有特钟欤？抑其濡染家学有由也。"④ 沈、叶二人婚姻美满，琴瑟和谐。叶绍袁有云：

> 我之与君，伦则夫妇，契兼朋友，紫绡妆后，绿酒飞时，碧露凝香，黄云对卷，靡不玩新花于曲径，观落叶于低窗。仲长统之琴樽，不孤风月；陶元亮之松菊，共赏烟霞。或披古人载籍之奇，或证当世传览之异；或以失意之眉对感，或以快心之语相诙；或与君庄言之，可金可石；或与君虐言之，亦弦亦歌；或与君言量薪数

---

① （明）叶绍袁：《午梦堂集》，冀勤辑校，中华书局 1998 年版，第 25 页。
② （明）叶绍袁：《午梦堂集》，冀勤辑校，中华书局 1998 年版，第 27 页。
③ （明）叶绍袁：《午梦堂集》，冀勤辑校，中华书局 1998 年版，第 27 页。
④ （清）任兆麟编：《吴中女士诗抄》，清乾隆刻本。

米，尘腐皆灵；或与君言不死无生，玄禅非远。①（《百日祭亡室沈安人文》）

受时代文化风气及丈夫叶绍袁所提倡的"德、才、色"意识的影响，沈宜修也表现出对于女性美的迷恋。沈宜修有一组专门仿写女性身体之美的诗作，称作《艳体连珠》，对发、眉、目、唇、手、腰、足以至全身，都进行了最精致的描绘。

发：盖闻魏妃双翼，艳陆离而可鉴；汉后四起，曜鲦鲦以齐光。故盛鬒不同，岂资膏泽？如云飞髻，自有芬芳。是以鬓晓秦宫，竞萦妆之缭绕；怜生晋主，垂委地之修长。

眉：盖闻修蛾曼睩，写含愁之黛叶；新月连娟，效寄情之翠羽。故远山堪入望于邛庐，晓妆无情画于张妩。是以承恩借问，枉自争长；淡扫朝天，方难比婢。

目：盖闻朱颜既醉，最怜炯炯横秋；翠黛堪描，讵写盈盈善睐？故华清宴罢，偏教酒半微阑；长信愁多，不损泣残清采。是以娱光眇视，楚赋曾波；美盼流精，卫称顺态。

唇：盖闻匀檀传麝，其如洛水之辞；写绛调朱，岂若巫山之韵？故歌怜白纻，贝微露而香闻；笛羡绿珠，苕半启而红运。是以芬泽非御于桃颗，茜膏无加于樱晕。

手：盖闻流水题红，无非柔荑写恨；盈檐采绿，亦因嫩素书情。故春日回文，逞掺掺于机锦；秋风捣练，向皎皎于砧声。是以魏殿神针，更夸巧制；玉奴弦索，不负时名。

腰：盖闻袅袅纤衣，非关结束而细；翩翩约素，天生柔弱无丰。故飘若春云，常愁化彩；轻如秋雁，还恐随风。是以色冠昭阳，裙有留仙之襞；巧推绛树，舞传回雪之容。

足：盖闻浅印苍苔，祇为沉吟独立；遥闻环佩，却因微动双

---

① （明）叶绍袁：《午梦堂集》，冀勤辑校，中华书局1998年版，第211页。

缠。故窄窄生莲，东昏于斯娱矣；纤纤移袜，陈思赋其可怜。是以看上苑之春，落红宜衬；步广储之月，芳绿生妍。①

沈宜修的咏怀之作最多。她的生命历程，大半是在生离死别中度过的，因而其诗以写离愁为主，颇有文人"秋士"风范，有浓烈的书卷气息，充溢着成熟之美、秋士之悲。如《秋思》，其七云：

> 鹊镜容消只自知，碧云黄叶动离思。闲愁紫袖衫前色，旧恨青春树上丝。子夜有情新乐府，伤秋多病送归辞。江头八月西风起，寥廓天高鸟度迟。②（《秋思》）

《鹂吹集》中亦有记述交游之作，往往表达与朋友一同出游的美好感受，并寄希望于将来继续"胜游"。沈宜修与这些女性朋友间的情谊，不仅仅是通过见面的相处沟通来完成的，更多的是通过书信往来、交换诗作而形成。如其诗云：

> 麦陇新翻小绿柔，隔溪啼鸟弄芳洲。青山晚色花浮影，暮色微风月入流。共羡仙舟遥忆李，最怜顾曲久闻周。吴宫歌舞重回首，樽酒何年续胜游。③（《春游有感寄赠周姐》）

再如：

> 芙蓉谪仙人，明艳闺房秀。玉质映疏香，修蛾凝远岫，飞霞红翩翩，海棠娇初逗。万𡏾摇春光，烂夺天工绡。欣看长卿才，琴向文君奏。（《君晦弟夫人周媛》）

> 有妹在深闺，亭亭最妍娉。修韵落轻云，幽姿含夕露。珠辉映月流，玉彩迎花度。迟日怨春风，芳草怜微步。可怜景阳宫，娥眉

---

① （明）叶绍袁：《午梦堂集》，冀勤辑校，中华书局1998年版，第190—192页。
② （明）叶绍袁：《午梦堂集》，冀勤辑校，中华书局1998年版，第64页。
③ （明）叶绍袁：《午梦堂集》，冀勤辑校，中华书局1998年版，第65—66页。

今再睹。(《六妹》)

  琅琊王夫人，散朗神超绝。飘然林下风，逸思流迥雪。草圣百杯传，谈空万缘灭。春暖杏花天，绮缀罗衣缬。故知谢家庭，自参太传哲。(《王仲闲夫人》)

  茗溪锁飞琼，盈盈非姓许。端丽逞修妍，芙蕖映秋渚。洛水赋浚波，天然多付兴。吹花落绡床，收取娇无语。回首巫峡遥，行云失湘楚。[①](《戚表妹》)

另如《暮春舟行夜泊莺湖望月》《舟行即事》《舟行晚归》《月夜舟行》《秋夜步月》《薄暮舟行惠山》《春日舟行》等，都是沈宜修与女儿及其他女性一同出游赋诗的生动记录。

沈宜修编选当时名媛诗集《伊人思》确实难能可贵，为保存女性诗文做出了贡献。事实上，最直接的原因则来自两个天才女儿的过早逝世，这给沈宜修带来了巨大的心灵创伤。她深知女性作品是不为世人所重视的，也是容易被历史遗忘的。在对早夭的才女周琦生所做的题注中，她说：

  夫六合云扰，四海尘飞，妇女不幸，当此际以烈死者何限！徐君宝妇，岳阳楼词，流芳千古，才与地两擅其胜也。盖有烈矣而未必能诗，诗矣而未必人知，知矣而非好事者，其孰传之。泣贞魂于冷月，凄玉骨于荒烟。可胜叹哉！[②](《伊人思》)

《伊人思》所辑录的女诗人及其作品，大多来自中上层社会，共涉及 44 位女诗人的诗作。而且作者把目光聚焦于当代的才女，其自序云：

  世选名媛诗文多矣，大都习于沿古，未广罗今。太史公传管晏云："其书世多有之，是以不论。论其轶事。"余窃仿斯意，既登

---

① （明）叶绍袁：《午梦堂集》，冀勤辑校，中华书局 1998 年版，第 39—40 页。
② （明）叶绍袁：《午梦堂集》，冀勤辑校，中华书局 1998 年版，第 586 页。

琬琰者，弗更采撷。中郎帐秘，乃称美谭。然或有已行世矣，而日月淹焉，山川阻之，又可叹也。若夫片玉流闻，并及他书散见，俱为汇集，无敢弃云。容俟博蒐，庶期灿备尔。① （《伊人思》自序）

沈宜修自二十岁起，24 年间生育了 13 个子女，仅在崇祯六年至九年，就夭折了 4 个成年的孩子。其挽诗将沉重的悲秋之感和悼亡之痛融合在一起，是她不堪重负的心灵倾诉。因此从某种意义上说，尽管其挽诗带有太多的写实性而显现出艺术提炼不够的缺陷，尽管其情感上偏于女性柔婉的生命哀叹而色调过于阴暗，但这些作品是沈宜修惨痛的心灵历程的血泪记述，具有足够的痛彻心扉的悲剧感染力。仅就这一点而言，其挽诗在晚明女性诗坛也是不可抹杀的一笔。

沈宜修是一位多才多艺却又命运多舛的女子，是"德、才、色"三不朽的化身，其贤德之举名闻乡里。她待人有求必应，并说："我犹患贫，何况若辈。"又对叶绍袁说："我贫犹能支吾，彼无控死耳。我故不忍其饥寒死，然亦不责其偿也。"慷慨仁义之举，并不亚于叶绍袁。正因为沈宜修"仁心卓鉴"，故她死后，闻知沈宜修逝音者，无不"拊膺一恸"②，"脾女哭于室，僮仆哭于庭，市贩哭于市，村岖、农、父老哭于野，几于舂不相、巷不歌"③。

三　叶氏三姐妹

文学史上所言"叶氏三姐妹"是指叶绍袁正妻沈宜修所生的三位才女，即叶纨纨、叶小纨及叶小鸾。后人对三人的评价往往以叶小鸾才色尤胜，而从文学实绩来看，相对长寿的叶小纨成就更大，其他二人均早夭。

叶纨纨（1610—1632），字昭齐，为沈宜修长女，嫁袁俨第三子袁祚鼎，婚姻不幸，因三妹叶小鸾之死伤心而亡，年仅二十三岁。叶纨纨逝

---

① （明）叶绍袁：《午梦堂集》，冀勤辑校，中华书局 1998 年版，第 538 页。
② （明）叶绍袁：《午梦堂集》，冀勤辑校，中华书局 1998 年版，第 218 页。
③ （明）叶绍袁：《午梦堂集》，冀勤辑校，中华书局 1998 年版，第 227、228 页。

后，父母为其整理遗集，见筐中遗墨残破无几，只有一本她生前亲手抄
录的个人诗词集，题名为《愁言》，于是将其与叶小鸾遗集《返生香》
合刻，付梓行世。《愁言》又名《芳雪轩遗稿》，共收诗 78 首、词 48
首，《玉镜阳秋》为其争辩说："昭齐七绝及诗余诸调，殊有清丽之词
也。顾世于诸叶，独誉琼章，犹称陈思者，过抑子恒，岂平允之论？"①

叶小纨（1613—1657），字蕙绸，沈宜修次女，诸生沈永祯妻。以
《鸳鸯梦》杂剧为世人瞩目，开女性创作戏曲之先河。其诗集《存余
草》，后由六弟叶燮于康熙二十五年重修《午梦堂诗钞》，也将《存余
草》刻入，使小纨的部分诗稿得以流传。今存诗 85 首。

叶小鸾（1616—1632），字琼章，又字瑶期，是叶氏闺秀之中最有
灵性、有思想的女子，堪称中国女性文学史上的一代奇才。其父叶绍袁
曾说她"美而慧，慧而多才，多才而朗识，备幽闲静贞之懿"②。嘉兴
才女黄媛介的《读叶琼章遗集》亦称："其性情之端，颜色之好，才思
之颖，世之所期者，罔不克尽。"③ 陈延焯的《白雨斋词话》亦云："闺
秀工为词者，前则李易安，后则徐湘蘋，明末叶小鸾较胜于朱淑真，可
为李、徐之亚。"④ 在叶小鸾短短的十七年生命旅程中，她留下了诗 103
首、偈 1 首、词 90 首、曲 1 首、拟连珠 9 首、序 1 篇、记 2 篇，父母为
之辑为《返生香》。《返生香》原名《疏香阁遗集》，收录了叶小鸾的所
有诗文，并附录部分亲朋好友的吊唁挽歌。胡文楷的《历代妇女著作
考》卷六曰："七古及绝句，视姊为胜。诗余清丽相当，而时有至语。
拟其恣制，正如花红雪白，光悦宜人。而一语缠绵，复耐人寻咀。骈丽
之文，涉笔便工。《秋思》一序及连珠数篇，并为妍妙。《汾湖石记》
意颇仿欧。虽小用传奇体，然潆洄秀复，不可一读而置，尤是佳文。"⑤
王端淑的《名媛诗纬初编》评其诗曰："词家口头语，正写不出，在笔

① 胡文楷：《历代妇女著作考》，上海古籍出版社 1985 年版，第 187—188 页。
② （明）叶绍袁：《午梦堂集》，冀勤辑校，中华书局 1998 年版，第 336 页。
③ （明）叶绍袁：《午梦堂集》，冀勤辑校，中华书局 1998 年版，第 684 页。
④ （明）叶绍袁：《午梦堂集》，冀勤辑校，中华书局 1998 年版，第 1130 页。
⑤ 胡文楷：《历代妇女著作考》，上海古籍出版社 1985 年版，第 187 页。

尖头；写得出便轻松流丽，淡处见浓，闲处耐想，足以供人咀味。何必苏、刘、秦、柳始称上品？"①

叶氏三姐妹的诗歌主要以闺阁题材为主，或抒发闺中女子哀愁，或咏物抒情，或女性亲人间来往唱和。此外，因三姐妹年龄相仿、才色俱佳，而又有着相似的命运（叶小纨虽未早逝，却因丈夫早亡而守寡，最终在贫病交加中死去），故三姐妹互为知己。叶小鸾夭亡，引发长女叶纨纨早逝，故叶小纨诗作中挽诗颇多。三姐妹之诗作，风格相较而言，长女叶纨纨因所嫁非人而流露出挥之不去的惆怅；次女叶小纨除闺阁愁闷外流露着欢快的气息；季女叶小鸾"性高旷，厌繁华，爱烟霞，通禅理"②，因喜好参禅慕道而散发着飘逸超凡的"仙气"。

首先才女比寻常女子多了一层对生命的感悟，她们的觉醒与其身处的社会现实容易发生激烈的冲突，使她们内心异常痛苦却不能言表，诗歌往往成为她们发泄压抑与苦闷的最佳渠道，抒发闺阁才媛因青春虚度和个人才貌被埋没的深沉痛苦。如叶小鸾阅览当时流行的《西厢记》《牡丹亭》之后，作诗六首以抒感叹，其诗云：

绣带飘风袅暮寒，锁春罗袖意阑珊。似怜并蒂花枝好，纤手轻拈仔细看。

微点秋波溜浅春，粉香憔悴近天真。玉容最是难摸处，似喜还愁却是嗔。

花落花开怨去年，幽情一点逗娇烟。云绡给作伤春样，愁黛应怜玉镜前。

凌波不动怯春寒，觑久还如佩欲珊。只恐飞归广寒去，却愁不得细细看。

若使能回纸上春，何辞终日唤真真。真真有意何人省，毕竟来时花鸟嗔。

---

① 孙克强、岳淑珍：《金元明人词话》，南开大学出版社 2012 年版，第 757 页。
② （明）叶绍袁：《午梦堂集》，冀勤辑校，中华书局 1998 年版，第 201 页。

红深翠浅最芳年，闲倚晴空破绮烟。何似美人肠断处，海棠和雨晚风前。①

再如：

揽拂清辉映雪明，含情自理晚妆成。双蛾久蹙春山怨，今夕相看两恨平。②（《咏牛女》其一）

碧天云散月如眉，汉殿新张翠锦帷。只恐夜深还未睡，双双应话隔年悲。③（《咏牛女》其二）

诗人借团扇和弄玉的典故以及牛郎、织女的七夕欢会来表达自己的愁思与憧憬。三姐妹之间多有唱和之作，以表达姐妹之情。其诗如下。

读罢题封暗起嗟，关山直北路偏赊。身依魏阙惊烽火，梦绕高堂感鬓华。蓟苑霜浓新月瘦，吴江枫落夕阳斜。陈情乞得君恩许，寒驿梅开好到家。④（叶小纨《庚午秋父在都门寄诗归同母暨大姊三妹作》）

枝头余叶坠声干，天外凄凄雁字寒。感别却怜双鬓影，竹窗风雨一灯看。⑤（叶小鸾《别蕙绸姊》）

她们亦有写景抒情之作，描写乡村秋日的美好风光，欢快自然，其乐融融。如叶小纨的《秋日村居》八首。

素商谁换节，自向静中分。幽兴随清露，闲愁对薄云。妆梳慵如俗，书学喜同群。莫读欧公赋，秋声不可闻。⑥

---

① （明）叶绍袁：《午梦堂集》，冀勤辑校，中华书局 1998 年版，第 316—317 页。
② （明）叶绍袁：《午梦堂集》，冀勤辑校，中华书局 1998 年版，第 314 页。
③ （明）叶绍袁：《午梦堂集》，冀勤辑校，中华书局 1998 年版，第 314 页。
④ （明）叶绍袁：《午梦堂集》，冀勤辑校，中华书局 1998 年版，第 749 页。
⑤ （明）叶绍袁：《午梦堂集》，冀勤辑校，中华书局 1998 年版，第 314—315 页。
⑥ （明）叶绍袁：《午梦堂集》，冀勤辑校，中华书局 1998 年版，第 745 页。

　　江空平野阔，秋色浩无边。菊已堆黄绽，枫才染绛鲜。菱歌凉吹夕，渔网晚霞天。小立柴门侧，修然爱地偏。① （《秋日村居》八首节选）

另如：

　　堤边飞絮起，一望暮山青。画楫笙歌去，悠然水色冷。② （叶小鸾《游西湖·戊辰》）

　　芳朝丽淑景，庭草茸清香。帘枕摇白日，影弄春花光。妆梳明月髻，杯浮碧华觞。瑶池谅非邈，愿言青鸟翔。③ （叶小鸾《春日》）

　　逃名夫子志，息影闭柴关。提瓮须寻涧，无钱可买山。抛书宵亦倦，罢绣画长闲。酬唱家庭乐，追思梦寐间。④ （叶小纨《山居追次秋日村居韵八首》其二）

　　叶氏三姐妹，除叶小鸾早亡外，其余二人的诗作以挽诗为主，大多内容单调，诗歌艺术性也不高。如叶小纨的《哭琼章妹》十首。

　　忆昔红残绿正肥，依依离别尚牵衣。月明曾共聊诗句，今日相思人已非。⑤ （其一）

　　生别那知死别难，长眠长似夜漫漫。春来燕子穿帘入，可认雕栏锁昼寒。⑥ （其八）

　　朝暮谁怜我自愁，浮生可叹若蜉蝣。思君才色真如许，一旦空随逝水流。⑦ （其十）

---

① （明）叶绍袁：《午梦堂集》，冀勤辑校，中华书局1998年版，第746页。
② （明）叶绍袁：《午梦堂集》，冀勤辑校，中华书局1998年版，第311页。
③ （明）叶绍袁：《午梦堂集》，冀勤辑校，中华书局1998年版，第301页。
④ （明）叶绍袁：《午梦堂集》，冀勤辑校，中华书局1998年版，第747页。
⑤ （明）叶绍袁：《午梦堂集》，冀勤辑校，中华书局1998年版，第360—361页。
⑥ （明）叶绍袁：《午梦堂集》，冀勤辑校，中华书局1998年版，第360—361页。
⑦ （明）叶绍袁：《午梦堂集》，冀勤辑校，中华书局1998年版，第360—361页。

再如叶小纨的《哭昭齐姊挽歌》七首，其诗曰：

> 西风飒飒响疏林，黯黯浮云长若阴。天荒地老愁无尽，水阔山高恨更深。当时共酌花前酒，今日空悲薤露吟。呜呼一歌兮歌始放，玄猿清昼啼声怆。①（其一）
>
> 阴气悲凄慄古木，寒月霏微吊空屋。泉台杳杳无见期，世事堪怜多反覆。我今顾影自徘徊，归宁父母只有独。呜呼五歌兮歌正长，傍人闻此皆断肠。②（其五）
>
> 妆阁无人冷画帏，抛馀鸾镜竟谁收。纱窗尘满朦朦月，花径苔深芳草稠。旧时燕子还寻主，泥香落去空帘钩。呜呼七歌兮歌宛转，愁思昏昏心喘喘。③（其七）

姐妹三人从小相依为伴，最终只剩叶小纨孤身一人，更兼祖母、母亲撒手人寰，兄弟亦有夭亡，这种丧亲之凄惨，感受最深的当为叶小纨。再加上丈夫离世，自己寄人篱下，故其后来的诗作多宿命之悲、出尘之想。如其《对镜》云：

> 深闺从小不知愁，半世消磨可自由。白发渐添青镜满，尘劳残梦几时休。④（《对镜》）

叶氏一门才女坎坷悲惨的命运，亦可用叶小鸾十六岁时作的一首诗偈作结，其诗偈云：

> 数声清磬梵音长，惊动寒林九月霜。大士不分人我相，浮生端为利名忙。悟时心共冰俱冷，迷处安知麝是香。堪叹阎浮多苦恼，

---

① （明）叶绍袁：《午梦堂集》，冀勤辑校，中华书局1998年版，第275—277页。
② （明）叶绍袁：《午梦堂集》，冀勤辑校，中华书局1998年版，第275—277页。
③ （明）叶绍袁：《午梦堂集》，冀勤辑校，中华书局1998年版，第275—277页。
④ （明）叶绍袁：《午梦堂集》，冀勤辑校，中华书局1998年版，第757页。

何时同得度慈航。① (《晚起闻梵声感悟》)

总之，"午梦堂"一门风雅，成为明末清初众多文人才女艳羡书写的对象，是晚明家族式才女群体的典型代表，也是晚明女性意识觉醒的集中体现。"午梦堂"才女群体以其特有的悲剧命运与忧郁气质，引起了后世文人的叹惋，是明代女性文学蓬勃发展的一个印证。众多才女夭亡引发的缠绵悱恻的低吟哀鸣，使这一群体始终弥漫着一股难以排遣的伤痛气息，大量挽歌悼文使其渗透着令人唏嘘的人生幻灭感，形成了特有的"午梦堂气质"。《午梦堂集》以"梦"命名，叶小鸾的《蕉窗夜记》更是以"煮梦子"自诩，似乎唯有梦境的精神自由才能突破现实的束缚，寻找到灵魂的理想栖息地。然而，好梦易醒的现实又使人生充满了不可预知的幻灭感，也许只有悼文挽歌才能慰藉那一个个香消玉殒的年轻生命。《彤奁续些》的"些"即是楚辞招魂的语助词，《续窈闻》更是用富于浪漫色彩的降乩手法，为死去的才女们"招魂"。可以说，整部《午梦堂集》是生者对逝者"魂兮归来"的悠长哭诉！

第五节　晚明著名女诗人概览

随着晚明女性意识的逐渐觉醒，女性诗人创作迅速繁荣。其诗作数量之大、题材之广泛、诗人数量之众，均为前朝所不能企及，这一点前文已详述。在有限的文章篇幅里，我们很难对每一位女诗人的诗歌创作情况一一详述，故选取较有代表性的作家作品做一番赏析，以为管窥。

一　青楼诗侠柳如是

明末青楼女子才色俱佳、声名远扬者不乏其人，然而影响最大者莫如柳如是。正是因为被她触动，陈寅恪先生以饱含深情的笔墨写下八十

---

① （明）叶绍袁：《午梦堂集》，冀勤辑校，中华书局1998年版，第324页。

余万字的《柳如是别传》。这里我们主要赏析诗歌，生平事迹云云不做详究。柳如是才华横溢，其诗文创作涉及诗、词、赋、尺牍等不同体裁，且善丹青，书法颇得虞世南、褚遂良之神韵。柳如是的著作主要有《戊寅草》《红豆村庄杂录》《湖上草》《柳如是尺牍》《我闻室鸳鸯词楼》《河东君诗文集》等。由于其"绛云楼"曾遭火灾，现传本少见。柳如是的诗歌现存共计183首。其诗作题材广泛，风格多样，以下分类赏析。

（一）伤时叹世的抒情诗

柳如是自幼飘零风尘，缺乏正常人家孩子所能拥有的亲人爱护，青楼逢场作戏的男欢女爱，使她更渴望得到心灵的依靠与精神的寄托。她自强好胜的侠女性格又使她不愿意将自己的悲惨经历轻易示人，诗歌便成了她抒发心中悲凉的最好方式。因此，感叹身世飘零、命运无常的抒情诗是她诗歌创作的一大主题。如：

> 逍遥感石腴，至神无常移。昔时缟带间，明月何陆离。迄今万余里，不敢忘初时。双鹈自翔侧，单鹄长凄靡。火浣织成素，青绫暮还丝。念君惟一身，形影谁执持？暖暖九璈，浥浥沧景辞。上下会有涯，岂能无相思？①（《冉冉孤生竹》）

此诗是柳如是早期孤独漂泊生活的写照，充满了诗人无依无靠的孤寂。再如《悲落叶》，虽是拟古之作，却以抒写自己的真实性情为主。诗人以飘零无依的落叶自喻，感叹自己命运之凄惨，自顾自怜地倾诉了自己坎坷的人生遭遇：

> 悲落叶，重叠复相失。相失有时尽，连翩去不息。靴歌桂树徒盛时，辞条一去谁能知？谁能知，复谁惜？昔时荣盛凌春风，今日飒黄委秋日。凌春风，委秋日，朝花夕蕊下相识。

---

① （清）柳如是：《柳如是诗文集》，谷辉之辑，上海古籍出版社2000年版，第25页。

悲落叶，落叶难飞扬。短枝亦已折，高枝不复将。愿得针与丝，一针一丝引意长。针与丝，亦可量。不畏根本谢，所畏秋风寒。秋风催人颜，落叶催人肝。眷言彼姝子，叶落诚难看。①（《悲落叶》）

柳如是对杨柳情有独钟，或因其初姓杨，后改柳姓，也是其非凡才色与漂泊命运的写照。杨柳成为其诗歌咏叹的主要意象，亦是她自我生命的写照，柳氏有很多诗作以杨柳自喻。如：

黄鹂梦化原无晓，杜宇声消不上枝。杨柳杨花皆可恨，相思无奈雨丝丝。②（《杨花》）

不见长条见短枝，止缘幽恨减芳时。年来几度丝千尺，引得丝长易别离。③（《杨柳二首》其一）

杨花飞去泪沾臆，杨花飞来意还息。可怜杨柳花，忍思入南家。杨花去时心不难，南家结子何时还？杨白花还恨，飞去入闺阁。但恨杨花初拾时，不抱杨花凤巢里，却爱含情多结子。愿得有力知春风，杨花朝去暮复离。④（《杨白花》）

她虽然无法摆脱自己低微的青楼身份，却从不放弃对独立人格的追求，这种自省自觉的意识也在她的诗歌中多有展现。如《遥夜感怀》云："大义良可钦，烈芳不可周。……触望念斯人，精奇动林薮。斯人若鸾凤，鸾凤安能俦。"⑤ 这可以看作她对妇女悲惨处境的抗争。柳如是与陈子龙真挚相恋，二人志趣相投，论诗酬唱，抨击时政。柳如是写了大量爱情诗以表达自己对陈子龙的爱慕。诗人追忆二人相亲相爱、形影不离的美好时光，万般柔情惹人爱怜。如：

---

① （清）柳如是：《柳如是诗文集》，谷辉之辑，上海古籍出版社2000年版，第50页。
② （清）柳如是：《柳如是诗文集》，谷辉之辑，上海古籍出版社2000年版，第61页。
③ （清）柳如是：《柳如是诗文集》，谷辉之辑，上海古籍出版社2000年版，第60页。
④ （清）柳如是：《柳如是诗文集》，谷辉之辑，上海古籍出版社2000年版，第39页。
⑤ （清）柳如是：《柳如是诗文集》，谷辉之辑，上海古籍出版社2000年版，第52页。

西泠月照紫兰丛，杨柳丝多待好风。小苑有香皆冉冉，新花无梦不蒙蒙。金吹油壁朝来见，玉作灵衣夜半缝。一树红梨更惆怅，分明遮向画楼中。①（《西陵十首》其一）

忆坐时，溶漾自然生。习适久华会，方意徘徊成。形影春风里，窈窕共一情。②（《六忆诗》其二）

忆来时，金剪阁妆台。渐听玉摇近，遥知绣幕开。步难花砌稳，香隔翠屏猜。③（《六忆诗》其三）

琢情青阁影迷空，画舫珠帘半避风。缥缈香消动鱼钥，玲珑枝短结鬈红。同时蝶梦银河里，并浦鸾潮玉镜中。历乱愁思天外去，可怜容易等春蓬。④（《游龙潭精舍登楼作，时大风，和韵》）

柳如是与陈子龙不得不分手后的一段时期，柳如是写了大量伤感的爱情诗歌，倾诉着自己的失恋之悲。这一方面的代表作是《寒食雨夜十绝句》，记录了自己心情的失落惆怅与对陈子龙难以割舍的深切眷恋，现选录几首如下。

红绡蛱雾事茫茫，不信今宵风吹长。留后春风自憔悴，伤心人起异垂杨。⑤（《其二》）

青骢石路已难看，况是烟鬟风雾寒。爱唱新蝉帐中曲，躞来不向雨中弹。⑥（《其三》）

相思鸾发梦潮收，别有雕栏深样愁。明月为他颜色尽，止凭烟雨到长楸。⑦（《其四》）

大自然中的一切物象皆因诗人心境的悲凉而感染凄雨冷风之态，真

---

① （清）柳如是：《柳如是诗文集》，谷辉之辑，上海古籍出版社 2000 年版，第 124 页。
② （清）柳如是：《柳如是诗文集》，谷辉之辑，上海古籍出版社 2000 年版，第 65—66 页。
③ （清）柳如是：《柳如是诗文集》，谷辉之辑，上海古籍出版社 2000 年版，第 65—66 页。
④ （清）柳如是：《柳如是诗文集》，谷辉之辑，上海古籍出版社 2000 年版，第 34 页。
⑤ （清）柳如是：《柳如是诗文集》，谷辉之辑，上海古籍出版社 2000 年版，第 40—43 页。
⑥ （清）柳如是：《柳如是诗文集》，谷辉之辑，上海古籍出版社 2000 年版，第 40—43 页。
⑦ （清）柳如是：《柳如是诗文集》，谷辉之辑，上海古籍出版社 2000 年版，第 40—43 页。

是感时花溅泪，恨别鸟惊心。柳氏这类诗作大多伤时叹世，或顾影自怜，或缠绵悱恻，以传统女子的春情闺思为主，是柳氏个人感情的真诚抒发。

（二）爱国主义情怀

虽然柳如是多有伤时叹世、悲慨个人命运之作。但面对血雨腥风、摇摇欲坠的大明河山，个人命运与国家大势相互交融，柳氏突破了一般女子较为单一的闺情抒写，将饱含热情的笔墨深入晚明社会现实。诗作蕴含了诗人与国家命运相休戚的爱国精神，朝政日衰更加激发了诗人对统治者荒淫无能的愤恨，对山河破碎的无比痛惜，以及对救世能臣的渴望。如：

> 海桐花发最高枝，碧宇霏微芳树迟。汾水止应多寂寞，蓝田却记最葳蕤。城荒孤角晴无事，天外挽抢落亦知。总有家园归未得，嵩阳剑器莫平夷。①（《初夏感怀四首》其一）
>
> 凄亭云幄对江湖，城上青氆隐大乌。婉娈鱼龙问才艳，深凉烽火字珊瑚。谁人明月吹芦管，无数清笳起鹧鸪。愧读神经并异注，愁来不觉有悲歌。②（《初夏感怀四首》其二）
>
> 扶风歌起向人寒，四月洪涛触望看。夏服左弯从白马，铙歌清彻比乌弹。千金元节藏何易，一纸参军答亦难。我欲荥阳探龙蛰，心雄翻足有阑珊。③（《初夏感怀四首》其三）

柳如是的这类诗歌洋溢着爱国主义情怀与不屈不挠的战斗精神。作为女性，她不仅追求个人意义上的精神独立与幸福，而且满怀忧国忧民的民族责任感，诗人热切期盼国家的强盛与民族的自尊，以女子之躯为国家民族呐喊助威。如：

---

① （清）柳如是：《柳如是诗文集》，谷辉之辑，上海古籍出版社 2000 年版，第 46 页。
② （清）柳如是：《柳如是诗文集》，谷辉之辑，上海古籍出版社 2000 年版，第 46 页。
③ （清）柳如是：《柳如是诗文集》，谷辉之辑，上海古籍出版社 2000 年版，第 75 页。

碧草河西水上亭，和烟和月复空冥。芙蓉曲断金波冷，杨柳姿深天外青。涌夜何人吟落木，春江一望却侵星。遥怜处处烽烟事，长啸无心阁自凭。① （《月夜登湖心亭》）

钱塘曾作帝王州，武穆遗坟在此丘。游月旌旗伤豹尾，重湖风雨隔髦头。当年宫馆连胡骑，此夜苍茫接戍楼。海内如今传战斗，田横墓下益堪愁。② （《岳武穆祠》）

当然作为才华横溢、敏感多智而又有着广泛社会交往的明末女性，柳如是对明王朝有着以死为报的忠臣之心，爱之深必然恨之切，因而她的这类诗作也痛快淋漓地批判了明王朝君臣的昏庸无能，充满了诗人对统治者的愤怒斥责。如：

小研红笺茜金屑，上管兔毫团紫血。阁上花神艳连缬，那似璧月句妖绝。结绮双双描凤凰，望仙两两画鸳鸯。无愁天子限长江，花底死活酒庇王。胭脂臂捉丽华窘，更衣殿秘绛灯引。龙绡贴肉汗风忍，七华口令着人紧。玳筵顶飞香雾腻，银烛媚客灭几次。强饮犀桃江令醉，承思夜夜临春睡。麟带切红红欲堕。鸾钗盘雪尾梢翠。梦中麝白桃花回，半面天烟乳玉飞。碧心跳脱红丝匣，惊破金猊香着月。殿头卤簿绣发女，签重慵多吹不起。③ （《春江花月夜》）

柳如是的爱国诗一洗女性诗作绮罗香泽之态，诗风庄雅高艳，苍劲雄浑，铺陈渲染，高言大论，充满对历史的感慨以及对救世英雄的渴慕。读之甚觉光怪陆离，颇有韩愈、李贺的风采，典雅生新，惊心骇目。如：

龙堂夜转回天扉，风巢声隐丽簌低。锦轮日唱洞庭湿，虬幡虎节灵符飞。列钱绛滴艾蓉冠，桂殿黄支井壁尾。银河北道开层城，

紫梢龙广州细小。海风下辨樱桃红，神魄未归仙雾濛。鲸鱼光颜吹不起，晓行万里陵阳宫。雷辀无数鹜熳语，邪麟斗乘裂波去。一夜娇狞佩珠白，帐中烟浪更无迹。① (《晓仙遥》)

　　西山狐鸟何纵横，荒陂白日啼鼯鼬。偶逢意气苍茫客，须眉惨淡坚层冰。……吁嗟变化须异人，时危剑器摧石骨。我徒壮气满大下，广陵白发心恻恻。视此草堂何为者，雄才大略惟愁疾。况看举袖星辰移，海童江妾来迟迟。杰如雄虺射婴茀，矫如胁鹄离云倪。萃如列精俯大壑，翁如匹练从文狸。奇鸰孤鹦眼前是，阴云老鹤徒尔为。丈夫虎步兼学道，一朝或与神灵随。独我慷忾怀此意，对之碑砆将安之。② (《剑术行》)

柳如是的爱国主义诗作富有英雄气概，有气拔山河、雷霆万钧之势，其铮铮铁骨饱含侠肝义胆，可谓巾帼不让须眉。

(三) 咏物赠答之作

柳如是的咏物赠答之作，语言精练自然，意境高远超拔、清新脱俗。清代邹漪的《柳如是诗小引》评曰："闲情淡致，风度天然，尽洗铅华，独标素质。"③ 这类风格的典型代表是《西湖八绝句》，其一云：

　　垂杨小院绣帘东，莺阁残枝未思逢。大抵西泠寒食路，桃花得气美人中。④

柳如是往来唱和者多为一时名士，主要以复社与几社成员为主，陈寅恪先生的《柳如是别传》言："与吴越党社胜流交游，以男女之情兼师友之谊。"⑤ 复社与几社成员论诗以复古为主，这也对柳如是的诗歌

① (清) 柳如是：《柳如是诗文集》，谷辉之辑，上海古籍出版社 2000 年版，第 33 页。
② (清) 柳如是：《柳如是诗文集》，谷辉之辑，上海古籍出版社 2000 年版，第 57 页。
③ 范景中、周书田编：《柳如是事辑》，中国美术学院出版社 2002 年版，第 472 页。
④ (清) 柳如是：《柳如是诗文集》，谷辉之辑，上海古籍出版社 2000 年版，第 133—135 页。
⑤ 陈寅恪：《柳如是别传》，生活·读书·新知三联书店 2001 年版，第 213 页。

创作产生了影响，讲究"情以独至为真，文以范古为美"①。如柳如是的《拟古诗十九首》其十七《孟冬寒气至》中"客从远方来，贻我书的历"一联，明显出于"客从远方来，遗我一书札。"② 另如：

飚飚华馆风，皃皃玄岭草。习习翔绛晨，淫淫睹窅眇。翼翼众奇分，潏潏凌青照。羁望久难慰，星汉长飘飖。佳期安可寻，缀目成新眺。③（《青青河畔草》）

浩歌发渌水，媚风激青帷。宿昔承眄睐，志意共绮靡。岂期有离别，送君春水湄。芳素长自守，远迈竟何之。桐花最哀怨，碧柰空参差。思君漳台北，台流吹易长。灿烂云中锦，上著双鸳鸯。黄鹄飞已去，鲤鱼何时来？④（《行行重行行》）

念子久无际，兼时离思侵。不自识愁量，何期得澹心。要语临岐发，行波托体沉。从今互为意，结想自然深。⑤（《送别二首》其一）

谁家乐府唱《无愁》，望断浮云西北楼。汉佩敢同神女赠，越歌聊感鄂君舟。春前柳欲窥青眼，雪里山应想白头。莫为卢家怨银汉，年年河水向东流。⑥（《次韵奉答》）

再如《遣怀二首》《独坐二首》《送别二首》《遥夜感怀》《秋夜杂诗四首》《咏晚菊》《上巳》《寒食》《游净慈》等诗作，师承汉魏、盛唐，颇具骨气，正是云间派诗论的创作实践。

钱柳二人交好之后，柳氏移居"我闻室"与钱谦益过着诗酒唱和的生活。然而，面对优游卒岁的生活，回想一生飘零之悲，再加上战乱带来的不确定性，一时的安定生活也难以掩饰诗人内心莫名的惆怅。即

① （明）陈子龙：《陈忠裕公全集》，王英志辑校，上海古籍出版社1983年版，第856页。
② 隋树森编：《古诗十九首集释》，中华书局1955年版，第15页。
③ （清）柳如是：《柳如是诗文集》，谷辉之辑，上海古籍出版社2000年版，第30页。
④ （清）柳如是：《柳如是诗文集》，谷辉之辑，上海古籍出版社2000年版，第20页。
⑤ （清）柳如是：《柳如是诗文集》，谷辉之辑，上海古籍出版社2000年版，第48页。
⑥ （清）柳如是：《柳如是诗文集》，谷辉之辑，上海古籍出版社2000年版，第207页。

使面对江南春色，诗人也不免心生清冷，如：

> 裁红晕碧泪漫漫，南国春来正薄寒。此去柳花如梦里，向来烟月是愁端。画堂消息何人晓，翠帐容颜独自看。珍重君家兰桂室，东风取次一凭栏。①（《春日我闻室作，呈牧翁》）
>
> 春风习习转江城，人日于人倍有情。帖胜似能欺舞燕，妆花真欲坐流莺。银幡因戴忻多福，金剪侬收喜罢兵。新月半轮灯乍穗，为君酹酒祝长庚。②（《依韵奉和二首》其一）
>
> 素瑟清尊迥不愁，柂楼云物似妆楼。夫君本自期安桨，贱妾宁辞学泛舟。烛下乌龙看拂枕，风前鹦鹉唤梳头。可怜明月将三五，度曲吹箫向碧流。③（《依韵奉和二首》）
>
> 佛日初辉人日沉，彩幡清晓供珠林。地于劫外风光近，人在花前笑语深。洗罢新松看沁雪，行残旧药写《来禽》。香灯绣阁存常好，不唱卿家《缓缓吟》。④（《依韵奉和二首》其二）

总的来看，柳氏前期和中期的诗歌，清新明丽，仗气求奇，纵横恣肆。后期主要受钱虞山影响较大，自然洗练，庄雅典丽，符合儒家"雅正"的诗教传统。陈寅恪的《柳如是别传》言："卧子推重河东君之诗，举北地济南诸家为说，引之以为同调。可知河东君之诗，其初本属明代前后七子之宗派，应亦同于卧子之深鄙宋代之诗者。但后来赋《寒柳》词，实用东坡七律之语。至其与江然明尺牍，亦引用苏诗，皆属北宋诗之范围，更无论矣。"⑤ 由此可见，柳如是的诗歌创作受钱谦益影响之大，有所宗法，又兼及众家之长，不拘一格。

赵伯陶这样评价："一位风尘女子的个人遭际与天下兴亡的历史巨变相叠合时，所呈现出来的就不是一个人或几个人的命运悲歌，而是一

---

① 陈寅恪：《柳如是别传》，生活·读书·新知三联书店 2001 年版，第 634 页。
② （清）柳如是：《柳如是诗文集》，谷辉之辑，上海古籍出版社 2000 年版，第 216 页。
③ （清）柳如是：《柳如是诗文集》，谷辉之辑，上海古籍出版社 2000 年版，第 215 页。
④ （清）柳如是：《柳如是诗文集》，谷辉之辑，上海古籍出版社 2000 年版，第 216 页。
⑤ 陈寅恪：《柳如是别传》，生活·读书·新知三联书店 2001 年版，第 398 页。

个民族的血的洗礼!"① 今存柳如是的《湖上草》尺牍钞本后附有"仙山渔人林云凤"的《口占二绝》,其二云:"谪来天上好楼居,词翰堪当女状头。三十一篇新尺牍,篇篇蕴藉更风流。"② 虽不全面,但也可以管窥后人对柳如是这位奇女子诗作的推崇。

二　"苦节一生谁得似"——方维仪

"方氏三节"中最具才华、影响最大的要数方维仪,朱彝尊的《静志居诗话》云:"龙眠闺阁多才,方吴二门称盛。夫人才尤杰出。其诗一洗铅华,归于质直。"③ 又云:"不纤不庸,格老气逸""虽乏新奇而句句铿锵。"④ 朱彝尊较为客观地指出了方维仪的诗风与审美取向。方维仪诗歌流露的冷寂色调是其个人命运与明末时代相契合的结果,以致王端淑的《名媛诗纬初编》评曰:"山川草木,悉成悲响。"⑤ 朱彝尊的《静志居诗话》则进一步分析:"集中句若'白日不相照,何况他人心''高楼秋雨时,事事异畴昔'何其辞之近乎孟贞曜也。"⑥ 他敏锐地指出方维仪诗作悲凉心境的外化与孟东野有颇多相似之处。如:

> 独坐南窗下,无灯月未名。愁怀言不尽,归雁莫哀鸣。
>
> 朝朝寒气侵,鸟声倦无力。细雨滴空阶,林花落颜色。⑦ (《寒夜二首》)
>
> 高楼秋雨时,事事异畴昔。骨肉东南居,田畴稻不获。树叶色将变,寒蛰语幽石。孤愁多苦心,四顾成萧索。云暗远山峰,独坐苔阶夕。⑧ (《秋雨吟》)

---

① 赵伯陶:《秦淮旧梦——南明盛衰录》,济南出版社2002年版,第130页。
② 陈寅恪:《柳如是别传》,上海古籍出版社1980年版,第361页。
③ (清)朱彝尊:《静志居诗话》,人民文学出版社1990年版,第725页。
④ (清)朱彝尊:《静志居诗话》,人民文学出版社1990年版,第721页。
⑤ (清)王端淑:《名媛诗纬初编》卷12,康熙六年丁未(1667)山阴王氏清音堂刻本,第6a页。
⑥ (清)朱彝尊:《静志居诗话》,人民文学出版社1990年版,第725页。
⑦ (清)潘江编:《龙眠风雅》,北京出版社2000年版,第196页。
⑧ (清)汪启淑:《撷芳集》,乾隆五十年乙巳(1785)飞鸿堂刻本,第8b页。

秋风起边城，鸿雁来翩翩。驱车策马游，往还如云烟。壮年意气盛，衰颜不屡迁。丹霞烧碧空，牧牛耕坂田。萧瑟来无方，落叶叫寒蝉。东流回桥波，冷净长涓涓①（《秋声》）

阴云蔽白日，残雪明阶前。饥鸟鸣无栖，北风满霜天。多少苦心人，虚恃坐渺然。②（《吊古》）

方维仪诗中所常用的寒气、倦鸟、孤愁、萧索、寒蝉、孤舟、霜雪等孤寂清冷的意象，使诗作无不浸染着无以排遣的深沉苍凉的愁绪，是其坚毅精神掩盖下心灵清冷苦寂的真实写照。其诗云：

汉末云光淡，凄凉晚更生。秋风吹一叶，夜雨作千声。倦鸟栖孤树，残灯落短檠。半窗寒意涩，怪石有余清。③（《阴夕》）

幽砌深梅径，空阴凉气赊。闲来寻白石，随意见黄花。巷老将飞叶，林孤未息鸦。曲栏凭薄暮，柳色淡烟斜。④（《晚步》）

一夜深秋雨，山林天色新。揽衣出房户，落叶暗阶庭。寒露沾枯草，飞鸿乱远汀。苍茫河汉没，惟见两三星。⑤（《暮秋》）

其诗歌意境清冷孤寂，诗人心中的凄凉愁苦，似乎在倦鸟残灯中消磨；语言沧桑古朴，不似一般女子的柔婉绮靡，也与建安风骨互为精神。其《陇头水》如燕云老将悲慨苍凉，更有《古诗十九首》的风度。其诗云：

陇坂带长流，关山古木秋。征人悲绝漠，虏马识边州。戈戟玄

---

① （清）王端淑：《名媛诗纬初编》卷12，康熙六年丁未（1667）山阴王氏清音堂刻本，第8a页。
② （清）王端淑：《名媛诗纬初编》卷12，康熙六年丁未（1667）山阴王氏清音堂刻本，第8a页。
③ （清）王端淑：《名媛诗纬初编》卷12，康熙六年丁未（1667）山阴王氏清音堂刻本，第9b页。
④ 傅瑛主编：《明清安徽妇女文学著述辑考》，黄山书社2010年版，第159页。
⑤ 傅瑛主编：《明清安徽妇女文学著述辑考》，黄山书社2010年版，第160页。

霜冷，旌旗白日浮。君恩无可报，誓取郅支头。①（《陇头》）

再如《老将行》："绝漠烽烟起戍楼，暮笳吹彻海风秋。关西老将披图看，尚是燕云十六州。"②《从军行》中"玉门关外风雪寒，万里辞家马上看。哪得沙场还醉卧，前军已报破楼兰"③。悲慨苍劲的汉魏风骨跃然纸上。

面对明王朝的日渐衰落，女诗人与其他爱国者一样心忧如焚，然而作为女性的她回天乏术，只好通过诗歌塑造一系列忠君爱国的志士形象，以为爱国志士们摇旗呐喊，这也是诗人个人理想的展现。但她对明朝政府的腐败与边防的薄弱，又有着清醒的认识，对此诗人往往以犀利的笔锋予以无情地批判。其诗云：

　　辞家万里戍，关路隔风烟。赋重无余饷，边荒不种田。小兵知有死，贪吏尚求钱。倚赖君王福，何时唱凯旋。④（《出塞》）

　　马上干戈常苦饥，边城秋月照寒衣。风吹草木连山动，霜冷旌旗带雪飞。永夜厉兵传五鼓，平明挥剑解重围。功成虽有封侯日，老将沙场安得归。⑤（《塞上曲》）

方维仪的这类诗歌饱含忧国忧民的志士情怀，丝毫没有女儿情态，仿佛一位久经沧桑的老吏以悲天悯人之怀书写着人间悲苦，与杜甫伤时叹世之作如出一辙。其诗云：

　　蟋蟀吟秋户，凉风起暮山。衰年逢世乱，故国几时还。盗贼侵南甸，军书下北关。生民涂炭尽，积血染刀环。⑥（《旅夜闻寇》）

①　傅瑛主编：《明清安徽妇女文学著述辑考》，黄山书社 2010 年版，第 159 页。
②　傅瑛主编：《明清安徽妇女文学著述辑考》，黄山书社 2010 年版，第 160 页。
③　傅瑛主编：《明清安徽妇女文学著述辑考》，黄山书社 2010 年版，第 160 页。
④　（清）朱彝尊编：《明诗综》卷 86，中华书局 2007 年版，第 4178 页。
⑤　傅瑛主编：《明清安徽妇女文学著述辑考》，黄山书社 2010 年版，第 159 页。
⑥　（清）汪启淑：《撷芳集》卷 1，乾隆五十年乙巳（1785）飞鸿堂刻本，第 8b—9a 页。

方维仪除描写幽冷愁苦的女性忧伤外，其他诗作还呈现出男性化特征。方以智在《侍姚仲姑母作》中曾评价其姑母方维仪，其作云："试一诵短章，使人声呜呜。王侯贵人盛，所计一何愚。不若闺阁中，凛凛烈丈夫。"①

当然，作为女性，守节之苦是其痛苦心灵的真实再现，而这一点正是被男性掌握话语权的社会所忽略的，这些以守节之苦为主要题材的诗歌，不仅是方维仪个人内心悲痛的真实写照，也是古代被历史淹没了的守节女子的共同呼声。其诗如下。

> 霜冻圜河风幕号，征人蓟北枕金刀。从来皆说沙场苦，谁惜春闺梦里劳。②（《征妇怨》）

> 嗟君凛峻节，听我吟悲歌。霜门久寂寞，荒阶秋色多。孤松列寒岭，归雁度长河。皎洁独自持，甘心矢靡他。闻之一何苦，叹息泪滂沱。金石亦云坚，乃能当折磨。感遇从佳召，惠顾得相过。置酒望明月，集衣搴薛萝。幽窗芬黄菊，白露下庭柯。坎坷同苦辛，薄命更蹉跎。白头逢乱世，漂泊涉风波。老大不足惜，乱离将奈何。③（《赠新安吴节妇》）

> 西池月落晓河分，飘渺南云独忆君。苦节一生谁得似，孤松千尺岭头云。④（《楚江怀吴妹茂松阁》其二）

总的来看，方维仪的诗歌创作与传统女性相比，增添了新的内容。其闺阁诗作也一改传统女性诗词软香绮靡、粉泪盈盈之风。守节的处境使她的诗歌显得严肃清冷、孤寂悲凉，却少有传统闺阁诗词的幽怨伤情。此外，方维仪与其他才女一样关心着明末社会发展的动向，她的诗歌少有一般才子佳人自娱自乐的诗酒风流，而始终以严肃谨慎的态度、悲天悯人的情怀诉说着天灾人祸带来的人间苦难，是明末乱世艰难时局

---

① （明）方以智：《方子流寓草》卷2，北京出版社2000年版，第674页。
② （清）汪启淑：《撷芳集》卷1，乾隆五十年乙巳（1785）飞鸿堂刻本，第9b页。
③ （清）潘江：《龙眠风雅》，北京出版社2000年版，第192页。
④ （清）潘江：《龙眠风雅》，北京出版社2000年版，第198页。

的史诗记录。

三　"一枝留待晚春开"——李因

李因（1610—1685），字今是、今生，号是庵，浙江杭州人，诗画双绝。《黄裳题记》云："生而韶秀，父母使之习诗、画，便臻其妙，年及笄，已知名于时。"① "资性警敏，耽读书，耻事铅粉，间作韵语以自适。顾家贫落魄，积苔为纸，扫柿为书，帷萤为灯，世未有知者。"② 葛征奇因激赏其"一枝留待晚春开"之句，而立其为侧室，婚后二人伉俪情深，宦游京师十五载。1645 年，清军平定江南，葛征奇"忠愤所激以义死"③。李因膝下无子，守节余生。"茕茕称未亡人"，"其诗益沉郁悲壮，一往情深，有烈丈夫之所难为者。晚年更资禅悦，缀清辞，楮墨游戏不复诠次为烦。嗟乎，夫人之志愈坚，节愈苦矣！"④ 存有诗集《竹笑轩吟草》《续集》以及《三集》，存诗 522 首，词 22 阕。李因生前作画 73 件，可考者 64 件。

李因矢志守节四十余年，晚境孤苦，诵禅度日。吴本泰为《竹笑轩吟草》所作序评其诗云："虽云彤管丽娟，特饶林下风气"⑤；葛征奇评其诗曰："清扬婉妩，如晨露初桐，又如微云疏雨，自成逸品。"⑥ 李因早年诗作大多清新流利，流露出其朴素淡泊的秉性。如：

> 空山雪后树苍茫，不见林家旧草堂。路滑泥深寻古迹，溪前风送落花香。⑦（《由断桥登孤山看梅二首》之二）

诗人通过雪后空山，溪前花香，不畏泥泞寻访古迹，诗歌清新自

---

① （清）李因：《竹笑轩吟草》，辽宁教育出版社 2003 年版，第 103 页。
② （清）李因：《竹笑轩吟草》，辽宁教育出版社 2003 年版，第 4 页。
③ （清）李因：《竹笑轩吟草》，辽宁教育出版社 2003 年版，第 49 页。
④ （清）李因：《竹笑轩吟草》，辽宁教育出版社 2003 年版，第 49 页。
⑤ （清）李因：《竹笑轩吟草》，辽宁教育出版社 2003 年版，第 2 页。
⑥ （清）李因：《竹笑轩吟草》，辽宁教育出版社 2003 年版，第 4 页。
⑦ （清）李因：《竹笑轩吟草》，辽宁教育出版社 2003 年版，第 17 页。

然，一尘不染。再如：

> 一径寻梅路不赊，参差竹树小桥斜。长歌林下香风起，涧水潺潺送落花。① (《看梅，次家禄勤韵》)
>
> 满院蓬蒿一径开，卷帘只有燕飞来。闲庭昼寂无人到，坐看杨花点绿苔。② (《芜园春暮》)
>
> 蛟鼍夜吼水声嗔，断岸荒荒夹去津。露坐天高深夜寂，隔溪营火解迎人。③ (《舟发天津道中同家禄勋咏》其六)

除清丽自然外，李因受晚唐体与竟陵诗风的影响，还追求幽奇险怪、枯索荒寂的诗歌意境，显得瘦硬艰涩，这是女性诗人笔下罕见的。例如：

> 风挟雷霆斗，河流日夜声。小舟眠未稳，野寺曙钟明。(《舟发黄河》)
>
> 落日安山道，残村野戍多。荒原生鬼火，蔓草没田禾。人怯风烟后，猿啼夜雨过，秋声送微响，何处起渔歌。(《安山晚泊》)
>
> 棠舟兰桨击空明，岸草依人促去程。何处一声孤鹤唳，秋山独夜旅魂惊。④ (《晚出毗陵道中》二首之一)

李因也深受明末天下大乱的影响，丈夫死国，自己无依无靠，这使得早年留恋雪月清映、清丽自然的女诗人，也饱尝人生不可预知的生离死别之苦。其晚年诗作满载游子的羁旅之思。如：

> 晚来风雨更萧萧，客梦惊秋意沉寥。幸有奇书留秘枕，更浮大白助诗瓢。荒烟夜合迷山寺，乱水朝添涨野桥。残暑乍消清思发，

---

① （清）李因：《竹笑轩吟草》，辽宁教育出版社 2003 年版，第 23 页.

② （清）李因：《竹笑轩吟草》，辽宁教育出版社 2003 年版，第 21 页。

③ （清）李因：《竹笑轩吟草》，辽宁教育出版社 2003 年版，第 28 页。

④ （清）李因：《竹笑轩吟草》，辽宁教育出版社 2003 年版，第 14、30、15 页。

高堤官柳驻轻桡。① （《荆门道中》）

　　九日争先菊未黄，好将桂萼作英囊。登高欲效龙山饮，落帽先窥头上霜。② （《九日无菊晚桂盛开戏作》）

　　自问何不死，残年又到春。雪消梅蕊绽，风入柳条新。发为伤时白，眉因厌世颦。眼枯双泪尽，非是独愁贫。③ （《新春自叹》）

　　另如《春日家禄殉闻命南归，感怀之作》二首，其二云："欲赋《高轩过》，门前到者稀。杨花冲幕入，犹落故人衣。"④ 诗歌以李贺赋《高轩过》的典故，暗喻葛征奇崇祯十六年辞官归家、落寞离京时的世态人情。

　　崇祯时期，清兵不断屯兵关外、虎视中原，国内农民起义声势浩大，大明王朝危如累卵。李因的诗歌也展现了"扼腕时事，义愤激烈，为须眉所不逮"⑤ 的一面。而且李因此类诗作数量之大，范围之广，女性诗人罕有相敌；诗人立场鲜明，直抒胸臆，铁骨铮铮。清兵犯山东，诗人悲愤之余，慷慨激昂地写道：

　　万姓流亡白骨寒，惊闻豫鲁半凋残。徒怀报国惭彤管，洒血征袍羡木兰。⑥ （《闻豫鲁寇警》）

　　遍地烽烟四野蒿，聊将笔墨寄牢骚。澄清有日悲吾老，平寇无能舞宝刀。⑦ （《感怀》）

　　顺治二年乙酉，清军铁蹄征伐江南，葛征奇义赴国难，留下李因孤身一人，她不得不靠卖画、纺织度日，有时甚至贫穷不能举火，其生活之艰难可想而知。然而，虽遭遇国仇家恨的切肤之痛，但李因没有因为

---

① （清）李因：《竹笑轩吟草》，辽宁教育出版社 2003 年版，第 29—30 页。
② （清）李因：《竹笑轩吟草》，辽宁教育出版社 2003 年版，第 64 页。
③ （清）李因：《竹笑轩吟草》，辽宁教育出版社 2003 年版，第 64 页。
④ （清）李因：《竹笑轩吟草》，辽宁教育出版社 2003 年版，第 26 页。
⑤ （清）李因：《竹笑轩吟草》，辽宁教育出版社 2003 年版，第 5 页。
⑥ （清）李因：《竹笑轩吟草》，辽宁教育出版社 2003 年版，第 22 页。
⑦ （清）李因：《竹笑轩吟草》，辽宁教育出版社 2003 年版，第 95 页。

生活的艰辛而放弃诗歌创作，而是抒写着倚剑挥戈、报效国家的雄心壮志。这类诗作数量较多。另如：

> 誓报先君发不髡，宫袍犹羡旧朝绅。喜逢泉下新相识，俱是当年死难人。①（《悼亡诗》）
>
> 阴阳颠倒莫惊猜，夏令冬行雪里来。圣虑无烦忧国事，尽言和气动春雷。②（《除夕闻雷》）
>
> 遍地干戈雉堞荒，未知何日定封疆。羽书北往军需急，骁骑南来战垒强。百里烟横昏白昼，千村民散变沧桑。那堪血溅河流赤，鬼火烧空惨月光。
>
> 北斗旗标贯日虹，纷纷草泽尽英雄。兵戈络绎差徭苦，盗贼纵横劫掠空。万井绝烟惟鬼火，千家野哭起悲风。太平有日妖氛灭，麟阁将军第一功。③（《感时二首》）

面对一切难以承受的人生困境，李因虽表现出超越常人的韧劲与决心，但身心遭受人生苦难的长期折磨，使她逐渐痴迷佛老思想，以求心灵的慰藉与解脱。她与道士女尼往来密切，体悟禅机，这类与出家人来往赠答之作颇多佛道思想，但有的也表达了女性对美好爱情生活的向往。如：

> 白玉霞冠钗凤凰，经函不复贮宽裳。碧桃花底吹明月，肯煮胡麻赚阮郎。④（《赠女冠》）
>
> 一路寻春到野塘，归来不觉月昏黄。夫人索吾梅花谱，携得清风两袖香。梅花十里绕溪回，零落残香雪作堆。几点催归风雨急，夜乌声里月重来。⑤（《同梁姨夷素夫人西溪看梅二首》）

---

① （清）李因：《竹笑轩吟草》，辽宁教育出版社 2003 年版，第 43 页。
② （清）李因：《竹笑轩吟草》，辽宁教育出版社 2003 年版，第 72 页。
③ （清）李因：《竹笑轩吟草》，辽宁教育出版社 2003 年版，第 63 页。
④ （清）李因：《竹笑轩吟草》，辽宁教育出版社 2003 年版，第 16 页。
⑤ （清）李因：《竹笑轩吟草》，辽宁教育出版社 2003 年版，第 13 页。

不解长条系别离，一声折柳正相思。秋风犹恐成憔悴，好护青青似旧垂。① (《赠柳如是校书》)

昼掩章台自著书，十离诗就寄双鱼。肩舟三泖烟霞迥，觅得莼芽伴索居。② (《赠柳如是校书二首》)

鬼鬼十丈古昭垚，几见桑田几听谯。云拥海门观浴日，涛奔塔影俟迎潮。乘风缥缈寻仙窟，造级扶摇凌汉霄。秋暮林皋篱菊满，偶过禅院挂诗瓢。

女墙高耸出昭垚，四望郊墟远应谯。日射浮图悬倒影，风磨铃铎响随潮。鸥盟有约招为社，雁字排空几近霄。吟眺黄花满篱落，持螯豪饮酒盈瓢。③ (《九日登塔和许邑侯原韵八首》二首)

莫叹蹉跎年复年，画中三昧指间禅。云山是处堪留隐，许乞茅庵小结缘。

闲将笔墨了残年，鸟语花香总解禅。自是钝根非夙慧，三生何处旧因缘。④ (《和西堂女师来韵兼题画二首》)

《黄裳题记》曾云："而是庵方抱故国黍离之感，凄楚蕴结，长夜佛灯，老尼酬对，亡国之音，与鼓吹之曲，共留天壤，声无哀乐，要皆灵秀之气所结集耳。"⑤ 事实上，李因的诗作一方面有着强烈的悲天悯人思想和赤胆忠心的爱国情怀；另一方面却因为自身的遭遇而充溢着诗人对佛老思想的痴迷。如：

花落阑残风雨过，荷钱初长漾春波。心闲转觉身为累，性静偏嫌鸟语多。世事纷纷谋得失，人情汹汹起干戈。此生独恨非男子，壮气空令岁月磨。⑥ (《春日有感》)

---

① (清) 李因：《竹笑轩吟草》，辽宁教育出版社 2003 年版，第 20 页。
② (清) 李因：《竹笑轩吟草》，辽宁教育出版社 2003 年版，第 20 页。
③ (清) 李因：《竹笑轩吟草》，辽宁教育出版社 2003 年版，第 292 页。
④ (清) 李因：《竹笑轩吟草》，辽宁教育出版社 2003 年版，第 80 页。
⑤ (清) 李因：《竹笑轩吟草》，辽宁教育出版社 2003 年版，第 104 页。
⑥ (清) 李因：《竹笑轩吟草》，辽宁教育出版社 2003 年版，第 79 页。

葛征奇殉国后，李因矢志为其守节，触景伤怀、睹物思人之挽诗达七十多首，如《寒食忆介龛有感》《七夕忆家禄勋二首》《悼亡诗哭介龛四十八首》等。以下略举几首，以为概观。

> 忠魂莫向夜台悲，他日争传堕泪碑。曾道首阳薇蕨好，知君端不愧夷齐。
> 黄齑菜饭布衣裳，单被风寒冻欲僵。梦里若逢泉下使，问君可念妾凄凉。
> 满径苔封人迹稀，村居镇日合荆扉。夜深窗外梅花影，疑是君从月下归。
> 灯昏林外乱啼鸦，瘦影移香月又斜。忆得小桥残雪夜，曾同携手看梅花。
> 满径蒿莱瓦砾场，数间破屋倚颓墙。东篱独剩黄花在，零落寒霜晚节香。
> 白杨古道怯秋黄，紫蟹才肥菊又香。记得与君同泛月，寒塘依旧宿鸳鸯。
> 无限穷愁只病魔，茕茕嫠妇一身多。此身久许从君死，为问泉台路几何。① （《悼亡诗哭介龛四十八首》节选六首）

清兵入关，诗人在战火烽烟中走上了独自逃亡之路，当诗人借居李氏庄，见到丈夫葛征奇所作画及题诗，不禁怆然泣下。

> 展轴烟消墨气幽，十年尘迹旧山丘。何方更乞君遗笔，增个扁舟载妾游。② （《烽火危城，身惊风鹤，借居北郊李氏庄，见有介龛遗画兼题绝句，为乙亥年所作，今十载矣，不禁凄然，以泪和墨依韵六首》其一）

---

① （清）李因：《竹笑轩吟草》，辽宁教育出版社 2003 年版，第 42 页。
② （清）李因：《竹笑轩吟草》，辽宁教育出版社 2003 年版，第 46 页。

挽诗中常常回忆起与丈夫的幸福生活，抚今追昔，两相比照，不禁潸然泪下。"曾携花下听黄鸟，笑指樱桃子乱垂"① "林外秋声黄叶飞，厨头冷落爨烟微。堆盘蔬食惟葵藿，窗下闲缝白布衣。"② "犹忆当年旧草堂，与君对泣话兴亡。纱窗半掩梅花月，素影幽香拥笔床。"③ 杨德建曾评李因此类诗作云："今博观《竹笑轩三集》成于悲悯忧思者，若不沾沾于一己之穷通得失。实以巾帼而深忠爱之情，因时寄兴，往往动秋风禾黍之哀鸣焉。"④ 生灵涂炭引起的悲天悯人、山河破碎引起的故国之思，以及形影相吊的个人悲痛在李因的诗作中融为一体。

此外，一个优秀的诗人不应只有一种风格，李因与其他优秀的诗人一样，题材风格是多元化的。除爱国诗、禅悦诗、悼亡诗之外，李因还写了大量的田园诗。如《郊居十首，次皮袭美陆鲁望原韵》《乡居即事十首》《农家》《蚕桑二首》《村居四时乐四首》《农家苦雨三首》等。李因的田园诗除对田园风光的赞美，还抒写农民的艰辛与官吏的盘剥，这是女性诗作较少涉及的。例如：

　　蚕事才完农事催，今同二月卖新丝。尔曹不解田家苦，日望场头麦熟时。

　　桑空丝了插秧时，梅雨经旬刈麦迟。是处催租索新旧，嗷嗷儿女又啼饥。

　　浪浪十日雨翻盆，豆麦沉沉野水屯。官吏不知农事苦，催征火票到篱门。⑤（《农家苦雨三首》）

李因的山水田园之作将诗画之心合二为一，又将佛禅羽道渗入字里行间，可谓诗中有画、诗中有禅，诗歌流露出一种静谧的禅意美、自然美。最典型的是七言《山居四首》与五言《山居六首》，其诗云：

① （清）李因：《竹笑轩吟草》，辽宁教育出版社 2003 年版，第 45 页。
② （清）李因：《竹笑轩吟草》，辽宁教育出版社 2003 年版，第 44 页。
③ （清）李因：《竹笑轩吟草》，辽宁教育出版社 2003 年版，第 73 页。
④ （清）李因：《竹笑轩吟草》，辽宁教育出版社 2003 年版，第 102 页。
⑤ （清）李因：《竹笑轩吟草》，辽宁教育出版社 2003 年版，第 70 页。

霭霭层峦香雾笼，招提钟磬出云中。山烟积翠松疑雨，林木垂红叶送风。霜入草枯归白兔，秋深砌冷咽寒虫。从无世事尘缘静，坐待忘形人境空。

欲了生平山水缘，结茅丘壑已忘年。心无去住萦怀抱，性本空灵任往还。蕉鹿梦回人醒后，呼猿饭罢鸟声前。甘愚不与时宜合，扫却红尘便是禅。

寄迹烟霞兴倍幽，此身之外复何求。千章古木隐茅屋，万壑奔泉藏钓舟。砌荚生时推日月，岩花开处辨春秋。闲行倚杖看云起，独笑山禽有白头。

峻岭崇山一望赊，巉□石磴白云遮。猿封古洞参禅定，僧结茅庵转法华。验我穷愁头上雪，悟他开落眼前花。为寻瑶草求仙迹，冷暖随时谩自夸。①（《山居四首》）

欲避尘嚣境，闲耽山水幽。抚琴应空谷，独啸撼林丘。古柏屯云湿，苍松积雾稠。莫思身外事，人世寄蜉蝣。

泉鸣初雨过，高岭白云迷。禅院钟方起，幽林鸟乱啼。燎衣敲石火，洗钵步山溪。无事消清昼，松阴看鹤栖。

石磴盘回上，群峰拱翠微。峦烟笼竹屿，松露滴苔衣。傍壑山蔬嫩，依庵岩笋肥。闲寻采药处，携得白云归。

长日岩扉静，松窗高枕眠。残霞明远岫，危石激奔泉。虎啸冲山隙，猿啼出树巅。诸天知不远，禅定佛灯悬。②（《山居六首》）

在李因的田园诗作中多次出现苇园意象，苇园是李因与葛征奇伉俪情深、诗酒风流的地方，是李因一生最幸福的回忆，也是李因一生的情感寄托与精神家园。这类诗作如下。

苔径无人绝世尘，竹楼清韵人离旻。炉烟未歇蒲团寂，月下经行礼北辰。

---

① （清）李因：《竹笑轩吟草》，辽宁教育出版社 2003 年版，第 76 页。
② （清）李因：《竹笑轩吟草》，辽宁教育出版社 2003 年版，第 76 页。

两气初凉午梦还,青松白石满林间。坐看汀上新雏浴,散发渔舟学钓闲。

一鸿秋水绕林塘,石磬风微出上方。满架书签生计了,梦中长得见羲皇。①(《芜园三首》)

李因不得不承受人性的欲望和克己复礼的信念的折磨,而消除这种心灵痛苦的唯一方式似乎只有听经诵佛。只当是浮生如梦,才能求得灵魂的安宁。其诗曰:

秋归无处遣愁怀,叶落林空月满阶。寂寞独怜篱下菊,霜枝晚节叹尘埋。

参差竹树影萧萧,坐对黄花意沉寥。霜冷不知秋欲尽,满林风叶乱鸣条。

云净天空月渐高,篱边把盏醉松醪。雁来莫问兴亡事,四野荒残满目蒿。

枫叶迎霜菊始开,晚香萧索傍篱栽。餐英添得愁无限,月下闲行诵《七哀》。②(《秋夜对菊四首》)

十丈悬崖挂薜萝,参云峰顶见嵯峨。闲搜怪石秋林晚,独听残钟晓月过。黄叶山前人迹少,白榆天际鸟声多。冷泉亭下潺溪水,不许渔舟唱棹歌。

幽谷烟深隐梵宫,晚钟遥度板桥东。离松影落空潭月,古竹声随小阁风。飞潘吞崖秋水白,曙云催日晓山红。猿啼何处孤蜂隔,才见寻樵古路通。

层楼云际旧茅庐,十亩黄花一亩居。竹径风微清籁寂,石栏香散晓烟虚。闲来扫叶惊眠鹤,梦罢翻书剔蠹鱼。剥啄无声苔草绿,聊酤村白摘园疏。

芦苇萧萧近水隈,西风野岸芙蓉开。千山落叶寻秋晚,十月寒

---

① (清)李因:《竹笑轩吟草》,辽宁教育出版社2003年版,第30页。
② (清)李因:《竹笑轩吟草》,辽宁教育出版社2003年版,第71页。

霜入梦来。为向梅林依鹤迹，漫携筇杖认碑苔。荒残满径东篱寂，
独对黄花醉酒杯。① （《鹭岭山庄寻秋四首》）

后人评价李因诗作富于中性诗风，力在强调超越性别差异而兼具男
性阳刚与女性柔美的诗歌特质，李因诗作三分刚烈、七分柔韧，又兼女
性特有的细腻。其内容之广泛，风格之多变，大大超出一般女性诗作所
能涉及的范围。爱国诗、禅悦诗、挽诗以及田园诗独具个人风采，诗歌
语言少有女子诗歌的纤弱之气，力求潇洒疏朗之语，或清新俊逸，或险
峻苍凉，其诗风在晚明众多才女中别具一格。

四 "一臂欲将宇宙肩"——女英雄刘淑

刘淑（1620—?），字木屏，号个山人，今江西安福县人。明扬州
太守刘铎女，同邑王蔼妻，年二十一而寡。与明末其他女性诗人不
同，刘淑通兵法、好剑术，曾亲自领兵参与抗清斗争。其诗歌锋芒毕
露、多诉泣血枕戈之志，她有着一般女性少有的英雄式经历。她是忠
烈之后、义士之妻，寡居守节却又报国无门，这一切造就了她的狂狷
人格与狂悍诗风，她是女性诗文史上独一无二的存在。刘淑曾在《筑
芳女诗序》中自道："诗非女子能也。女子或能诗，则根乎性情，发
乎自然，或浓或淡，或奇或拙，不知其为而为。……其侠也击剑风
生，其烈也投岩岳笑，其贞也挈峨嵋而补天，其死也撼葭石而填海，
斯其振遝响于孤云，挽清节于断石者乎？"② 在刘淑看来，诗歌是诗人
真实性情的自然流露，因而诗歌是诗人浓厚的主观情感的展现。其父
绝笔诗云：

英雄到此岂趑趄，气作山河血作王。手掷玄黄还宇宙，身遗清
白谱庭除。孤忠无绊休同死，断骨宜尘莫上疏。知汝百年能不负，

① （清）李因：《竹笑轩吟草》，辽宁教育出版社 2003 年版，第 36 页。
② （明）刘铎、刘淑：《刘铎刘淑父女诗文》，王泗原校注，人民教育出版社 1999 年版，
第 371 页。

铜肝铁胆颇如余。①

知子莫若父，正如其父所预言"知汝百年能不负，铜肝铁胆颇如余"。刘淑对明王朝的赤胆忠心，一如其父。顺治三年，刘淑在江西举义师抗清，她以"毁尽钗环纾国难"的决心盘马弯弓、亲赴疆场。史载：

> 有明之亡，纪纲先驰，下陵上替，兵悍将骄。虽萃千百忠臣义士、烈妇贞女赴之以死，莫能挽社稷之沉沦，拯生民于涂炭也。淑姑以一女子，欲提一旅以靖国难，事虽不成，志足悲矣。②（王仁照《个山集》序）

刘淑起兵欲率军投奔长沙抗清势力较大的何腾蛟，无奈途遇无心抗清却有心纳刘淑为妾的永新守卫张先璧，刘淑坚贞不屈、严词拒绝，因而起兵受挫。此后，她不得不走上辗转流离的避祸藏匿之路，历经五年流浪，回归江西武功山，隐居"莲庵"。此后，诗人的爱国心志基本上也只能付诸诗文。如：

> 山河破碎胡摧裂，一臂欲将宇宙肩。③（《写怀》）
> 生平意气扫羌胡，百炼犹思击唾壶。④（《寺中题壁》二十二首之十二）
> 如今欲试屠隆手，先斩楼兰定贺兰。⑤（《有感》二首之二）

---

① （明）刘铎、刘淑：《刘铎刘淑父女诗文》，王泗原校注，人民教育出版社1999年版，第157页。
② （明）刘铎、刘淑：《刘铎刘淑父女诗文》，王泗原校注，人民教育出版社1999年版，第197页。
③ （明）刘铎、刘淑：《刘铎刘淑父女诗文》，王泗原校注，人民教育出版社1999年版，第324页。
④ （明）刘铎、刘淑：《刘铎刘淑父女诗文》，王泗原校注，人民教育出版社1999年版，第290页。
⑤ （明）刘铎、刘淑：《刘铎刘淑父女诗文》，王泗原校注，人民教育出版社1999年版，第273页。

刘淑血液中流淌的英雄气概与强烈的反清意识，也使她的诗歌在清代流传受阻。在清代文字狱的严酷文化统治下，刘淑诗歌中"羌胡""胡摧裂""清"等毫无忌讳的字眼，既是她英雄气概的展现，也是其诗歌在清代很难发扬光大的原因。其诗集《个山集》藏匿民间近三百年，直至清末，才被流传。她年轻时的诗作大多高扬着不屈不挠的战斗精神，如"愧补齐坛之风雪，聊寄漆室之悲操耳"[①]"年来摇落西风下，纵负雄才只自伤"[②]。但随着反清复明的理想无望，自叹自伤的思绪渐渐取代了意气风发的豪情，如：

> 照透炎凉目愈清，中原蚁负芥舟轻。漫将一苇从朝渡，且自抟风返棹行。手足何忧疮疥疾，头颅不共犬枭争。锻成日月双丸眼，烛破齐烟九点明。[③]（《自叹》十五首之三）

她的诗作以激情高昂的爱国主义精神为主，全面继承了爱国主义诗歌的创作传统。《哭洪父》《秋风歌》宗法诗、骚，《幽居穷壑次杜公悲歌》七首、《倚剑效杜公曲江三章章五句》则效仿伟大的爱国诗人杜甫。此外，在李因的诗作中还可看到陆游、辛弃疾、文天祥等爱国诗人的影子。《古意》四首之四中，刘淑塑造了一个顶天立地的奇女子以为自己画像。刘淑在《有怨》中自言：

> 有怨挂长天，静倚残云啸。抱琴何处投，应入银河照。
> 不作宛转歌，且敲铁板啸。深岩漱寒渌，祗凭明月照。[④]（《有怨二首》）

---

① （明）刘铎、刘淑：《刘铎刘淑父女诗文》，王泗原校注，人民教育出版社1999年版，第199页。

② （明）刘铎、刘淑：《刘铎刘淑父女诗文》，王泗原校注，人民教育出版社1999年版，第304页。

③ （明）刘铎、刘淑：《刘铎刘淑父女诗文》，王泗原校注，人民教育出版社1999年版，第304页。

④ （明）刘铎、刘淑：《刘铎刘淑父女诗文》，王泗原校注，人民教育出版社1999年版，第349页。

另如：

> 水莽自含饴，奇女自天赴。力能起万户，气欲卷云雾。两脚踏
> 辘轳，双眼截秋露。肩将负泰山，足如章亥步。其首自飞蓬，靓装
> 惟缟素。①（《图照自题》二首之二）
> 锦车女子剑光寒，画割终南一半山。十载为得仇人首，衣冰餐
> 雪住世间。②（《山中小筑》）

刘淑诗歌中刻意描画的忍辱负重、性如冰雪的"女侠"形象，别
具一番清冷超拔之美。当然，在报国无门、壮志难酬的现实逼迫下，诗
人也产生了归隐田园的念头。如：

> 墓前宿草念先人，想到家山亦怆神。闻道桃花源尚在，武陵我
> 欲问渔津。③（《军事未毕，家人劝我以归》其十二）

再如《廿四曰春，次日又雪》二首之二："浮生好与天公博，赢得
青山自凿泉。"④ 既有魏晋名士风流的放诞旷达，又有志士赴国的百折
不挠。无论现实处境多么令人沮丧，诗人都抱定"宁可枝头抱香死，何
曾吹落北风中"的决心。在《野菊》一诗中，暗喻隐者的菊花，成了
诗人孤傲不屈的化身。

> 满目荣华事，坚然色不移。霜骄迎素日，骨瘦傲秋飔。平野飘

---

① （明）刘铎、刘淑：《刘铎刘淑父女诗文》，王泗原校注，人民教育出版社 1999 年版，
第 276 页。

② （明）刘铎、刘淑：《刘铎刘淑父女诗文》，王泗原校注，人民教育出版社 1999 年版，
第 344 页。

③ （明）刘铎、刘淑：《刘铎刘淑父女诗文》，王泗原校注，人民教育出版社 1999 年版，
第 248 页。

④ （明）刘铎、刘淑：《刘铎刘淑父女诗文》，王泗原校注，人民教育出版社 1999 年版，
第 247 页。

仙客，群峰簇锦儿。相将期归隐，垂袖一题诗。①（《野菊》）

总之，刘淑抒写爱国之志，隐者心态见长，诗歌内容以抒发一腔爱国热情为主调，一改女性诗作柔婉绮靡之风。文武全才再加上矢志不渝的爱国情怀，使其在女性诗坛独树一帜，其奋不顾身的豪情壮志成为后来女性爱国诗风的典范。

五 "一寸心当万斛愁"——黄媛介

黄媛介，字皆令，秀水人（今浙江嘉兴）。嘉兴黄氏虽然"先世有显者"②，然黄媛介出生之时，虽不失为殷实的书香门第，但已是家道中落。黄氏多有才女，而以媛介最著。媛介天赋异禀，儿时"闻兄鼎读书声，欣然请学"③，以故"髫龄即娴翰墨"④。但生于明末乱世，又不愿高攀豪门，她与没有功名的杨世功矢志相守，这使她常因生计忙碌奔波，或卖文鬻画，或做闺塾师，或以布衣往来应酬于才媛名妓之间，但她始终并未因贫困或贪图富贵而改变自己的志向，她可以被看作自谋生计的职业女性的典型代表。在强调女性不得抛头露面的中国古代，黄媛介遇到的困难是难以想象的。她不得不"跋涉于吴、越间，困于檇李，蹶于云间，栖于寒山，羁旅建康，转徙金沙，留滞云阳"⑤。漂泊流浪之苦使"其所纪述，多流离悲感之辞"⑥。施闰章的《黄氏皆令小传》云："会石吏部有女知书，自京邸遣书币强致为女师。舟抵天津，一子德麟溺死。明年，女本善又夭。介遂无子，慁甚。南归，过江宁，值佟夫人贤而文，留养疴于僻园，半年卒。"⑦ 她也曾"时时往来虞山宗伯

---

① （明）刘铎、刘淑：《刘铎刘淑父女诗文》，王泗原校注，人民教育出版社1999年版，第225页。

② （清）施闰章：《学余堂文集》，（台北）商务印书馆1986年版，第216页。

③ （清）施闰章：《学余堂文集》，（台北）商务印书馆1986年版，第216页。

④ （清）姜绍书：《无声诗史》，上海古籍出版社2002年版，第550页。

⑤ （清）姜绍书：《无声诗史》，上海古籍出版社2002年版，第551页。

⑥ （清）姜绍书：《无声诗史》，上海古籍出版社2002年版，第551页。

⑦ （清）施闰章：《学余堂文集》，（台北）商务印书馆1986年版，第216页。

家，与柳夫人为文字交”①，是钱谦益与柳如是的座上宾，后又曾“继从风雪中渡西兴入梅市，与商夫人诸闺秀唱和”②，是商景兰家族女性的良师益友。黄媛介著有《南华馆古文诗集》《如石阁漫草》《离隐词》《越游草》《湖上草》等，皆散佚。她“好吟咏，工书画，楷书仿黄庭坚，画似吴仲圭而简远过之”③。施淑仪在《清代闺阁诗人征略》中以“林下风者”来推崇黄媛介。

也许正是黄媛介一生的贫苦漂泊，铸就了她坚毅的人生品格与不凡的创作成就。诗歌《夏日纪贫》是她与丈夫暂居杭州时贫苦生活的真实写照，其诗云：

> 池塘水涨荇如烟，燕啄萍丝翠影悬；高壁阴多能蔽日，新荷叶小未成莲。著书不费居山事，沽酒恒消卖画钱；贫况不堪门外见，依依槐柳绿遮天。④

但她并没有因生活贫困而屈服，她以过人的才华与丰富的阅历赢得了众多才女的赞赏。祁氏家族的才女们不禁“把臂怜同调”⑤，“长使忆同游”⑥，甚至在她离开后，祁氏才女悲叹“为君几度损红颜”⑦。可见，同时代的才女们对黄媛介的倾慕之情。明宗室朱中楣曾回忆黄媛介云：“犹记闲坐湖楼，皆令携幼女过访，发方覆额，遂能诵诗写帖，楚楚可人。今依然梦想间，并裁小诗赠之。”其诗云：

> 瑟瑟轻罗淡淡妆，柳眉莺语乍调簧。乌云应拂春山小，红蕊初含夜雨香。鸳水毓灵多鲍谢，蝇头妙楷逼钟王。梦回犹记殷勤别，

---

① （清）邓汉仪编：《诗观初集》，齐鲁书社2001年版，第456页。
② （清）邓汉仪编：《诗观初集》，齐鲁书社2001年版，第456页。
③ （清）施淑仪：《清代闺阁诗人征略》，上海书店1987年版，第145页。
④ 嶙峋编：《闺苑奇葩》，华龄出版社2012年版，第247页。
⑤ （明）祁彪佳：《祁彪佳集》，中华书局1960年版，第274页。
⑥ （明）祁彪佳：《祁彪佳集》，中华书局1960年版，第301页。
⑦ （明）祁彪佳：《祁彪佳集》，中华书局1960年版，第306页。

几欲笺诗燕子忙。①

苦于生计的黄媛介还要面对明清易代带来的苦难，这使流浪奔波的她比其他女性更心酸。如其诗云：

> 倚柱空怀漆室忧，人家依旧有红楼。思将细雨应同发，泪与飞花总不收。折柳已成新伏腊，禁烟原是古春秋。白云亲舍常凝望，一寸心当万斛愁。②（《丙戌清明》）

诗人面对细雨飞花，难免粉泪盈盈。然而并不仅仅是对个人命运的悲叹，更多的是对山河破碎、故国难复的黍离之悲。其《闲思赋》更是个人命运与国家危难相交织的痛苦哀鸣，其赋云：

> 惟古人之不作兮，咏遗篇之渺茫；意欲欸举而无舍兮，心远降而自伤。何伊人之不多怀兮，托幽会于灵神；故素所悦爱兮，冀一见而相亲。致微辞而献诚兮，竟不接而弃我；眷彼美而长怀兮，竭平生而增慕。既不察余之衷情兮，何踌躇而不去？诵诗书以自陈兮，使君王之道光。接一语以迥隔兮，怅永昧于椒房；身欲去而顾留兮，羡浮云之飞扬。曾不得而相抗兮，渺一世而沈藏。何慷慨之不绝兮，人各具此深情。不延赏于君德兮，机关内伤怀于友生。固陈迹之可哀兮，当新怨之未平。怪清风之夜吹兮，音声凄而不绝；情惨怛而易增兮，心惆怅而焉歇？保高人之胸襟兮，虑已开而更结。……③（《闲思赋》）

此篇长赋中，诗人不仅抒发自己饥寒交迫、无以为靠的痛苦经历，更是以悲天悯人的胸怀，寄托了诗人对战乱中贫苦百姓的同情。面对衣衫褴褛、儿啼女号的难民，诗人恨不能身为男子报效祖国，其忧国忧民

---

① （清）施淑仪：《清代诗人闺阁征略》，上海书店 1987 年版，第 33 页。
② 嶙峋编：《阆苑奇葩》，华龄出版社 2012 年版，第 247 页。
③ （明）叶绍袁：《午梦堂集》，冀勤辑校，中华书局 1998 年版，第 696 页。

之情跃然纸上。其他如：

> 倾囊无锱铢，搜瓶无斗升；相逢患难人，何能解相救？①

丈夫离世，一双儿女又先后在离乱中殒命，黄媛介的诗作中多是对个人命运的心酸悲慨。其词曰：

> 无故轻为百里游。不住桃源，却棹渔舟。故园桐子正堪收。归似云浮，住似萍流。才过乞巧又中秋。境也悠悠，梦也悠悠。思亲忆子忽登楼。山是离愁，水是离愁。②（《一剪梅·书怀》）
>
> 风满楼，雨满楼。风雨年年无了休，余香冷似秋。卖花声，卖花舟。万紫千红总是愁，春流难断头。③（《长相思·春暮》）

在与商景兰一家女诗友偕游寓山时，黄媛介多有写景赠答之诗。如：

> 佳园饶逸趣，远客一登台。薛老苍烟静，风高落木哀。看山空翠滴，觅路乱云开。欲和金闺句，惭非兔苑才。④（同祁夫人商媚生祁修嫣湘君张楚壤朱赵璧游寓山分韵二首）

除与女性知识者相交外，才名知世的黄媛介在浪迹天涯途中，与众多名士亦多有来往，如钱谦益、熊文举、毛奇龄等，他们因赞赏黄媛介的才华与品格而为其诗集作序或题词，或如吴伟业曾以《鸳湖闺咏》四章诗篇相赠。黄媛介也曾和吴梅村诗四首，其诗云：

> 石移山去草堂虚，漫理琴尊葺故居；闲教痴儿频护竹，惊闻长者独回车。牵萝补屋思偏逸，织锦成文意自如；独怪幽怀人不识，

---

① （明）叶绍袁：《午梦堂集》，冀勤辑校，中华书局1998年版，第687页。
② 嶙峋编：《阆苑奇葩》，华龄出版社2012年版，第247页。
③ 嶙峋编：《阆苑奇葩》，华龄出版社2012年版，第247页。
④ （明）叶绍袁：《午梦堂集》，冀勤辑校，中华书局1998年版，第691页。

目空禹穴旧藏书。①（《和梅村鸳湖四章》其三）

> 往来何处是仙坛，飘忽回风降紫鸾。句落锦云惊韵险，思萦彩笔惜才难。花飞满径春情淡，水涨平堤夜雨寒。忆昔金闺曾比调，莫愁城外小江干。②（《和梅村鸳湖四章》其四）

名妓与闺秀才女是明末两大女性诗歌创作群体，她们因各自条件的不同很难有太多契合点，即使身处同一时代也交往颇难。而黄媛介因养家糊口的需要，经常出入于两大女性创作阵营之间，她出色的才华与丰富的阅历同时赢得了两大女性创作群体的赞许。从某种意义上说，黄媛介是联系闺阁与名妓两大创作群体的使者。

六　香奁名宿商景兰

商景兰（1605—1676），明末清初著名女诗人，字媚生，会稽（今浙江绍兴）人。明兵部尚书商周祚长女，著名文人祁彪佳妻。祁彪佳殉国后，商景兰矢志守节，养育祁氏后人。一时山阴祁氏才子佳人多出其门，在明、清间以文化声名远播，这与商景兰对祁氏后人的精心教育是分不开的。朱彝尊的《静志居诗话》载："商景兰，字媚生，会稽人，吏部尚书周祚女，祁公彪佳之配，祁商作配，乡里有金童玉女之目，伉俪相重，未尝有妾媵也。"③名门之后，才子佳人式的美满婚姻，使博学多才的商景兰成为明末才女中淑女的典范。"祁公美风采，夫人商亦有令仪，闺门唱随，乡党有金童玉女之目。"据阮元的《两浙輏轩录》载：

> 夫人有二媳四女，咸工诗，每暇日登临，则令媳女辈载笔床砚匣以随，角韵分题，一时传为盛事，闺秀黄皆令入梅市访之，赠送

---

① （明）叶绍袁：《午梦堂集》，冀勤辑校，中华书局 1998 年版，第 693 页。
② （明）叶绍袁：《午梦堂集》，冀勤辑校，中华书局 1998 年版，第 693 页。
③ （清）朱彝尊：《静志居诗话》，人民文学出版社 1990 年版，第 727 页。

唱和之作甚盛。①

又云：

> 梅市祁忠敏一门，为才子之薮，忠敏群从则骏佳、豸佳、熊佳，公子则班孙、理孙、鸿孙，公孙耀征；才女则商夫人以下，子妇楚纕、赵璧，女卞容、湘君。阃门内外，隔绝人事，以吟咏相尚。青衣家婢，无不能诗，越中传为美谈。②

商景兰的著作中也有对其家族女性文学活动的记载，其《琴楼遗稿序》曾云：

> 但平生性喜柔翰，长妇张氏德蕙，次妇朱氏德蓉，女修嫣、湘君，又俱解读书。每于女红之余，或拈题分韵，推敲风雅，或尚溯古昔，衡论当世。遇才妇淑媛，辄流连不能去。心不啻如屈到之嗜芰，嵇公之好缎也。③

没有柳如是一般青楼才女的洒脱不羁，也没有黄媛介、王微一般浪迹天涯的心酸阅历，更没有刘淑那样起兵沙场的豪情。商景兰作为著名文人祁彪佳的遗孀，她博学多才却恪守传统女子相夫教子的古训，是明末众多才女中恪守妇德的典范。故而她的诗作大多以闺阁女子感怀伤时为主，《锦囊集》中相当一部分诗作是她顾影自怜的闺阁吟咏，如：

> 数种秋花带露娇，美人十五学吹箫。静窗一一翻书史，空令幽怀转寂寥。④（《偶作》）

诗歌刻画了一位博学多才的女子，面对秋花零落顿生幽怀寂寥之

---

① 胡文楷：《历代妇女著作考》，上海古籍出版社1985年版，第156页。
② （清）阮元：《两浙輶轩录》，浙江古籍出版社2012年版，第473页。
③ （明）祁彪佳：《祁彪佳集》，中华书局1960年版，第289页。
④ （明）祁彪佳：《祁彪佳集》，中华书局1960年版，第259页。

感，含蓄委婉地表达了诗人心中莫名的惆怅。含蓄内敛是商景兰的主要诗风，也是其性格的真实写照。商景兰以其敏锐的洞察力捕捉琐碎的生活细节，并将其写入诗歌，在不动声色的物象描摹中，抒写自己独特的生命体认。如《闺中四景歌》云：

春到长堤一水清，黄莺二月乱飞声。桃花日底迎香远，杨柳风前斗叶轻。①（《春》）

夹岸风回水殿凉，横波处处宿鸳鸯。美人袖倚栏干畔，输却芙蓉一段香。②（《夏》）

霜落梧桐秋夜瑟，半轮月影上栏干。深闺似识嫦娥意，漫倚玲珑解佩看。③（《秋》）

闲卷珠帘对月光，寒梅数处吐幽香。曲塘雁影千家冷，画阁筝声午夜长。④（《冬》）

再如：

窗前篱菊早含香，散入深闺伴晓妆。自古黄花能醉客，渊明无日不飞觞。⑤（《咏菊花》）

双落梧桐秋夜瑟，半轮月影上栏干。深闺似识嫦娥意，漫倚玲珑解佩看。⑥（《秋》）

给事夫人老画家，将军大妇美才华。图中染绘风生壁，机上流黄月照花。玉映深闺思窈窕，香来寒浦望蒹葭。姿官翰墨应相敌，烟雨沉沉到碧纱。⑦（《题黄门夫人画兼赠廿二太娘》）

谁谓秦晋欢？愁多掩明月。虽然织素工，一寸肠一裂。兔丝附

---

① （明）祁彪佳：《祁彪佳集》，中华书局1960年版，第273页。
② （明）祁彪佳：《祁彪佳集》，中华书局1960年版，第273页。
③ （明）祁彪佳：《祁彪佳集》，中华书局1960年版，第273页。
④ （明）祁彪佳：《祁彪佳集》，中华书局1960年版，第273页。
⑤ （明）祁彪佳：《祁彪佳集》，中华书局1960年版，第274页。
⑥ （明）祁彪佳：《祁彪佳集》，中华书局1960年版，第274页。
⑦ （明）祁彪佳：《祁彪佳集》，中华书局1960年版，第271—272页。

高松，自不成琴瑟，弹筝理怨思，调悲弦欲绝。夜夜对孤灯，孤灯自明灭。① (《代卞容闺怨》)

夜长无计却春寒，玉树妆成万里观。窗外已迎隋柳动，岭头犹滞庾梅残。五丝空老琴中凤，百岁难铙镜里鸾。绿鬓缘愁还似雪，人前几度强为欢。② (《雪夜即事》)

商景兰以其贤淑而被推为"香奁名宿"，她身上特有的含蓄婉约的女性魅力为后人称道。其诗集《锦囊集》亦称《香奁集》。顾影自怜、含而不露、一唱三叹地闺阁生活描写是其特有的生命体验。当然，由于生活条件优越安逸，商景兰诗作中常有寻常女子难以触及的富丽堂皇，富于贵族气象。如《美人春睡》云：

倦落银细七宝床，流苏帐暖麝兰香。花魂颠倒方无主，最苦鸡声促晓光。③

难以言传的寂寞空闺，使她钟情于黄昏与夜色的寂静描写，她的大量的诗作寄哀愁于月色朦胧下的寂寞长夜。"月"成了她的情感寄托，《锦囊集》收录的76首诗歌中，涉及"月"的将近四十首，可见一斑。其诗如下。

晚妆初罢下朱楼，无数春光不暂留。缓步中庭数花朵，一天明月照人愁。④ (《采茉莉》)

看花魂更老，对月梦长迷。玉枕空香阁，金钗冷绣闺。此时谁作伴，寒夜子规啼。⑤ (《哭侄女》)

---

① （明）祁彪佳：《祁彪佳集》，中华书局1960年版，第265—266页。
② （明）祁彪佳：《祁彪佳集》，中华书局1960年版，第268页。
③ （明）祁彪佳：《祁彪佳集》，中华书局1960年版，第259页。
④ （明）祁彪佳：《祁彪佳集》，中华书局1960年版，第259页。
⑤ （明）祁彪佳：《祁彪佳集》，中华书局1960年版，第259页。

除抒发寂寥的闺阁幽情外，最受世人赞誉的是她的《悼亡》。诗中有对丈夫投水殉国气节的赞誉，亦有战乱中独撑家业的心酸悲苦，更有守节女子难以言传的生命悲哀，但她对丈夫殉国的志向是极力称颂的。如：

> 公自成千古，吾犹恋一生。君臣原大节，儿女亦人情。折槛生前事，遗碑死后名。存亡虽异路，贞白本相成。① (《悼亡》)

祁彪佳的离开，使她即便在最喧闹的场面亦感受着心灵的冰冷，"天上团圆何足羡，婕妤窗自怨秋风"②。这使她的诗歌创作多了一分一般闺怨诗少有的凝重，多了一种令人潸然泪下的情感体验。如：

> 从来恩逐红颜尽，此际愁同白发长。世上已无京兆尹，蛾眉应减黛螺光。③ (《对镜》其二)

"世上已无京兆尹"暗指丈夫已逝，昔日美满的幸福生活被日复一日的形影相吊所取代。纵然红颜易逝也无人怜取，似乎诗人的美丽与才华已与世人无关，空余无以排遣的忧愁。甚至在华丽盛大的团圆家宴中，也难掩心灵的悲苦，不禁潸然泪下，似乎越是团圆越能点燃诗人心中的惆怅，仿佛欢乐是别人的，与自己寂寞的心灵无关。如：

> 张乐开华宴，歌声启故哀。孤鸾终独立，彩凤几同来。握发愁云锁，分眉恨月开。十年感慨泪，此日满妆台。④ (《五十初度》)

这种丧失佳偶的悲痛情思时刻萦绕在商景兰心间，挥之不去。如：

> 我心惨不乐，欲泣不成泣。酸风射眼来，思今倍感昔。两儿长

---

① （明）祁彪佳：《祁彪佳集》，中华书局 1960 年版，第 260 页。
② （明）祁彪佳：《祁彪佳集》，中华书局 1960 年版，第 270 页。
③ （明）祁彪佳：《祁彪佳集》，中华书局 1960 年版，第 261 页。
④ （明）祁彪佳：《祁彪佳集》，中华书局 1960 年版，第 272—273 页。

跪请，问母何怆恻。或者儿罪深，孝心不上格。俯首不能言，中怀自筹画。①（《五十自序》）

　　凤凰何处散，琴断楚江声。自古悲荀息，于今吊屈平。皂囊百岁恨，青简一朝名。碧血终难化，长号拟堕城。②（《悼亡》其二）

不像其他女诗人一样直抒胸臆，商景兰似乎总是压抑着内心的情感，她没有选择一泄如注，而是一贯含蓄委婉地如泣如诉，保持着一种难以逾越的雍容雅致。事实上，她或许承受了其他宣泄情感的才女们难以承受的生命之重。她不仅要面对山河破碎的国家战乱，更要忍受父亲与丈夫殉国之伤，甚至还要承担二子"以国事被祸"③的悲苦。在不温不火的诗歌创作中，她抒写了一个女子难以承受的生命剧痛，这种看似平淡的诗歌语言里隐藏着诗人承受巨大压力的韧劲，也是她不负丈夫重托的顽强意志的展现。一方面，良好的家庭教育奠定了她博学多才的基础；另一方面，伉俪和谐的美满婚姻，也使她不得不承受幸福破灭后的巨大落差。与其他多数才女不同，肩负丈夫遗嘱的商景兰多了一份独撑家业的责任，而且她一生倾心尽力，始终未负祁彪佳的临终嘱咐。长诗《五十自叙》可谓是对其面对多舛命运而坚韧不屈的全面总结。其诗云：

　　岁甲午十月，我年当五十。知命犹未能，知非正其日。堂中伐大鼓，笙竽张四壁。大儿捧兕觥，小儿列瑶席。诸妇玉面妆，诸孙亦林立。拜跪不可数，彩衣纷如织。各各介眉寿，深杯几盈百。九微夺明月，满座皆佳客。颂祝吐奇范，珠巩已成袭。……忍泪语两儿，汝曹非不力，行乐虽及时。避难须俭德。我家忠孝门，举动为世则。行当立清标，繁华非所识。事事法先型，处身如安宅。读书成大儒，我复何促刺。我本松柏姿，甘与岁寒敌。扬名显其亲，此

---

① （明）祁彪佳：《祁彪佳集》，中华书局1960年版，第272页。
② （明）祁彪佳：《祁彪佳集》，中华书局1960年版，第260—261页。
③ （清）徐鼒：《小腆纪传》卷60，中华书局1957年版，第687页。

寿同金石。① (《五十自叙》)

后人评价明末女子的诗文创作，以方维仪、顾若璞与商景兰倡导家族女性文学开有清一代女性诗风。虽然三人均为后世才媛典范，但三人的性格志向却大相径庭，方维仪"有丈夫志，常自恨不为男子，得树事业于世"②。顾若璞则"常与妇人宴坐，则讲究河漕、屯田、马政、边备诸大计"③。而商景兰则以闺阁家庭生活为主，天分中亦较少阳刚之气，她与祁彪佳的婚姻生活是美满而幸福的。祁彪佳自杀前写的《别妻室书》曾自述："自与贤妻结发之后，未尝有一恶语相向，即仰事俯育，莫不和蔼周祥，如汝贤淑，真世所罕有也。"④ 可见商景兰拥有明末才女少有的温柔淑惠。

虽然商景兰一生屡遭打击，与僧尼多有交往，也曾在诗歌中偶有佛老思想流露，但她始终无法释怀自身的责任而遁入空门。她自言："世事尽从蝴蝶梦，愁人未解学参禅。"⑤ 从此句可以看出，佛老思想难以成为商景兰的心灵慰藉，而抚育子女才是她一贯的精神寄托。她对女性个体生命的体悟有着自己明确的价值标准，明显不满足传统女性"女子无才才是德"的藩篱，亦有别于明末女性意识觉醒的主流思潮，而是有自己独特的衡量标准。在其 72 岁高龄所作的《琴楼遗稿序》里，她说："大抵士之穷，不穷于天而穷于工诗；女之夭，不夭于天而夭于多才。是盖有莫之为而为者。使槎云享富贵、寿者颐，而无所称于后世，又何以为槎云者乎?"⑥ 商景兰是众多才女中，恪守传统妇德的典范，她是明末清初女性诗风由多元走向单一的强调妇德的先行者。

---

① （明）祁彪佳:《祁彪佳集》，中华书局 1960 年版，第 272 页。
② （明）方以智:《浮山文集前编》，上海古籍出版社 2002 年版，第 185 页。
③ （清）王士禛:《池北偶谈》卷 15，中华书局 1982 年版，第 353 页。
④ （明）祁彪佳:《祁彪佳集》，中华书局 1960 年版，第 258 页。
⑤ （明）祁彪佳:《祁彪佳集》，中华书局 1960 年版，第 261 页。
⑥ （明）祁彪佳:《祁彪佳集》，中华书局 1960 年版，第 289 页。

余　　论

　　明朝诗歌经历近三百年的发展，是中国古代诗歌史上重要的一页。其诗歌数量之多、参与创作的诗人之众，在我国诗史上均屈指可数，虽无唐诗的辉煌灿烂，却也独具特色。

　　由明初的"台阁体"诗风到明中叶的"复古"主义，明诗像是忍受了漫漫寒冬的苦苦煎熬，又像是火山喷发前的力量集聚，终于在晚明的时代剧痛中爆发了。晚明诗歌一改明初及明中叶单线发展的创作基调，在山雨欲来的时代变革与新思潮的风起云涌中，呈百花齐放之势。复杂的诗人心态影响着多变的诗风，亦仕亦隐的彷徨心态形成了"主情"主义，把以前后"七子"为核心的统领诗坛近百年的"复古"主义赶下诗坛，这无疑是明代诗坛一场了不起的革新，是晚明诗歌的一大惊人之举。

　　明初以来一贯形成的高官名臣掌控诗坛的局面，在晚明也发生了根本性变化。诗歌开始摆脱道德教化式的政治操控，而走上个人抒情的发展道路，是"诗言志"到"诗言情"的转变，也是由社会功利化转向人生艺术化的革新，仿佛走上让艺术成为艺术的发展道路。而诗歌主流走向的操控者也由高层文臣走向中下层士人，诗歌创作者的重心发生了下移。以公安派为中心的狂飙突进式的"主情"主义，仿佛只忙于革除七子"复古"之弊，而来不及深入探索诗歌的创新及发展之路，最终在走向俚俗的死胡同里，犹如昙花一现，烟消云散。然而"复古"与"主情"的得失却引发了另一部分底层士人的思考，当明王朝千疮百孔、岌岌可危、皇帝躲于后宫不问政事，奸宦们勾结权臣横征暴敛、屠戮生灵之时，一些底层士人们怀着惴惴不安的心态，在绝望中将诗歌引向幽微的内心探索。既主张"师心"又主张"师古"的竟陵派走上诗坛，他们的诗歌主张迎合了广大士人的精神需求，使他们产生了心灵的共鸣。晚明诗歌也从一味狂放恣肆、追求俗趣的泥淖中走了出来，像是一个浑身污渍的醉汉看到了一泓清泉，竟陵派很快风靡诗坛。他们既不主张一味纵情，也反对音律格调式的片面复古，而是要求在吸收古诗精髓的基础上，抒写诗人内心的真情实感。然而，深受儒家教育、肩负历史使命的有责任心的士人们，毕竟不能在日复一日、浅唱低吟的绝望中，无动于衷地目送明王朝覆亡。面对山河破碎、民不聊生的惨状，以东林、复社为首的部分士人奔走呼号，主张实学救国。这种重视现实的实学诗风甚至影响到整个清代学风，现实主义爱国诗风的崛起便是这种思潮在诗界的反映。他们以苍劲雄健的诗风激励着人们保家卫国的斗志、渴求建功立业、力挽狂澜，却只能无可奈何地目送明王朝覆亡。至此，晚明诗歌几经曲折，最终以现实主义诗风走向清代诗坛。至于晚明色彩斑斓的女性诗歌创作，仿佛黄昏时一道亮丽的血色晚霞，随着明王朝的覆亡而逐渐归于沉寂，女性意识的觉醒与女性诗歌犹如淘气后受到严厉批评的小孩，很"乖巧"，又很自觉地走向对传统妇德的歌颂。

　　以上是晚明诗人心态与诗歌发展的来龙去脉，但对晚明诗歌的研究显然非以上论述所能涵盖。本书仅从整体上把握主流的诗人心态与诗歌发展，厘清晚明诗歌发展的主要脉络，而对一些地方性诗派与独具特色的诗人诗集研究还很不够。以下具体列出，以待将来做系统深入的研究。

　　首先，程朱理学一直是官方的统治思想，谈论心、性、理的哲学思辨一直是明朝文人的重要功课，由此而产生的"性理"诗数量很大，也是晚明诗歌重要的组成部分，但因为其枯燥乏味的思辨说理而受到研究者的普遍唾弃。事实上，作为对明诗全景式的研究与诗人心态的准确把握，这一部分诗歌的研究是不可或缺的。即使是历史上著名的大诗人对性理诗也有所涉猎，如陶渊明、陆云、陈子昂、张九龄等，明代的陈献章、罗伦、王阳明、黄道周等，更是性理诗创作高峰期的大家。他们或为志存高远的朝廷重臣，或为渊博多识的讲学学者，或为视死如归的爱国志士，研究他们的诗歌有助于更好地把握晚明诗人心态，而且性理诗中也不乏上乘之佳作。

其次，为把握诗歌主流的发展方向，本书对晚明地域性诗派虽有所涉及，但研究还很不够。晚明诗歌具有很强的地域色彩，如浙东、中原、闽中、吴中、岭南、金陵、江右、关中等。事实上，正是它们之间的相互吸收与影响，才形成了晚明诗歌复杂多变的局面。

再次，内阁是明朝士人团体的权力核心，是皇帝命令到达士人、庶民的行政中枢。阁臣的思想与诗风对诗坛的发展有着不可低估的作用。然而，似乎因为他们的诗作多官场应酬、阿谀奉承之词，也未引起学界的较大关注。事实上，他们的言行思想不仅影响着诗坛，而且他们当中有的本身就是优秀的诗人，且著作颇丰。如张居正的《张太岳集》、叶向高的《苍霞余草》《宫词》、申时行的《申定公赐闲堂遗墨》、王锡爵的《王文肃集》、沈一贯的《啄鸣集》等。他们的诗作不仅是时代变革的反映，而且是政治风云最敏感的脉搏跃动。

从次，明代还有一个庞大的诗人群体，他们或因科举铩羽而隐居林泉，或干脆放弃科举而以吟诗卖文为生，他们被称为"山人"。"山人"是明代诗人的重要组成部分，也是近年来明诗研究的热点。陈继儒、王稺登、程嘉燧等是"山人"的典型代表，他们或结社作诗，或与出仕的著名诗人来往唱和，以自己的诗歌创作反映着他们所处的时代，吐露着科举门外的文人们的心声。

最后，晚明一些守边大将同时也是文人，他们的诗歌以描写边疆与塞外风光为主，抒发着守边将士的喜怒哀愁。边塞诗一直是古代诗歌的重要题材，然而明代边将似乎只是将军，他们作为诗人文采风流的一面却未引起研究者的较大关注。他们或有诗集传世，或有诗篇流传。如孙承宗的《高阳集》、赵率教的《投戈随笔》、熊廷弼的《熊襄愍公集》等。

总之，晚明诗歌因受清初一些文人不公正的批判，使后人谈明诗而色变，也使这一研究长时间遭受学界的冷遇。但晚明诗人那种探索与求变的心态是值得褒扬的，他们在探究真诗之路上所呈现的真诚、迷惘、质疑、辨析、坚守的精神，至今依然闪耀着那个时代诗人们的独特魅力。晚明卷帙浩繁的大量诗作也有待进一步整理研究。衷心期待更多研究者关注明诗这一广阔的研究领域，使那些曾经喧嚣躁动的诗人、诗作不致在几百年后沉默冷寂。

参考文献

一 史部

（一）正史类

（清）王鸿绪：《明史稿》，清雍正刻本。

（清）刘心学、顾苓：《四朝大政录·三朝大议录》，文殿阁本。

（明）谈迁：《国榷》，张宗祥校点，中华书局 1958 年版。

（明）顾秉谦等：《三朝要典》，（台北）伟文图书出版社，1976 年版。

（清）张廷玉等：《明史》，中华书局 1974 年版。

（清）谷应泰：《明史纪事本末》，中华书局 1977 年版。

（清）赵尔巽等：《清史稿》，中华书局 1977 年版。

《明实录》，（中国）台湾"中央研究院"历史语言研究所影印本，上海书店 1982 年版。

（清）夏燮：《明通鉴》，上海古籍出版社 1990 年版。

（二）方志、野史类

（明）钱肃乐、张采：《太仓州志》，清康熙十七年增刻崇祯本。

（清）宋如林、孙星衍：《松江府志》，嘉庆二十二年刻本。

（清）卢腾龙、宁云鹏：《苏州府志》，康熙三十年刻本。

（清）赵吉士等：《徽州府志》，康熙三十八年万青阁刻本。

（清）杨之骈：《公安县志》，康熙六十年刻本。

（清）胡德琳等：《历城县志》，乾隆三十七年刻本。

（清）朱文翰：《山阴县志》，嘉庆八年刻本。

（清）曹秉仁：《宁波府志》，雍正十一年刻本。

（清）张澍：《蜀典》，光绪二年尊经书馆刻本。

（清）杨开第、姚兴发：《华亭县志》，光绪五年刻本。

（清）吴庆坻：《杭州府志》，1922 年铅印本。

（清）李慈铭：《乾隆绍兴府志校记》，1929 年铅印本。

（民国）石国柱、许承尧：《歙县志》，1937 年铅印本。

（明）沈德符：《万历野获编》，中华书局 1959 年版。

（明）何良俊：《四友斋丛说》，中华书局 1959 年版。

（明）张岱：《石匮书后集》，中华书局 1959 年版。

（明）谈迁：《北游录》，汪北平校点，中华书局 1960 年版。

（清）叶梦珠：《阅世编》，上海古籍出版社 1981 年版。

（清）李逊之辑：《三朝野记》，上海书店 1982 年版。

（明）李清：《三垣笔记》，中华书局 1982 年版。

（清）王士禛《池北偶谈》，靳斯仁校点，中华书局 1982 年版。

（明）于奕正、刘侗：《帝京景物略》，北京古籍出版社 1983 年版。

［意］利玛窦、金尼阁：《利玛窦中国札记》，何高济等译，中华书局
　　1982 年版。

（明）于慎行：《穀山笔麈》，吕景琳校点，中华书局 1984 年版。

（明）王锜：《寓圃杂记》，中华书局 1984 年版。

（清）计六奇：《明季北略》，中华书局 1984 年版。

（清）计六奇：《明季南略》，中华书局 1984 年版。

（明）顾起元：《客座赘语》，谭棣华校点，中华书局 1987 年版。

（明）夏允彝：《幸存录》，（台北）大通书局 1987 年版。

（明）李清《南渡录》，何槐昌校点，浙江古籍出版社 1988 年版。

（清）王士禛：《古夫于亭杂录》，中华书局 1988 年版。

（清）杜登春：《社事始末》，中华书局 1991 年版。

（明）吴应箕辑：《启祯两朝剥复录》，上海古籍出版社 1995 年版。

（清）叶廷琯撰：《吹网录》《欧陂渔话》，辽宁教育出版社 1998 年版。

（清）李渔：《闲情偶寄》，上海古籍出版社 2000 年版。

（明）谢肇淛：《五杂俎》，上海书店出版社 2001 年版。

（清）余怀：《板桥杂记》，青岛出版社 2002 年版。

二 集部

（一）总集

（清）王端淑编：《名媛诗纬初编》，康熙六年山阴王氏清音堂刻本。

（清）朱彝尊辑：《明诗综》，清康熙四十四年清来堂刻本。

（清）曹学佺编：《石仓历代诗选》，《四库全书》本，敦煌文艺出版社 2018 年版。

（明）钟惺、谭元春编：《诗归》，湖北人民出版社 1985 年版。

（明）钟惺、谭元春编：《名媛诗归》，齐鲁书社 1997 年版。

（明）郑文昂编：《古今名媛汇诗》，齐鲁书社 1997 年版。

（明）汪端辑：《明三十家诗选初集》《二集》，清同治十二年刻本。

（清）陈济生辑：《天启崇祯两朝遗诗》，中华书局影印本 1958 年版。

（清）卓尔堪辑：《明遗民诗》，中华书局 1961 年版。

（清）沈德潜：《明诗别裁集》，上海古籍出版社 1979 年版。

（明）冯梦龙：《智囊》，中州古籍出版社 1986 年版。

（清）施淑仪辑：《清代闺阁诗人征略》，上海书店 1987 年版。

（清）钱谦益辑：《列朝诗集》，生活·读书·新知三联书店 1989 年版。

（明）孙蕡等：《南园前五先生集、南园后五先生集》，梁守中、郑力民校点，中山大学出版社 1990 年版。

（明）陈子龙等：《皇明诗选》，华东师范大学出版社 1991 年版。

（明）杜骐征等编：《几社壬申合稿》，北京出版社 1997 年版。

（清）王夫之评选：《明诗评选》，陈新校点，文化艺术出版社 1997 年版。

（明）叶绍袁：《午梦堂集》，冀勤辑校，中华书局 1998 年版。

（清）季娴：《闺秀集》，《四库全书存目丛书》，齐鲁书社 1997 年版。

（清）陈维崧：《妇人集》，团结出版社 2005 年版。

（清）冒丹书：《妇人集补》，团结出版社 2005 年版。

嶙峋编：《闺海吟》，华龄出版社 2012 年版。

（二）别集类

（明）黄道周、郑玟编：《黄漳浦集》，康熙五十二年刊本。

（明）祁彪佳：《祁忠惠公遗集》，道光十五年刻本。

（明）高攀龙：《高忠宪公诗集》，光绪间本活字本。

（明）释真可：《紫柏老人集》，光绪间刻本。

（明）王象春：《问山亭主人遗诗》，武进涉园 1928 年石印本。

（明）顾炎武：《顾亭林诗文集》，中华书局 1959 年版。

（明）王畿：《王龙溪全集》，（台北）华文书局 1970 年版。

（明）李贽：《焚书》，中华书局 1974 年版。

（明）李贽：《续焚书》，中华书局 1974 年版。

（清）陈确：《陈确集》，中华书局 1979 年版。

（明）柳如是：《柳如是诗集》，浙江图书馆 1981 年影印铁如意馆钞本。

（明）袁宏道：《袁宏道集笺校》，钱伯城笺校，上海古籍出版社 1981
年版。

（清）全祖望：《鲒埼亭文集选注》，黄云眉选注，齐鲁书社 1982 年版。

（明）张岱：《西湖梦寻》《陶庵梦忆》，马兴荣校点，上海古籍出版社
1982 年版。

（明）陈子龙：《陈子龙诗集》，上海古籍出版社 1983 年版。

（明）徐渭：《徐渭集》，中华书局 1983 年版。

（明）徐光启：《徐光启集》，王重民辑校，上海古籍出版社 1984 年版。

（明）张煌言：《张苍水集》，上海古籍出版社 1985 年版。

（明）黄宗羲：《黄宗羲全集》，浙江古籍出版社 1985 年版。

（清）钱谦益：《牧斋初学集》，上海古籍出版社 1985 年版。

（明）冯梦龙：《冯梦龙诗文》，橘君辑注，海峡文艺出版社 1985 年版。

（明）王思任：《王季重十种》，任远校点，浙江古籍出版社 1987 年版。

（明）陈子龙：《陈子龙文集》，华东师范大学出版社 1988 年版。

（明）袁中道：《珂雪斋集》，钱伯城校点，上海古籍出版社 1989 年版。

（明）袁宗道：《白苏斋类集》，钱伯城校点，上海古籍出版社 1989
年版。

（明）夏完淳：《夏完淳集笺校》，白坚笺校，上海古籍出版社 1991 年版。

（明）张岱：《张岱诗文集》，夏咸淳校点，上海古籍出版社 1991 年版。

（明）王守仁：《王阳明全集》，吴光主编，上海古籍出版社 1992 年版。

（明）钟惺：《隐秀轩集》，李先耕校点，上海古籍出版社 1992 年版。

（清）施闰章：《施愚山集》，何庆善校点，黄山书社 1992 年版。

（清）王士禛：《渔洋精华录集注》，惠栋校注，齐鲁书社 1992 年版。

（明）冯梦龙：《冯梦龙全集》，江苏古籍出版社 1993 年版。

（明）李攀龙：《李攀龙集》，李伯齐校点，齐鲁书社 1993 年版。

（明）陈洪绶：《陈洪绶集》，吴敢校点，浙江古籍出版社 1994 年版。

（明）江盈科：《江盈科集》，黄仁生辑校，岳麓书社 1997 年版。

（清）宋征舆：《林屋诗稿》，齐鲁书社 1997 年版。

（明）屠隆：《由拳集》，齐鲁书社 1997 年版。

（明）屠隆：《白榆集》，齐鲁书社 1997 年版。

（明）宋存标：《情种》，北京出版社 1998 年版。

（清）李雯：《蓼斋集》，北京出版社 1998 年版。

（明）谭元春：《谭元春集》，陈杏珍校点，上海古籍出版社 1998 年版。

（明）公鼐：《问次斋稿》，齐鲁书社 1998 年影印版。

（明）汤显祖：《汤显祖诗文集》，徐朔方笺校，北京古籍出版社 1999 年版。

（明）焦竑：《澹园集》，李剑雄校点，中华书局 1999 年版。

（明）屠隆：《栖真馆集》，上海古籍出版社 2002 年版。

（清）张履祥：《杨园先生全集》，中华书局 2002 年版。

（明）陈子龙：《安雅堂稿》，辽宁教育出版社 2003 年版。

（三）诗文评类

（明）陈继儒：《佘山诗话》，图书集成续编本。

（明）胡应麟：《诗薮》，上海古籍出版社 1958 年版。

（清）王士禛：《带经堂诗话》，戴鸿森校点，人民文学出版社 1963 年版。

（清）沈德潜：《说诗晬语》，人民文学出版社 1979 年版。

（清）何文焕辑：《历代诗话》，中华书局 1981 年版。

丁福保辑：《历代诗话续编》，中华书局 1983 年版。

钱钟联主编：《清诗纪事》，江苏古籍出版社 1987 年版。

（清）王士禛：《分甘余话》，张世林校点，中华书局 1989 年版。

（清）陈田辑：《明诗纪事》，上海古籍出版社 1993 年版。

宁调元：《太一丛话》，山西古籍出版社 1996 年版。

（清）陈衍：《石遗室诗话》，辽宁教育出版社 1998 年版。

（清）丁福保辑：《清诗话》，上海古籍出版社 1999 年版。

三　研究著作

杨鸿烈：《中国诗学大纲》，（台北）商务印书馆 1976 年版。

谢国桢：《南明史略》，上海人民出版社 1957 年版。

周亮工：《书影》，古典文学出版社 1957 年版。

朱希祖：《明季史料题跋》，中华书局 1961 年版。

王云五主编：《新中国名人年谱集成》，（台北）商务印书馆 1978 年版。

陈寅恪：《金明馆丛稿二编》，上海古籍出版社 1980 年版。

孟森：《明清史讲义》，中华书局 1981 年版。

谢国桢：《增订晚明史籍考》，上海古籍出版社 1981 年版。

谢国桢：《明清之际党社运动考》，中华书局 1982 年版。

谭正璧：《中国女性文学史话》，百花文艺出版社 1984 年版。

叶昌炽：《藏书纪事诗》，上海古籍出版社 1989 年版。

马积高：《宋明理学与文学》，湖南师范大学出版社 1989 年版。

吴山嘉：《复社姓氏传略》，中国书店出版社 1990 年版。

梁乙真：《中国妇女文学史纲》，上海书店出版社 1990 年版。

郭绍虞等编：《万首论诗绝句》，人民文学出版社 1991 年版。

陈建华：《中国江浙地区十四至十七世纪社会意识与文学》，学林出版
　社 1992 年版。

容肇祖：《明代思想史》，齐鲁书社 1992 年版。

陶慕宁：《青楼文学与中国文化》，东方出版社 1993 年版。

柳亚子著，柳无忌编：《南明史纲、史料》，上海人民出版社 1994 年版。

夏咸淳：《晚明士风与文学》，中国社会科学出版社 1994 年版。

廖可斌：《明代文学复古运动研究》，上海古籍出版社 1994 年版。

马美信：《晚明文学新探》，台湾圣环图书有限公司出版 1994 年版。

陈鼓应等编：《明清实学简史》，社会科学文献出版社 1994 年版。

李永祜：《奁史选注——中国古代妇女生活史》，中国人民大学出版社
  1994 年版。

牟复礼：《剑桥中国明代史》，中国社会科学出版社 1995 年版。

陈良运：《中国诗学批评史》，江西人民出版社 1995 年版。

梁启超：《中国近三百年学术史》，东方出版社 1996 年版。

萧华容：《中国诗学思想史》，华东师范大学出版社 1996 年版。

嵇文甫：《晚明思想史论》，东方出版社 1996 年版。

陈宝良：《飘摇的传统——明代城市生活长卷》，湖南出版社 1996 年版。

侯外庐：《宋明理学史》，人民出版社 1997 年版。

左东岭：《李贽与晚明文学思想》，天津人民出版社 1997 年版。

周明初：《晚明诗人心态及文学个案》，东方出版社 1997 年版。

陈文新：《明代诗学》，湖南人民出版社 2000 年版。

左东岭：《王学与中晚明士人心态》，人民文学出版社 2000 年版。

胡晓明：《中国诗学之精神》，江西人民出版社 2001 年版。

左东岭：《明代心学与诗学》，学苑出版社 2002 年版。

严迪昌：《清诗史》，浙江古籍出版社 2002 年版。

李圣华：《晚明诗歌研究》，人民文学出版社 2002 年版。

孙康宜：《文学经典的挑战》，百花洲文艺出版社 2002 年版。

张正明：《晋商兴衰史》，山西古籍出版社 2002 年版。

樊树志：《晚明史》，复旦大学出版社 2003 年版。

孙立群：《中国古代的士人生活》，商务印书馆 2003 年版。

王国平主编：《西湖文献集成》（27 册），杭州出版社 2004 年版。

[美] 高彦颐：《闺塾师——明末清初江南的才女文化》，江苏人民出版

社 2005 年版。

孟森:《心史丛刊》,中华书局 2006 年版。

谢国桢:《明末清初的学风》,上海书店出版社 2006 年版。

钱海岳:《南明史》,中华书局 2006 年版。

[美] 黄仁宇:《万历十五年》增订纪念本,中华书局 2006 年版。

胡文楷:《历代妇女著作考》,上海古籍出版社 2008 年版。

徐朔方:《明代文学史》,浙江大学出版社 2009 年版。

杜婉言:《中国政治制度通史》,社会科学文献出版社 2011 年版。

何宗美:《文人结社与明代文学的演进》,人民出版社 2011 年版。

罗宗强:《明代文学思想史》,中华书局 2012 年版。

四　期刊论文

吴调公:《晚明文人的"自娱"心态与其时代折光》,《社会科学战线》
　　1991 年第 2 期。

李燃青、郑闰:《屠隆与文学解放思潮》,《宁波师范学院学报》1992 年
　　第 2 期。

蔡镇楚:《论明代诗话》,《社会科学战线》1994 年第 5 期。

吴承学、李光摩:《晚明心态与晚明习气》,《文学遗产》1997 年第
　　6 期。

郝朴宁:《幻灭与悲怨——中国古代诗人心态探幽》,《云南师范大学学
　　报》(哲学社会科学版) 1996 年第 2 期。

张兵:《清初山左遗民诗群的分布态势与创作特征》,《西北师大学报》
　　(社会科学版) 2001 年第 3 期。

陈文新:《近二十年来明代诗学研究综述》,《青海社会科学》2001 年第
　　4 期。

何宗美:《明代文人结社综论》,《中国文学研究》2002 年第 2 期。

朱易安:《明代的诗学文献》,《南京师范大学文学院学报》2003 年第
　　1 期。

郭万金:《关于明诗》,《文学评论》2005 年第 4 期。

左东岭：《明代诗歌的总体格局与审美风格的演变》，《中国诗歌研究》2006 年（第四辑）。

罗宗强：《社会环境与明代后期士人之心态走向》，《粤海风》2006 年第 3 期。

何宗美：《公安派结社的兴衰演变及其影响》，《西南大学学报》（人文社会科学版）2006 年第 4 期。

李竞艳：《20 世纪以来晚明士人群体研究综述》，《史学月刊》2011 年第 2 期。

左东岭：《20 世纪明代诗歌研究综论》，《华中师范大学学报》（人文社会科学版）2013 年第 1 期。

李时人：《明代"文人结社"刍议》，《上海师范大学学报》（哲学社会科学版）2015 年第 1 期。

五　学位论文

谢遂联：《都市文化与唐代诗人心态》，博士学位论文，扬州大学，2008 年。

魏强：《李梦阳、何景明诗学研究》，博士学位论文，苏州大学，2009 年。

张娴：《明代诗社与文人心态研究》，硕士学位论文，西南大学，2012 年。